新訳《しんやく》

ドリトル先生《せんせい》と緑《みどり》のカナリア

ヒュー・ロフティング・作
河合祥一郎《かわいしょういちろう》・訳
patty《パティ》・絵

角川つばさ文庫

Doctor Dolittle and the Green Canary

by Hugh Lofting

1924, 1950

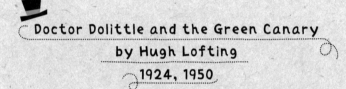

この本《ほん》に登場《とうじょう》する人間《にんげん》と動物《どうぶつ》たち

ピピネッラ

天才《てんさい》カナリア歌手《かしゅ》。ひどいペット・ショップにいたのを先生《せんせい》に救《すく》われる。

ドリトル先生《せんせい》

動物《どうぶつ》と話《はな》せるお医者《いしゃ》さん。ピピネッラの人生《じんせい》をオペラにしようと思《おも》いつく。

ロージーおばさま

ピピネッラの元飼《もとか》い主《ぬし》。お金持《かねも》ちでめずらしもの好《す》き。

窓《まど》ふきおにいさん

なぞの窓《まど》ふき屋《や》。昔《むかし》ピピネッラと風車小屋《ふうしゃごや》に住《す》んでた。

ジャック

宿屋《やどや》の馬車《ばしゃ》の御者《ぎょしゃ》。ピピネッラをかわいがってくれた。

ツインク

ピピネッラの元《もと》だんな。仲《なか》が悪《わる》かった。テノール歌手《かしゅ》。

ニピット

ピピネッラの初恋《はつこい》の相手《あいて》。結婚《けっこん》の約束《やくそく》をしたけれど…。

ダブダブ

おかあさんみたいに、先生《せんせい》たちのお世話《せわ》をするアヒル。

ガブガブ

食《く》いしんぼうな子《こ》ブタのぼうや。泣《な》き虫《むし》で甘《あま》えんぼう。

ジップ

とんでもなく鼻《はな》がきくオス犬《いぬ》。先生《せんせい》のおうちの番犬《ばんけん》。

サラ

先生《せんせい》の妹《いもうと》。先生《せんせい》の動物好《どうぶつず》きにあきれ、お嫁《よめ》に行《い》った。

絶《ぜつ》体《たい》絶《ぜつ》命《めい》のかごの鳥《とり》!!

ピピネッラは、お城《しろ》の塔《とう》の上《うえ》から、集《あつ》まった何千人《なんぜんにん》もの労働者《ろうどうしゃ》たちを、恐怖《きょうふ》の思《おも》いで、ぼうぜんと見守《みまも》っていました。

男《おとこ》たちはお城《しろ》のまわりにわらをぐるりと積《つ》みあげると、**たくさんの油《あぶら》をそそいで火《ひ》をつけました。**

火《ひ》がめらめらと明《あか》るく燃《も》えあがると、悪魔《あくま》のようなよろこびのさけびが飛《と》び出《だ》し、男《おとこ》たちはめちゃくちゃにおどったのでした。

熱風《ねっぷう》がふきあがり、けむりや、まいちる火《ひ》の粉《こ》が、ピピネッラの銀《ぎん》の鳥《とり》かごのまわりまで飛《と》んできました。

ピピネッラは、鳥《とり》かごの格子《こうし》をつついたり、引《ひ》っぱったりしましたが、力《ちから》をむだにしているだけだとわかりました。

そのとき、ネズミが一ぴき、ものすごく興奮《こうふん》して、ゆかのまんなかを走《はし》ってくるのが見《み》えたのです。

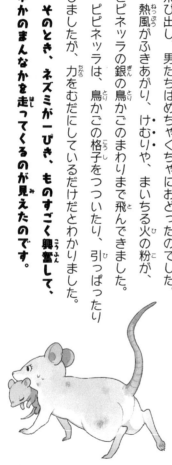

窓《まど》ふきおにいさんはどこへ⁉

ある朝《あさ》、窓《まど》ふきおにいさんは、ピピネッラの鳥《とり》かごを風車《ふうしゃ》小屋《こや》の塔《とう》のてっぺんに出《だ》してくれました。

「気持《きも》ちがいいから外《そと》に出《だ》してあげるね。ぼくは昼《ひる》に帰《かえ》ってくるよ。」

でもお昼《ひる》になっても、おにいさんは帰《かえ》ってきませんでした。

星《ほし》が夜空《よぞら》にきらめきだして、いよいよ心配《しんぱい》になりました。

おにいさんはどうなってしまったのでしょう。

窓《まど》をふいているとき、落《お》ちてしまったのでしょうか。

なにか事故《じこ》があったのです。それはまちがいありません。

とうとう夜《よ》が明《あ》け、ものすごいかみなりの音《おと》がなりました。

大《おお》つぶの雨《あめ》がふってきました。**ひどいあらしです！**

すると、**ビュン！**　ピピネッラの鳥《とり》かごが風《かぜ》で上《うえ》へたたきあげられ、**次《つぎ》の瞬間《しゅんかん》、地面《じめん》にむかって落《お》ちていました。**

やっと会《あ》えたのに記《き》憶《おく》喪《そう》失《しつ》!?

ドリトル先生《せんせい》は、窓《まど》ふきおにいさんがいるという重苦《おもくる》しい雰囲気《ふんいき》の病院《びょういん》をおとずれ、担当医《たんとうい》に話《はなし》をききました。

「彼《かれ》のどこがわるいんですか?」

「**記憶喪失《きおくそうしつ》です。**かなりひどいですね。ふしぎな症例《しょうれい》なのです。自分《じぶん》の名前《なまえ》さえ忘《わす》れているようでして。**回復《かいふく》はまず絶望的《ぜつぼうてき》でしょうね。**」

先生《せんせい》は、担当医《たんとうい》に案内《あんない》されて階段《かいだん》をあがって、小《ちい》さなお部屋《へや》へ通《とお》されました。

すでに暗《くら》くなってきており、ロウソクの明《あ》かりで、ベッドに男《おとこ》の人《ひと》が寝《ね》ているのが見《み》えました。

「面会《めんかい》は短《みじか》くおねがいします。どうか興奮《こうふん》させないでくださいよ。」

ドアが閉《し》まるとすぐ、先生《せんせい》は大《おお》きな内《うち》ポケットからピピネッラの鳥《とり》かごを出《だ》して、ベッドのとなりのテーブルの上《うえ》におきました。

「この人《ひと》です、先生《せんせい》！

この人《ひと》が窓《まど》ふきおにいさんです！」

ピピネッラはうれしくて、そっとさえずりました。

とたんに、寝《ね》ていた男《おとこ》は目《め》をあけて、ゆっくり起《お》きあがろうとしました。

しばらく、男《おとこ》は鳥《とり》かごのなかの鳥《とり》を、ぼけっと見《み》つめていました。

「ピップ——ピピネ——。」

男《おとこ》はためらうように言《い》いました。

「**いや、思《おも》い出《だ》せない。**

なにもかもぼんやりしている。」

もくじ

第1部 かごのなかのプリマドンナ

第2部　初恋《はつこい》！　そして　海《うみ》をわたるカナリア!?

第3部

窓《まど》ふきおにいさんをさがして

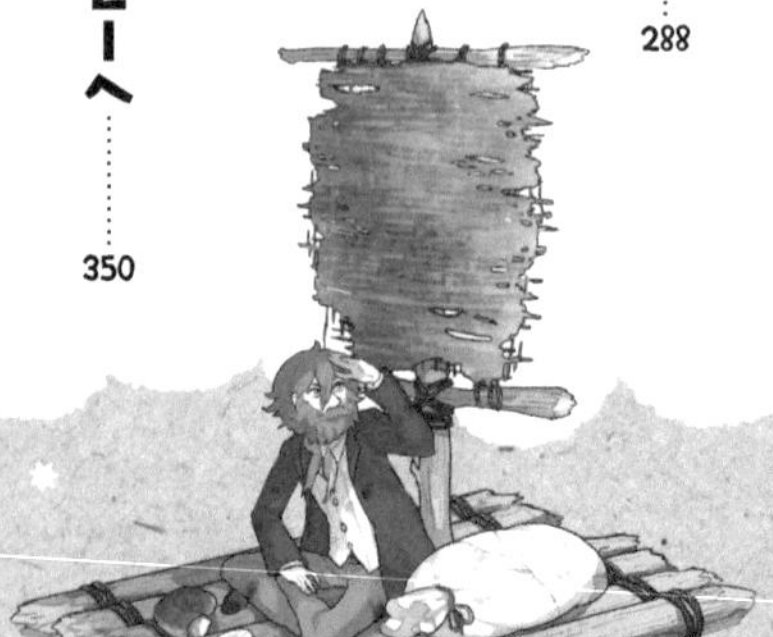

この本《ほん》について

ヒュー・ロフティングの妻《つま》
ジョセフィーヌ・ロフティング

この緑《みどり》のカナリア、ピピネッラの物語《ものがたり》を、わたしの夫《おっと》ヒュー・ロフティングが、自作《じさく》のさし絵《え》入《い》りで『ニューヨーク・ヘラルド・トリビューン』紙《し》に連載《れんさい》していたとき、いずれ夫《おっと》はそれを本《ほん》にして出版《しゅっぱん》するつもりでした。その連載《れんさい》が終《お》わるころ、夫《おっと》は、『ドリトル先生《せんせい》のキャラバン』という本《ほん》を書《か》きました。この小《ちい》さなカナリアがドリトル先生《せんせい》のカナリア・オペラのプリマドンナとして登場《とうじょう》し、ドリトル先生《せんせい》の仲間《なかま》の一員《いちいん》となって愛《あい》されるようになるお話《はなし》です。

しかし、『ドリトル先生《せんせい》のキャラバン』を書《か》きおえるころになって、ロフティングは、まだまだお話《はな》ししていないピピネッラのお話《はなし》がたくさんあると気《き》づきました。そこで、ピピネッラがサーカスにくわわる前《まえ》にどんなわくわくするようなぼうけんをしてきたのかについて、もう一冊《いっさつ》、本《ほん》を書《か》くことにしたのです。また、「このめずらしい小鳥《ことり》のことをもっと知《し》りたいです」とお便《たよ》りをくださった多《おお》くの読者《どくしゃ》のみなさんに、ドリトル先生《せんせい》と動物《どうぶつ》たちが、どんなふうにしてピピネッラを悲劇的《ひげきてき》な生活《せいかつ》から救《すく》いだして、めでたしめでたしとなったかについても、お話《はな》ししなければばいけないと思《おも》ったのです。

夫《おっと》が亡《な》くなり、その本《ほん》は書《か》きおえられませんでした。ただ、もう少《すこ》しで終《お》わるところでしたので、私《わたし》は亡《な》き夫《おっと》に代《か》わってなんとかしてそれを終《お》わらせる方法《ほうほう》を見《み》つけなければならないと思《おも》いました。私《わたし》の姉《あね》のオルガ・マイクルがこの本《ほん》を書《か》きおえましょうと言《い》ってくれたとき、私《わたし》も出版社《しゅっぱんしゃ》もうれしく思《おも》いました。姉《あね》は、生前《せいぜん》の夫《おっと》に「文才《ぶんさい》がある」とほめられ、書《か》くことをすすめられたこともあって、このピピネッラの話《はなし》を夫《おっと》がまとめるときにもずいぶん手《て》を貸《か》してくれていたのです。

こうして、この本《ほん》がみなさんのお手《て》もとにとどけられることになりました。緑《みどり》のカナリアの物語《ものがたり》のすべてです。ドリトル先生《せんせい》とその仲間《なかま》を新《あたら》しい読者《どくしゃ》にしょうかいするみじかい第《だい》一章《しょう》と、このたぐいまれな小鳥《ことり》ピピネッラの一生《いっしょう》が終《お》わるドラマチックでわくわくする最終章《さいしゅうしょう》がついています。きっと夫《おっと》はよろこんでくれるだろうと信《しん》じています。

第1部 かごのなかのプリマドンナ

第1章 ドリトル先生《せんせい》、緑《みどり》のカナリアに出会《であ》う

これは、ピピネッラという名前《なまえ》の緑《みどり》のカナリアのぼうけんのお話《はなし》のつづきです。ことの起《お》こりはドリトル・サーカスの時代《じだい》にさかのぼりますが、ここではこの小鳥《ことり》がジョン・ドリトル先生《せんせい》といっしょにくらすようになる前《まえ》に起《お》こったふしぎなできごとを――これまで以上《いじょう》にくわしく――お話《はな》ししましょう。

ピピネッラは、ドリトル先生《せんせい》が、ネコのエサ売《う》りのおじさんであるマシュー・マグといっしょにさんぽをしていたとき、ペット・ショップで見《み》つけた、めずらしい種類《しゅるい》のカナリアです。メスのカナリアは歌《うた》えないので――そう先生《せんせい》は思《おも》いこんでいました――へたな買《か》い物《もの》をしてしまったと先生《せんせい》は思《おも》っていたのですが、箱馬車《キャラバン》に連《つ》れ帰《かえ》ってみると、カナリアがとてもすばらしいメゾ・アルトで歌《うた》ってみせたので、先生《せんせい》はびっくりぎょうてんしたのでした。

さらにおどろいたことに、ピピネッラは何千《なんぜん》キロも旅《たび》をして、波乱万丈《はらんばんじょう》のおもしろいぼうけんをしてきたのでした。どうしてペット・ショップに売《う》られてしまったのか、そのドラマチックな

身《み》の上話《うえばなし》をピピネッラが少《すこ》し先生《せんせい》に話《はな》したところ、先生《せんせい》は、このように口《くち》をはさみました。

「なあ、ピピネッラ、私《わたし》はかねがね動物《どうぶつ》の伝記《でんき》を書《か》いてみたかったんだよ。しかし、たいていの鳥《とり》やけものは、細《こま》かなことはよくおぼえていないので、ひとつもきちんとした記録《きろく》がつけられないでいたんだ。ところが、どうやら君《きみ》は、そうではなさそうだ——ちゃんと、ものをおぼえていて、生《う》まれつきの話《はな》しじょうずだ。君《きみ》の伝記《でんき》を書《か》くのに力《ちから》を貸《か》してくれんかね？」

「ええ、もちろんです、先生《せんせい》」と、ピピネッラは答《こた》えました。「いつ、はじめますか？」

「君《きみ》が元気《げんき》なら、いつでも」と、先生《せんせい》は言《い》いました。「トートーに、物置《ものおき》のテントから余分《よぶん》なノートを何冊《なんさつ》かとってきてもらおう。あすの晩《ばん》、サーカスが終《お》わったあとは、どうかね？」

「けっこうです」と、カナリア。「あす、はじめましょう。今晩《こんばん》は、もうへとへとです。かなりつかれる一日《いちにち》でした。だって、ドリトル先生《せんせい》、今日《きょう》、先生《せんせい》があのひどいペット・ショップを通《とお》りすぎてしまって、私《わたし》をあそこにおいてきぼりにするんじゃないかって、一瞬《いっしゅん》こわかったんですよ。」

「まったく、そうするところだったよ」と、ドリトル先生《せんせい》。「私《わたし》が立《た》ちさろうとしたとき、君《きみ》がずいぶんがっかりしているのが見《み》えたもんだからね。君《きみ》の鳥《とり》かごがショーウィンドウにかかってなかったら、そうと気《き》づかず、立《た》ちさるところだった。」

「もどってきてくださって、ほんと、ありがたかったわ！」ピピネッラは、ため息《いき》をつきました。

「あんなきたないお店《みせ》、もう一分《いっぷん》だって、がまんできなかったもの。」

「まあまあ」と、先生《せんせい》。「もうすんだことだ。ここを君《きみ》が気《き》に入《い》ってくれたらうれしいよ。ここじゃ、ごらんのとおり、質素《しっそ》なくらしをしておるがね。この動物《どうぶつ》や鳥《とり》たちを、私《わたし》は自分《じぶん》の家族《かぞく》と呼《よ》んでおるんだよ。そして——ひとまず——この箱馬車《キャラバン》が、わが家《や》だ。サーカスのくらしはもうたくさんだという日《ひ》がきたら、君《きみ》をパドルビーに連《つ》れていってあげよう。もっとずっと静《しず》かなくらしができるよ——静《しず》かだが、快適《かいてき》なくらしだ。」

先生《せんせい》が緑《みどり》のカナリアと交《か》わしたこの会話《かいわ》は、すべて鳥語《とりご》でなされました。ドリトル先生《せんせい》とその動物一家《どうぶついっか》のこれまでのお話《はなし》をお読《よ》みになったみなさんは、先生《せんせい》がずっとむかしに動物語《どうぶつご》や鳥語《とりご》を話《はな》せるようになったことをおぼえておいででしょう。この特殊《とくしゅ》な能力《のうりょく》のおかげで、先生《せんせい》はありとあらゆる生《い》き物《もの》とお友《とも》だちになり、みんな、先生《せんせい》のためにつくしてくれるのです。先生《せんせい》もまた、人間《にんげん》のお医者《いしゃ》さんをやめて、けものや魚《さかな》や鳥《とり》の病気《びょうき》やけがを治《なお》して、いそがしい生活《せいかつ》を送《おく》るようになったのでした。

先生《せんせい》がピピネッラと伝記《でんき》を書《か》く話《はなし》をしていたとき、先生《せんせい》のおうちの動物《どうぶつ》たちは、箱馬車《キャラバン》のすみに集《あつ》まって、わいわいとさわいでいました。ブタのガブガブ、アヒルのダブダブ、犬《いぬ》のジップ、そしてフクロウのトートーは、先生《せんせい》に伝記《でんき》を書《か》いてもらうなんて名誉《めいよ》なことはまだだれもしても

らっていないのに、先生《せんせい》が新《あたら》しく来《き》たばかりの鳥《とり》をえらぶなんてひどい、と怒《おこ》っていました。白《しろ》ネズミのホワイティは、だれよりもおくびょうだったので、みんなの意見《いけん》を聞《き》くばかりで、自分《じぶん》はだまっていました。ところが、一番《いちばん》うぬぼれの強《つよ》いガブガブは、このことで先生《せんせい》にひとこと言《い》いに行《い》くと言《い》いました。

そこで、あくる日《ひ》の晩《ばん》、カナリアのお話《はなし》のつづきを聞《き》きに一同《いちどう》が箱馬車《キャラバン》に集《あつ》まったとき、ガブガブはとても緊張《きんちょう》して、エヘンとせきばらいをしてから、声《こえ》をあげました。

「カナリアなんかの伝記《でんき》なんて、だれが読《よ》みたいと思《おも》うのかわかんないよ」と、ガブガブはぶうぶう言《い》いました。「ぼくのぼうけんのほうが、ずうっとおもしろいよ。ぼくが行《い》ったことのある場所《ばしょ》はね！　いいかい、アフリカでしょ、アジアでしょ、それからフィジー諸島《しょとう》だ。それに、ぼくが食《た》べたのも、すごいよ。ほかのことならともかく、食《た》べ物《もの》のことなら、ぼくは有名《ゆうめい》なんだよ。なのに、カナリアなんて、食《た》べ物《もの》のなにを知《し》ってるの？　ひからびた種《たね》とか、パンくずとかしか食《た》べないじゃないか。それに、どこに行《い》ったことがあるっていうの――ずっと、鳥《とり》かごのなかに入《はい》ってたんでしょ？」

「食《た》べ物《もの》！　食《た》べ物《もの》のことばかりだね！　それしか考《かんが》えてないんだろ。」トートーが、皮肉《ひにく》を言《い》いました。「よい数学者《すうがくしゃ》であることのほうが、ずっと大切《たいせつ》だと思《おも》うがね。たとえば、私《わたし》だ。イングランド銀行《ぎんこう》にどれほどのお金《かね》があるか、正確《せいかく》にわかっているよ！」

「おれなんか、王《おう》さまから金《きん》の首輪《くびわ》をもらったぜ」と、ジップが言《い》いました。「たいしたもんだろ！」

「先生《せんせい》のおうちで私《わたし》がベッドをととのえてあげるのなんて、たいしたことじゃないんでしょうね！」ダブダブが、ぴしゃりと言《い》いました。「そもそも、あんたたちみんなを元気《げんき》で、おなかいっぱいにしているのは、だれなのか、知《し》りたいもんだわ。そのほうがもっと重要《じゅうよう》でしょ！」

　ホワイティはそこにすわったまま、ひとことも言《い》いませんでした。自分《じぶん》の一生《いっしょう》が伝記《でんき》に書《か》かれるほどおもしろいなんて少《すこ》しも思《おも》っていなかったのです。先生《せんせい》から問《と》いかけるような顔《かお》つきで見《み》つめられると、ホワイティは目《め》をふせて、ねむっているふりをしました。

「**君《きみ》は**なにか言《い》うことはないのかね、ホワイティ？」先生《せんせい》は、たずねました。

「ないでちゅ――あの、ちょのぅ、ありまちゅ！」白《しろ》ネズミは、おずおずと言《い》いました。「ピピネッラの伝記《でんき》は、とてもちゅてきじゃないかなと思《おも》いまちゅ。」

「よろしい。では、そいつにとりかかるとしようかね」と、先生《せんせい》は言《い》いました。「おねがいするよ、ピピネッラ。君《きみ》がよければ、こちらはいつでもオーケーだ。」

そこでカナリアは、鳥小屋《とりごや》で生《う》まれた話《はなし》からはじめました。特別《とくべつ》よい声《こえ》をしていたので、カナリアを育《そだ》てているおじさんに注目《ちゅうもく》されたそうです。ピピネッラがかなり変《か》わった緑色《みどりいろ》をしているのは、おとうさんがドイツのハルツ山出身《さんしゅっしん》のレモン・イエロー色《いろ》をしたカナリアで、おかあさんがグリーンフィンチという種類《しゅるい》（カワラヒワの仲間《なかま》）のとてもよい家柄《いえがら》の鳥《とり》だったためであること、それから三羽《わ》の兄弟《きょうだい》と二羽《わ》の姉妹《しまい》といっしょにひとつの巣《す》で育《そだ》てられ、やがてピピネッラがめずらしくも、メスであるにもかかわらず、オスのように美《うつく》しく歌《うた》うカナリアだと気《き》づかれるようになったことなどの話《はなし》がつづきました。

カナリアで歌《うた》うのはオスだけで、メスは歌《うた》えないというのはまちがっていますと、ピピネッラは説明《せつめい》しました。オスたちが、メスの仕事《しごと》は子育《こそだ》てと家事《かじ》だと言《い》って、メスに歌《うた》わせないだけのことだと言《い》うのです。

ピピネッラが、とうとう自分《じぶん》を買《か》いとってくれる飼《か》い主《ぬし》に出会《であ》えたのは、その美《うつく》しい声《こえ》のおかげでした。飼《か》い主《ぬし》が連《つ》れていってくれた新《あたら》しい家《いえ》は、宿屋《やどや》でした。世界《せかい》じゅうの旅人《たびびと》が次《つぎ》の目的《もくてき》地《ち》へ行《い》くとちゅうにたちよって、食事《しょくじ》をしたり泊《と》まったりするところです。

ピピネッラがその宿屋《やどや》のことをくわしく説明《せつめい》していると、先生《せんせい》が口《くち》をはさんで、こうたずねました。

「失礼《しつれい》だが、ピピネッラ。それは、ロンドンからリバプールへ行《い》くとちゅうにある宿屋《やどや》だったりするかね？――たしか、〝七つの海《うみ》の宿屋《やどや》〟という名前《なまえ》だったと思《おも》うが。」

「そこですよ、先生《せんせい》」と、小鳥《ことり》は答《こた》えました。「いらしたことがあるんですか？」

「みんなで行《い》ったよ」と、ドリトル先生《せんせい》。「何度《なんど》かね。」

ガブガブがあまりにも急《きゅう》にいすから飛《と》びあがったものですから、ピピネッラがとまって話《はなし》をしているテーブルにつっこんで、ピピネッラのお皿《さら》から水《みず》をこぼしてしまいました。

「おぼえてるよ！」ガブガブは、さけびました。「カブがとびきりおいしかったところだ――パセリ・ソースとほんの少《すこ》しナツメグをそえて――」

「もし、おれの記憶《きおく》ちがいじゃなけりゃ」と、ジップ。「最高《さいこう》にうまい足《あし》の骨《ほね》をうめておいたところだ。あそこのコックさんがディナーが終《お》わってから、おれにくれたんだ。おれはあとで食《た》べるつもりだったんだけど、先生《せんせい》が大急《おおいそ》ぎで出発《しゅっぱつ》なさるってんで、ほり出《だ》す時間《じかん》がなかったんだよな。」

「ずいぶんくやしい思《おも》いをしたんだろうね、ジップ？」と、トートー。「だけど、パドルビーにだって、たんまり骨《ほね》をうめてあるんじゃないのかい。」

「せいぜい三、四本《ほん》さ」と、ジップは答《こた》えました。「あのころは、しけてたからな。」

「出発《しゅっぱつ》ちゅるとき、ぼくが金貨《きんか》を見《み》ちゅけなかったら、もっとちけてたよ。」ホワイティが、かん高《だか》い声《こえ》で言《い》いました。

「金貨《きんか》だって？」と、先生《せんせい》。「聞《き》いてないよ。そいつをどうしたのかね、ホワイティ？」

ホワイティはまごついて、ダブダブと先生《せんせい》の顔《かお》をかわるがわるのぞきこみました。金貨《きんか》のことはだまっていればよかったと思《おも》ったのです。

ダブダブが羽《はね》をふくらませて、ククククと鳴《な》きました。

「私《わたし》が受《う》けとったんです、ドリトル先生《せんせい》！」ダブダブは、むっとしたように言《い》いました。「あの悪党《あくとう》のブロッサムがサーカスのお金《かね》をすっかり持《も》ちにげしたあと、どうやって食《た》べていけたと思《おも》っていらっしゃるんですか？　食料庫《しょくりょうこ》はからっぽだったんですよ、先生《せんせい》。小《こ》さじ一ぱいのお茶《ちゃ》っ葉《ぱ》と、かびくさいタピオカしかなかったんですから。」

「しかし、その金貨《きんか》は君《きみ》のものではないだろう」と、先生《せんせい》。

「ほかの人《ひと》のでもなかったから、ダブダブのもんにちてもよかったんでちゅ」と、ホワイティ。

「馬車《ばしゃ》の馬《うま》のうちろ足《あち》のあいだの土《ちゅち》にうもれてたんでちゅ。馬《うま》が土《ちゅち》をふんだり、けりあげたりちゆるもんだから、ぼく、目《め》がいいのに、なかなかわかりまちぇんでちた。」

「顕微鏡《けんびきょう》みたいに見《み》える目《め》をしたホワイティじゃなきゃ、見《み》つけられませんでしたよ」と、ダブダブ。「馬番《うまばん》の少年《しょうねん》たちや台所《だいどころ》のお手伝《てつだ》いさんたちに、だれのですかって聞《き》いてまわっても、しかたありませんでしたからね。金貨《きんか》なんて、だれのかわかるはずないじゃありませんか？　とにかく、もう使《つか》ってしまいました――もう一年近《ねんちか》く前《まえ》の話《はなし》です。」

「いやはや」と、先生《せんせい》はため息《いき》をつきました。「まあ、よかろう。話《はなし》をつづけてくれるかね、ピピネッラ？」

「私《わたし》は、宿屋《やどや》の主人《しゅじん》とそのおくさんと子《こ》どもたちから、とても大事《だいじ》にされて、歌《うた》をほめられました」と、カナリアは話《はなし》をつづけました。

「そこでたくさんのお友《とも》だちができました。だれもが立《た》ちどまって、私《わたし》に話《はな》しかけ、歌《うた》を聞《き》いてくれたんです――とてもいい気分《きぶん》でした。

あちらこちらから馬車《ばしゃ》がやってきては、また出発《しゅっぱつ》し、元気《げんき》な人《ひと》たちが宿屋《やどや》でいそがしくはたらいているようすを見《み》ていると、新《あたら》しい歌《うた》のアイデアが次々《つぎつぎ》にわいてきました。作曲《さっきょく》をするには、すばらしい場所《ばしょ》でした！

天気《てんき》のいい日《ひ》には、主人《しゅじん》は私《わたし》の鳥《とり》かごを宿屋《やどや》の入《い》り口《ぐち》のわきに高《たか》くつるしてくれました。そこで、私《わたし》はとっておきの歌《うた》を歌《うた》って、いらっしゃるお客《きゃく》をおむかえしたのです。私《わたし》が作詞作曲《さくしさっきょく》した

曲《きょく》は、みんなに気《き》に入《い》ってもらえました。『メイドさんたち出《で》ておいで、馬車《ばしゃ》が来《く》るよ！』という曲《きょく》がありました。馬車《ばしゃ》が近《ちか》づく音《おと》が聞《き》こえると、私《わたし》は声《こえ》をかぎりにそれを歌《うた》って、馬番《うまばん》の少年《しょうねん》やポーター（荷物《にもつ》を運《はこ》ぶボーイ）に『お客《きゃく》がまた馬車《ばしゃ》で到着《とうちゃく》しますよ』と教《おし》えてあげたのです。

お友《とも》だちになってくれた人《ひと》のなかに、ジャックという名前《なまえ》のおじいさんがいました。北《きた》のほうから夜行馬《やこうば》車《しゃ》を走《はし》らせてくるのです。その人《ひと》のために、『ジャンジャラ馬具《ばぐ》』という陽気《ようき》な曲《きょく》を作《つく》りました。ジャックじいさんは、にぎやかな中庭《なかにわ》に馬車《ばしゃ》をすべりこませるとき、私《わたし》を呼《よ》ぶのです。『やっほー、ピップ！　おーい！』（「ピップ」は「ピピネッラ」の愛称《あいしょう》です。）

すると私《わたし》は、ジャックじいさんに『ジャンジャラ馬《ば》具《ぐ》』を歌《うた》ってこたえるのでした。」

第2章

七つの海《うみ》の宿《やど》屋《や》

緑《みどり》のカナリアは、しばらく思《おも》い出《で》にふけっていたようでしたが、また話《はなし》をつづけました。

「その宿屋《やどや》では、人間《にんげん》のお友《とも》だちのほかに、動物《どうぶつ》のお友《とも》だちもいっぱいできました。馬車《ばしゃ》を引《ひ》く馬《うま》たちはみんな知《し》りあいで、お庭《にわ》にとっとこ走《はし》りこんでくるたびに、私《わたし》は名前《なまえ》を呼《よ》びかけたものでした。犬《いぬ》のお友《とも》だちもいました——門《もん》のそばの犬小屋《いぬごや》に住《す》んでいた番犬《ばんけん》と、馬小屋《うまごや》のまわりにうろついていたテリア犬《けん》たちです。犬《いぬ》たちは、町《まち》のうわさをなんでも知《し》っていました。馬《うま》の食《た》べる干《ほ》し草《くさ》をしまっておく小屋《こや》の天井《てんじょう》にハト小屋《ごや》があって、そこには遠《とお》くまで手紙《てがみ》を運《はこ》んで飛《と》んでいくように訓練《くんれん》された伝書《でんしょ》バトが住《す》んでいました。手紙《てがみ》にはおもしろい話《はなし》がたくさん書《か》いてあって、ハトたちは、夕暮《ゆうぐ》れどきに屋根《やね》の雨《あま》どいにとまったり、私《わたし》の鳥《とり》かごの下《した》のお庭《にわ》で歩《ある》きまわって馬《うま》の飼葉《かいば》ぶくろからこぼれ落《お》ちたトウモロコシをつついたりしながら、そのおもしろい話《はなし》をいろいろ聞《き》かせてくれました。

そうです。私《わたし》はいろんなところに住《す》みましたが、どこを思《おも》い返《かえ》してみても、あのすてきな、せ

わしない古《ふる》い宿屋《やどや》は、かごの鳥《とり》が望《のぞ》めるかぎりの最高《さいこう》のおうちだったと思《おも》います。そこに五か月《げつ》ほどいたでしょうか。ちょうどポプラが黄色《きいろ》く色《いろ》づく秋《あき》のことでした。私《わたし》は、きみょうなことに気《き》づいたのです。たくさんの人《ひと》たちが、心配《しんぱい》そうな深刻《しんこく》な顔《かお》をして、夕方《ゆうがた》になるとお庭《にわ》に集《あつ》まってひそひそやっているのです。

そのころまでに人間《にんげん》のことばがかなりわかるようになっていたので、すぐそばで話《はな》している人《ひと》たちの会話《かいわ》に聞《き》き耳《みみ》を立《た》ててみましたが、なんのことやらよくわかりませんでした。どうやら『政治《せいじ》』とかいうことについての話《はなし》のようでした。なんだかおちつかないふんいきになっていました。なにかが起《お》こるのを待《ま》つような、こわがるような感《かん》じでした。

そしてある日《ひ》のこと、私《わたし》は生《う》まれて初《はじ》めて、兵隊《へいたい》さんを見《み》ました。朝《あさ》、どかどかとお庭《にわ》に入《はい》りこんできたのです。みんな重《おも》そうな荷物《にもつ》を背負《せお》っていました。どろだらけのブーツのまますわりこみ、馬小屋《うまごや》にもたれて眠《ねむ》ってしまうほどつかれていた人《ひと》が多《おお》かったので、一晩《ひとばん》じゅう行進《こうしん》をしてきたにちがいありません。あくる朝《あさ》までそこにいて、背負《せお》っていた荷物《にもつ》から小《ちい》さなブリキのお皿《さら》をとりだすと、食事《しょくじ》をしました。

宿屋《やどや》のメイドたちとお友《とも》だちになった兵隊《へいたい》さんもいました。兵隊《へいたい》さんたちが出《で》ていくとき、居《い》間《ま》の窓《まど》から手《て》をふっていたメイドがふたり泣《な》いているのに私《わたし》は気《き》がつきました。ものすごく大《おお》ぜいの人《ひと》が見送《みおく》りに出《で》ていました。四列縦隊《れつじゅうたい》で銃《じゅう》をかつぎ、荷物《にもつ》を背負《せお》って赤《あか》い上着《うわぎ》を着《き》てとてもかっこいい兵隊《へいたい》さんは、たいこの**タンタン、タタタトン、トトン**というリズムに合《あ》わせて行進《こうしん》をしていったのです。

兵隊《へいたい》さんたちが行《い》ってしまって何日《なんにち》もたたないうちに、またわくわくすることがありました。別《べつ》の軍隊《ぐんたい》がやってきたのです。でも今度《こんど》は、かっこいい制服《せいふく》を着《き》ていませんでしたし、たいこに合《あ》わせて行進《こうしん》もしませんでした。ぼろぼろのかっこうの人《ひと》たちばかりで、目《め》は血走《ちばし》っていて、だらしがなくて、ばらばらでした！　ぞろぞろとお庭《にわ》に入《はい》ってくると、さけんだり、棒《ぼう》をふりまわしたりしたのです。リーダーは、バケツをひっくりかえした上《うえ》に立《た》って、演説《えんぜつ》をしました。宿屋《やどや》の主人《しゅじん》は、そのリーダーにみんなをよそへ連《つ》れていってくれとたのみました。自分《じぶん》のところの中《なか》庭《にわ》にこんな人《ひと》たちがいてはとてもこまるというふうでした。ところが、リーダーは聞《き》く耳《みみ》をもちません。ひとつの演説《えんぜつ》を終《お》えると、また別《べつ》の演説《えんぜつ》をはじめるのです。でも、なんのことを言《い》っているのか、私《わたし》にはわかりませんでした。

とうとう、ぼろぼろの一隊《いったい》は、自分《じぶん》たちのほうからどこかへ行《い》ってしまいました。お庭《にわ》ががらんとすると、宿屋《やどや》の主人《しゅじん》はすぐさま門《もん》を閉《し》めて、だれも入《はい》ってこられないようにかぎをかけました。

これはいったいどういうことなのかと、ハトに聞《き》いてみました。ハトは、むずかしい顔《かお》をして首《くび》をふりました。

『まったくわからんよ』と、ハトは言《い》いました。『なにかがもう何週間《なんしゅうかん》もつづいている。戦争《せんそう》でないといいんだがね。うちのハト小屋《ごや》のなかで一、二を争《あらそ》う優秀《ゆうしゅう》な伝書《でんしょ》バト二羽《わ》が、こないだの月曜《げつよう》に連《つ》れていかれちまった。どこに連《つ》れていかれたかわからん。だが、あの二羽《わ》のハトは、以《い》前《ぜん》、戦争《せんそう》の情報《じょうほう》を運《はこ》ぶのに使《つか》われていたんだ。』

『戦争《せんそう》って、なあに？』と、私《わたし》はたずねました。

『まったくだらん、めちゃくちゃなことさ』と、ハトは言《い》いました。『敵味方《てきみかた》に分《わ》かれて旗《はた》をふりあい、たいこをたたきあって、バンバン撃《う》ちあって殺《ころ》しあうんだ。いつも、さっきみたいに演説《えんぜつ》をしてはじまるんだよ。権利《けんり》だのなんだのについて話《はな》すんだ。』

『だけど、なんでそんなことするの？　そんなことして、なんになるの？』

『わからんね』と、ハト。『ほんとうのことを言《い》えば、あいつらにだってわかっちゃいないと思《おも》うよ。わしも若《わか》かったころは、戦場《せんじょう》の伝書《でんしょ》バトとしてはたらいたことがあるが、だれも、将軍《しょうぐん》にさえも、戦争《せんそう》がなんなのか、わしと同《おな》じようにわかっていなかったと思《おも》うね。』

ピピネッラは、話《はなし》を中断《ちゅうだん》して、水《みず》をすすると、またつづけました。

「ぼろぼろの人《ひと》たちが宿屋《やどや》にやってきて演説《えんぜつ》をしたその週《しゅう》に、また変《か》わったものがやってきました。今度《こんど》は、おそろしく優雅《ゆうが》な、自家用馬車《じかようばしゃ》でした。ドアのところにすばらしい絵《え》がえがかれていて、銀色《ぎんいろ》の馬具《ばぐ》をつけ、すてきな数頭《すうとう》の馬《うま》に乗《の》った人《ひと》たちが馬車《ばしゃ》を警護《けいご》していました。こんなりっぱな馬車《ばしゃ》を見《み》たことがありませんでした。

その馬車《ばしゃ》が道《みち》のむこうのほうにすがたをあらわしたとき、私《わたし》はいつもの『メイドさんたち出《で》ておいで、馬車《ばしゃ》が来《く》るよ！』を歌《うた》いはじめました。馬車《ばしゃ》がお庭《にわ》でとまって、背《せ》の高《たか》いえらそうな紳士《しん》がおりてきたときも、私《わたし》はまだ歌《うた》っていました。宿屋《やどや》の主人《しゅじん》は、すでに玄関前《げんかんまえ》の踏《ふ》み段《だん》のところへ出《で》て、低《ひく》く頭《あたま》をさげており、ボーイさんたちはお客《きゃく》が馬車《ばしゃ》からおりるのに手《て》を貸《か》して、その荷物《にもつ》を受《う》けとろうと近《ちか》くに立《た》っていました。ところが、ふしぎなことに、その優雅《ゆうが》な紳士《しんし》がまず目《め》をとめたのは、私《わたし》だったのです。

『すばらしい！』と、片《かた》メガネを一方《いっぽう》の目《め》に当《あ》てて、ゆっくりと私《わたし》の鳥《とり》かごに近《ちか》づきながら紳士《しんし》は言《い》いました。『なんてじょうずに歌《うた》うもんだろう！　カナリアかね？』

『はい、閣下《かっか》』と、主人《しゅじん》は前《まえ》に出《で》てきて言《い》いました。『緑《みどり》のカナリアでございます。』

『買《か》いとろう』と、優雅《ゆうが》な紳士《しんし》は言《い》いました。『わしの秘書《ひしょ》バクリーが、いくらであろうと支払《しはら》いをすませる。あすの朝《あさ》、わしといっしょに出発《しゅっぱつ》できるようにしておくように。』

これを聞《き》いた主人《しゅじん》がうなだれるのがわかりました。主人《しゅじん》は私《わたし》が大好《だいす》きだったので、どんな大金《たいきん》をもらおうと、私《わたし》を売《う》るなんてとんでもないと思《おも》っていたようです。ところが、ことわってこのえらそうな人《ひと》を怒《おこ》らせでもしたらたいへんなことになると、主人《しゅじん》はおそれていたのでした。

『かしこまりました、閣下《かっか》』と、主人《しゅじん》は低《ひく》い声《こえ》で言《い》い、そのお客《きゃく》のあとについて宿屋《やどや》のなかへ入《はい》っていきました。

私《わたし》としては、大《おお》あわてでした。ここでの生活《せいかつ》はとても居心地《いごこち》がよかったのです。なにも知《し》らないところへなんか行《い》きたくありませんでした。それなのに売《う》られてしまったのです。どうすることもできません。それはおそらく、かごの鳥《とり》であることの一番《いちばん》こまった点《てん》です。自分《じぶん》で飼《か》い主《ぬし》や家《いえ》をえらぶことができないのです。

さて、ふたりが宿屋《やどや》のなかへ入《はい》ったあと、私《わたし》は止《と》まり木《ぎ》にとまって、こんなことになってしまったことをかなりみじめな気持《きも》ちで考《かんが》えていると、お庭《にわ》に巣《す》をかけたお友《とも》だちのズアオアトリ君《くん》がやってきました。

『ねえ、教《おし》えて』と、私《わたし》は言《い》いました。『さっき馬車《ばしゃ》でやってきた、あのえらそうな人《ひと》、だあれ？』

『ああ、ありゃ、侯爵《こうしゃく》だよ』と、ズアオアトリ君《くん》。『ふんぞりかえったやつだろ。このあたり一帯《いったい》の土地《とち》の半分《はんぶん》は、製粉所《せいふんじょ》も、鉱山《こうざん》も、農場《のうじょう》もなにもかも、あいつのもんなのさ。おっそろしく金持《かねも》ちで、力《ちから》があるんだ。なんで、そんなこと聞《き》くんだい？』

『私《わたし》、あいつに買《か》われたのよ』と、私《わたし》は言《い》いました。『私《わたし》のこと、まるでチーズかなにかみたいに、つつんでおけって、宿屋《やどや》の主人《しゅじん》に言《い》ってたわ——主人《しゅじん》に売《う》る気《き》があるかどうか聞《き》きもしないで。』

『そうさ』と、ズアオアトリ君《くん》はうなずいて言《い》いました。『侯爵《こうしゃく》は、いつもそんな調子《ちょうし》さ。だれもが自分《じぶん》の言《い》うとおりにすると思《おも》いこんでやがるんだ——で、たいていの人《ひと》は、言《い》うとおりにしちまう。えらく力《ちから》のある人《ひと》だからね。だけど、そうはいかないぞって思《おも》ってる人《ひと》もいる。ほら、労働者《ろうどうしゃ》とか、ぼろぼろの服《ふく》を着《き》てた連中《れんちゅう》が演説《えんぜつ》してた集会《しゅうかい》、おぼえてるだろ？ ありゃあ、たいてい、侯爵《こうしゃく》のことを言《い》ってたんだ。どうやら侯爵《こうしゃく》が製粉所《せいふんじょ》や鉱山《こうざん》にどっさり機械《きかい》を入《い》れたらしいんだ。それでみんな、仕事《しごと》がなくなるとぶつくさ言《い》って、いやな気持《きも》ちになっている。こうなると、侯爵《こうしゃく》の命《いのち》があぶないっていう、うわささえあるんだぜ。』

『ふんだ』と、私《わたし》は言《い》いました。『あの人《ひと》の思《おも》いどおりにはさせないわ。私《わたし》をここから連《つ》れていくなら、もうひと声《こえ》だって歌《うた》ってあげるものですか。ざまァ見《み》ろよ！』

『なにをぶつくさ言《い》ってるのさ』と、ズアオアトリ君《くん》。『君《きみ》は、すっげえ上等《じょうとう》なおやしきに住《す》めるんじゃないか。だって、あいつは、百人《にん》も召《め》し使《つか》いのいるお城《しろ》に住《す》んでるっていうぜ。ものすげえ数《かず》の庭師《にわし》だっているって、おれ、知《し》ってるんだ。なにしろ、あいつの庭《にわ》に巣《す》をかけたとき、この目《め》で見《み》たもんな。おれに言《い》わせりゃ、君《きみ》は、かなりラッキーだぜ。』

『百人《にん》召《め》し使《つか》いがいようが、知《し》ったことじゃないわよ』と、私《わたし》は言《い》いました。『あの人《ひと》の顔《かお》が、気《き》にくわないの。私《わたし》はここで宿屋《やどや》の主人《しゅじん》とその家族《かぞく》と、ジャックじいさんと、ほかの御者《ぎょしゃ》のみんなといっしょにくらしたいのよ。みんな、お友《とも》だちなんだもの。侯爵《こうしゃく》に連《つ》れていかれるなら、私《わたし》、もう歌《うた》わない。』

『そいつぁ、すげえ笑《わら》い話《ばなし》じゃないか』と、ズアオアトリ君《くん》は考《かんが》えぶかそうに言《い》って、クスクス笑《わら》いました。『最強《さいきょう》の侯爵《こうしゃく》が、かごの鳥《とり》に反発《はんぱつ》されるなんてよ。侯爵《こうしゃく》の顔《かお》が気《き》にくわないっていうカナリアに会《あ》うまでは、だれだって思《おも》いどおりにしてきたっていうのに！　こりゃゆかいだ！　女房《にょうぼう》に教《おし》えてやらなきゃ。』

さて、あくる朝《あさ》、私《わたし》の鳥《とり》かごは、一家《いっか》の子《こ》どもたちが泣《な》いて見守《みまも》るなか、紙《かみ》でつつまれました。ほんとのところ、私《わたし》も泣《な》きたい気分《きぶん》でした。すっかりつつまれると、一番末《いちばんすえ》っ子《こ》の子《こ》どもが包《つつ》みのてっぺんに穴《あな》をあけて、私《わたし》に最後《さいご》のさようならを言《い》いました。その女《おんな》の子《こ》は、私《わたし》の上《うえ》に大《おお》きななみだのつぶをふたつ落《お》としました。それから、だれかが包《つつ》みを持《も》ったので、私《わたし》はお庭《にわ》へ運《はこ》ばれているんだなとわかりました。

何週間《なんしゅうかん》も何《なん》か月《げつ》も宿屋《やどや》に人々《ひとびと》が出入《ではい》りするのを見守《みまも》った私《わたし》も、こうして、地平線《ちへいせん》のかなたへつづく白《しろ》い道《みち》を馬車《ばしゃ》で出発《しゅっぱつ》することになったのです。どこへ行《い》くのでしょう？　どんなぼうけんが待《ま》っているのでしょう？

ふと、人《ひと》のいいジャックじいさんのことを思《おも》い出《だ》しました。今日《きょう》の夕方《ゆうがた》、おじいさんが門《もん》からいきおいよく入《はい》ってきて、かべに鳥《とり》かごがないと気《き》がつき、角砂糖《かくざとう》をあげると『ありがとう』と歌《うた》って返《かえ》すピップもいないとわかったら、あの陽気《ようき》な顔《かお》はどんな顔《かお》になってしまうのでしょう？　すごく心配《しんぱい》してくれるでしょうか——私《わたし》は自分《じぶん》にたずねました。しょせん、おじいさんにとって、私《わたし》はただのカナリアにすぎません——しかも、おじいさんのカナリアでさえないのです。

馬《うま》が急《きゅう》に前《まえ》へ歩《ある》きだしたとき、まあいいわ、と私《わたし》は思《おも》いました。めそめそしたってしょうがない。強《つよ》い心《こころ》で未来《みらい》にたちむかわなきゃ。」

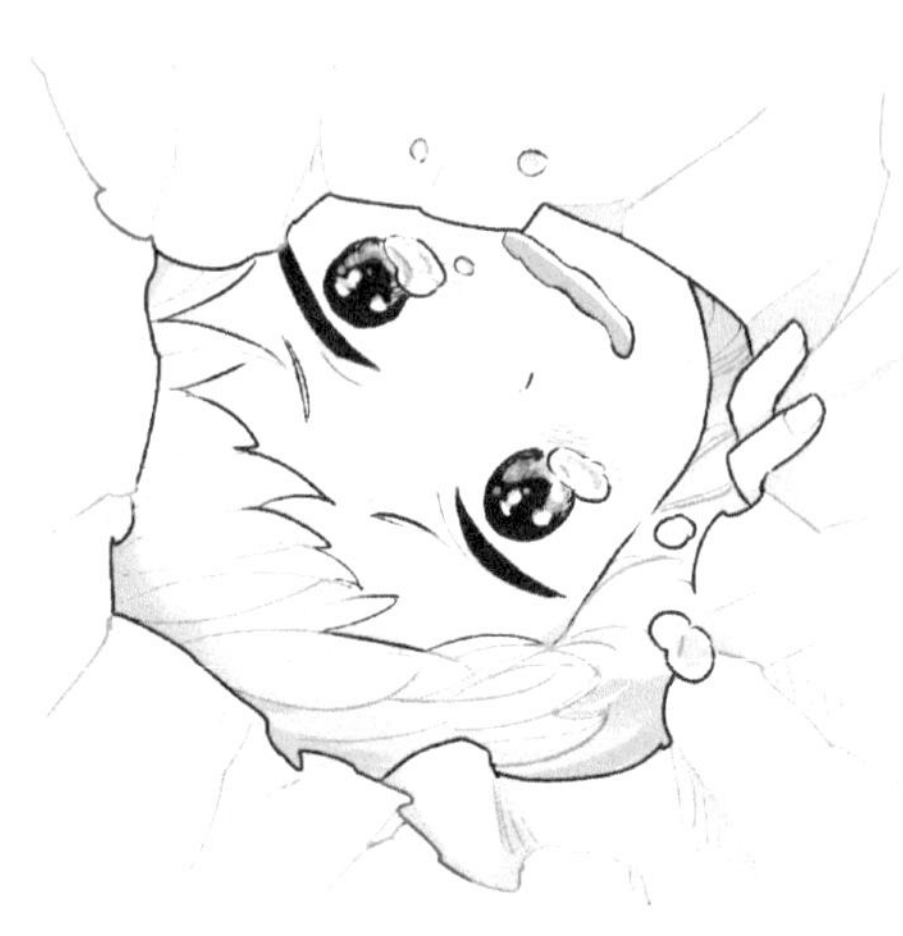

第3章 侯爵《こうしゃく》のお城《しろ》で

「長《なが》い旅《たび》でした。ときどき馬車《ばしゃ》が坂道《さかみち》をのぼっているのが感《かん》じられ、馬《うま》がぜえぜえいいながら、ゆっくりと歩《ある》いていました。また、谷《たに》の底《そこ》へおりていって、ブレーキがキキキと鳴《な》って、車輪《しゃりん》がきしむこともありました。とうとう、七時間《じかん》ほどゆられてから馬車《ばしゃ》がとまると、パタパタと足音《あしおと》が聞《き》こえました。ひびきわたる音《おと》の具合《ぐあい》から、どこか中庭《なかにわ》か、大《おお》きな建物《たてもの》の石造《いしづく》りの屋根《やね》つきの玄関《げんかん》に着《つ》いたのだろうと思《おも》いました。私《わたし》の鳥《とり》かごがとりだされ、ぐるぐると円《えん》をえがいてのぼっていく長《なが》い長《なが》いらせん階段《かいだん》を上《うえ》へ運《はこ》ばれました。

とうとう、つつみ紙《がみ》がはがされると、そこは、とても美《うつく》しい家具《かぐ》のある小《ちい》さなまるい部屋《へや》でした。ふたりの人《ひと》がいました——侯爵《こうしゃく》と、女《おんな》の人《ひと》です。女《おんな》の人《ひと》は、それはきれいなお顔《かお》をしていました。侯爵《こうしゃく》を少《すこ》しこわがっているように見《み》えました。

『マージョリー』と、侯爵《こうしゃく》は言《い》いました。『プレゼントをもってきたよ。このカナリアは、すばらしい歌《うた》を歌《うた》うんだ。』

『ありがとう、ヘンリー』と、女《おんな》の人《ひと》は言《い》いました。『気《き》にかけてくださって。』

それだけでした。なにかおかしいと思《おも》いました。マージョリーというのは、たしかに侯爵《こうしゃく》のおくさまなのです。それなのに、侯爵《こうしゃく》が数日《すうじつ》ぶりに帰《かえ》ってきたにもかかわらず、『ありがとう。気《き》にかけてくださって』だけしか言《い》わないのです。

侯爵《こうしゃく》がいなくなると、召《め》し使《つか》いたちが新《あたら》しい鳥《とり》かごをもってきました。見《み》たこともないような、豪華《ごうか》な鳥《とり》かごでした。純銀《じゅんぎん》でできているのです。彫刻《ちょうこく》のほどこされた象牙《ぞうげ》の止《と》まり木《ぎ》があって、エナメルを塗《ぬ》った金《きん》のエサ箱《ばこ》と、真珠貝《しんじゅがい》の内《うち》がわのきらきらするところをはったブランコがありました。その鳥《とり》かごに引《ひ》っこしてみて、『こんなりっぱなおうちに今《いま》までどんな鳥《とり》が住《す》んでいたのかしら。しあわせにくらしていたのかしら』と、ふと思《おも》いました。

さて、お城《しろ》にいて数日《すうじつ》たってみると、思《おも》ったよりもわるくない引《ひ》っこしだったと思《おも》うようになりました。ふたたび幸運《こううん》にめぐまれたのです。王家《おうけ》の一員《いちいん》であるかのように、下《した》へもおかぬもてなしぶりでした。かごは毎日《まいにち》、念入《ねんい》りにそうじされました。朝《あさ》にはリンゴを切《き》ったものをもらえて、夜《よる》にはレタスをもらいました。エサの種《たね》は最高級品《さいこうきゅうひん》でした。一日《にち》おきに、小《ちい》さな銀《ぎん》のお皿《さら》にお湯《ゆ》を入《い》れてくれたので、水《みず》あびができました。私《わたし》のめんどうを見《み》てくれる気配《きくば》りのこまやかさは、まったくもうしぶんのないものでした。

そうしたことすべてに、侯爵《こうしゃく》のやさしくて優雅《ゆうが》なおくさまであるマージョリーが気《き》をつけてくれていました――おくさまは、ベルを鳴《な》らしさえすれば、大《おお》ぜいの召《め》し使《つか》いが仕《つか》えてくれるにもかかわらず、みずから私《わたし》のめんどうを見《み》てくださったのです。私《わたし》は、おくさまが大好《だいす》きになりました。とても気《き》になったのは、おくさまがこっそり泣《な》いてばかりいることでした。なんだかとってもふしあわせでいらっしゃるので、どうしたんだろうと私《わたし》は思《おも》いました。

私《わたし》は宿屋《やどや》から連《つ》れさられるなら、歌《うた》わないと誓《ちか》ったことを、みなさん、おぼえていらっしゃいますね。一週間《しゅうかん》以上《いじょう》歌《うた》わずにいて、侯爵《こうしゃく》をいらいらさせてやりました。侯爵《こうしゃく》は、私《わたし》がお城《しろ》に来《き》てから歌《うた》わなくなったと知《し》ると、宿屋《やどや》へ送《おく》り返《かえ》してしまえと命《めい》じたのですが、おくさまが私《わたし》を飼《か》っていたいとおっしゃって、侯爵《こうしゃく》はよかろうと言《い》ったのです。

その夜《よる》おそく、おくさまは、また泣《な》いていました。私《わたし》はおくさまがかわいそうになって、元気《げんき》づけられないかと、ふいに、声《こえ》をかぎりに鳴《な》きはじめました。すると、どうでしょう、おくさまは顔《かお》をあげて、にっこりして、私《わたし》に話《はな》しかけたのです。それからというもの、『メイドさんたち出《で》ておいで、馬車《ばしゃ》が来《く》るよ！』とか、馬《うま》にブラシをかけるときに歌《うた》う『ジャンジャラ馬具《ばぐ》』といった私《わたし》の知《し》っている楽《たの》しい歌《うた》を何度《なんど》も歌《うた》って、おくさまがなみだをぬぐえるようにしてあげました。でも、侯爵《こうしゃく》のためには、一声《ひとこえ》だって歌《うた》ってやることはしませんでした。侯爵《こうしゃく》が部屋《へや》に入《はい》ってくると、歌《うた》っている最中《さいちゅう》でも、ぴたりとやめたのです。

私《わたし》はお城《しろ》にいるあいだ、ずっと、その小《ちい》さなまるい部屋《へや》にいました。どうやら、侯爵《こうしゃく》のおくさま——侯爵夫人《こうしゃくふじん》と呼《よ》ばれていました——の部屋《へや》で、手紙《てがみ》を書《か》くために使《つか》う特別《とくべつ》な部屋《へや》のようでした。あたたかい日《ひ》には、私《わたし》の鳥《とり》かごを窓《まど》の外《そと》のくぎにかけてくださいました。そこからは、ずっとはるか遠《とお》くのほうまで、いなかのすばらしい風景《ふうけい》がながめられました。

ある日《ひ》の夕方《ゆうがた》、私《わたし》は、侯爵《こうしゃく》とそのおくさまのあいだにある問題《もんだい》——たくさんあるのかもしれませんが——のひとつについて、見当《けんとう》がつきました。ずっとけんかをしていたのです。鉱山《こうざん》や製粉《せいふん》

所《じょ》の労働者《ろうどうしゃ》のことでした。おくさまは、侯爵《こうしゃく》がみんなにやさしくしてあげて、みんながはたらけるようにしてあげてほしいと思《おも》っていました。ところが侯爵《こうしゃく》は、新《あたら》しい機械《きかい》を入《い》れたから、そんなに大《おお》ぜいの労働者《ろうどうしゃ》はいらないと言《い》うのです。おくさまは、たくさんの労働者《ろうどうしゃ》の妻子《さいし》が飢《う》えていると侯爵《こうしゃく》に話《はな》しました。侯爵《こうしゃく》は、そんなことは自分《じぶん》の責任《せきにん》ではないと言《い》います。

さらに、こうした話《はなし》から察《さっ》するに、遠《とお》くの鉱山《こうざん》でクビになった労働者《ろうどうしゃ》たちが大《おお》ぜいやってきて、機械《きかい》をこわしたり、鉱山《こうざん》をめちゃくちゃにしたようです。そこで兵隊《へいたい》が呼《よ》びよせられ、たくさんの労働者《ろうどうしゃ》が撃《う》ち殺《ころ》され、夫《おっと》を失《うしな》った女《おんな》の人《ひと》や、おとうさんを失《うしな》った子《こ》どもたちが残《のこ》されたのです。侯爵夫人《こうしゃくふじん》はひざまずいて、こんなことはやめてくれと夫《おっと》にたのみました。侯爵《こうしゃく》は笑《わら》うばかりでした。いずれは機械《きかい》の時代《じだい》になって、労働者《ろうどうしゃ》にとってかわって、もっとたくさんの仕事《しごと》をするようになるのだと、侯爵《こうしゃく》は言《い》いました。国《くに》じゅうの製粉所《せいふんじょ》や鉱山《こうざん》に機械《きかい》が入《い》れられ、仕事《しごと》をなくした人《ひと》たちが反対《はんたい》していたのです。時代《じだい》の流《なが》れだと、侯爵《こうしゃく》は、夫人《ふじん》に言《い》いました。

侯爵《こうしゃく》が立《た》ちさったあと、一通《つう》の手紙《てがみ》が侯爵夫人《こうしゃくふじん》にとどきました。夫人《ふじん》がそれを読《よ》んで、ひどく心《こころ》をなやませているのがわかりました。夫人《ふじん》は、いつも夫人《ふじん》のそばで秘書《ひしょ》のようなことをしている、信頼《しんらい》できる女《おんな》の人《ひと》を呼《よ》び入《い》れると、その手紙《てがみ》のことを話《はな》しました。それは侯爵《こうしゃく》の領地《りょうち》にある町《まち》に住《す》む女《おんな》の人《ひと》からでした。仕事《しごと》をなくした労働者《ろうどうしゃ》の家《いえ》では、子《こ》どもたちが飢《う》えて、ひどいことになっていると書《か》いてありました。

その夜《よ》、侯爵夫人《こうしゃくふじん》は労働者《ろうどうしゃ》の女《おんな》の人《ひと》のようなかっこうをして、果樹園《かじゅえん》の小《ち い》さな門《もん》から、こっそりお城《しろ》をぬけ出《だ》しました。私《わたし》は塔《とう》の窓《まど》から、夫人《ふじん》が出《で》ていくのを見《み》ていました。パンを何斤《なんきん》かとそのほかの食《た》べるものをバスケットに入《い》れて、夫人《ふじん》は何《なん》キロも何《なん》キロも歩《ある》いて、手紙《てがみ》を書《か》いた女《おんな》の人《ひと》を見《み》つけようとしました。

夫人《ふじん》が帰《かえ》ってきたのは朝《あさ》の二時《じ》ごろでした。そのあいだじゅうずっと窓《まど》の外《そと》につるされた鳥《とり》かごにほうっておかれた私《わたし》は、朝《あさ》の冷気《れいき》にほとんどこごえそうでした。夫人《ふじん》は私《わたし》をなかへ入《い》れて、私《わたし》のことを忘《わす》れていたことを、さめざめと泣《な》いてくれました。でも、夫人《ふじん》はそれどころではなかったのだと、私《わたし》にはわかっていました――それに、夫人《ふじん》が私《わたし》のことをほったらかしにしたのは、その一回《いっかい》きりでした。

二日後《ふつかご》、ほかの工場《こうじょう》で機械《きかい》がこわされたという知《し》らせが入《はい》りました。侯爵《こうしゃく》はあいかわらず激怒《げきど》していましたが、いつものとおり、おこっていても、とても静《しず》かに威厳《いげん》があって、冷淡《れいたん》でした。侯爵《こうしゃく》は、鉱山《こうざん》や工場《こうじょう》を守《まも》るためにもっと兵隊《へいたい》を呼《よ》ぶように命《めい》じました。そして、兵隊《へいたい》がやってきたその日《ひ》、どうやら軍曹《ぐんそう》のひとりが労働者《ろうどうしゃ》と口《くち》げんかになったようです。なにがどうなっているのかわからないうちに、軍隊《ぐんたい》と労働者《ろうどうしゃ》たちのあいだに大乱闘《だいらんとう》がはじまってしまいました。それが

おさまってみると、百五十人《にん》もの労働者《ろうどうしゃ》たちが殺《ころ》されてしまっていたのです。たいへんなさわぎとなって、だれもがこの事件《じけん》のうわさをしました。部屋《へや》をそうじする召《め》し使《つか》いたちが、『これは戦争《せんそう》だ。侯爵《こうしゃく》さまは気《き》をつけたほうがいい』と話《はな》しているのが聞《き》こえました。たしかに力《ちから》のある人《ひと》ではありますが、大《おお》ぜいでやってくる人々《ひとびと》を**犬《いぬ》ころのように撃《う》ち殺《ころ》すわけにはいかない**というのです。

台所《だいどころ》から侯爵夫人《こうしゃくふじん》の小《ちい》さな塔《とう》の部屋《へや》へおぼんを運《はこ》ぶ係《かかり》のメイドは、殺《ころ》された労働者《ろうどうしゃ》のなかにおにいさんがいたそうです。だんなさんをなくした義理《ぎり》のお姉《ねえ》さんを助《たす》けに行《い》くといって泣《な》いていました。お城《しろ》の召《め》し使《つか》いたちの多《おお》くは、いっしょにお城《しろ》を出《で》ていこうとしていました。みんな、とてもおこっていたのです。

みんなが玄関前《げんかんまえ》の踏《ふ》み段《だん》のところで、泣《な》いているメイドをとりかこんで、おこって話《はなし》をしていると、ふいに侯爵《こうしゃく》がお庭《にわ》からやってきました。『このさわぎはなんだ』と、侯爵《こうしゃく》はたずねました。侯爵《こうしゃく》はあまりにもえらくて、おそれられていたので、人々《ひとびと》はひとことも言《い》わずに、さっといなくなり、あとにメイドがひとり残《のこ》されました。侯爵《こうしゃく》はメイドに数万円《すうまんえん》をあたえ、屋敷《やしき》のなかへ入《はい》ろうとしました。しかし、メイドはお金《かね》を侯爵《こうしゃく》の背中《せなか》めがけて投《な》げつけ、さけびました。

『おにいさんを返《かえ》して。あんたのきたないお金《かね》なんて、いらない！』

それからメイドは、泣《な》きながら、お庭《にわ》を走《はし》ってにげました。侯爵《こうしゃく》があからさまに非難《ひなん》されたのを見《み》たのは、それが初《はじ》めてでした。」

「それから」と、ピピネッラは、話《はなし》をまとめました。「人々《ひとびと》のいかりの感情《かんじょう》が高《たか》まりました。あちこちから、あの大乱闘《だいらんとう》――虐殺《ぎゃくさつ》と呼《よ》ばれていました――について労働者《ろうどうしゃ》たちが思《おも》ったことを口《くち》にしているといううわさが聞《き》こえてきました。機械《きかい》を動《うご》かすためにやとわれている人《ひと》たちのほとんどは、殺《ころ》された人《ひと》たちの遺族《いぞく》に同情《どうじょう》して、ストライキをはじめました。もちろん、それで事態《じたい》は悪化《あっか》しました。そのために、さらに多《おお》くのおくさんや家族《かぞく》がもっとおなかをすかせるはめになったからです。

ある日《ひ》の朝《あさ》、私《わたし》がお城《しろ》の窓《まど》のそばの鳥《とり》かごのなかから、下《した》のおだやかな森《もり》をながめていますと、あえぐ馬《うま》に乗《の》って、馬《うま》をせかしながら全速力《ぜんそくりょく》でお城《しろ》めざしてやってくる男《おとこ》が見《み》えました。侯爵夫人《こうしゃくふじん》も窓《まど》からその人《ひと》を見《み》て、すぐにメイドに、なんの知《し》らせか聞《き》きに行《い》かせました。

数分後《すうふんご》、メイドがものすごく興奮《こうふん》してもどってきて、領地《りょうち》じゅうの人《ひと》たちが武器《ぶき》を持《も》って立《た》ちあがったと夫人《ふじん》に伝《つた》えました。何千人《なんぜんにん》もの労働者《ろうどうしゃ》たちが、何《なん》キロもはなれた町《まち》からもやってきて、お城《しろ》にむかって行進《こうしん》しているというのです。使《つか》いの人《ひと》は、侯爵《こうしゃく》に命《いのち》があぶないと警告《けいこく》に来《き》たのでした。

兵隊《へいたい》たちへの命令《めいれい》が発《はっ》せられましたが、お城《しろ》の近《ちか》くに部隊《ぶたい》はおらず、数時間《すうじかん》は助《たす》けに来《く》ることができません。労働者《ろうどうしゃ》の集団《しゅうだん》には、侯爵《こうしゃく》の農場《のうじょう》ではたらく人《ひと》たちも大《おお》ぜいくわわり、今《いま》や何千人《なんぜんにん》もの軍隊《ぐんたい》となって、お城《しろ》をめちゃくちゃにしてやろうと、やってくるのです。

これを聞《き》いて、侯爵夫人《こうしゃくふじん》はすぐに階段《かいだん》をかけおりて、夫《おっと》をさがしに行《い》きました。夫人《ふじん》が部屋《へや》から出《で》ていったとき、森《もり》のむこうからとてもへんな音《おと》が聞《き》こえました。低《ひく》くにぶい、うなるような音《おと》で、どんどん近《ちか》づいて、どんどん大《おお》きくなっています。やがて侯爵《こうしゃく》と夫人《ふじん》がお城《しろ》の下《した》のお庭《にわ》に出《で》てきました。夫人《ふじん》は、にげるようにと説得《せっとく》しています。最初《さいしょ》、侯爵《こうしゃく》は聞《き》き入《い》れませんでした。しかし、労働者《ろうどうしゃ》の軍隊《ぐんたい》のうなり声《ごえ》が近《ちか》づいてくると、侯爵《こうしゃく》はわかったと言《い》って、馬《うま》を出《だ》すために馬屋《うまや》へむかいました。侯爵夫人《こうしゃくふじん》は、数歩《すうほ》歩《ある》いたところで、私《わたし》のことを思《おも》い出《だ》してくださったようです。というのも、夫人《ふじん》は立《た》ちどまり、私《わたし》の鳥《とり》かごを指《ゆび》さしながら、侯爵《こうしゃく》になにか言《い》っていたからです。

しかし、侯爵《こうしゃく》は、夫人《ふじん》の手首《てくび》をつかむと、馬屋《うまや》のほうへ引《ひ》っぱっただけでした。夫人《ふじん》は何度《なんど》もふりかえりましたが、侯爵《こうしゃく》はぐずぐずさせませんでした。やがて、ふたりはかきねをまわって見《み》えなくなり、それが、私《わたし》がふたりを見《み》た最後《さいご》となりました。

ついに労働者《ろうどうしゃ》たちがあらわれましたが、まったくおかしな見《み》てくれの軍隊《ぐんたい》でした。こんなにぼろぼろで、飢《う》え死《じ》にしかけていて、必死《ひっし》になっている人《ひと》たちを見《み》たことがありません。この人《ひと》たちは、最初《さいしょ》、城壁《じょうへき》の上《うえ》や窓《まど》から撃《う》たれるのではないかとこわがっていて、森《もり》にかくれながら、おそるおそる近《ちか》づいてきました。

　危険《きけん》はないとわかると、みんなは、大声《おおごえ》をあげたり、どなったり、歌《うた》を歌《うた》ったりして、木《き》づちや熊手《くまで》をふりまわしながら、お城《しろ》の前《まえ》に、何百《なんびゃく》、何千《なんぜん》と集《あつ》まりました。お城《しろ》の召《め》し使《つか》いたちのなかには、出《で》ていってその仲間《なかま》に入《はい》る者《もの》もいました。しかし、とてもとても年《とし》をとった執事《しつじ》は、ご主人《しゅじん》さまのお城《しろ》を最後《さいご》まで守《まも》りぬく決意《けつい》でした。ドアにかぎをかけ、窓《まど》をふさいで、だれも入《い》れまいとしたのです。

　ところが、労働者《ろうどうしゃ》たちのリーダーは、重《おも》たい角材《かくざい》をもってこさせました。これを思《おも》いきりドアにぶつけて、やがてドアをこわし、老《お》いた執事《しつじ》を連《つ》れ出《だ》して、お城《しろ》を占拠《せんきょ》しました。

　それから、めちゃくちゃにこわしたりあばれたりのお祭《まつ》りさわぎがはじまりました。ワイン貯《ちょ》蔵庫《ぞうこ》からワインのびんやたるをどんどん運《はこ》び出《だ》し、しばふの上《うえ》であけて飲《の》みました。高価《こうか》な絹《きぬ》や、

掛《か》け物《もの》や、時計《とけい》や、家具《かぐ》が、窓《まど》から外《そと》へ投《な》げ落《お》とされました。こわされなかった貴重品《きちょうひん》は、ぬすまれました。連中《れんちゅう》は、私《わたし》のいる部屋《へや》まではあがってこなかったのですが、すぐ下《した》の部屋《へや》で、笑《わら》ったり、大声《おおごえ》を出《だ》したり、木《き》づちで物《もの》をこわしている音《おと》が聞《き》こえました。

お城《しろ》の前庭《まえにわ》をまた見《み》おろしてみると、リーダーが『城《しろ》から、はなれろ』と、みんなに呼《よ》びかけていました。すぐ下《した》の部屋《へや》にいた男《おとこ》たちが、ドタドタと階段《かいだん》をおりていく音《おと》が聞《き》こえました。やがて、私《わたし》だけが、お城《しろ》にひとり取《と》り残《のこ》されてしまいました。今度《こんど》はどうなるのだろうと思《おも》いました。外《そと》のリーダーのまわりにみんなが集《あつ》まると、リーダーは手《て》をあげて、みんなを静《しず》かにさせました。なにか話《はな》そうというのです。大《おお》さわぎしていた人々《ひとびと》が静《しず》まると、私《わたし》はリーダーのことばを聞《き》こうと耳《みみ》をかたむけました。

ことばが聞《き》こえました。それを聞《き》いて、私《わたし》の心臓《しんぞう》はとまりそうになりました。というのも、リーダーは、馬屋《うまや》からわらをもってきて、貯蔵庫《ちょぞうこ》から油《あぶら》をもってこいと命《めい》じていたのです。お城《しろ》に火《ひ》をつけようというのです！」

しんしんと夜《よ》もふけて、真夜中《まよなか》をすぎていましたが、ピピネッラのお話《はなし》はまだまだ終《お》わりそうにありませんでした。

先生《せんせい》は、すっかりお話《はなし》に夢中《むちゅう》になって聞《き》き入《い》っていたので、近《ちか》くの馬屋《うまや》からふいに馬《うま》のいななきが聞《き》こえてきて、あすの朝《あさ》いつものとおりに先生《せんせい》が十時《じ》にサーカスをあけなければならないと思《おも》い出《だ》させてくれなければ、時間《じかん》のことなど忘《わす》れたままだったことでしょう。

ですから、ガブガブがぶうぶう文句《もんく》を言《い》いましたが――ガブガブって、ご存《ぞん》じのとおり、なにか口実《こうじつ》を見《み》つけては夜《よ》ふかしをしたがるんです――緑《みどり》のカナリアは鳥《とり》かごに入《い》れられて、動物《どうぶつ》たちは寝《ね》ることになりました。

しかし、お話《はなし》はかならずあくる日《ひ》の夕方《ゆうがた》につづけるという約束《やくそく》を先生《せんせい》からとりつけるまでは、動物《どうぶつ》たちは寝《ね》に行《い》きませんでした。

第4章 救出《きゅうしゅつ》

あくる日《ひ》の夕方《ゆうがた》、お客《きゃく》がサーカス会場《かいじょう》から帰《かえ》って、見世物小屋《みせものごや》も閉《し》まり、すべての後《あと》かたづけをすませて夜《よる》をすごすばかりになったとき、トートーが夕食前《ゆうしょくまえ》に先生《せんせい》のところへ会計《かいけい》の話《はなし》をしに行《い》きました。いつもは夕食後《ゆうしょくご》に会計報告《かいけいほうこく》をしていたのですが、夕食《ゆうしょく》を食《た》べたらすぐピピネッラのお話《はなし》をつづけられるようにと気《き》をまわしたのです。そして、ダブダブが夕食《ゆうしょく》の後《あと》かたづけを終《お》えるとすぐに、小《ちい》さな緑《みどり》のカナリアの鳥《とり》かごの戸《と》があけられ、カナリアはテーブルの上《うえ》に飛《と》びおりて、先生《せんせい》のタバコ入《い》れの箱《はこ》にとまりました。

「よろしい」と、ドリトル先生《せんせい》は、ノートを開《ひら》き、ポケットからえんぴつをとりだしながら言《い》いました。「いつでもはじめて――」

「ちょっと待《ま》って」と、ガブガブが言《い》いました。「ぼくのいす、低《ひく》すぎるよ。クッションをおかなきゃ。高《たか》くしとかないと、お話《はなし》がよく聞《き》こえないからね。」

「うるさい子《こ》ね！」ダブダブが鼻《はな》を鳴《な》らしました。

「さて」と、ピピネッラは、はじめました。「私《わたし》がどんな気持《きも》ちだったか、ご想像《そうぞう》いただけると思《おも》いますが――いえ、ご想像《そうぞう》いただけませんね。あの場《ば》で同《おな》じ経験《けいけん》をしなければ、とてもわかっていただけないと思《おも》います。とうとう私《わたし》もこれでおしまいだと本気《ほんき》で思《おも》いました。

私《わたし》は、下《した》に集《あつ》まった人《ひと》たちを、恐怖《きょうふ》の思《おも》いで、ぼうぜんと見守《みまも》っていました。男《おとこ》たちが何人《なんにん》も、お城《しろ》の入《い》り口《ぐち》と馬屋《うまや》のあいだを行《い》き来《き》して、わらをどっさり運《はこ》んでいました。それをナラの木材《もくざい》でできた大《おお》きなドアの前《まえ》に積《つ》みあげて、玄関《げんかん》のなかにも入《い》れて、部屋《へや》の内《うち》がわの羽目板《はめいた》にそってぐるりと積《つ》みあげたのです。そして、貯蔵庫《ちょぞうこ》から、油《あぶら》を油差《あぶらさ》しや缶《かん》やたるに入《い》れて運《はこ》んできました。油《あぶら》をわらにそそぎ、お城《しろ》の前面《ぜんめん》のあいた窓《まど》からひらひらしている長《なが》いカーテンにもそそぎました。

それから、リーダーがぐるりと見《み》まわって、火《ひ》をつける前《まえ》に、みんなをお城《しろ》からはなれさせました。ひとりを森《もり》のなかへ行《い》かせましたが、だれかやってこないか見張《みは》らせたのだと思《おも》います。たぶん兵隊《へいたい》がやってくるのをおそれたのでしょう。しばらく、わらにマッチの火《ひ》がつけられるあいだ、きみょうな、息《いき》のつまる沈黙《ちんもく》がありました。みんな、自分《じぶん》たちがしている犯罪《はんざい》の重大《じゅうだい》さをわかっていたことは明《あき》らかでした。しかし、玄関《げんかん》に火《ひ》がとつぜんめらめらと明《あか》るく燃《も》えあがると、悪魔《あくま》のようなよろこびのさけびが、ぼろぼろの人《ひと》たちから飛《と》び出《だ》しました。そして、手《て》をつないで、大《おお》きな輪《わ》になって、にくむべき男《おとこ》のお城《しろ》が燃《も》えているまわりを、めちゃくちゃにおどったのでした。

馬屋《うまや》に残《のこ》されていたわずかな馬《うま》は、連《つ》れ出《だ》され、少《すこ》しはなれた木々《きぎ》に安全《あんぜん》につながれました。侯爵《こうしゃく》の犬《いぬ》が二ひき――ロシア産《さん》のウルフハウンド（猟犬《りょうけん》）とキングチャールズスパニエル（ペット用《よう》の犬《いぬ》）――助《たす》け出《だ》され、わらに火《ひ》をつける前《まえ》に外《そと》へ出《だ》されました。私《わたし》だけが見落《みお》とされてしまったのです。ナラの木材《もくざい》でできた大《おお》きなドアに火《ひ》がすっかりまわって、けむりでだれもなかへ入《はい》れなくなってから、だれかがとうとう塔《とう》の高《たか》いところにいる私《わたし》に気《き》づいてくれました。何人《なんにん》かが私《わたし》を指《ゆび》さしているのです。しかし、助《たす》けようにも手《て》おくれでした。かべの羽目板《はめいた》も、ドアも、ゆかも、階段《かいだん》も、お城《しろ》の下《した》のほうにある、木《き》でできているところはすべて、今《いま》や、ものすごいい

きおいで燃《も》えていたのですから。

熱風《ねっぷう》がふきあがり、息《いき》のつまるけむりや、まいちる火《ひ》の粉《こ》が、私《わたし》の銀《ぎん》の鳥《とり》かごのまわりまで飛《と》んできました。けむりが一番《いちばん》いけませんでした。火《ひ》にやられる前《まえ》に、息《いき》がつまって死《し》んでしまうと思《おも》いました。

ところが、幸《さいわ》い、しばらくすると風《かぜ》がどっとふきはじめました。もう息《いき》がつまって死《し》ぬと思《おも》ったところで、あがってくるけむりが風《かぜ》でおしのけられ、私《わたし》は息《いき》がつけたのでした。

私《わたし》は、鳥《とり》かごの格子《こうし》をつついたり、引《ひ》っぱったりしました。外《そと》に出《で》られるなんてありえないとは思《おも》いながらも、おぼれる者《もの》と同《おな》じで、ひょっとしたらうまい具合《ぐあい》に、どこかゆるんでいたり弱《よわ》っていたりして、曲《ま》げたり、こわしたりできないだろうかと、はかない期待《きたい》をもったのです。しかし、すぐに、じたばたして力《ちから》をむだにしているだけだとわかりました。それから、近《ちか》くを飛《と》んでいる野鳥《やちょう》に声《こえ》をかけましたが、もうもうたるけむりにおそれをなして、だれも近《ちか》よってこようとはしません。それに、たとえやってきてくれても、私《わたし》を助《たす》けることなどできるはずがなかったのです。

私《わたし》のいるところからは、森《もり》やあたり一面《いちめん》を見晴《みは》らせるだけでなく、あいた窓《まど》から部屋《へや》のなかを見《み》ることもできました。やがて、そちらのほうから助《たす》けが来《こ》ないかと思《おも》って部屋《へや》をのぞいている

と、ネズミが一ぴき、ものすごく興奮《こうふん》して、ゆかのまんなかを走《はし》ってくるのが見《み》えました。

『どこからけむりがくるの?』と、そのメスのネズミはさけびました。『なにが燃《も》えているの?』

『お城《しろ》が火事《かじ》なのよ』と、私《わたし》は言《い》いました。『ここに来《き》て、鳥《とり》かごをかじって、穴《あな》をあけられないかやってみてちょうだい。外《そと》に出《だ》してくれないと、私《わたし》、鳥《とり》の丸焼《まるや》きになっちゃうわ。』

『あたしをなんだと思《おも》ってるの?』と、ネズミ。『ペンチか、やすりだとでも思《おも》ってるの? 銀《ぎん》なんかかじれるわけないでしょ。それに、ゆかの下《した》の穴《あな》には、子《こ》どもが五ひきいるのよ。助《たす》けなきゃ。』

ネズミは、なにかぶつぶつ言《い》いながら、ドアへ走《はし》って、らせん階段《かいだん》をおりて見《み》えなくなってしまいましたが、すぐにまたもどってきました。

『下《した》はだめだわ』と、ネズミ。『三階《かい》から下《した》は、階段《かいだん》がぜんぶ燃《も》えているわ。』

ネズミは、窓《まど》わくにとびあがりました。おかしなことに、大災害《だいさいがい》のさなかには、ひどく細《こま》かなことが心《こころ》にきざまれるものです。この小《ちい》さな動物《どうぶつ》の顔《かお》つきは、いまだに忘《わす》れられません。その顔《かお》は、鳥《とり》かごからつい十五センチほどのところにありました。ネズミは、ものすごい高《たか》さにある石《いし》の窓《まど》わくのふちから、ずっと下《した》のお庭《にわ》や木《き》の梢《こずえ》を見《み》おろしているのでした。口先《くちさき》のひげがふるえ、鼻《はな》の先《さき》がひくひくしていました。閉《と》じこめられ、にげることもできない私《わたし》のことなど気《き》にかけもしていません——私《わたし》のエサを何度《なんど》もぬすんだくせに。ネズミは、ゆか下《した》の巣《す》にいる自分《じぶん》のかわいそうな子《こ》どもたちのことで頭《あたま》がいっぱいなのです。

『なんてこと！』ネズミは、つぶやきました。『あまりに高《たか》いわ。でも、これしか方法《ほうほう》はない。やってみるしかないわ。』

それからふりかえって、部屋《へや》へとびおりると、ゆかをササッと走《はし》って、穴《あな》のなかへ消《き》えました。

いなくなったのは、ほんの一瞬《いっしゅん》で、ふたたびすがたをあらわしたときは、口《くち》にちっぽけなピンク色《いろ》のあかちゃんをくわえていました。まだ体《からだ》に毛《け》が生《は》えておらず、目《め》はつぶったままです。豆《まめ》つぶほどの大《おお》きさのブタのように見《み》えました。

ネズミは、窓《まど》わくのはしまで来《く》ると、少《すこ》しもためらわずに、塔《とう》の外《そと》の壁面《へきめん》を歩《ある》きだしました。石《いし》と石《いし》のあいだのモルタルのはげ落《お》ちたところを足場《あしば》にして、はって進《すす》んでいったのです。そんなに高《たか》い塔《とう》の外《そと》がわを歩《ある》いておりていくなんて、ネズミでもむりだろうとお思《おも》いでしょうが、雨《あめ》風《かぜ》のせいで、モルタルのほとんどは深《ふか》くえぐれていて、ネズミならかんたんにしがみつくことができたのです。

ネズミは塔《とう》の三分《ぶん》の二ほどをおりていきましたが、下《した》からの炎《ほのお》のけむりがすさまじくてそれ以《い》

上《じょう》おりるのはむりでした。ネズミは木《き》を見《み》つめていました。てっぺんの枝《えだ》が塔《とう》に近《ちか》いところまでのびています。目《め》で距離《きょり》をはかると、歯《は》でちっちゃなあかちゃんをくわえたまま、ジャンプしました。つめで、一番《いちばん》はしの葉《は》っぱになんとかしがみつきました。細《ほそ》い枝《えだ》がしなって、ネズミの重《おも》みでゆっくりとゆれました。それから、ネズミは枝《えだ》をササッと伝《つた》って、幹《みき》をおり、幹《みき》の穴《あな》にあかちゃんを入《い》れると、残《のこ》りのあかちゃんを連《つ》れにもどりました。

　五ひきの子《こ》どもを一ぴきずつ長《なが》い時間《じかん》をかけて救《すく》うというのは、ネズミにとってたいへんなことでした。ネズミがえっちらおっちら、モルタルの割《わ》れめに見《み》えかくれしながら塔《とう》をはいあがってくるのを見守《みまも》っているとき、私《わたし》はよいことを思《おも》いつきました。そこで、ネズミが窓《まど》わくまで来《き》たとき、私《わたし》はこう言《い》ったのです。

『あと四ひき、連《つ》れておりなきゃいけないのに、火《ひ》は刻一刻《こくいっこく》と階段《かいだん》をあがってくるわよ。私《わたし》がかごから出《で》られたら、あなたの十分《ぶん》の一の時間《じかん》で子《こ》どもたちを下《した》へおろしてあげられる。私《わたし》を自由《じゆう》にしてみようとためしてはどうかしら？』

　ネズミはその小《ちい》さなビーズのような目《め》で、ずるそうに私《わたし》を見《み》あげました。

『カナリアなんか信用《しんよう》できるもんですか。』しばらくしてネズミは言《い》いました。『いずれにしろ、そのかごじゃ、どこもかじれやしないわよ。』

それからネズミは、ほかの子《こ》を連《つ》れてこようと、自分《じぶん》の巣穴《すあな》へ走《はし》っていきましたが、さっきよりもすぐにもどってきました。

『ゆか下《した》が熱《あつ》くなってきてる。窒息《ちっそく》しないように、全員《ぜんいん》、窓《まど》わくのところまで連《つ》れてこなきゃ。』

『しかも、けむりが、ゆか下《した》のすきまからもう入《はい》ってきてるわ。』と、ネズミ。

それからネズミは、残《のこ》りの大切《たいせつ》な家族《かぞく》を連《つ》れてきて、鳥《とり》かごのそばの石《いし》の窓《まど》わくの上《うえ》にならべました。それから、一ぴきずつくわえて、安全《あんぜん》なところへ運《はこ》びはじめました。

どんどん濃《こ》くなり真《ま》っ黒《くろ》になってうず巻《ま》いているけむりをくぐりぬけ、ネズミは、とびちる火《ひ》花《ばな》のなかを通《とお》って、目《め》もくらむようなお城《しろ》の下《した》まで、ジグザグしながら四度《ど》おりていきました。つまり、四度《ど》、あかちゃんをくわえて、石《いし》のかべから木《き》の枝《えだ》の先《さき》へ飛《と》びうつっていったわけです。木《き》の葉《は》っぱは、高《たか》く燃《も》えあがる火《ひ》に焼《や》かれ、黒《くろ》くこげていました。三度《ど》めのとき、ネズミは、メラメラと燃《も》える炎《ほのお》をくぐりました。それでも四度《ど》めのためにもどってきたのです。最後《さいご》の子《こ》を助《たす》けに窓《まど》わくにやってきたとき、ネズミはよろよろして、弱《よわ》っていて、毛《け》やひげがこげていました。

そうしてネズミは、最後《さいご》の子《こ》を連《つ》れて永遠《えいえん》にいなくなってしまいました。それから何分《なんぷん》もたたぬうちに、塔《とう》のなかからものすごい音《おと》が聞《き》こえ、小《ちい》さなまるい部屋《へや》の下《した》のほうから火《ひ》花《ばな》がふきあがりました。長《なが》いらせん階段《かいだん》（その一部《いちぶ》かもしれません）が、たおれたのです。階段《かいだん》の下《した》の部分《ぶぶん》

が燃《も》えつきたせいです。このおかげで私《わたし》は助《たす》かったのだと、ときどき思《おも》います。というのも、これで私《わたし》の小《ちい》さな部屋《へや》は、下《した》のほうで燃《も》えさかっていた部分《ぶぶん》と切《き》りはなされたからです。もし火《ひ》があの部屋《へや》までできていたら、私《わたし》は助《たす》からなかったでしょう。なにしろ、鳥《とり》かごは外《そと》につりさげられてはいましたが、窓《まど》にあまりにも近《ちか》くて危険《きけん》だったからです。下《した》では今《いま》や、かまど口《ぐち》のように窓《まど》から炎《ほのお》がふきだしているのが見《み》えました。

労働者《ろうどうしゃ》のリーダーが、かべからはなれているようにとさけんでいました。塔全体《とうぜんたい》がやがてガラガラとたおれると思《おも》ったのでしょう。となれば、私《わたし》もおしまいです。私《わたし》は下《した》の階《かい》で燃《も》えさかっている炎《ほのお》のどまんなかに落《お》ちて死《し》ぬのです。

リーダーの命令《めいれい》にこたえて、男《おとこ》たちは森《もり》のなかへとさがりはじめました。すると、なにやら新《あたら》しいさわぎがもちあがったようです。おたがいに声《こえ》をかけあって、丘《おか》の下《した》の、森《もり》のふもとのほうを指《ゆび》さしています。燃《も》えさかる炎《ほのお》の音《おと》がうるさくて、なにを言《い》っているのか、なにを気《き》にしているのかさっぱりわかりませんでした。

そのうちに、みんな、なんだかあわてふためきだしました。というのも、運《はこ》べるだけの盗品《とうひん》をかき集《あつ》めると、一同《いちどう》はお城《しろ》からちりぢりににげだし、うしろをふりかえりながら森《もり》のなかへ走《はし》っていったからです。二分《ふん》もすると、だれも見《み》えなくなってしまいました。ネズミもいなくなりました。人間《にんげん》たちもいなくなりました。私《わたし》だけが火事《かじ》のなかにとり残《のこ》されたのです。

するとき、とつぜん炎《ほのお》の音《おと》のむこうから、絶望《ぜつぼう》しかかっていた心《こころ》に希望《きぼう》をもたらしてくれる音《おと》が聞《き》こえてきました。**タンタンタン、タントコ、トントン**という、たいこの音《おと》でした。

私《わたし》は止《と》まり木《ぎ》にとびあがって、森《もり》のむこうを見《み》ようと首《くび》をのばしました。すると、はるかかなたに細《ほそ》い赤《あか》いリボンのように見《み》えたのは、四列縦隊《れつじゅうたい》で行進《こうしん》して道《みち》をのぼってくる兵隊《へいたい》さんたちでした！

兵隊《へいたい》さんたちがお城《しろ》に着《つ》いたときには、下《した》からのけむりがひどくて、ほとんどなにも見《み》えませんでした。私《わたし》は息《いき》がつまって、空気《くうき》がなくてあえいで、頭《あたま》もくらくらしていました。しかし、司《し》令官《れいかん》が兵隊《へいたい》を二手《ふたて》に分《わ》けているのがわかりました。司令官《しれいかん》がみずからひきいる一隊《いったい》は労働者《ろうどうしゃ》を追《お》いかけ、残《のこ》る一隊《いったい》は火《ひ》を消《け》すのです。もっとも、お城《しろ》はもちろん、すっかりだめになっていました。兵隊《へいたい》が着《つ》いてすぐに、大広間《おおひろま》の一方《いっぽう》のかべが音《おと》をたててくずれ、それといっしょに屋根《やね》も大《だい》部分落《ぶぶんお》ちました。でも、私《わたし》がいる塔《とう》の部分《ぶぶん》は、まだ立《た》っていました。

玄関《げんかん》のドアから遠《とお》くないところに、魚《さかな》が泳《およ》いでいる大《おお》きな池《いけ》がありました。兵隊《へいたい》たちは、馬屋《うまや》からたくさんバケツをもってきて、バケツリレーで水《みず》をくんでは、火《ひ》にかけました。みるみるうちに、鳥《とり》かごのまわりにたちのぼっていた熱気《ねっき》とけむりとが弱《よわ》まりはじめました。

しかし、もちろん火事《かじ》がほんとうにおさまるまでは、バケツリレーを何時間《なんじかん》もしなければなりませんでした。

別《べつ》の隊《たい》といっしょに出《で》ていった司令官《しれいかん》がもどってきました。労働者《ろうどうしゃ》はひとりもつかまらなかったのです。木《き》にむすびつけられた馬《うま》を何頭《なんとう》か連《つ》れて帰《かえ》ってきた兵隊《へいたい》もいました。侯爵《こうしゃく》がもっていたすばらしい全財産《ぜんざいさん》のうち残《のこ》ったのは、この馬《うま》と、貯蔵庫《ちょぞうこ》に残《のこ》った食料《しょくりょう》と、小《ちい》さな小屋《こや》がいくつかだけでした。この国《くに》で一番《いちばん》りっぱなお城《しろ》は、その美《うつく》しさを世界《せかい》じゅうに知《し》られていたのに、塔《とう》の部分以外《ぶぶんいがい》、燃《も》えてしまったのです。

もはやなにもできることはないと思《おも》った司令官《しれいかん》は、軍曹《ぐんそう》にその場《ば》をまかせて、兵隊《へいたい》のひとりを連《つ》れて、森《もり》のなかへとつづく道《みち》を帰《かえ》っていきました。残《のこ》った者《もの》は、消火活動《しょうかかつどう》をつづけ、また火《ひ》が出《で》ないようにしました。

私《わたし》は、あの陽気《ようき》なたいこの音《おと》が聞《き》こえてからというもの、ずっと歌《うた》いつづけていました。しかし、けむりのせいで、私《わたし》の歌声《うたごえ》は、せきか、きれぎれの音《おと》にしかなりませんでした。それでも、ようやく空気《くうき》が晴《は》れてくると、私《わたし》はのどを開《ひら》いて、『メイドさんたち出《で》ておいで、馬車《ばしゃ》が来《く》るよ！』を思《おも》いきり歌《うた》いました。兵隊《へいたい》を指揮《しき》していた年老《としお》いた軍曹《ぐんそう》は、頭《あたま》をあげて耳《みみ》をかたむけました。どこから聞《き》こえてくるのかわからずにいたのですが、やがて鳥《とり》かごが、ずっとずっと上《うえ》の真《ま》っ黒《くろ》になった塔《とう》のてっぺんにあることに気《き》づきました。

『なんてこった、諸君《しょくん》！』軍曹《ぐんそう》がさけぶのが聞《き》こえました。『カナリアだ！　このとりでの唯一《ゆいいつ》の生《い》き残《のこ》りだ。幸運《こううん》のお守《まも》りとして、あのカナリアを手《て》に入《い》れよう。』

しかし、私《わたし》を手《て》に入《い》れるのは、かんたんではありませんでした。くずれ落《お》ちた石《いし》が山《やま》となって、すべての入《い》り口《ぐち》をふさいでいるのです。兵隊《へいたい》たちは、はしごをさがしに馬屋《うまや》へ行《い》きました。

ようやく塔《とう》の一番下《いちばんした》の窓《まど》にとどくはしごが見《み》つかりました。しかし、はしごをのぼっていった兵隊《へいたい》は、下《した》の仲間《なかま》に、なかの階段《かいだん》が焼《や》け落《お》ちているので、これより上《うえ》へはあがれないとさけびました。それでも、年老《としお》いた軍曹《ぐんそう》は、なんとしても私《わたし》を手《て》に入《い》れるつもりでした。

これほどの火事《かじ》を生《い》きぬき、まだ歌《うた》を歌《うた》えるカナリアは、どんな軍隊《ぐんたい》にも幸運《こううん》をもたらしてくれると、軍曹《ぐんそう》は確信《かくしん》していたのでした。そして、命《いのち》にかけても、あのカナリアを手《て》に入《い》れてみせると、はげしく誓《ちか》ったのでした。それから軍曹《ぐんそう》は馬屋《うまや》へもどり、ロープを手《て》に入《い》れ、塔《とう》の一番下《いちばんした》の窓《まど》まではしごをのぼりました。それから、塔《とう》のなかにまだ残《のこ》っていた、こわれた梁《はり》やめちゃくちゃになった木組《きぐ》みのはしにロープを投《な》げかけると、少《すこ》しずつロープをたぐって上《うえ》へ自分《じぶん》を引《ひ》っぱりあげました。そしてとうとう、うれしくなるような個性的《こせいてき》な顔《かお》が、私《わたし》の部屋《へや》の、階段《かいだん》がなくなって穴《あな》があいたゆかから、ひょっこりのぞきました。むかしの傷《きず》でしょうか、ほほにひどい傷《きず》

がありました。しかし、それでも、すてきな顔《かお》でした。

『いよぉ、そこの！』軍曹《ぐんそう》は部屋《へや》のなかへ、よいしょとあがると、窓《まど》のそばへやってきながら言《い》いました。『じゃ、おまえさんが、ひとりで城《しろ》を守《まも》ったってわけかい？　地獄《じごく》にかけて、おまえさんは、ほんものの兵隊《へいたい》だよ！　おれたちの鉄砲隊《てっぽうたい》にくわわれよ。おまえさんを軍隊《ぐんたい》のマスコットにしてやらあ。』

わが救世主《きゅうせいしゅ》となった軍曹《ぐんそう》が窓《まど》から頭《あたま》をつき出《だ》して、鳥《とり》かごをくぎからはずすと、下《した》にいた仲間《なかま》たちが歓声《かんせい》をあげました。軍曹《ぐんそう》はロープを銀《ぎん》の鳥《とり》かごのわっかに結《むす》んで、塔《とう》の外《そと》を下《した》へおろしはじめました。私《わたし》はゆっくりとさがっていき、ものすごい高《たか》さからの巨大時計《きょだいどけい》のふりこのようにゆれました。そしてとうとう、わいわいとよろこんでいる兵隊《へいたい》たちのまんなかへおり、しっかりとした大地《だいち》に着地《ちゃくち》しました。

こんなふうにして、わが人生《じんせい》のひとつの章《しょう》が終《お》わりました――

そして、もうひとつの章《しょう》がはじまったのです。」

第5章 小《ちい》さなマスコット

「こうして私《わたし》は、兵隊《へいたい》さん――鉄砲隊《てっぽうたい》でした――のマスコットになりました。私《わたし》のように軍隊《ぐんたい》といっしょに旅《たび》をし、戦闘《せんとう》や小《こ》ぜりあいに参加《さんか》し、軍隊生活《ぐんたいせいかつ》を送《おく》ったことがあるとじまんできるようなカナリアは多《おお》くありません。」

「ふん、ぼくなんか、船乗《ふなの》りの生活《せいかつ》を送《おく》ったことがあるよ」と、ガブガブが言《い》いました。「世界《せかい》じゅうを船《ふね》で旅《たび》して、船酔《ふなよ》いもしなかったんだよ。」

「まあ、それはいいから」と、先生《せんせい》。「ピピネッラに、話《はなし》のつづきをさせなさい。」

「兵隊《へいたい》さんは」と、カナリアはつづけました。「侯爵《こうしゃく》が好《す》きではありませんでした。侯爵《こうしゃく》の家《いえ》を守《まも》りに行《い》くように命《めい》じられたから、したがっただけです。しかし、この争《あらそ》いでは、兵隊《へいたい》さんは労《ろう》働者《どうしゃ》たちに同情《どうじょう》していました。兵隊《へいたい》さんは、お城《しろ》に着《つ》いたとき、侯爵《こうしゃく》がすでに死《し》んでいるとわかっていたにちがいありません。さもなければ、あのように私《わたし》を自分《じぶん》たちのものにしようとはしなかったでしょう。じつのところ、侯爵《こうしゃく》は、となり町《まち》の外《そと》で殺《ころ》されたのでした。いつもまずしい人《ひと》

に親切《しんせつ》にしていた侯爵夫人《こうしゃくふじん》は、もちろんおそわれませんでした。しかし、夫人《ふじん》はいろいろなことで心《こころ》をひどく痛《いた》め、すぐに海外《かいがい》へ行《い》って、そこで死《し》ぬまでくらしました。

私《わたし》の美《うつく》しい銀《ぎん》の鳥《とり》かごは、兵隊《へいたい》さんのひとりによって売《う》りとばされ（もちろん、侯爵《こうしゃく》の鳥《とり》をぬすんだと言《い》われるのをおそれたのです）、私《わたし》は質素《しっそ》な木《き》の鳥《とり》かごへうつされました。傷《きず》のある、個性的《こせいてき》な顔《かお》をした年老《としお》いた軍曹《ぐんそう》は、自分《じぶん》からすすんで私《わたし》のめんどうを見《み》て、私《わたし》の世話《せわ》をしようとしてくれました。軍曹《ぐんそう》は私《わたし》の新《あたら》しい木製《もくせい》の鳥《とり》かごを赤《あか》と白《しろ》と青《あお》の三色《しょく》にぬって、部隊《ぶたい》の記章《きしょう》を鳥《とり》かごの横《よこ》にえがき、さらに楽《たの》しくするために、四《よ》すみからリボンをたらしました。

とにかく、おかしなことに、この人《ひと》たちは、私《わたし》には魔法《まほう》の命《いのち》があると信《しん》じていたのです。燃《も》えさかるお城《しろ》のなかで私《わたし》が歌《うた》を歌《うた》っていたというお話《はなし》は、何度《なんど》も何度《なんど》もくりかえし話《はな》されました。そして、話《はな》されるたびに、尾《お》ひれがついて、さらにもう少《すこ》し感動的《かんどうてき》なお話《はなし》になっていったのです。私《わたし》は、ほとんど神聖《しんせい》なまでに大切《たいせつ》にされるようになりました。なにをもってしても私《わたし》を殺《ころ》すことはできないし、私《わたし》が鉄砲隊《てっぽうたい》とともにいるかぎり、この部隊《ぶたい》は幸運《こううん》だと信《しん》じられたのです。私《わたし》が病《びょう》気《き》になると――たいしたことはない、ただの腹痛《ふくつう》ですが――兵隊連中《へいたいれんちゅう》はぞろぞろと私《わたし》の鳥《とり》かごを何時間《なんじかん》も、見《み》たこともないような悲《かな》しそうな表情《ひょうじょう》をうかべて、とりかこんだのです。私《わたし》が死《し》んでしまうのではないかと、ほんとにおびえたんですね。そして、ようやく私《わたし》が元気《げんき》になってふたたび歌《うた》いはじめると、みんな、わっと歓声《かんせい》をあげて、夜《よる》じゅう大声《おおごえ》で歌《うた》を歌《うた》ってお祝《いわ》いしてくれたのです。

あるとき小《こ》ぜりあいがあって、私《わたし》の鳥《とり》かごを二発《はつ》の弾《たま》がとおりすぎ、一発《いっぱつ》は私《わたし》の水入《みずい》れをこなごなにくだき、もう一発《いっぱつ》は私《わたし》がとまっていたまさにその止《と》まり木《ぎ》をぶっとばしました。戦《たたか》いが終《お》わって、このことが発見《はっけん》されると、鳥《とり》かごは部隊《ぶたい》じゅうの人《ひと》の手《て》から手《て》へまわされて、これこそたしかに私《わたし》には魔法《まほう》の命《いのち》があって、殺《ころ》されることはない証拠《しょうこ》だと、みんな思《おも》いこむことになりました。まったく、おかしな、おかしな人《ひと》たちです。みんなは、荒《あ》れてかたくなった手《て》で鳥《とり》かごを持《も》って、くだかれた止《と》まり木《ぎ》とこなごなになった水入《みずい》れのそばで私《わたし》が平気《へいき》でとびはねているのを、うやうやしいおどろきをもって見《み》つめ、まるで教会《きょうかい》にいるときみたいにひそひそささやきあったのでした。

その夜《よ》、兵隊《へいたい》さんたちは、私《わたし》が戦火《せんか》をくぐりぬけたかがやかしい功績《こうせき》をたたえて、私《わたし》に勲章《くんしょう》をあたえる儀式《ぎしき》をしてくれました。部隊全体《ぶたいぜんたい》が整列《せいれつ》して、わが年老《としお》いた軍曹《ぐんそう》が勲章《くんしょう》を鳥《とり》かごにかけるあいだ、ささげ銃《つつ》(軍隊《ぐんたい》の敬礼《けいれい》のひとつ)をしたのです。あくる日《ひ》、司令官《しれいかん》がそのことを聞《き》きつけて、私《わたし》は司令官《しれいかん》の食堂《しょくどう》へ運《はこ》ばれました。なにもかもりっぱで、優雅《ゆうが》な部屋《へや》です。わが軍曹《ぐんそう》が私《わたし》の戦功《せんこう》を述《の》べあげるのを、大佐《たいさ》と少佐《しょうさ》と副官《ふくかん》が聞《き》いていました。しかし、どこでその鳥《とり》を手《て》に

入《い》れたのかとたずねられると、軍曹《ぐんそう》は急《きゅう》に顔《かお》を赤《あか》らめて、まごついてしまいました。とうとう、ほんとうのことを話《はな》し、火事《かじ》から私《わたし》を助《たす》けたことを言《い》いました。大佐《たいさ》はまゆをしかめ、ぬすみについてなにか言《い》いましたが、最後《さいご》には、侯爵夫人《こうしゃくふじん》にカナリアをゆずっていただきたいと手紙《てがみ》を書《か》くから、それまでは軍曹《ぐんそう》に私《わたし》をあずけておくと言《い》いました——夫人《ふじん》はのちに、よろこんで同意《どうい》してくださいました。その話《はなし》がすんだあと、副官《ふくかん》が、鳥《とり》かごにかかった勲章《くんしょう》を指《ゆび》さして、みんな笑《わら》いました。少佐《しょうさ》は、『ぬすんだカナリアにせよ、火《ひ》をかいくぐったりっぱな業績《ぎょうせき》でたたえられたカナリアはほかにはいない』と言《い》い、『これをマスコットにできる部隊《ぶたい》は、ほこらしいだろう』と言《い》いました。

それにしても、軍隊生活《ぐんたいせいかつ》というのは、おかしなくらしでした。兵隊《へいたい》さんなら、いつも戦《たたか》ってばかりいるものだと思《おも》っていました。そうじゃないんですから、おどろきです。一日《いちにち》の大半《たいはん》はボタンをみがいているのです。軍隊《ぐんたい》では、いっしょうけんめい、みがいてばかりです。ボタンじゃなければ、ベルトのバックルとか、銃剣《じゅうけん》とか、砲身《ほうしん》とか、くつをみがきます。鳥《とり》かごも、みがいてくれました。小《ちい》さなたいこたたきの少年《しょうねん》は、鳥《とり》かごの四《よ》すみについている真鍮《しんちゅう》の足《あし》を毎朝《まいあさ》みがくように言《い》われました——ゆっくり朝《あさ》ごはんを食《た》べたいときに、鳥《とり》かごがガタガタゴトゴトするので、大《だい》めいわくでした。

私《わたし》は行進《こうしん》が大好《だいす》きで、ラッパ吹《ふ》きが整列《せいれつ》の合図《あいず》をふくと、ほんとうにぞくぞくしました。それが聞《き》こえたら、どこか新《あたら》しいところへ行《い》って新《あたら》しいぼうけんをするということになるからです。私《わたし》は、炊事用《すいじよう》などの道具類《どうぐるい》を積《つ》んだ荷馬車《にばしゃ》に乗《の》って旅《たび》をしました。私《わたし》のかごを荷物《にもつ》のてっぺんにのせてくれるものですから、私《わたし》はすごく高《たか》い、なにもかも見《み》える特等席《とくとうせき》にいたのです。

兵隊《へいたい》さんたちは、長《なが》く、つかれる行進《こうしん》のあいだ、元気《げんき》づけるために歌《うた》を歌《うた》いました。私《わたし》も、私《わたし》なりに行進《こうしん》の歌《うた》を作《つく》り、みんながつかれて、暑《あつ》くて、ばててくると、それを歌《うた》ってあげました。

『おお、私《わたし》は小《ちい》さなマスコット、羽根《はね》の生《は》えた兵隊《へいたい》さん』と、はじまります。それから、チュルルルところがる声《こえ》や、ふるえる声《こえ》や、カデンツァ（楽章《がくしょう》が終《お》わる直前《ちょくぜん》の華麗《かれい》な独唱《どくしょう》）や、ルラード（装飾音《そうしょくおん》の一種《いっしゅ》）をたくさん入《い》れて、鼓笛隊《こてきたい》の音《おと》をまねました。私《わたし》が作《つく》った最高《さいこう》の曲《きょく》のひとつです。ほんものの軍隊《ぐんたい》らしい調子《ちょうし》になっていて、長《なが》い行進《こうしん》でずっと歌《うた》えるように、四二五番《ばん》まで

の歌詞《かし》があります。兵隊《へいたい》さんたちはとても気《き》に入《い》ってくれました。みんなが私《わたし》の前《まえ》の道《みち》をザッザッと歩《ある》いていくのを見《み》ると、私《わたし》はたとえ小《ちい》さな役割《やくわり》であっても、兵隊《へいたい》さんたちのくらしのなかで重要《じゅうよう》な役割《やくわり》をはたしていると感《かん》じられたのでした。

　戦争《せんそう》は、ばかげた、おろかしいものでしかありません。そして、私《わたし》の仲間《なかま》たちがしていた戦争《せんそう》は、とくにいまわしいものでした。というのも、このときの敵《てき》は、外国《がいこく》ですらなかったからです。すでにお話《はな》しした機械導入《きかいどうにゅう》ゆえの騒動《そうどう》が国《くに》じゅうに広《ひろ》がっていました。鉄砲隊《てっぽうたい》と、ほかのいくつかの部隊《ぶたい》は、抗議《こうぎ》をする労働者《ろうどうしゃ》の無法《むほう》や暴動《ぼうどう》をおさえるために、町《まち》から町《まち》へといそがしく移動《いどう》していたのです。

　私《わたし》が鉄砲隊《てっぽうたい》にくわわった直後《ちょくご》、北部《ほくぶ》で暴動《ぼうどう》が起《お》きたので、鉄砲隊《てっぽうたい》はすぐ北部《ほくぶ》へむかうように命《めい》じられました。『まもなく着《つ》く先《さき》の工場町《こうばまち》は、暴動《ぼうどう》を起《お》こした労働者《ろうどうしゃ》たちがすっかり支配《しはい》している』と、行《い》くとちゅうの宿屋《やどや》や村《むら》で教《おし》えてもらいました。連中《れんちゅう》は私《わたし》たちがやってくると聞《き》いて、むかえ撃《う》ってやろうと準備《じゅんび》をしているのです。しかし、町《まち》がかべにかこまれていたり、要塞《ようさい》になっていなかったのは、幸《さいわ》いでした。守《まも》りの弱《よわ》いところが見《み》つかって、兵隊《へいたい》は町《まち》の家《いえ》と家《いえ》のあいだを通《とお》って町《まち》のなかへ入《はい》りこみました。すぐに、兵隊《へいたい》はあちこちの通《とお》りをおさえたうえで、内《うち》がわから労働者《ろうどうしゃ》の砲手《ほうしゅ》たちを不意打《ふいう》ちしました。戦《たたか》いがはじまって一時間《じかん》もしないうちに、半分以上《はんぶんいじょう》の大砲《たいほう》がこうしてとりあげられ、残《のこ》りの大砲《たいほう》は、野原《のはら》のむこうの牛《うし》や犬《いぬ》やしげみを、遠《とお》くで戦《たたか》う歩兵隊《ほへいたい》とまちがえて、意味《いみ》もなく撃《う》っていました。とりあげた大砲《たいほう》の砲手《ほうしゅ》たちは、たいていにげてしまいました。兵隊《へいたい》たちは、できるかぎり敵《てき》を殺《ころ》さないようにしていたので、むこうが応戦《おうせん》してこないなら、銃《じゅう》で撃《う》ったりしないで、にがしてやったのです。

戦《たたか》いが終《お》わると、戦《たたか》っていた労働者《ろうどうしゃ》のほとんど全員《ぜんいん》が、町《まち》の西半分《にしはんぶん》にある大《おお》きな鉱山《こうざん》ににげこんだことがわかりました。しかし、そこでつかまるくらいなら死《し》んだほうがいいと思《おも》って、みんな、この鉱山《こうざん》にある建物《たてもの》とそばの巨大《きょだい》な工場《こうじょう》にたてこもりました。

けれども、戦《たたか》いにはなりませんでした。鉄砲隊《てっぽうたい》は、建物《たてもの》に大砲《たいほう》を撃《う》つように命《めい》じられたとき、だれも傷《きず》つかないように、屋根《やね》をこえて弾《たま》が飛《と》んでいくように、わざとねらいをはずしたのです。何度《なんど》やってもそうなるので、とうとう将軍《しょうぐん》はかんかんにおこってしまいました。

そのころには、建物《たてもの》のなかの労働者《ろうどうしゃ》たちは、穴《あな》からのぞき見《み》ていて、兵隊《へいたい》が味方《みかた》をしてくれるらしいと気《き》づきました。そして、将軍《しょうぐん》がまたもや長々《ながなが》と兵隊《へいたい》たちをしかりつけ、こちらがごたごたしているときをねらって、労働者《ろうどうしゃ》たちは、とつぜん建物《たてもの》のドアをあけて、全速力《ぜんそくりょく》で広場《ひろば》めがけて突進《とっしん》してきたのです。

そんなこんなで、結局《けっきょく》のところ、わが勇《ゆう》かんな鉄砲隊《てっぽうたい》は、ぼろをまとった労働者《ろうどうしゃ》たちに負《ま》けて

しまいました。その半分《はんぶん》は武器《ぶき》さえなにも持《も》っていませんでしたが、もちろん鉄砲隊《てっぽうたい》はわざと負《ま》けたのです。自分《じぶん》と同《おな》じ国《くに》の人《ひと》たちが武器《ぶき》も持《も》たずに大《おお》ぜいたてこもっている建物《たてもの》に大砲《たいほう》を撃《う》ちこむぐらいなら、なったことのない捕虜《ほりょ》になったほうがましなのです。あとで聞《き》いた話《はなし》では、鉄《てっ》砲隊《ぽうたい》は外国《がいこく》に派遣《はけん》されて、知《し》らない人《ひと》ばかりいる外国《がいこく》で、本格的《ほんかくてき》な戦争《せんそう》をしたそうです。

一方《いっぽう》、私《わたし》の鳥《とり》かごを乗《の》せた荷車《にぐるま》は、労働者《ろうどうしゃ》たちの戦利品《せんりひん》となりました。ふいに、とてもきたないかっこうの男《おとこ》ふたりが荷車《にぐるま》をごろごろと広場《ひろば》の外《そと》へ、曲《ま》がりくねった道《みち》へおし出《だ》していきました。その道《みち》は、町《まち》の労働者《ろうどうしゃ》の住《す》む地区《ちく》のほうへつづいているようでした。

私《わたし》の短《みじか》く、いさましい軍隊生活《ぐんたいせいかつ》は、これで終《お》わったのです。」

ピピネッラがお話《はなし》をひとまず区切《くぎ》ると、ダブダブがベッドの準備《じゅんび》をして、いそがしくはたらきはじめました。ダブダブはカナリアの身《み》の上話《うえばなし》を心《こころ》から楽《たの》しんでいたのですが、それと仕事《しごと》とは別《べつ》です。先生《せんせい》と先生《せんせい》の家族《かぞく》に目《め》を光《ひか》らせていなければ、夜明《よあ》かしだってしかねませんから。

「寝《ね》る時間《じかん》ですよ！」ダブダブは、きっぱりと言《い》いました。「あしたはあしたの風《かぜ》がふく——いそがしい日《ひ》になりますよ。」

それを聞《き》くと、先生《せんせい》と動物《どうぶつ》たちは、おやすみなさいを言《い》って、それぞれの寝場所《ねばしょ》へ行《い》きました。

トートーは箱馬車《キャラバン》の暗《くら》いすみにあるたなのてっぺんにとまりました。ホワイティは、先生《せんせい》の古《ふる》い上着《うわぎ》のポケットのなかでまるまり、ジップは先生《せんせい》のベッドの下《した》にたたんであるマットの上《うえ》に寝《ね》そべりました。

ピピネッラはもちろん、箱馬車《キャラバン》の窓《まど》の近《ちか》くにつるされた鳥《とり》かごへもどりました。ダブダブは、みんなが気持《きも》ちよくとこについて、明《あ》かりが消《き》えたことをたしかめると、先生《せんせい》が木《き》の空《あ》き箱《ばこ》で作《つく》ってくださった小《ちい》さな巣《す》のようなベッドへよちよち歩《ある》いていきました。

「おなか、すいた！」野菜《やさい》くずを入《い》れるごみ箱《ばこ》の近《ちか》くからガブガブが泣《な》きごとを言《い》いました。

「このカブのにおい、あまりにもおいしそうで、ねむれないよ。」

「しー！」と、ダブダブがささやきました。「朝《あさ》までなにも食《た》べてはいけませんよ！」

第6章 戦《たたか》いに負《ま》けて

「私《わたし》をつかまえたふたりが急《いそ》いでいることは、はっきりしていました」と、あくる日《ひ》の夕方《ゆうがた》、先《せん》生《せい》と動物《どうぶつ》たちがお話《はなし》のつづきを聞《き》こうとこしをおちつけたとき、ピピネッラは話《はな》しはじめました。

「荷車《にぐるま》はでこぼこ道《みち》を大急《おおいそ》ぎでおされていきました。暗《くら》くなってきていて、どこへ運《はこ》ばれるのかわかりませんでした。馬《うま》は馬車《ばしゃ》からはずされて、どこかへ連《つ》れさられてしまっていました。

部隊《ぶたい》の荷車《にぐるま》をぬすんでにげようとしているこのふたりは、なかに食《た》べ物《もの》が入《はい》っていると思《おも》ってるんだろうなと私《わたし》は考《かんが》えました。というのも、町《まち》の静《しず》かなところへやってくると、ふたりは荷車《にぐるま》をとめて、なかに手《て》を入《い》れてまさぐったからです。手《て》にふれたのが、なべかまや、予備《よび》の馬具《ばぐ》でしかなかったからでしょう、暗《くら》やみでののしる声《こえ》が聞《き》こえました。鳥《とり》かごがまたもとにもどされて、急《いそ》いで荷車《にぐるま》が動《うご》きだしたとき、街灯《がいとう》の明《あ》かりでふたりの顔《かお》が見《み》えました。ふたりとも、ひどくやつれて、がりがりでした。

それから私《わたし》は、この人《ひと》たちはきっと私《わたし》や荷車《にぐるま》を売《う》って、食《た》べ物《もの》を買《か》うお金《かね》を手《て》に入《い》れるつもりなんだなと思《おも》いました。そのとおりでした。ふたりはもう少《すこ》し先《さき》まで行《い》くと、小《ちい》さな路地《ろじ》に入《はい》り、アーチをくぐって、大《おお》きな大《おお》きな建物《たてもの》へやってきました。そこは工場《こうじょう》の作業場《さぎょうば》かなにかのようで、なかは労働者《ろうどうしゃ》でぎっしりでした。ロウソクが数本《すうほん》とパチパチ燃《も》えるたいまつだけで、なかがぼんやりと照《て》らされていました。男《おとこ》たちは、あちこちグループになって頭《あたま》をよせあって、ひそひそ話《はな》していました。荷車《にぐるま》をおすふたりがドアをおしあけて、なかへ入《はい》ると、ささやき声《ごえ》がぴたりとやみました。みんなこちらを見《み》て、にらみました。

私《わたし》たちがドアのなかに入《い》れてもらうとすぐに、ドアは厳重《げんじゅう》にかぎをかけられ、かんぬきがかけられました。窓《まど》という窓《まど》が木《き》の板《いた》でおおわれていて、外《そと》に光《ひかり》がもれないようにしてありました。ふいに、ここは鉱山《こうざん》のなかか、さもなければ鉱山《こうざん》のそばの大《おお》きな工場《こうじょう》のなかだと、わかりました。

これこそ、将軍《しょうぐん》が鉄砲隊《てっぽうたい》に攻撃《こうげき》せよと命《めい》じていた建物《たてもの》なのです。こんなにぎっしりと人《ひと》がいる工場《こうじょう》に大砲《たいほう》の弾《たま》をためらわずに撃《う》ちこめるようなほかの軍隊《ぐんたい》を将軍《しょうぐん》が町《まち》に連《つ》れてくるまで、どれぐらいの時間《じかん》がかかるのだろうかと私《わたし》は考《かんが》えはじめました。

ドアにかんぬきをかけたとたん、男《おとこ》たちは私《わたし》の小《ちい》さな荷車《にぐるま》にむらがって、なにが積《つ》んであるのかたしかめようと、ひっかきまわしはじめました。ふいに、リーダーらしき大男《おおおとこ》が、がらがら声《ごえ》で、手《て》を出《だ》すなと命《めい》じました。みんなは、明《あき》らかに大男《おおおとこ》をおそれて、うしろへさがりました。そ

の男《おとこ》の顔《かお》にはどこか見《み》おぼえがあって、私《わたし》は、どこで見《み》たのだろうとがんばって思《おも》い出《だ》そうとしました。そのとたん、ぱっと思《おも》い出《だ》したのです。侯爵《こうしゃく》のお城《しろ》に攻撃《こうげき》をしかけろとみんなをけしかけていたあの男《おとこ》です。

大男《おおおとこ》は自分《じぶん》で荷車《にぐるま》の積荷《つみに》を調《しら》べて、食《た》べ物《もの》はないと告《つ》げて、みんなをがっかりさせました。

『じゃあ、こいつを売《う》っぱらって、食《く》い物《もの》を買《か》おう』と、大男《おおおとこ》は言《い》いました。

しかし、全員分《ぜんいんぶん》の食《た》べ物《もの》を買《か》えるほどの値段《ねだん》にならないことははっきりしていたので、とうとう、くじをひいて、当《あ》たった人《ひと》が荷車《にぐるま》をもらえることになりました。

『カナリアはどうする？』と、だれかが言《い》いました。『この古《ふる》い荷車《にぐるま》となべかまを合《あ》わせたぐらいの値《ね》が、カナリア一羽《わ》につくんじゃねえか？』

『わかった』と、リーダーの大男《おおおとこ》が言《い》いました。『じゃあ、別《べつ》に、鳥《とり》のくじを引《ひ》こう。ぼうしのなかにしるしをつけた紙《かみ》を二枚入《まいい》れる――ひとつは荷車《にぐるま》、もひとつはカナリアが当《あ》たるってわけだ。最初《さいしょ》に当《あ》てたやつが、どっちかをえらべる。ふたりめに当《あ》てたやつは、残《のこ》ったほうをもらう。それ以外《いがい》は、なにももらえない。』

『よし、わかった！』と、集《あつ》まっていた人《ひと》たちがさけびました。『それで公平《こうへい》だ。』

『しぃ！』リーダーがみんなを静《しず》めました。『声《こえ》がでかい！　外《そと》にだれがやってきてるかわからねえんだぞ。あのいまいましい鉄砲隊《てっぽうたい》は信用《しんよう》ならねえ――あっさり負《ま》けてはくれたけどよ。静《しず》かに話《はな》せ！　静《しず》かに！』

こうして、今度《こんど》は、ぼろをまとった大《おお》ぜいの労働者《ろうどうしゃ》が、私《わたし》が当《あ》たるくじを引《ひ》くというめぐりあわせになったわけです。みんなが紙切《かみき》れの入《はい》ったぼうしにむらがったとき、私《わたし》は自分《じぶん》がだれのものになるのだろうと思《おも》いました。おなかがすきすぎて、目《め》の色《いろ》が変《か》わっていて、私《わたし》を料理《りょうり》して食《た》べそうな人《ひと》たちもいました。私《わたし》の将来《しょうらい》はどう見《み》ても明《あか》るいものではなさそうでした。

ひとりひとり、くじを引《ひ》いていきました。五人《にん》、十人《にん》、十五人《にん》と、くじをあけていきます――みんな、ちぇっと言《い》いながら、紙《かみ》をゆかに投《な》げ捨《す》てました。何時間《なんじかん》もかかっているように思《おも》えましたが、もちろん実際《じっさい》は数分《すうふん》のできごとでした。

とうとう、さけび声《ごえ》があがって、くじが当《あ》たったと告《つ》げられました。その人《ひと》はにこにこして、リーダーのところへくじをもっていき、紙《かみ》に×《バツ》じるしがあるのを見《み》せました。

『よし、じゃあおまえが最初《さいしょ》にえらぶんだ』と、大男《おおおとこ》が言《い》いました。『どっちにする、荷車《にぐるま》かカナリアか？』

男《おとこ》は、やせていて、片足《かたあし》をひきずって歩《ある》いていましたが、荷車《にぐるま》と私《わたし》をかわるがわる見比《みくら》べました。私《わたし》は、その顔《かお》が気《き》に入《い》りませんでした。

『荷車《にぐるま》。』とうとう男《おとこ》がそう言《い》ったので、私《わたし》は、とてもうれしくなりました。

ふたたび、さけび声《ごえ》があがりました。二枚《まい》めのくじが当《あ》たったのです。当《あ》てた人《ひと》の顔《かお》を見《み》ようとして、私《わたし》は人々《ひとびと》を見《み》わたすように首《くび》をのばしました。ようやくその人《ひと》が見《み》えたとき、私《わたし》の心《こころ》は軽《かる》くなりました。ほほはげっそりしていて、飢《う》えてがりがりでしたが、やさしい顔《かお》だったのです。

『カナリアはおまえのもんだ。』大男《おおおとこ》は、私《わたし》の入《はい》った鳥《とり》かごを手《て》わたしながら言《い》いました。『これで、見《み》せ物《もの》はおしまいだ。』

その人《ひと》は鳥《とり》かごを手《て》にして、建物《たてもの》の外《そと》へ出《で》ました。なにか食《た》べるものはないかということが、この人《ひと》にとっても私《わたし》にとっても、一番重要《いちばんじゅうよう》な問題《もんだい》でした。この人《ひと》が割《わ》り当《あ》て食料《しょくりょう》の半分《はんぶん》か、それ以下《いか》で、いったい幾日《いくにち》すごしてきたか、そんなことは私《わたし》にはわかりませんし、私《わたし》も一日《いちにち》じゅうエサも水《みず》も口《くち》にしていませんでした。しばらく行《い》くと、雑草《ざっそう》に秋《あき》の種《たね》がたくさんついており、野《の》の花《はな》もさいていて、ちょうど私《わたし》のエサになるものがありました。手《て》に入《い》れてくれさえすればいいのですが、もちろん、男《おとこ》の人《ひと》は、

どの野生《やせい》の種《たね》がカナリアのエサになるか知《し》らなかったので、エサをくれることはありませんでした。ただ、小川《おがわ》のところまで来《く》ると、水入《みずい》れに水《みず》を満《み》たしてくれたので、とてもうれしく思《おも》いました。そのあと、ノボロギク（タンポポによく似《に》た雑草《ざっそう》）がトウモロコシ畑《ばたけ》に生《は》えているのを見《み》つけて、それもくれました。それでもまだおなかがすいていたものの、ずいぶんましになってきました。

ある農場《のうじょう》にやってくると、その人《ひと》はかきねの下《した》に鳥《とり》かごをかくして、自分《じぶん》の食《た》べ物《もの》をめぐんでもらおうとドアのところへ行《い》きました。どうやら農場《のうじょう》のおくさんは、この男《おとこ》の人《ひと》がやつれてはらぺこであるのを見《み》てかわいそうと思《おも》ったらしく、パンと冷《つめ》たいお肉《にく》を出《だ》して、しっかりしたおいしい食事《しょくじ》を食《た》べさせました。男《おとこ》の人《ひと》は食《た》べおわると、小《ちい》さなパンくずを持《も》って帰《かえ》ってきて、かごの格子《こうし》のすきまからさしこんでくれました。おいしい自家製《じかせい》のパンで、同《おな》じ大《おお》きさのものを、あとふたつくらい食《た》べたいくらいでした。

こうして、ふたりともおなかいっぱいになると、鉱山《こうざん》の町《まち》までの十六キロの旅《たび》に出《で》て、やがて町《まち》に着《つ》きました。それは気持《きも》ちのよい、よく晴《は》れた朝《あさ》でした。新鮮《しんせん》な朝《あさ》の空気《くうき》のなかへ、鳥《とり》かごをかかえて歩《ある》いてもらうと、ゆうべの重苦《おもくる》しい雰囲気《ふんいき》がなくなって、気分《きぶん》もよくなってきました。男《おとこ》の人《ひと》も、どうやら元気《げんき》になってきたようです。やがて、南北《なんぼく》に走《はし》る大通《おおどお》りに出《で》ました。馬車《ばしゃ》や

荷馬車《にばしゃ》がときおり、むこうから、こちらから、走《はし》っていきます。鳥《とり》かごをかかえられて旅《たび》をするのはあまりらくちんではないので、馬車《ばしゃ》がとまって、乗《の》せてくれないかしらと思《おも》いました。すると、三十分《さんじっぷん》ほど、とぼとぼ歩《ある》いたあと、荷車《にぐるま》にほろをかぶせた荷馬車《にばしゃ》の御者《ぎょしゃ》が――食料品屋《しょくりょうひんや》さんの荷馬車《にばしゃ》のようです――とまって、乗《の》っていくかと聞《き》いてくれました。私《わたし》たちがむかっている町《まち》へ行《い》こうとしている荷馬車《にばしゃ》のようでした。男《おとこ》の人《ひと》が鳥《とり》かごをうしろの食料品《しょくりょうひん》のなかにおいて、御《ぎょ》者《しゃ》のとなりに乗《の》りこんだときは、うれしかったです。

たまたま、鳥《とり》かごはオートミールのふくろのとなりにおかれました。紙《かみ》のふくろを通《とお》して、いいにおいがしてきます。ふくろに穴《あな》をつついてあけるのは、あっという間《ま》でした。ほんのちょっぴりオートミールをいただきました。ただで荷馬車《にばしゃ》に乗《の》せてもらったのに、こんなことをするのははしたないと思《おも》ったのですが、いただいたのは、ほんの少《すこ》しだけ――だれにも気《き》づかれない程度《ていど》――でした。なにしろ二十四時間《じかん》以上《いじょう》、パンくず以外《いがい》、なにも食《た》べていなかったのです。

私《わたし》の飼《か》い主《ぬし》は、食料品屋《しょくりょうひんや》さんとおしゃべりをしていました。そ

の会話《かいわ》から察《さっ》するに、飼《か》い主《ぬし》にはおにいさんがいて、これからむかう先《さき》の町《まち》の炭鉱《たんこう》ではたらいているらしいのです。どうやら、自分《じぶん》も炭鉱《たんこう》で仕事《しごと》を見《み》つけるまで、おにいさんの家《いえ》に――もし部屋《へや》があれば――おいてもらおうというつもりのようでした。

もし、これからどんなくらしをおくるのかわかっていたら、」ピピネッラは、とても悲《かな》しそうに思《おも》い出《だ》すような口調《くちょう》でつづけました。「すがすがしい、すてきな朝《あさ》だといっても、あの旅《たび》をあんなに楽《たの》しく思《おも》わなかったことでしょう。私《わたし》は炭鉱《たんこう》ではたらく人《ひと》たちといっしょだったことがありますが、そういう人《ひと》たちのおうちがどんなもので、どんな生活《せいかつ》や労働《ろうどう》をしているのか、なにも知《し》らなかったのです。」

第7章 炭鉱《たんこう》

「やってきた町《まち》の第一印象《だいいちいんしょう》は、あまりよいものではありませんでした。先《さき》ほど申《もう》しあげたように、さわぎは起《お》こっておらず、人々《ひとびと》はいつもどおり仕事《しごと》をしていました。外《そと》をながめると、一キロ半《はん》以上《いじょう》にわたって木々《きぎ》がよごれて、病気《びょうき》になっているようでした。町《まち》の空《そら》は、工場《こうじょう》からのびる何本《なんぼん》もの高《たか》いえんとつから出《で》るけむりで、どんよりしていました。地面《じめん》のあいている場所《ばしょ》には、銅像《どうぞう》とか噴水《ふんすい》とかお庭《にわ》とかは見《み》あたらず、かわりに灰《はい》や鉄《てつ》くずや金《かな》くそ（鉱石《こうせき》を精錬《せいれん》するときに出《で》るかす）のきたない山《やま》がありました。人間《にんげん》はどうしてこんなことをするのだろうかと思《おも》いました。世界《せかい》じゅうの石炭《せきたん》や鋼鉄《こうてつ》を手《て》に入《い》れられるとしても、こんなふうに自然《しぜん》をだいなしにするなんて、やってはいけないと思《おも》いました。

しかも、こんなことをしている人間《にんげん》たちは、少《すこ》しもしあわせそうではないのです。朝早《あさはや》く通《とお》りをとぼとぼと出勤《しゅっきん》していく人《ひと》たちの顔《かお》を見《み》てみました。服《ふく》は真《ま》っ黒《くろ》で、すすけていて、顔《かお》は青《あお》ざめて元気《げんき》がありません。炭鉱《たんこう》のなかや工場《こうじょう》のベンチで食《た》べようと、小《ちい》さなブリキの弁当箱《べんとうばこ》を持《も》っ

ていました。

町《まち》のまんなかで、私《わたし》の飼《か》い主《ぬし》である男《おとこ》の人《ひと》は荷《に》馬車《ばしゃ》からおりて、鳥《とり》かごをとりだし、乗《の》せてくれてありがとうと御者《ぎょしゃ》に言《い》いました。それから、細《ほそ》い道《みち》へ入《はい》っていきましたが、そのあたりの家《いえ》はどれも同《おな》じ、質素《しっそ》で、みにくい赤《あか》いれんが造《づく》りでした。男《おとこ》の人《ひと》は、やがて、ある家《いえ》のドアをノックしました。

青白《あおじろ》い顔《かお》をした、よごれたかっこうの女《おんな》の人《ひと》が出《で》てきました。きたない服《ふく》を着《き》た子《こ》どもが三人《にん》、スカートにしがみついています。女《おんな》の人《ひと》は男《おとこ》の人《ひと》にあいさつして、なかへまねきいれました。私《わたし》たちは、家《いえ》のおくの小《ちい》さな台所《だいどころ》へ通《とお》されました。むわっとする料理《りょうり》のいやなにおいが家《いえ》じゅうにこもっていました。

女《おんな》の人《ひと》は、さっきとちゅうで手《て》をとめたと思《おも》わ

れる洗《あら》い物《もの》をふたたびはじめて、男《おとこ》の人《ひと》はこしをおろして、女《おんな》の人《ひと》と話《はな》しました。そのあいだ、子《こ》どもたちは、私《わたし》の鳥《とり》かごのすきまから、べとべとした指《ゆび》をつっこみました。鳥《とり》かごは、よごれたお皿《さら》がたくさんのったテーブルにおいてあったのですが、私《わたし》の飼《か》い主《ぬし》が話《はなし》に夢中《むちゅう》になっているすきに、鳥《とり》かごがひっくりかえされてしまうのではないかと心配《しんぱい》になって、私《わたし》は子《こ》どもの手《て》を、ほんのかすかに、気《き》をつけろと警告《けいこく》するつもりでつついてやりました。その子《こ》は、すぐに、ぎゃあぎゃあわめきだしました。

　そのため、私《わたし》の鳥《とり》かごはテーブルよりも高《たか》い窓辺《まどべ》につるされました。そこからなら、ごみ箱《ばこ》ふたつと、れんがのかべというすばらしい景色《けしき》が見《み》えました。

『なんてこと。』私《わたし》は考《かんが》えました。『こんなところに来《く》るなんて！　ひどいおうち！　ひどいくらし！』

　夕方《ゆうがた》、男《おとこ》の人《ひと》のおにいさんが、石炭《せきたん》のすすで真《ま》っ黒《くろ》になって、へとへとにつかれて帰《かえ》ってきました。おにいさんは台所《だいどころ》の流《なが》しで顔《かお》を洗《あら》い、男《おとこ》の人《ひと》は、自分《じぶん》の町《まち》を出《で》て仕事《しごと》をさがしながらここまで旅《たび》してきたようすを話《はな》しました。おにいさんは『現場監督《げんばかんとく》に話《はな》して、自分《じぶん》と同《おな》じ炭鉱《たんこう》で仕事《しごと》をくれるようにたのんでやろう』と言《い》いました。

　それから夕食《ゆうしょく》になりました。ふつうなら、ナイフとフォークとお皿《さら》が陽気《ようき》な音《おと》をたて、私《わたし》は歌《うた》いたくなるのです。お城《しろ》で侯爵夫人《こうしゃくふじん》が塔《とう》の小《ちい》さな部屋《へや》で私《わたし》といっしょに食事《しょくじ》をなさるときは、いつもそうでした。兵隊《へいたい》さんが私《わたし》の荷車《にぐるま》のまわりにすわって、お皿《さら》をがちゃがちゃいわせて、馬《うま》みたいにシューシュー音《おと》をたてながらシチューを食《た》べるときもそうでした。ところが、どういうわけか、このむさくるしい、くさい部屋《へや》で、このつかれて、よごれた人《ひと》たちといっしょでは、歌《うた》う気《き》になれませんでした。もう二度《にど》と歌《うた》えないんじゃないかという気《き》さえしたのです。

女《おんな》の人《ひと》がお米《こめ》を割《わ》ったのと、パンくずとをエサ箱《ばこ》に入《い》れてくれたとき、私《わたし》は少《すこ》しだけ食《た》べました。それから、このみじめな部屋《へや》のことを忘《わす》れようとして、つばさの下《した》に頭《あたま》をつっこんで目《め》を閉《と》じて、なさけない思《おも》いのままねむろうとしたのでした。

さて、私《わたし》の飼《か》い主《ぬし》は仕事《しごと》をもらいました。二日後《ふつかご》の朝《あさ》、おにいさんといっしょに出《で》かけて、夕方《ゆうがた》、おにいさんといっしょに帰《かえ》ってきました。しばらくここにいるんだと思《おも》ったので、私《わたし》はここにおちついて、この家《いえ》のことや家族《かぞく》のことを知《し》ろうとしました。しかし、これがとてもむずかしかったのです。会話《かいわ》はあまりにつまらないし、みんなほとんど口《くち》もききません。朝《あさ》になると男《おとこ》たちは起《お》きて、朝《あさ》ごはんをかきこむと、さっさと仕事《しごと》へ出《で》かけていきます。夕方《ゆうがた》、かわいそうにすっかりつかれきったふたりは、夕《ゆう》ごはんが終《お》わるとすぐに寝《ね》てしまいます。そして、そのあいだの時間《じかん》、聞《き》こえてくるのは、子《こ》どものわめき声《ごえ》と女《おんな》の人《ひと》のしかる声《こえ》だけなのです。

何度《なんど》も私《わたし》は自分《じぶん》に言《い》いました。『ねえ、ピピネッラ、これじゃだめだわ。元気《げんき》を出《だ》さなきゃ。自分《じぶん》のみじめさを笑《わら》いとばして、歌《うた》を歌《うた》うのよ。』

私《わたし》は頭《あたま》をそらして、自分《じぶん》が緑《みどり》の森《もり》にいて、すっかり陽気《ようき》で明《あか》るい気分《きぶん》なのだと思《おも》いこもうとしました。でも、音《おと》をふたつも出《だ》さないうちに、子《こ》どものだれかがさけびだしたり、おかあさんがいらいら文句《もんく》を言《い》うので、どうしようもありませんでした。あの家《いえ》で歌《うた》を歌《うた》うなんてむりだったのです。

一週間《しゅうかん》もその家《いえ》にいて、ある晩《ばん》、男《おとこ》たちの会話《かいわ》から、私《わたし》はあくる日《ひ》にはどこかへ連《つ》れていかれるのだとわかりました。私《わたし》はよろこびました。というのも、どんなことになろうと、ここを出《で》られるのなら、ここより悪《わる》くはなるまいと思《おも》ったからです。

ところが、そうではありませんでした。私《わたし》がどこへ連《つ》れていかれたと思《おも》いますか？　きっとお当《あ》てになれないでしょう。私《わたし》は、炭鉱《たんこう》のなかへ連《つ》れていかれたのです。そのときは知《し》らなかったのですが、炭鉱《たんこう》ではカナリアを飼《か》うことが習慣《しゅうかん》になっていたそうです。爆発性《ばくはつせい》のガスという、とても危険《きけん》なガスがあって、それがときどき地下《ちか》から出《で》てきて、もし早《はや》めに気《き》づいてにげることができなければ、そこではたらく人《ひと》たちは死《し》んでしまうのです。

炭鉱《たんこう》にカナリアを連《つ》れていって坑道《こうどう》（通路《つうろ》）のかべの高《たか》いところにぶらさげておくと、人間《にんげん》よりも高《たか》いところにいるので真《ま》っ先《さき》にガスに気《き》づくのです。鳥《とり》が苦《くる》しみだせば、人間《にんげん》は炭鉱《たんこう》から出《で》なければならないとわかるわけです。カナリアが元気《げんき》にとびまわっていれば、だいじょうぶということです。

さて、私《わたし》はそれまで炭鉱《たんこう》のなかを見《み》たことがありませんでした。そして、もう二度《にど》と見《み》たいとは思《おも》いません。ひどい労働《ろうどう》の場所《ばしょ》はほかにもいろいろあるのでしょうが、あそこは最悪《さいあく》です。

あくる日《ひ》、私《わたし》の飼《か》い主《ぬし》とそのおにいさんは私《わたし》の鳥《とり》かごを持《も》って、坑道《こうどう》の口《くち》まで数《すう》キロ歩《ある》いていきました。それから、ロープのついた大《おお》きな箱《はこ》のようなものに乗《の》りこみました。滑車《かっしゃ》がごろごろまわりはじめ、私《わたし》たちはどんどん、どんどん下《した》へおりました。日《ひ》の光《ひかり》が見《み》えなくなりました。男《おとこ》たちは、ヘルメットに小《ちい》さな明《あ》かりをくっつけていて、それしか明《あ》かりはありませんでした。

箱《はこ》がとまって、私《わたし》たちは外《そと》へ出《で》て、長《なが》くてせまい坑道《こうどう》を、今度《こんど》は小《ちい》さな線路《せんろ》の上《うえ》をトロッコに乗《の》って、ずっと下《した》までおりていきました。この小《ちい》さなトロッコには石炭《せきたん》が積《つ》まれて、また坑道《こうどう》をずっと上《うえ》まであがってくるのです。大《おお》きな立《た》て坑《こう》（垂直《すいちょく》にほられた坑道《こうどう》）まで来《く》ると、箱《はこ》につめかえられて、エレベーターみたいに一番上《いちばんうえ》までひきあげられます。

地下《ちか》ずっと深《ふか》くまで行《い》ってとまると、私《わたし》の飼《か》い主《ぬし》は坑道《こうどう》のかべの高《たか》いところにくぎを打《う》って、私《わたし》の鳥《とり》かごをつりさげました。そこに私《わたし》をおいて、ふたりは仕事《しごと》へ行《い》きました。一日《いちにち》じゅう、ト

ロッコに乗《の》って行《い》ったり来《き》たりする人《ひと》もいれば、つるはしで石炭《せきたん》をかきだして、シャベルでトロッコに積《つ》む人《ひと》もいました。私《わたし》はまた、人々《ひとびと》のくらしに元気《げんき》に参加《さんか》することになりました。

それにしても、なんてひどい、あわれなくらしでしょう！　私《わたし》の仕事《しごと》は、ガスに気《き》をつけていて、おそろしい石炭《せきたん》のガスが坑道《こうどう》をじわじわとやってきて人々《ひとびと》を殺《ころ》そうとしたら、知《し》らせることです――それも、せきをしたり、息《いき》がつまったり、死《し》んだりすることによって。

まず、私《わたし》がおそれたのは、男《おとこ》たちが家《いえ》に帰《かえ》ってしまうときに、忘《わす》れられて、ひと晩《ばん》じゅうそこにおいてきぼりにされるのではないかということでした。でも、そんなことはありませんでした。一日《いちにち》の終《お》わりに、ふえがピーと鳴《な》ると、私《わたし》はかべからおろされて、箱《はこ》に乗《の》って外《そと》へと連《つ》れ出《だ》され――おうちへ、あのぎゃあぎゃあわめく子《こ》どものいる台所《だいどころ》へもどされたのです。

秋《あき》も深《ふか》まって、日《ひ》は短《みじか》くなっていました。朝《あさ》、仕事《しごと》に出《で》かけるときは、ほとんど真《ま》っ暗《くら》で、夜《よる》帰《かえ》ってくるときも真《ま》っ暗《くら》でした。日光《にっこう》が見《み》られるのは、土曜《どよう》の午後《ごご》と日曜《にちよう》だけでした。

私《わたし》は、宿屋《やどや》でお客《きゃく》が来《く》るよと知《し》らせる役《やく》をやり、侯爵夫人《こうしゃくふじん》のペットとして銀《ぎん》の鳥《とり》かごに飼《か》われ、精鋭部隊《せいえいぶたい》のマスコットとなりましたが、今《いま》や炭鉱《たんこう》で、一日《にち》九時間《じかん》、ガスのにおいはしないかと、かぐ役《やく》なのです！　……おかしな世《よ》の中《なか》です。

わが生涯《しょうがい》で最悪《さいあく》の事態《じたい》でした。運命《うんめい》はどっと落《お》ちこみました――炭鉱《たんこう》の底《そこ》より深《ふか》く落《お》ちこむなんてできないと思《おも》いませんか？　ですから、どういうわけか、なぐさめがありました。つまり、今後《こんご》どのようなことになろうとも、上《うわ》むく一方《いっぽう》だと思《おも》えたのです。そして、おかしなことに思《おも》えるかもしれませんが、私《わたし》は、飼《か》い主《ぬし》の家《いえ》でいわゆる『お休《やす》み』をしているときよりも、炭鉱《たんこう》ではたらいているときのほうが好《す》きでした。坑道《こうどう》をおりていけば、とにもかくにも、仕事《しごと》をするぞという気《き》がいがありました。石炭《せきたん》でいっぱいのトロッコが私《わたし》の鳥《とり》かごの下《した》を立《た》て坑《こう》までガタゴト進《すす》むのを見《み》ていると、なにかがなされている、なしとげられているという気《き》がしました。私《わたし》だって自《じ》分《ぶん》の仕事《しごと》をしていました。ところが、みすぼらしい、みじめな家《いえ》では——もう、なにもありませんでした。どうしてこんなところにいなければならないのだろうという思《おも》いしかなかったのです。」

「だけど、炭鉱《たんこう》じゃ」と、ダブダブが口《くち》をはさみました。「いつ毒《どく》ガスにやられるのかと、いつもびくびくしていたんでしょ？」

「最初《さいしょ》はそうでした」と、ピピネッラ。「でもしばらくして、それほどこわくなくなりました。もし私《わたし》がそこにいるときにガスがやってきたら、もちろんそれで一巻《いっかん》の終《お》わりだとは思《おも》っていました。でも、そうはならなかったんです。うちの炭鉱《たんこう》でも何度《なんど》か事故《じこ》はありましたが、たいしたことはありませんでした。最初《さいしょ》の事故《じこ》のことは、とくにはっきりおぼえています。お昼《ひる》を少《すこ》しまわっていて、昼食後《ちゅうしょくご》、仕事《しごと》にもどって三十分《さんじっぷん》ほどのころでした。私《わたし》はへんなにおいに気《き》づいたの

です。ガスというものがどんなにおいがするものか知《し》らなかったものですから、私《わたし》は最初《さいしょ》、それがなんだかわかりませんでした。においはどんどん強《つよ》くなってきました。すると、ふいに、頭《あたま》がくらくらしてきて、私《わたし》は『うわあ！　これがガスなんだ！』と思《おも》いました。それから、鳥《とり》かごのなかで、わめきながら、バタバタさわぎつづけました。鳥《とり》かごから二メートルと少《すこ》しのところで男《おとこ》たちがはたらいていましたが、シャベルやつるはしの音《おと》にかきけされて、どんなにさわいでもわかってもらえませんでした。もちろん、男《おとこ》たちの頭《あたま》は、鳥《とり》かごよりもずっと低《ひく》いところにあって、だれもガスのにおいに気《き》づいていませんでした。ガスというものは、いつも上《うえ》のほうへ流《なが》れるからです。

　二分《ふん》ほどしても私《わたし》は気《き》づいてもらえず、事態《じたい》はかなりひどくなってきたように思《おも》えました。いやなガスが鼻《はな》やのどに入《はい》ってきて、息《いき》ができなくなり、キーキー声《ごえ》を出《だ》すことすらできなくなってきました。それでも、私《わたし》は、からだがどこにぶつかっているかなどわからないまま、鳥《とり》かごのなかを、めちゃくちゃにバタバタとあばれまわりつづけました。そして、あたまのなかで、なにもかも夢《ゆめ》のようになってきた、いよいよ最後《さいご》のとき、男《おとこ》たちがシャベルやつるはしをおいて、ひと休《やす》みしました。そして、へんてこで、どこか遠《とお》くから聞《き》こえてくるような声《こえ》で、男《おとこ》たちがさけぶのが聞《き》こえました。

『ビル——鳥《とり》を見《み》ろ！　ガスだ！』

それから、その『ガスだ！』という合図《あいず》のことばが、炭鉱《たんこう》じゅうの坑道《こうどう》でさけばれました。道具《どうぐ》はガランゴロンとほうりだされ、男《おとこ》たちはかがんで頭《あたま》を低《ひく》くさげ、上《うえ》へあがる立《た》て坑《こう》へと走《はし》りはじめました。私《わたし》の飼《か》い主《ぬし》のビルは、とびあがって、私《わたし》の鳥《とり》かごをかべからひったくると、仲間《なかま》たちのあとを追《お》いかけました。

立《た》て坑《こう》では、何百《なんびゃく》もの労働者《ろうどうしゃ》たちがひしめき、箱《はこ》に乗《の》って上《うえ》へあがる順番待《じゅんばんま》ちをしていました。上《うえ》のほうでは、まだ坑道《こうどう》にだれか残《のこ》っていないかと警告《けいこく》するふえが、めちゃくちゃにふきならされていました。

みんなが外《そと》へ出《で》ると、大《おお》きな吸《す》いこみ用《よう》のファンが作動《さどう》して、みんながまた仕事《しごと》へおりられる

ように、炭鉱《たんこう》からガスを吸《す》いだしました。すべての坑道《こうどう》がきれいになって、安全《あんぜん》になるまで、数《すう》時間《じかん》かかりました。その日《ひ》は、またおりていくことはしませんでした。

　これでわかったのですが、労働者《ろうどうしゃ》たちは、私《わたし》と同《おな》じあぶない橋《はし》をわたっているのです。私《わたし》たちがもう少《すこ》しで息《いき》がつまりそうになった、この最初《さいしょ》の事故《じこ》のあとは、みんなもっと気《き》をつけるようになりました。少《すく》なくともひとりは、鳥《とり》かごをいつも見《み》ているようにしてくれたのです。私《わたし》が息《いき》苦《ぐる》しそうにしたり、ふらふらしたりしているようなら、すぐに警告《けいこく》を出《だ》して、炭鉱《たんこう》からにげるようにしたのです。

　冬《ふゆ》はつづきました。私《わたし》はいつまでこんなところにいるのだろうと、悲《かな》しい気持《きも》ちになりました。羽《はね》が生《は》えたばかりのころ、巣《す》のなかで初《はじ》めて思《おも》ったように、また野鳥《やちょう》がうらやましくなってしまいました。野鳥《やちょう》には、タカだの、モズだの、ネコだのと敵《てき》がたくさんいるけど、そんなことは、自由《じゆう》でいられるなら、どうだっていいことじゃありませんか。野鳥《やちょう》は自由《じゆう》に空《そら》をかけめぐることができます。それなのに、私《わたし》は鳥《とり》かごに入《い》れられて地下《ちか》でくらしているのです。子《こ》どものとき、母《はは》が話《はな》してくれた外国《がいこく》の鳥《とり》のことを何度《なんど》も思《おも》いました――遠《とお》くの熱帯《ねったい》の国《くに》じゃ、ランの花《はな》がさくジャングルのなかを、ゴクラクチョウやコンゴウインコがはばたいていると、母《はは》は話《はな》してくれたのです。それから、私《わたし》はこの地下《ちか》の黒《くろ》い石炭《せきたん》のかべを見《み》まわし、暗《くら》がりのなかでかべがチラチラと光《ひか》るのを見《み》ました。そして、インドかアフリカかヴェネズエラでたった一日《いちにち》しか自由《じゆう》にくらせないとしても、こんなところで一生《いっしょう》くらすよりましだと思《おも》えました。私《わたし》は死《し》ぬまでここにいるのでしょうか。九時間《じかん》はたらき、家《いえ》に帰《かえ》り、寝《ね》て、また仕事《しごと》へもどる。いったい終《お》わりは、くるのでしょうか。

　そんな日々《ひび》もついに終《お》わりがきました。カナリアというのは人間《にんげん》よりも小《ちい》さな生《い》き物《もの》ですが、その一生《いっしょう》のうちに起《お》こったことは、人間《にんげん》にとってと同《おな》じようにカナリアにとっても重要《じゅうよう》なのです。ただ、人間《にんげん》とくらべれば、カナリアのほうがいざというとき、おちついていられるのです。もし人間《にんげん》の男《おとこ》か女《おんな》があの炭鉱《たんこう》で私《わたし》のした仕事《しごと》をさせられていたら、ただもうたいくつで、みじめで、弱《よわ》って死《し》んでしまうのではないかと、よく思《おも》ったものです。私《わたし》は、あまり考《かんが》えすぎないようにしたから、がまんできたのです。私《わたし》は自分《じぶん》にこう言《い》いつづけました。

『いつか、きっとなにかが起《お》こる。なんであれ、それは新《あたら》しいことだわ。』

　ある日《ひ》の午前《ごぜん》十一時《じ》、炭鉱《たんこう》を見《み》に、何人《なんにん》か見物客《けんぶつきゃく》がやってきました。炭鉱《たんこう》ではたらいたことがある人《ひと》なら、見《み》に行《い》ってみたいなんて思《おも》わないでしょうけれど、ものめずらしさのせいで、見《み》たがる人《ひと》もいるのです。この人《ひと》たちは、動物園《どうぶつえん》へでも行《い》くような感《かん》じで、炭鉱《たんこう》を見学《けんがく》にやってきたのでした。

現場監督自身《げんばかんとくじしん》が、お客《きゃく》があると、まず知《し》らせに来《き》ました。私《わたし》の飼《か》い主《ぬし》がいるグループの作業長《さぎょうちょう》のところへ来《き》て、お客《きゃく》になにもかも見《み》せて、ていねいに対応《たいおう》するようにと言《い》いました。少《すこ》しすると、お客《きゃく》がやってきました。紳士淑女《しんししゅくじょ》がぜんぶで六人《にん》です。上等《じょうとう》な服《ふく》が石炭《せきたん》やすすでよごれないように、監督《かんとく》が貸《か》し出《だ》した長《なが》いコートを着《き》ていました。この人《ひと》たちは、私《わたし》たち炭鉱《たんこう》ではたらく者《もの》にとってはあたりまえの、毎日《まいにち》のことがらに、ひどく感心《かんしん》していました。そして、このうっとうしい人《ひと》たちがあちこち鼻《はな》をつっこんで、ばかげた質問《しつもん》をすると、多《おお》くの労働者《ろうどうしゃ》たちは口《くち》のなかでもぞもぞと皮肉《ひにく》を言《い》ったのでした。

この人《ひと》たちのなかに、ととのった顔《かお》ではないけれど、とてもやさしい顔《かお》つきの老婦人《ろうふじん》がいました。おかしな、口《くち》やかましいおばさんです。この人《ひと》がまず、私《わたし》に気《き》がつきました。

『あらまあ!』と、老婦人《ろうふじん》はさけびました。『カナリアだわ! どうしてこんなところに?』

『ガスの見張《みは》り番《ばん》です』と、作業長《さぎょうちょう》が言《い》いました。

当然《とうぜん》ながら、老婦人《ろうふじん》はそれはどういうことかとたずね、作業長《さぎょうちょう》はすっかり説明《せつめい》しました。

『あらまあ！』と、老婦人《ろうふじん》はしゃべりつづけました。『炭鉱《たんこう》にカナリアなんて思《おも》ってもいなかったわ。なんて興味深《きょうみぶか》いんでしょう！ でも、カナリアには、かわいそうね！ あの鳥《とり》、買《か》えるかしら？ 炭鉱《たんこう》にいたカナリアなんて、飼《か》ってみたいわ。』

私《わたし》は心《こころ》がおどりました。ついにチャンス到来《とうらい》です。外《そと》へ出《で》て、まともなくらしをするチャンスです！

老婦人《ろうふじん》と作業長《さぎょうちょう》と飼《か》い主《ぬし》とのあいだで、長《なが》い話《はな》しあいがはじまりました。飼《か》い主《ぬし》は、私《わたし》がガスを見《み》つけるのがとくにうまい鳥《とり》で、とても敏感《びんかん》で、少《すこ》しでもガスの気配《けはい》があると教《おし》えてくれるのだと言《い》いました。しかし、老婦人《ろうふじん》はがんとしてゆずりませんでした。私《わたし》にもっとよいくらしをさせてあげようと、私《わたし》を助《たす》けるつもりでいてくれたようです。もっとも、ほんものの炭鉱《たんこう》に住《す》んでいた鳥《とり》を、たぶんおみやげのように、持《も》って帰《かえ》りたかったのもたしかです。しかも、かなりのお金持《かねも》ちのようでした。私《わたし》の飼《か》い主《ぬし》が首《くび》を横《よこ》にふるたびに、さらに高《たか》い値《ね》をつけるのでした。とう、とう、二十五万円《まんえん》（十ギニー）出《だ》すというところまできました。それでも飼《か》い主《ぬし》はことわり、老婦人《ろうふじん》はさらに高値《たかね》をつけました。仲間《なかま》の労働者《ろうどうしゃ》たちは、おもしろがって、むらがって聞《き》いていました。しかし、私《わたし》ほど夢中《むちゅう》で聞《き》いていなかったと思《おも》います。なにしろ、この交渉《こうしょう》に、私《わたし》の命《いのち》、少《すく》なくとも私《わたし》のしあわせがかかっていたのですから。

とうとう、三十万円《まんえん》（十二ギニー）出《だ》すというところまでいったところで、飼《か》い主《ぬし》は、わかったと言《い》いました。カナリアの値段《ねだん》としてはものすごく高値《たかね》ですから、私《わたし》は鼻高々《はなたかだか》になってもよかったのだと思《おも》いますが、あまりにもうれしくてうれしくて、なにも考《かんが》えられませんでした。

　私《わたし》の鳥《とり》かごがかべから外《はず》されて、老婦人《ろうふじん》に手《て》わたされました。老婦人《ろうふじん》は自分《じぶん》の住所《じゅうしょ》を飼《か》い主《ぬし》に教《おし》えて、そこへあしたお金《かね》を取《と》りに来《く》るようにと言《い》いました。

『これはオスかしら？　歌《うた》は歌《うた》うの？』老婦人《ろうふじん》は、たずねました。

『わかりません』と飼《か》い主《ぬし》。『オスだと思《おも》います。でも、おれが飼《か》いだしてからは、ちっとも歌《うた》いません。』

『こんなとこじゃ、だれが歌《うた》うもんかよ』と、労働者《ろうどうしゃ》のひとりが言《い》いました。

『まあ、とにかく連《つ》れて帰《かえ》りましょう』と、老婦人《ろうふじん》。『外《そと》に出《で》て、太陽《たいよう》の光《ひかり》をあびたら歌《うた》うでしょう。』

　こうして、わがぼうけん談《だん》のもうひとつの章《しょう》が終《お》わりました。老婦人《ろうふじん》が、紳士淑女《しんししゅくじょ》たちといっしょに私《わたし》を連《つ》れて上《うえ》へのぼる箱《はこ》に乗《の》ったとき、私《わたし》は炭鉱《たんこう》のくらしと永遠《えいえん》にさようならをしたのです。あとになってから、かわいそうな労働者《ろうどうしゃ》たちは今《いま》ごろ地下《ちか》でがんばっているんだろうなあとか、ほかのカナリアがかわりに飼《か》われているのかなあと、よく思《おも》ったものです。でも、ああ、なにもかも終《お》わって、新《あたら》しいくらしが見《み》えてきて、ほんと、うれしかったです！」

「そりゃ、そうだろうね！」ドリトル先生《せんせい》がきっぱりと言《い》いました。「そういうひどい仕事《しごと》をさせられているカナリアを私《わたし》はとてもかわいそうだと、いつも思《おも》っていたよ。」

「どうちて、鳥《とり》を使《ちゅか》うんでちゅか？」ホワイティが、たずねました。「ネコとかじゃ、だめなんでちゅか？　ネコがなんびきか炭鉱《たんこう》に閉《と》じこめられたら、とってもほっとちゅるんだけど。」

先生《せんせい》は、白《しろ》ネズミの発言《はつげん》に笑《わら》いました。

「そうだね、ホワイティ」と、先生《せんせい》。「ネズミや鳥《とり》にしてみれば、ネコが閉《と》じこめられたらほっとするだろうね。でもね、鳥《とり》は――とくにカナリアは――とても敏感《びんかん》な呼吸器官《こきゅうきかん》があって、ほかの動物《どうぶつ》だったら気《き》がつかないような、かすかなガスのにおいもかぎとれるんだ。」

それから先生《せんせい》は、ノートを閉《と》じて、寝《ね》るしたくをしました。

「ダブダブ」と、先生《せんせい》。「寝《ね》る前《まえ》に、ココアとトーストをもらえるかな。小腹《こばら》がすいてしまった。君《きみ》たちはどうかね？」

「やったあ！」と、ガブガブがさけびました。「ココアとトーストほど大好《だいす》きなものはないよ――カリフラワーは別《べつ》だけど。」

「カリフラワーだって！」ジップが、うなりました。「あんなおぞましいもの！　あんなの食《く》う

くらいなら、ワサビダイコンの根《ね》っこをかじったほうがましだぜ！」
「それもいいね！」ガブガブは、舌《した》なめずりをして言《い》いました。
「カリフラワーもワサビダイコンの根《ね》っこもありません。」ダブダブが、ぴしゃりと言《い》いました。「先生《せんせい》がおっしゃったとおり、ココアとトーストにしますよ――さもなければ、**なにも食《た》べさせません！**」
　そこでみんなはすわって、湯気《ゆげ》の出《で》ているココアのコップを手《て》にし、バターをぬったあたたかいトーストの山《やま》をぺろりと食《た》べて、ココアも飲《の》みほしました。ピピネッラは、炭鉱《たんこう》でのみじめなくらしのあとのしあわせな日々《ひび》を思《おも》い出《だ》して、老婦人《ろうふじん》――ロージーおばさまという名前《なまえ》でした――のおうちでくらしていたときに作曲《さっきょく》した愛情《あいじょう》のこもった子守歌《こもりうた》を歌《うた》いました。

第8章 ロージーおばさまのおうち

「坑道《こうどう》の出口《でぐち》に」と、あくる日《ひ》の夕方《ゆうがた》、ピピネッラは話《はなし》をはじめました。「やとわれた馬車《ばしゃ》が、老婦人《ろうふじん》を待《ま》っていました。老婦人《ろうふじん》はその馬車《ばしゃ》に私《わたし》をのせて、自分《じぶん》も乗《の》りこみました。それから、いなか道《みち》をどこまでもどこまでも進《すす》んでいきました。この老婦人《ろうふじん》はやさしい人《ひと》だなと、すぐわかりましたが、細《こま》かなことにひどくこだわる人《ひと》でもありました。鳥《とり》かごを馬車《ばしゃ》のあちらこちらへおき直《なお》しつづけるのです。

『小鳥《ことり》ちゃんに風《かぜ》が当《あ》たっちゃいけないわ』と言《い》っては、座席《ざせき》の上《うえ》から鳥《とり》かごをもちあげると、ゆかにおくのですが、二分《ふん》もすると、今度《こんど》はひざにかかえます。

『小鳥《ことり》ちゃんは、ここなら苦《くる》しくないわよね？』と、たずねてきます。『チュンチュン！ ロージーおばさまのおひざにすわって、窓《まど》から外《そと》を見《み》てみますか？ きれいな畑《はたけ》にトウモロコシが芽《め》を出《だ》しているのが見《み》えますか？ 炭鉱《たんこう》ぐらしのあとじゃ、すてきな景色《けしき》でしょう、小鳥《ことり》ちゃん？』

ロージーおばさまのおしゃべりは、めんどくさくて、こまりものでしたが、たしかに、よい景《け》

色《しき》でした。おばさまは、よかれと思《おも》って言《い》ってくれているのです。

その朝《あさ》なにもいやなことはなかったので、このいなかはとても美《うつく》しいなあと、すなおに思《おも》えました。あたりには春《はる》の気配《けはい》がただよっています。冬《ふゆ》のあいだを地下《ちか》でくらし、今《いま》こうして外《そと》に出《で》てみると、かきねには芽《め》がつき、畑《はたけ》のあぜ道《みち》のあいだから緑《みどり》がのぞいていました。馬車《ばしゃ》の窓《まど》から、つがいになった鳥《とり》が、巣《す》をかける場所《ばしょ》をさがして、あちこち飛《と》んでいるのが見《み》えました。

もう何《なん》か月《げつ》ものあいだ、ほかの鳥《とり》と話《はなし》をしたこともありませんでした。どういうわけか、親元《おやもと》をはなれて初《はじ》めて、鳥《とり》の仲間《なかま》がほしくてさみしくなりました。ほかの鳥《とり》に話《はな》しかけてからどれぐらいたつだろうと数《かぞ》えはじめましたが、そのときロージーおばさまにまた話《はな》しかけられました。

『小鳥《ことり》ちゃんは歌《うた》を歌《うた》うの？　チュンチュン！』

ふいに、私《わたし》は鉄砲隊《てっぽうたい》とわかれてから、ほとんど口《くち》をきいていなかったことに気《き》がつきました。鉄砲隊《てっぽうたい》がいくさのある町《まち》へ行進《こうしん》するとき、私《わたし》は行進曲《マーチ》を歌《うた》ってあげたのでした。こんなに長《なが》いこと声《こえ》を出《だ》さないでいて、まだちゃんと歌《うた》えるのかしらと思《おも》いました。

『小鳥《ことり》ちゃんは歌《うた》を歌《うた》うの？』ロージーおばさまは、くりかえしました。

私《わたし》はつばさをばたつかせて一番上《いちばんうえ》の止《と》まり木《ぎ》へとびのると、頭《あたま》をそらして『私《わたし》は小《ちい》さなマスコット』を歌《うた》いだそうとしましたが、ちょうどそのとき、二羽《わ》の鳥《とり》——ツグミの夫婦《ふうふ》——が、かわいた草《くさ》をくわえて、馬車《ばしゃ》の窓《まど》の外《そと》を通《とお》っていきました。

『私《わたし》、巣《す》をかけたことがないわ』と、私《わたし》は思《おも》いました。『今《いま》は春《はる》。ひとりぼっちでいるのはつらいわ。子《こ》どもたちがたくさんいて、子育《こそだ》てをしたら、どんなに楽《たの》しいかしら。ロージーおばさまは私《わたし》がオスかメスかも知《し》らない。もし私《わたし》が歌《うた》ったら、おばさまは私《わたし》をオスだと思《おも》うでしょう。でも、歌《うた》わないでいたら、メスだと思《おも》って、オスをかごに入《い》れてくれるかもしれない。そしたら、おかあさんやおとうさんがやってたみたいに、巣《す》を作《つく》りましょう。とにかくためしてみることだわ。よし。もうしばらくだまっていてみよう。』

ロージーおばさまが馬車《ばしゃ》で私《わたし》を連《つ》れていってくれた町《まち》は、それまでのところとずいぶんちがっていました。大聖堂《だいせいどう》のある町《まち》でした。ここでは、けむりで空気《くうき》をよごす工場《こうじょう》もなく、悪《わる》い空気《くうき》で木々《きぎ》が病気《びょうき》になることもありません。青白《あおじろ》い顔《かお》をした労働者《ろうどうしゃ》たちの集団《しゅうだん》が早朝《そうちょう》に急《いそ》いで地下《ちか》に入《はい》り、夜《よる》くたくたになって出《で》てくることもありません。この町《まち》では、すべてがおだやかで、ゆったりとして、気持《きも》ちよくくらせるのです。古《ふる》い古《ふる》い大聖堂《だいせいどう》が、町《まち》のまんなかに建《た》っていて、その灰《はい》色《いろ》のすがたが空《そら》にくっきりとうかびあがっており、カラスがそのまわりを飛《と》んで、鐘楼《しょうろう》（鐘《かね》のある塔《とう》）に巣《す》をかけていました。やわらかく低《ひく》く鳴《な》る鐘《かね》の音《おと》が、一日《いちにち》じゅう時《とき》を告《つ》げて、町《まち》のいたるところに気持《きも》ちのよい音《おと》をひびかせていました。すてきなお庭《にわ》や古《ふる》い大《おお》きなりっぱな家《いえ》がたく

さんあって――あたりは、ずいぶんちがったふんいきでした。

ロージーおばさまのおうちの前《まえ》は、通《とお》りに面《めん》していましたが、うらにはすてきなお庭《にわ》がありました。いかにもおばさまが住《す》みたいと思《おも》うようなすてきなおうちで、美《うつく》しい通《とお》りでした。私《わたし》の鳥《とり》かごが初《はじ》めて窓《まど》につるされたとき、ふたつ、きみょうなことに気《き》づきました。ひとつは、その部屋《へや》にあるもうひとつの窓《まど》の外《そと》がわに小《ちい》さなささえがあって、小《ちい》さなかがみがついていたことです。最初《さいしょ》、これはなんだろうと思《おも》いました。でも、あとで、おばさまがひじかけいすにすわって、あみものをしているとき、おとなりさんを見《み》るためのかがみなのだとわかりました。おばさまは、すわっているところから、通《とお》りを歩《ある》いてくる人《ひと》をかがみに映《うつ》して見《み》ることができたのです。窓《まど》の外《そと》がわに同《おな》じようなしかけがついている家《いえ》が何軒《なんげん》もありました。どうやら、あみものをしながらおとなりさんが通《とお》っていくのを見《み》るのが、この町《まち》では、はやっているようでした。この町《まち》では、人々《ひとびと》は窓辺《まどべ》にすわってゆっくりするよゆうがあったのです。

もうひとつ私《わたし》が気《き》づいたのは、ロージーおばさまのおうちの外《そと》かべに近《ちか》いところに街灯《がいとう》が立《た》っていることです。鳥《とり》かごの底《そこ》からほんのすぐのところにありました。そして毎晩《まいばん》、足《あし》の悪《わる》いおじいさんが、はしごを持《も》ってたどたどしく歩《ある》いてきて、はしごをあがって街灯《がいとう》に火《ひ》をともし、あくる朝《あさ》とても早《はや》くその火《ひ》を消《け》しに来《く》るのです。街灯《がいとう》の光《ひかり》は、窓《まど》にブラインドをおろしていても、まっすぐ部屋《へや》にさしこみました。おかげで最初《さいしょ》の何日《なんにち》かは——明《あか》るくてねむれないと、おばさまが気《き》づいてくれるまでは——夜《よる》ねむることができませんでした。そのあとでは、街灯《がいとう》がともるとすぐ、おばさまは鳥《とり》かごにカバーをかぶせてくれました。明《あ》かりがすけて見《み》えないように、重《おも》たくて色《いろ》の濃《こ》い布《ぬの》に特別《とくべつ》におばさまみずからししゅうをして作《つく》ってくれたものです。

ロージーおばさまのおうちにいるあいだ、とてもおもしろいお友《とも》だちが何人《なんにん》もできました。足《あし》をひきずって歩《ある》く街灯係《がいとうがかり》のおじいさんも、そのひとりです。話《はな》しかけたことはないのですが、毎《まい》晩毎朝《ばんまいあさ》きちんとやってくるので、うれしくなります。ここでの生活《せいかつ》は、たいてい規則正《きそくただ》しく、気《き》持《も》ちよくすごせました。

ロージーおばさまには、ぜんぶ女《おんな》の人《ひと》ですが、お友《とも》だちがたくさんいました。毎週何度《まいしゅうなんど》か、おばさまのおうちへお茶《ちゃ》を飲《の》みにやってくるのですが、いつもあみものをもってきます。そして、新《あたら》しいお友《とも》だちが来《く》るたびに、ロージーおばさまは、炭鉱《たんこう》の地下深《ちかふか》くから私《わたし》を連《つ》れ出《だ》した話《はなし》を何《なん》度《ど》もくりかえすのです。すると、お友《とも》だちは鳥《とり》かごをかこんで、私《わたし》を見《み》つめるのでした。

このあいだじゅうずっと、私《わたし》はだまったままで、一度《いちど》も歌《うた》いませんでしたが、日《ひ》に日《ひ》に街路樹《がいろじゅ》の緑《みどり》が濃《こ》くなってきて、春《はる》がどんどん近《ちか》づいてくると、歌《うた》いたい気分《きぶん》になることがありました。やってきたこのおうちはとてもよいところです。しかし、私《わたし》は鳥《とり》のお友《とも》だちがほしかったので、ロージーおばさまが私《わたし》をオスとひきあわせてくれるまで、歌《うた》うものかと心《こころ》に決《き》めていたのでした。

とてもふしぎな事件《じけん》が起《お》こったのは、こうしたあみもの同好会《どうこうかい》の集《あつ》まりのときでした。ロージーおばさまが新《あたら》しい女友《おんなとも》だちのグループに、私《わたし》の話《はなし》をしていると、そのうちのひとりが近《ちか》づいてきて、鳥《とり》かごの格子《こうし》ごしに私《わたし》をじっとのぞきました。どこかで見《み》た顔《かお》だなと思《おも》ったのですが、どこで見《み》たのかすぐには思《おも》い出《だ》せませんでした。しかし、ふいに、私《わたし》を見《み》るときに片目《かため》を細《ほそ》めるくせのせいで、ぴんときました。

あの勇《ゆう》かんな鉄砲隊《てっぽうたい》にいた兵隊《へいたい》さんのおくさんだったのです！

私《わたし》は歌《うた》うものかと決心《けっしん》していたことをすっかり忘《わす》れて、『私《わたし》は小《ちい》さなマスコット』をいきなり歌《うた》いだしてしまいました。

ロージーおばさまは私《わたし》が歌《うた》うのを聞《き》いてびっくりして、『おやまあ、私《わたし》の小鳥《ことり》ちゃんが歌《うた》ってるわ！』としか言《い》えませんでした。

『もちろん、歌《うた》いますわ。』おくさんは、きっぱり言《い》いました。『この国《くに》で一番《いちばん》の歌《うた》い手《て》ですもの！』

『なぜご存《ぞん》じなの？』ロージーおばさまは、とてもふしぎそうな顔《かお》をしてたずねました。

『だって、この鳥《とり》、主人《しゅじん》の部隊《ぶたい》が飼《か》っていた鳥《とり》ですもの』と、おくさんは答《こた》えました。『「この鳥《とり》は炭鉱《たんこう》の暴動《ぼうどう》のあいだにいなくなってしまって、それきり行方《ゆくえ》知《し》れずになってしまった」と、主《しゅ》人《じん》はインドへ出征《しゅっせい》する前《まえ》に申《もう》しておりました。ですから、部隊《ぶたい》のみんなは、この子《こ》が死《し》んでしまったんだと思《おも》ってたんですの……ほんと！』と、おくさんはつぶやきました。『こんなふしぎなことってありませんわ。』

こうなるとロージーおばさまも、おくさんと同《おな》じぐらい興奮《こうふん》していました。

『ほんとに、その鳥《とり》なの？』と、おばさま。『だって、このオスの鳥《とり》はみじめな炭鉱《たんこう》ではたらいてたんですのよ。その炭鉱《たんこう》の人《ひと》からゆずっていただくのに、三十万円《まんえん》（十二ギニー）もはらったんですから。』

『オスじゃありませんよ。』おくさんは笑《わら》いながら言《い》いました。『メスですわ！　この子《こ》の名前《なまえ》はピピネッラというんです。』

『ピピネッラ！』ロージーおばさまは、さけびました。『なんて美《うつく》しい名前《なまえ》なんでしょう。でも、もしメスなら、どうして歌《うた》うのかしら？　メスって歌《うた》えないとばかり思《おも》ってたけど。』

『とんでもない！』おくさんは言《い》いました。『メスもオスと同《おな》じように歌《うた》えますよ――とくに、この子《こ》はね。』

「さて」と、ピピネッラは話《はなし》をつづけました。「とうとうわかってもらえて、私《わたし》はうれしく思《おも》いました。長《なが》いあいだ、ディックという男《おとこ》の子《こ》の名前《なまえ》で呼《よ》ばれたり、小鳥《ことり》ちゃんとか『それ』とか呼《よ》ばれたりしていましたので。でももちろん、私《わたし》が歌《うた》えるとロージーおばさまにばれてしまったことで心配事《しんぱいごと》がひとつできました。鳥《とり》のお友《とも》だちがほしいのだということを、どうやったらわかってもらえるのでしょう？

けれども、そのことは、すんなり解決《かいけつ》しました。私《わたし》はずいぶんさみしそうにして、しょげかえっていたんだと思《おも》います。わざとやっていたんではないんですけれど、おばさまに気《き》づいてもらえました。ある日《ひ》、鳥《とり》かごのカバーをはずして、エサと水《みず》をくださったとき、おばさまがこう言《い》うのを聞《き》いて、私《わたし》はよろこびました――。

『おやおや、チュンチュン！　今朝《けさ》はとっても悲《かな》しそうね。私《わたし》の小《ちい》さなピピネッラは、たぶんお相手《あいて》がほしいのね。そうなの？　わかったわ。ロージーおばさまが、お話《はな》し相手《あいて》になる小鳥《ことり》をあげましょうね！』

それから、おばさまはぼうしをかぶって、ペット・ショップへ出《で》かけ、私《わたし》に夫《おっと》を買《か》ってくれました。おばさまが連《つ》れてきてくれた夫《おっと》をごしょうかいしたいくらいです。」

ピピネッラは目《め》をつぶって、つばさの肩《かた》をすくめてみせました。

「夫《おっと》は、おばかさんでした──ほんとおばかさん！　あんなおばかな鳥《とり》、見《み》たことありません。おばさまは、綿《わた》とか巣作《すづく》りの材料《ざいりょう》になるものをかごのなかに入《い》れてくれました。鳥《とり》かごのなかに巣《す》を作《つく》るというのは、その鳥《とり》かごにじゅうぶんな広《ひろ》さがあればかんたんなはずなんです。そして、私《わたし》たちの鳥《とり》かごにはじゅうぶんな広《ひろ》さがありました。

新《あたら》しい夫《おっと》──ツインクという名前《なまえ》でした──は、『まかせとけ』って言《い》いました。私《わたし》たちは仕《し》事《ごと》にかかりました。すると、夫《おっと》は私《わたし》のやることなすことに文句《もんく》をつけるのです。そして、口《くち》げんかになりました──ほんとに、まあ口《くち》やかましいこと！　まるで、自分《じぶん》こそなにもかもわかっているかのように！　まず、巣《す》の位置《いち》が問題《もんだい》でした。私《わたし》が鳥《とり》かごの片《かた》すみに巣《す》をかけて、半《なか》ばできたところで、夫《おっと》はそのからっぽの頭《あたま》を一方《いっぽう》にかたむけて、こう言《い》うのです。

『いや、ピピネッラ。そいつは、いい場所《ばしょ》じゃないよ。子《こ》どもたちの目《め》に明《あ》かりが入《はい》ってまぶしくなっちゃうだろ。こっちのすみにしよう。』

そして、せっかくの巣《す》をぜんぶとりこわして、鳥《とり》かごの反対《はんたい》がわに作《つく》り直《なお》そうとするんです。それから今度《こんど》は、巣《す》の内《うち》がわの敷物《しきもの》が問題《もんだい》だと言《い》います。私《わたし》が巣《す》のなかにすわっていると、夫《おっと》は

あちこちを引《ひ》っぱって、私《わたし》のすわっている下《した》からも敷物《しきもの》を引《ひ》っぱります。

とうとう、私《わたし》は、その年《とし》まったく子育《こそだ》てができないなら、夫《おっと》なんかたたき出《だ》したほうがいいとわかりました。それから、ひどいけんかになって、夫《おっと》はくちばしで私《わたし》の頭《あたま》をつっつき、私《わたし》は夫《おっと》を止《と》まり木《ぎ》からつき落《お》としました。でも、私《わたし》が勝《か》ったんです。夫《おっと》に、今度《こんど》巣《す》にさわったら、卵《たまご》をひとつも生《う》んでやらないからと言《い》ってやったんです。

でも、ツインクには、ひとついいところがありました。すばらしい声《こえ》の持《も》ち主《ぬし》だったんです。」

「君《きみ》の声《こえ》よりもよかったのかね？」先生《せんせい》がたずねました。

「私《わたし》なんか足《あし》もとにもおよばないほど」と、ピピネッラは言《い》いました。「高音部《こうおんぶ》で夫《おっと》に出《だ》せないような音《おと》があるとは思《おも》えませんでした。そして、低音部《ていおんぶ》でも、たっぷりした澄《す》んだ音《おと》が出《だ》せたんです。もちろん、オスはたいていそうですが、妻《つま》が歌《うた》うのは気《き》に入《い》りませんでした。でも、じつのところ、やれ卵《たまご》だ、やれヒナだと、世話《せわ》をするのにてんてこまいでしたから、歌《うた》うなんて余裕《よゆう》

がなくて、夫《おっと》と張《は》りあう気《き》にもなりませんでしたけれど。

ロージーおばさまは、カナリアのことをあまりよくご存《ぞん》じじゃありませんでしたが、卵《たまご》をだく時期《じき》に、私《わたし》が静《しず》かにじっとしていることはおわかりでした。おばさまは、日中《にっちゅう》でも、私《わたし》のじゃまにならないようにと、鳥《とり》かごに半分《はんぶん》カバーをかけっぱなしにしました。それで私《わたし》には、窓《まど》のほうの方向《ほうこう》しか見《み》えませんでした。ともかく、卵《たまご》をかえすには理想的《りそうてき》な町《まち》でした——とてもおだやかでした。通《とお》りには事件《じけん》のようなものはなく、ただ、街灯《がいとう》をつけるおじいさんがいつも同《おな》じ時間《じかん》に足《あし》をひきずりながらやってきたり、マフィン売《う》りが鐘《かね》を鳴《な》らしておぼんを持《も》ってやってきたり、ときどき手回《てまわ》しオルガンひきがおうちの前《まえ》に立《た》って息《いき》ぎれしそうな音《おと》を出《だ》すもんだから、ツインクがそのひどい音楽《おんがく》をかきけすために歌《うた》ったりするぐらいのことしかありませんでした。

こうして、ロージーおばさまが窓辺《まどべ》にすわって、あみものをしながら、近所《きんじょ》の人《ひと》が通《とお》っていくのを見《み》ているあいだ、私《わたし》は巣《す》にすわって、卵《たまご》をあたためながら、日《ひ》かげの木々《きぎ》の葉《は》っぱの緑《みどり》がますますあざやかに、濃《こ》くなっていくのを見守《みまも》り、春《はる》が夏《なつ》に変《か》わっていくのを見守《みまも》りました。そして、街灯《がいとう》のおじいさんが、朝《あさ》、街灯《がいとう》を消《け》すたびに、私《わたし》はこうつぶやくのでした。

『こうしてまた一日《いちにち》すぎたわ。もうすぐ子《こ》どもたちが、からをやぶって出《で》てくるでしょう。』

子《こ》どもたちがとうとうすがたをあらわした日《ひ》は、大《おお》さわぎでした。五羽《わ》の、がんじょうで元気《げんき》

なヒナでした。ロージーおばさまは、私《わたし》たちよりもわくわくして興奮《こうふん》していて、日《ひ》に十回《じっかい》は鳥《とり》かごのところへやってきて、のぞきこんだものでした。そして、遊《あそ》びにやってきたおばさまのお友《とも》だちはみんな、のぞいてごらんなさいと、鳥《とり》かごのところへ連《つ》れてこられるのでした。すると、だれもが同《おな》じことを言《い》いました。

『まあ、みにくいこと！』

まったくもう！　生《う》まれたばかりのヒナがどんなふうだと思《おも》ってたんでしょうね。まさか、ぼうしをかぶって、マントでもつけて生《う》まれてくるとでも思《おも》ってたんでしょうか。

さて、いよいよ夫《おっと》と私《わたし》は大《おお》いそがしとなりました。おなかをすかせた五羽《わ》のヒナにエサをあげるのは、ふたりがかりでやっても大仕事《おおしごと》なのです。ロージーおばさまは、くだいた卵《たまご》や、ビスケットのくずを日《ひ》に六回《かい》もってきてくださいましたが、その一回分《かいぶん》は一時間《じかん》十五分《ふん》ぐらいしかもちませんでした。おなかがすいたと開《ひら》いた大《おお》きな口《くち》に、三十分《さんじっぷん》ごとにエサを入《い》れてやらなければならないのです。そのほかに、レタスやリンゴや青菜《あおな》もあげなければなりませんでした。

でも、たいへんではありましたが、楽《たの》しい仕事《しごと》でした。ツインクは、巣作《すづく》りの問題《もんだい》がかたづくと、それほどおばかさんでも、いらいらさせられる鳥《とり》でもありませんでした。私《わたし》たちはとてもなかよくやったのです。私《わたし》が食事《しょくじ》と食事《しょくじ》のあいだに子《こ》どもたちをあたためていると、ツインクは巣《す》のはしにすわって、歌《うた》を歌《うた》ってくれました。たいていは、自分《じぶん》で作《つく》った美《うつく》しい子守歌《こもりうた》でした。

子《こ》どもたちが大《おお》きくりっぱに育《そだ》ち、巣立《すだ》ちができるようになって、五羽《わ》がぎゅうぎゅうになって止《と》まり木《ぎ》の私《わたし》たちのとなりにひしめいているのを見《み》ると、私《わたし》たちはふたりでとても得意《とくい》な気持《きも》ちになりました。もちろん、子《こ》どもたちは、子《こ》どもらしく、けんかをしました。とくに大《おお》きな二羽《わ》が、ほかの三羽《わ》をいじめようとしていました。ツインクと私《わたし》は、けんかをとめるのに大《おお》わらわでしたよ、ほんと。かごのなかに大《おお》きな鳥《とり》が七羽《わ》もいて、手《て》ぜまになりました。

というわけで、ロージーおばさまが、ヒナの何羽《なんわ》かを人《ひと》にあげようと決心《けっしん》する日《ひ》がやってきました。おばさまの大《おお》ぜいのお友《とも》だちがカナリアをほしがったので、子《こ》どもたちは、一羽《わ》また一羽《わ》と新《あたら》しいおうちへ出《で》ていき、とうとうツインクと私《わたし》しか残《のこ》らなくなってしまいました。そして、おばさまのお友《とも》だちのひとりが、オスは一羽《わ》でいるほうがきれいに歌《うた》うわよと教《おし》えたので（それは、ほんとうのことです）、おばさまはツインクを別《べつ》のかごへうつして、別《べつ》の部屋《へや》へやってしまいました。

こうして、夏《なつ》の終《お》わりには、私《わたし》はまたひとりぼっちになっていました。通《とお》りの日《ひ》かげにある木々《きぎ》の葉《は》っぱは茶色《ちゃいろ》になっていました。日《ひ》がどんどん短《みじか》くなって、夜《よる》が長《なが》くなっていたので、街灯《がいとう》のおじいさんは毎晩《まいばん》もっと早《はや》くやってきて、朝《あさ》はおそくやってくるようになりました。ツバメが、屋根《やね》のひさしの下《した》、鳥《とり》かごのすぐ上《うえ》に巣《す》をかけました。夏《なつ》のあいだ、私《わたし》が見守《みまも》るなか、そのツバメはヒナを二羽《わ》かえして、飛《と》びかたを教《おし》えていました。ツバメのたくさんのお友《とも》だちが集《あつ》まったり、おしゃべりをしたり、おうちのまわりを飛《と》びまわったりしていました。やがてくる冬《ふゆ》の寒《さむ》さをさけて南《みなみ》へ飛《と》ぶ準備《じゅんび》をしていたのでした。その長旅《ながたび》で、ツバメたちはどんなぼうけんをして、どんなふしぎなことを目《め》にするのだろうと私《わたし》は思《おも》いました。そして、もう一度《いちど》、どこへでも自由《じゆう》に行《い》ける自由《じゆう》な生活《せいかつ》がしたいなあと、なんとなくあこがれを感《かん》じました。

一日《いちにち》じゅう、ツバメたちはどんどん大《おお》ぜい集《あつ》まってきていました。窓《まど》からは見《み》えない位置《いち》にあるので屋根《やね》のといにツバメたちがむらがっているのは見《み》えませんでしたが、ひっきりなしに鳴《な》き声《ごえ》をたてているのが聞《き》こえました。そして通《とお》りの街灯《がいとう》の上《うえ》も、ツバメだらけでした。ぎゅうづめになっているツバメたちの白《しろ》い胸《むね》が街灯《がいとう》をつつんでいて、すてきな絵《え》のようでした。旅《たび》に出《で》る人《ひと》を見《み》ると旅《たび》に出《で》たくなるものですが、ツバメたちを見《み》ていると旅《たび》がしたくなりました。

とうとう、バタバタと飛《と》んだり鳴《な》いたり、盛大《せいだい》なさようならをして、ツバメたちは飛《と》びあがって旅立《たびだ》っていきました。みんないなくなってしんとすると、さびしくなりました。

まさにそのとき、窓《まど》からロージーおばさまの白《しろ》いペルシャネコが小鳥《ことり》をくわえて通《とお》りをしゃなりしゃなりと歩《ある》いてくるのが見《み》えました。

かごの鳥《とり》だから安全《あんぜん》なのだということを、ふたたび思《おも》い知《し》りました。

おじいさんがやってきて街灯《がいとう》に火《ひ》をともすと、静《しず》かに、おうちで規則正《きそくただ》しい生活《せいかつ》をするのもよいものだとつくづく思《おも》いました。

もしツインクと私《わたし》がどこかの森《もり》か生《い》けがきに巣《す》をかけていたら、子《こ》どもたちをりっぱに育《そだ》てることもできずに、目《め》の前《まえ》でどろぼうネコに子《こ》どもをかっさらわれていたかもしれません。」

第9章 古《ふる》い風車小屋《ふうしゃごや》

「ロージーおばさまのおうちにいるあいだに、とてもおもしろいお友《とも》だちができたとお話《はな》ししましたね」と、ピピネッラはつづけました。「そのなかに、窓《まど》ふきのおにいさんがいました。おばさまは、窓《まど》をふいてもらうことについて、かなりやかましかったのです。あんなにしょっちゅう窓《まど》から外《そと》をのぞいていれば、だれだって窓《まど》をきれいにしておきたいでしょうね。で、おうちのメイドたちにふいてもらうかわりに、窓《まど》ふきを専門《せんもん》にしているおにいさんに、日《ひ》を決《き》めて来《き》てもらっていたのです。

この人《ひと》は、おかしな顔《かお》をしていました。ちょっと見《み》ただけで、にっこりしてしまうような顔《かお》です。仕事《しごと》をしながら、いつも陽気《ようき》に口《くち》ぶえをふいていました。とても大《おお》きな口《くち》をして、念入《ねんい》りにごしごしするため、窓《まど》に息《いき》をはきかけるとき、私《わたし》はいつだって大笑《おおわら》いしたものです。

おにいさんが今度《こんど》はいつ来《く》るかなと楽《たの》しみでした。そして、おにいさんのほうも、私《わたし》のことをとても気《き》に入《い》ってくれました。いつも私《わたし》の窓《まど》をとくに長《なが》い時間《じかん》をかけてふいて、赤《あか》と白《しろ》のぞうき

んでぴっかぴかにしてくれるのでした。そうして口《くち》ぶえをふいて、ガラスごしに私《わたし》にへんな顔《かお》をしてみせるので、私《わたし》はお返《かえ》しに、さえずってあげるのです。こんな人《ひと》が飼《か》い主《ぬし》だったらとっても楽《たの》しいだろうなあとよく思《おも》いました。ロージーおばさまよりもずっとおもしろいのはまちがいありません。

おにいさんが行《い》ってしまうと、ひどくがっかりしました。わざと水《みず》あび用《よう》の水《みず》をばしゃばしゃとやって、ガラスをよごしまくりました。ロージーおばさまが窓《まど》ふき代《だい》としてはらうお金《かね》をたくさんもっていることも知《し》っていましたから、おにいさんの仕事《しごと》をふやしてあげるのは、とてもよいことに思《おも》えたのです。おにいさんの着《き》ている服《ふく》を見《み》れば、びんぼうだとすぐわかりました。ですから、月《つき》に一度《ど》ではなく、週《しゅう》に一度《ど》来《き》てもらわなければならないようにしたのです。

ある日《ひ》、ロージーおばさまが私《わたし》のいる部屋《へや》で、窓《まど》の内《うち》がわをふいているおにいさんに話《はな》しかけましたが、カナリアのことを話《はな》しているのだとわかりました。おにいさんは私《わたし》のことをずいぶんほめてくれて、おばさまが『このカナリアをあげましょうか』と、おにいさんに言《い》ったので、私《わたし》は大《おお》よろこびしました。おばさまには一日《いちにち》じゅうさえずってくれる別《べつ》の小鳥《ことり》がいたので、めずら

しさもうすれて、私《わたし》を手《て》ばなしてもかまわないと思《おも》っていたのです。私《わたし》が毎週窓《まいしゅうまど》をよごしたのも、おばさまが私《わたし》を手《て》ばなしたいと思《おも》った理由《りゆう》かもしれません。おばさまは、おうちのなかをぴっかぴかにしておきたい人《ひと》だったからです。でも、窓《まど》ふきのおにいさんのところへ行《い》けるなら、私《わたし》としても、ばんざいです。

さて、おにいさんは、おばさまからカナリアをあげましょうと言《い》われて、うれしくてのぼせあがってしまいました。その晩《ばん》、おにいさんは、私《わたし》の鳥《とり》かごをつつんで、家《いえ》へ持《も》って帰《かえ》りました。

そこは、まったくもってふしぎなところでした。おにいさんは、古《ふる》い風車小屋《ふうしゃごや》に住《す》んでいたのです。風車《ふうしゃ》は何年《なんねん》も動《うご》いておらず、小屋《こや》はほとんど廃墟《はいきょ》でした。きっとおにいさんは、ずいぶん安《やす》い家賃《やちん》をはらっているのでしょう――もし、家賃《やちん》をはらっているのだとしたら。それでも、小屋《こや》のなかをとても住《す》み心地《ごこち》よくしていました。どこにでもありそうな風車小屋《ふうしゃごや》で、がんじょうな、しっかりした石造《いしづく》りの円《まる》い塔《とう》の形《かたち》をしていました。

おにいさんは、一階《かい》の小《ちい》さな部屋《へや》に、手作《てづく》りのいすとテーブルとたなをおいて、寝泊《ねと》まりしていました。小《ちい》さなストーブもあって、そのえんとつ（ストーブからのびた管《くだ》）が塔《とう》の上《うえ》のほうへのびて、てっぺんから外《そと》へ出《で》ていました。家族《かぞく》はなく、たったひとりきりで自炊《じすい》していました。古本《ふるほん》をたくさん、たくさんもっていました。きっと表紙《ひょうし》がはがれおちてしまったものを、とても安《やす》く手《て》に入《い》れたのだと思《おも》います。

おにいさんは、夕方《ゆうがた》からいつも書《か》きものをしていました。こっそりと本《ほん》を書《か》いていたようです。というのも、書《か》いた原稿《げんこう》をブリキの箱《はこ》にしまって、ゆかの穴《あな》にかくしていたからです。とても変《か》わった人《ひと》でしたが、こんなにすてきな人《ひと》は見《み》たことがありませんでした。窓《まど》ふきをしていたのは、生活《せいかつ》するお金《かね》をかせぐためでした。それはまちがいありません。なにしろ、自分《じぶん》の家《いえ》の窓《まど》は、おそろしいほどよごれていましたので、窓《まど》ふきがしたくてしていたわけでないことははっきりしていました。

こうして、私《わたし》はおもしろい新《あたら》しい主人《しゅじん》といっしょに住《す》むことになりました。ほんとに変《か》わった人《ひと》でした。もし仕事《しごと》に行《い》かなくてもいいのなら、一日《いちにち》じゅう書《か》きものばかりしていたことでしょう。しかし、朝《あさ》にははたらきに出《で》かけ、お茶《ちゃ》の時間《じかん》まで帰《かえ》ってきませんでした。日曜日《にちようび》にはずっと家《いえ》にいてくれたので、私《わたし》は日曜日《にちようび》が楽《たの》しみでした。月曜《げつよう》から金《きん》曜《よう》までは、とてもさびしかったです。おにいさんは、朝出《あさで》ていくとき、古《ふる》い風車小屋《ふうしゃごや》にかぎをかけるのですが、それはおにいさんの手作《てづく》りのかぎでした。そして一日《いちにち》じゅう私《わたし》は、おにいさんの

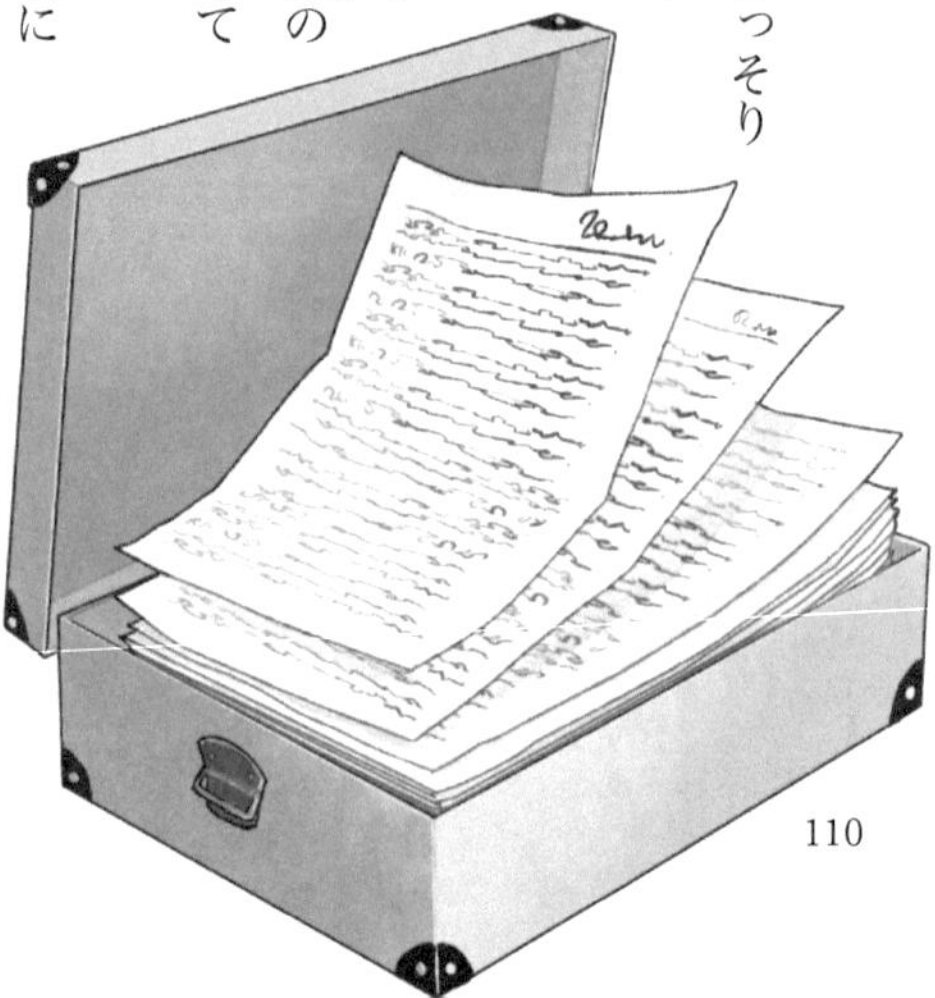

手作《てづく》りの家具《かぐ》の上《うえ》でネズミたちが追《お》いかけっこするのを見守《みまも》ったり、きたない窓《まど》ごしに外《そと》をながめたりしていたのでした。景色《けしき》はとてもすばらしかったのですが——風車小屋《ふうしゃごや》は、町《まち》はずれの丘《おか》の上《うえ》に建《た》っていました——それも、やがてなれっこになってしまいました。ネズミについて言《い》えば、私《わたし》はネズミは下品《げひん》な動物《どうぶつ》だとみなしていたので、ネズミたちの会話《かいわ》もつまらないし、そのくだらない遊《あそ》びもおもしろいとは思《おも》いませんでした。

でも、夕方《ゆうがた》になると、すごく楽《たの》しくなりました。おにいさんは家《いえ》に帰《かえ》ってくると、夕食《ゆうしょく》を料理《りょうり》しながらずっと私《わたし》に話《はな》しかけてくれたのです。もちろん、おにいさんは、私《わたし》がおにいさんの話《はなし》をわかっているなんて思《おも》っていません。でも、きっと話《はな》し相手《あいて》がいるのがうれしかったのでしょう。

というのも、おにいさんもとてもさびしいくらしをしていて——しかも、私《わたし》と同《おな》じように、そうしたくらしになれていなかったのです。そうです、目玉焼《めだまや》きを作《つく》ったり、スープをかきまわしたりしながら、おにいさんは、今日《きょう》はどこの家《いえ》へ行《い》っていたか、どんな人《ひと》と会《あ》っていたか、その家《いえ》の窓《まど》がとくによごれていてそこには鳥《とり》かごがつりさがっていた、などなど、その日《ひ》あったことを話《はな》してくれたのです。こうして、おにいさんは、ときどきロージーおばさまや私《わたし》の夫《おっと》のツインクがどうしているかも教《おし》えてくれました。よその家《いえ》へもらわれてしまった私《わたし》の子《こ》どもたちのことさえ、おにいさんはその家《いえ》の窓《まど》をふきに行《い》ったとき、教《おし》えてくれたのです。

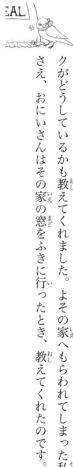

私《わたし》は、このふしぎなおにいさんのことを、窓《まど》ふきをする前《まえ》はなにをしていたのかしらなどと、ずいぶんいろいろ考《かんが》えました。もし親《しん》せきがいたとしても、近《ちか》くに住《す》んでいないようでした。手《て》紙《がみ》をもらうことはなく、書《か》くこともありませんでした。いわば、仲間《なかま》のいない、ひとりぼっちの男《おとこ》だったのです。だれにもじゃまされずに勉強《べんきょう》したり書《か》いたりしたくて、わざとこんなふうなくらしをしているのか、それともなにか秘密《ひみつ》があって、人目《ひとめ》をしのぶようなくらしをするはめになってしまったのか、ふしぎでした。

さて、冬《ふゆ》は快適《かいてき》にすぎていき、やがてふたたび春《はる》が近《ちか》づいてきました。春《はる》は、おにいさんがとくにいそがしくなるときです。というのも、どの家《いえ》でも春《はる》の大《おお》そうじをし、いつもは洗《あら》わない窓《まど》も洗《あら》うからです。ずいぶん夜《よる》おそくまでおにいさんが帰《かえ》ってこない日《ひ》もありました。

次第《しだい》にあたたかくなってくると、おにいさんは、私《わたし》の鳥《とり》かごを家《いえ》の外《そと》につるしてくれました。ある朝《あさ》、おにいさんは、鳥《とり》かごを外《そと》に出《だ》したまま、出《で》かけました。

『今日《きょう》は気持《きも》ちがいい日《ひ》だからね、ピップ』と、おにいさんは言《い》いました。『ぼくがるすだからって、君《きみ》が家《いえ》に閉《と》じこめられたままなのはかわいそうだ。お昼《ひる》を食《た》べにすぐ帰《かえ》ってくるからね。今日《きょう》は土曜日《どようび》だから、どんなに大《おお》ぜいのお宅《たく》が窓《まど》をふいてもらいたがっても、午前中《ごぜんちゅう》の仕事《しごと》だけで帰《かえ》ってくるつもりなんだ。』

それから、おにいさんは、鳥《とり》かごを風車小屋《ふうしゃごや》の塔《とう》のてっぺんまでもっていきました。そこには、ずっと使《つか》われていない、古《ふる》くて雨《あま》もりのする、ぼろぼろの部屋《へや》がありました。おにいさんは、その窓《まど》の外《そと》のくぎに鳥《とり》かごをかけました。外階段《そとかいだん》はなく、ただ柱《はしら》とか、はしごとかをよじのぼっていくしかありませんでしたので、外《そと》からは手《て》のとどきにくいところでした。

『そうら、ピップ』と、おにいさんは言《い》いました。『ここなら安全《あんぜん》だよ。こわそうなところだけど、ぼくが仕事《しごと》で足場《あしば》にしている窓《まど》わくと同《おな》じぐらい安全《あんぜん》さ。ぼくがいないあいだ、ネコとかにやられないように、ここにつるしといてやろう。じゃあね。』

それからおにいさんは、また塔《とう》をおりていき、私《わたし》は、おにいさんが下《した》のドアから出《で》ていって、町《まち》のほうへ足早《あしばや》に歩《ある》いていくのを見守《みまも》りました。

外《そと》にいるのは、とても気持《きも》ちがよいものでした。鳥《とり》かごを外《そと》に出《だ》してもらったのは、今年《ことし》になって初《はじ》めてでした。おだやかな春《はる》の日《ひ》ざしは、すがすがしく爽快《そうかい》でした。高《たか》いところから見晴《みは》らすと、あちこちにいろいろな種類《しゅるい》の野鳥《やちょう》が飛《と》んでいるのが見《み》えました。

お昼《ひる》の時間《じかん》になりましたが、おにいさんは帰《かえ》ってきませんでした。

『まあ、いいか』と、私《わたし》は思《おも》いました。『手間取《てまど》っているんだわ。お客《きゃく》さんをがっかりさせたら商売《しょうばい》にひびくもの。どこかのおばあさんが、もっと窓《まど》をふいてくれとたのんでいるんだわ。そのうち帰《かえ》ってくるでしょう。』

お茶《ちゃ》の時間《じかん》になっても、おにいさんは帰《かえ》ってきませんでした。私《わたし》はそれでも、なにか理由《りゆう》があるんだとあれこれ考《かんが》えました。でも、日《ひ》がしずんで、宵《よい》の明星《みょうじょう》が夜空《よぞら》にきらめきだしても鳥《とり》かごを家《いえ》のなかにしまってもらえないとなると、いよいよ心配《しんぱい》になりました。

暗《くら》やみが鳥《とり》かごのまわりにせまってきて、私《わたし》は寒《さむ》さにふるえはじめました。春《はる》とはいっても、まだ寒《さむ》いのです。家《いえ》のなかにいるときだって、鳥《とり》かごにカバーをかけてもらっているくらいでした。

私《わたし》は、まったくねむれませんでした。おにいさんはどうなってしまったんだろうかと、ひと晩《ばん》じゅう考《かんが》えていました。窓《まど》をふいているとき、高《たか》いところから落《お》ちてしまったのでしょうか。馬《ば》車《しゃ》にひかれたとか？　なにか事故《じこ》があったのです。それはまちがいありません。いつも私《わたし》のことを気《き》にかけてくれていたのですから、私《わたし》を外《そと》に出《だ》したままだということを忘《わす》れたはずがありません。かりに、外《そと》に出《だ》したことを忘《わす》れたとしても、寝《ね》る前《まえ》に私《わたし》にエサと新《あたら》しい水《みず》をあげなければいけないことを忘《わす》れるはずがありません。

とうとう夜《よ》が明《あ》けてしまいました。永遠《えいえん》の長《なが》さに思《おも》えた夜《よ》が明《あ》けたのです。お日《ひ》さまがゆっくりと空《そら》にあがって、そのあたたかさが私《わたし》のふるえるつばさにそそがれると、少《すこ》し元気《げんき》になりました。エサ箱《ばこ》にはまだ少《すこ》しエサが残《のこ》っていて、水入《みずい》れにも水《みず》がありました。私《わたし》は朝《あさ》ごはんを食《た》べよ

うと思《おも》いました——日《ひ》がのぼるとき、いつも朝《あさ》ごはんを食《た》べているものですから——が、ふと、このエサを大事《だいじ》に食《た》べて、できるだけ、もたさなければならないと気《き》づきました。考《かんが》えれば考《かんが》えるほど、窓《まど》ふきのおにいさんともう会《あ》えないということはまちがいないように思《おも》えたのです。

家族《かぞく》といっしょに住《す》んでいたり、お友《とも》だちが家《いえ》に遊《あそ》びに来《き》たり、お店屋《みせや》さんが日用品《にちようひん》をとどけてくれるようなふつうの家《いえ》に飼《か》われていたら、私《わたし》はやがて助《たす》けられたことでしょう。ところが、おにいさんのところへは、一年《いちねん》じゅう、だれひとりやってこないのです。そこで、私《わたし》はふたつのことを思《おも》いました。ひとつは、おにいさんになにかたいへんなことが起《お》こったのだということ。もうひとつは、まったくの偶然《ぐうぜん》でもないかぎり、私《わたし》が助《たす》けられたり、エサをもらえたりすることはないということです。まったくもって、おそろしい話《はなし》です。

それでも、命《いのち》があれば、希望《きぼう》があるものです。私《わたし》は朝《あさ》ごはんを——かろうじてやっていけるほど——ほんの少《すこ》しだけ食《た》べました。お昼《ひる》の時間《じかん》になると同《おな》じことをし、夕方《ゆうがた》も同《おな》じことをしました。ふたたび寒《さむ》く、みじめな夜《よる》となりました。そしてまた、ぶるぶるふるえる夜明《よあ》けがやってきました。このころには、エサが数《すう》つぶしか残《のこ》っていませんでした。もう元気《げんき》はまったくなくなっていました。私《わたし》は最後《さいご》のエサを食《た》べて、すっかりつかれはて、お日《ひ》さまがのぼるときに、ねむりにつきました。

どんなに長《なが》くねむっていたか、わかりません――お昼《ひる》を一時間《じかん》ほどすぎたころかなと思《おも》います。ゴロゴロというものすごい音《おと》で目《め》がさめて、目《め》をあけてみると、空《そら》は雨雲《あまぐも》で真《ま》っ黒《くろ》になっていました。あらしになろうとしていたのです。暗《くら》い空《そら》にヘビの舌《した》のようないなずまがピカピカッと光《ひか》って走《はし》り、そのあと耳《みみ》をつんざくかみなりが鳴《な》りました。

大《おお》つぶの雨《あめ》が、私《わたし》の鳥《とり》かごのゆかにポチャポチャと降《ふ》ってくると、そうでなくてもつらいのに、これはずぶぬれになるぞとわかりました。でも、このあらしは、思《おも》いもよらぬ幸運《こううん》をもたらしてくれたのです。

ひどいあらしでした！　あんなあらし、見《み》たことがありません。私《わたし》の風車小屋《ふうしゃごや》の塔《とう》は、風《かぜ》がどこからでも当《あ》たるところに建《た》っていたので、あらしのはげしさをもろに受《う》けました。目《め》がさめて五分《ふん》もしないうちに、私《わたし》はびしょぬれになり、骨《ほね》の髄《ずい》まで冷《ひ》えきりました。なんとか水入《みずい》れの下《した》にもぐりこみ、あらしをさけようと思《おも》ったのですが、むだでした。すごい風《かぜ》が雨《あめ》をあちらこちらへふきとばしていたので、のがれようがなかったのです。鳥《とり》かごのゆかは、水《みず》であふれかえりました。

ふいに、バリバリッとさける音《おと》がして、風車小屋《ふうしゃごや》の屋根《やね》の一部《いちぶ》が、風《かぜ》の力《ちから》で塔《とう》からひきちぎられ、宙《ちゅう》をまって、地面《じめん》のほうへ飛《と》んでいくのが見《み》えました。ゴロゴロッというかみなりの音《おと》のあいだに、うしろのほうでなにかこわれる音《おと》がしました。いろいろなものが、あらしでふきとばさ

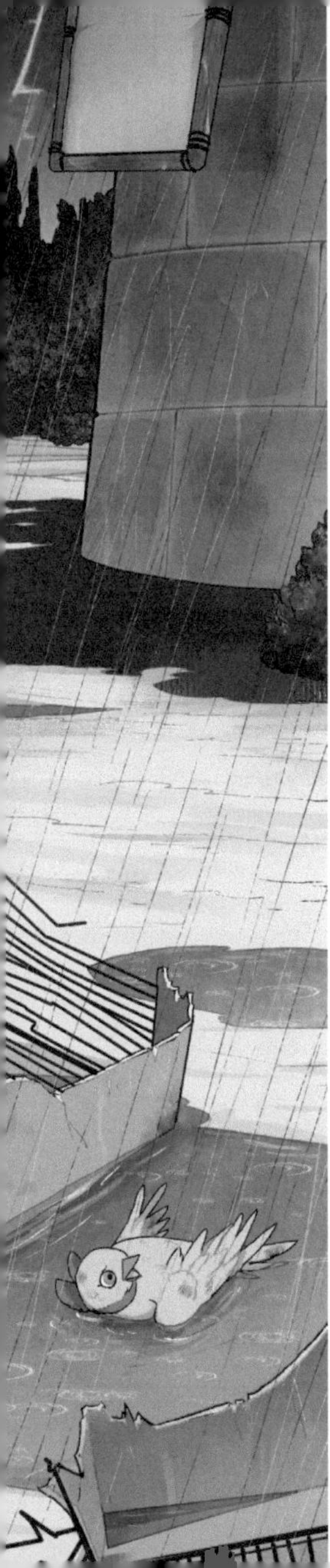

れたり、こなごなになったりしていたのです。

すると、**ビュン!** まるでだれかが下《した》から手《て》のひらでたたいたかのように、鳥《とり》かごが上《うえ》へたたきあげられ、次《つぎ》の瞬間《しゅんかん》、私《わたし》も地面《じめん》にむかって落《お》ちていました。鳥《とり》かごが、ふき飛《と》ばされたのです。

鳥《とり》かごがくぎからはずれ、空中《くうちゅう》を飛《と》んだあとは、なにがどうなったのか、はっきりおぼえていません。鳥《とり》かごがくるくるまわって目《め》がまわり、鳥《とり》かごは屋根《やね》かなにかの上《うえ》にどしんとぶつかって、はねた気《き》がします。私《わたし》はつめで止《と》まり木《ぎ》につかまっていました——なによりも、こわくてそうしていたのです——そして、鳥《とり》かごがまわると、いっしょにまわっていました。

それから——**ガシャン!!** ふいに私《わたし》は、自分《じぶん》がけがひとつせず、地面《じめん》の水《みず》たまりのなかにびしょびしょになってうずくまっているのに気《き》がつきました。鳥《とり》かごは、まんなかからきれいにまっぷたつになっていて、私《わたし》の両《りょう》がわにありました。雨《あめ》はまだどしゃぶりでした。私《わたし》は、風車小屋《ふうしゃごや》のすぐ前《まえ》の、玉石《たまいし》のしかれた歩道《ほどう》に落《お》っこちたのでした。玄関《げんかん》の前《まえ》の踏《ふ》み段《だん》の下《した》には、石《いし》と石《いし》のあいだに穴《あな》がありました。私《わたし》はそのなかへ入《はい》りこんで、雨《あま》やどりをしながら、わけのわからなくなった頭《あたま》をはたらかせようとがんばりました。

『ということは、』と私《わたし》は考《かんが》えました。『とうとう自由《じゆう》の鳥《とり》になったんだ！　このあらしが鳥《とり》かごをふき飛《と》ばしてくれなかったら、あと二、三日《にち》もしたら、あの高《たか》いところで飢《う》え死《じ》にしてたわ。ふう！　鳥《とり》かごから自由《じゆう》になったらどんな気持《きも》ちだろうって何度《なんど》も思《おも》ってきたけれど、今《いま》こうして、自由《じゆう》になったんだわ！　だけど、ああ、おなかがすいた。寒《さむ》いし、びしょびしょだわ！』

こうして、私《わたし》の——」

「だけど、窓《まど》ふきのおにいさんは、どうなったの？」と、ガブガブが口《くち》をはさみました。「どうして帰《かえ》ってこなかったの？」

「それは、これからわかります。」ピピネッラは、きびしい声《こえ》で言《い》って、話《はなし》をつづけました。

「こうして、私《わたし》のお話《はなし》のもうひとつの章《しょう》がはじまりました。生《う》まれてからずっと、かごの鳥《とり》として育《そだ》ったあと、ふしぎな運《うん》で、急《きゅう》に野鳥《やちょう》となったのです。窓《まど》ふきのおにいさんのことについては悲しく、しょげかえる思《おも》いがしましたが、そのときはふたつのことしか考《かんが》えられませんでした——体《からだ》をかわかすこと、そして食《た》べ物《もの》をさがすことです。ほんとに、飢《う》え死《じ》にしかかっていましたから。」

第2部
初恋《はつこい》！　そして海《うみ》をわたるカナリア!?

第1章 緑《みどり》のカナリアは飛《と》べるようになる

「三十分《さんじっぷん》ほどして、あらしはおさまり、雨《あめ》があがって、日《ひ》がさしてきました。私《わたし》はすぐにネズミの穴《あな》から出《で》て、広《ひろ》いところを飛《と》びまわって羽《はね》から水《みず》をふりはらおうとしはじめました。

ところが、おどろいたことに、まったく飛《と》べなくなっていたのです。きっとびしょびしょになってしまったからだ——それに、おなかがぺこぺこで、つかれていたからだと思《おも》いました。けれども、つばさをずっとパタパタと動《うご》かしつづけて、水気《みずけ》をすっかりふきとばしても、やっぱりほんの少《すこ》ししか飛《と》べません。しかも、そうやってがんばると、ひどくつかれてしまうのです。

かごの鳥《とり》として、止《と》まり木《ぎ》から止《と》まり木《ぎ》へ飛《と》びうつることばかりしていて、ほんとに空《そら》を飛《と》ばない生活《せいかつ》が長《なが》すぎたのです。ふつうの自由《じゆう》な鳥《とり》として大空《おおぞら》にまいあがれるようになるためには、初《はじ》めて巣立《すだ》ちをするヒナのように、一《いち》から飛《と》びかたをおぼえ直《なお》さなければなりませんでした。

近《ちか》くには食《た》べ物《もの》もありません。食《た》べ物《もの》をさがしに遠《とお》くへ行《い》かなければならないとしたら、さっそくとりかかる必要《ひつよう》があります。そこで、私《わたし》は飛《と》ぶ練習《れんしゅう》をはじめました。風車小屋《ふうしゃごや》のドア近《ちか》くに

古《ふる》い荷箱《にばこ》がありましたので、そこに飛《と》び乗《の》ったり、飛《と》びおりたりすることで、練習《れんしゅう》をはじめました。やがて、そうしているうちに、やせこけて、おなかをすかせた顔《かお》つきのネコがこちらを見《み》ているのに気《き》がつきました。

『ハハハ、これはいいわ』と、私《わたし》は思《おも》いました。『こっちは世間知《せけんし》らずのかごの鳥《とり》かもしれないけれど、あんたなんかにゃ、つかまるもんですか。』

だんだんと飛《と》べるようになって、近《ちか》くにあった古《ふる》いおんぼろ小屋《ごや》の屋根《やね》の上《うえ》にまで飛《と》びあがれるようになりましたが、ネコはその小屋《こや》の下《した》まで私《わたし》を追《お》ってきました。そこで、私《わたし》は風車小屋《ふうしゃごや》のお庭《にわ》へもどりました。飛《と》ぶのはまだへたでしたけれど、ネコがどこにいるのかわかってさえいれば、ネコのつめにひっかかれることはありませんでした。ふいにおそいかかられるようなネコのかくれ場所《ばしょ》があるようなところでぐずぐずしなければいいのです。ネコを気《き》にしながらも、私《わたし》は練習《れんしゅう》をつづけました。とてもつかれる練習《れんしゅう》でしたが、やればやるほど飛《と》べるようになって、そのうちに風車小屋《ふうしゃごや》の塔《とう》の上《うえ》まで一気《いっき》に飛《と》びあがれそうでした。そこまであがれば、屋根《やね》の穴《あな》から建物《たてもの》のなかへ入《はい》ることができるので、台所《だいどころ》までおりていって、なにか食《た》べ物《もの》を見《み》つけられるはずです。

ネコは、私《わたし》が飛《と》ぶのがへただと見《み》てとると、私《わたし》がけがをしているか、弱《よわ》っているとでも思《おも》ったのでしょう。こいつは楽《らく》につかまえられるえものだと、ネコらしく、ずるい考《かんが》えをしたようです。ネコは、そのあたりをぶらぶらして、私《わたし》のようすを見《み》ながら、まちかまえていました。なにがなんでも私《わたし》をつかまえてやろうというのです。でも、こっちだって、つかまるものかと思《おも》っていました。

たいていの人《ひと》は、かごの鳥《とり》はすぐに野鳥《やちょう》になれると思《おも》うかもしれませんが、そうかんたんにはいきません。野鳥《やちょう》というのは、とてもおさないときに、自分《じぶん》ひとりでやっていけるようにしつけられるのです。親《おや》から、ほかの鳥《とり》をよく見《み》てまねなさいとか、どこへ水《みず》をさがしに行《い》けばよいかとか、どの季節《きせつ》にエサが見《み》つかるかとか、ある種《しゅ》の木《き》の実《み》はどこへ、いつ、さがしに行《い》けばよいかとか、雨風《あめかぜ》やイタチから身《み》を守《まも》るために夜休《よるやす》むのはどこがいいかとか――そのほか数《かぞ》えきれないほどたくさんのことを教《おし》えてもらうのです。そういったしつけを私《わたし》は受《う》けていませんでした。私《わたし》が初《はじ》めて自由《じゆう》になったときというのは、ちょうどそこにいるガブガブが、ぬくぬくと居心地《いごこち》のよい小屋《こや》ですごしたあとで、とつぜんジャングルのなかで、野生《やせい》のイノシシだの、トラだの、へ

ビだのにかこまれるようなものだったのです。」

「悪《わる》いけど」と、ガブガブは鼻《はな》をつんとあげて言《い》いました。「ぼく、ほんとにジャングルに行《い》ったことあるし、すっごく楽《たの》しかったんだけど。」

「ジャングルで迷子《まいご》になりやがったくせに。」ジップが、うなりました。「だまってろ！」

「とにかく」と、ピピネッラは言《い》いました。「すぐにそうと気《き》づいた私《わたし》は、せまる危険《きけん》をのがれて広《ひろ》い世界《せかい》で生《い》きていくには、よくよく頭《あたま》をはたらかせて、あぶない橋《はし》をわたらないようにして気《き》をつけなければならないと考《かんが》えました。まず建物《たてもの》のなかへ入《はい》ろうとしたのも、もっぱらそのためです。かべのなかなら安全《あんぜん》だと思《おも》ったのです。この丘《おか》のあたりには、小動物《しょうどうぶつ》がいたら食《た》べてしまおうと、フクロウやタカやモズがときどき待《ま》ちかまえていることを、私《わたし》は知《し》っていました。そして、そうした肉食系《にくしょくけい》の鳥《とり》が私《わたし》をつかまえようと飛《と》びかかったりした日《ひ》には、もっとずっとじょうずに飛《と》べるようになっていなければ、ぜったいににげられるはずがないのです。

塔《とう》のてっぺんに穴《あな》があったので、私《わたし》はそこから入《はい》って、いろいろへんてこな暗《くら》いけむりの通《とお》り道《みち》を下《した》へ伝《つた》って、台所《だいどころ》のドアのところまでおりていきました。ドアにはかぎがかかっていましたが、幸《さいわ》い、古《ふる》い建物《たてもの》だったので、ドアはぴったりしていませんでした。ドアの上《うえ》のところに、ちょうど私《わたし》がすりぬけられるほどのすきまがありました。

一週間《しゅうかん》、その台所《だいどころ》でくらしました。窓《まど》ふきのおにいさんがいつもエサをしまっていた紙《かみ》ぶくろが、だんろのかざりだな《マントルピース》の上《うえ》に見《み》つかりました。部屋《へや》のはしっこのストーブのそばには、バケツいっぱいの水《みず》がありました。ですから、飲《の》んだり食《た》べたりするのにこまることはありませんでした、かたい石《いし》のかべが天敵《てんてき》や夜《よる》の寒《さむ》さから守《まも》ってくれて、居心地《いごこち》よくくらせました。そこで飛《と》ぶ練習《れんしゅう》をつづけました。台所《だいどころ》をぐるぐると飛《と》んで、何回《なんかい》まわったか数《かぞ》えました。一千回《かい》に達《たっ》したとき、こう考《かんが》えました──『これをまっすぐ飛《と》んだらどれぐらい遠《とお》くまで行《い》けたかわからないけど、ずいぶん遠《とお》くだと思《おも》うわ。』

それでも私《わたし》は満足《まんぞく》しませんでした。外《そと》に出《で》たら、高速《こうそく》で何《なん》キロも飛《と》びつづけなければならないことはわかっていたのです。そこで、私《わたし》は何時間《なんじかん》も台所《だいどころ》のなかをぐるぐる飛《と》びまわりました。

ある朝《あさ》、二時間《じかん》じっくり飛《と》んだあと、だんろのかざりだな《マントルピース》の上《うえ》で休《やす》んでいたとき、ふと、あのみじめなネコがストーブのうしろにしゃがんで、こちらを見《み》つめているのに気《き》がつきました。どうやって入《はい》りこんだのかわかりません。私《わたし》のように塔《とう》のてっぺんまであがったのでないことだけはたしかです。とにかくネコというのはふしぎな動物《どうぶつ》で、いざとなれば信《しん》じられないほどせまいところだって通《とお》ってくるのです。

とにもかくにも、そこにネコがいるのです。居心地《いごこち》のよかった台所《だいどころ》は、もはや安全《あんぜん》ではなくな

ってしまいました。それでも、夜寝る《よるね》場所《ばしょ》はありました。見《み》たこともないようなおかしなねどこ、です。天井《てんじょう》から連《つら》なってつりさげられたタマネギにしがみつくんです。そこなら、ネコはとどかないので、安全《あんぜん》に寝《ね》られるはずです。

しかし、実際《じっさい》は、あまり休《やす》めませんでした。ネコのことが、どうにも気《き》になってしかたがなかったのです。タマネギのところまで飛《と》びあがれないとわかっていても、ネコっておそろしくかしこいですから、やはり、ネコがちょっとでも動《うご》くたびに、ひょっとして結局《けっきょく》とんでもない方法《ほうほう》を発見《はっけん》して飛《と》びかかってくるんじゃないかしらと思《おも》って、目《め》がさめてしまうのです。

とうとう私《わたし》は自分《じぶん》に言《い》いました。『あした、この風車小屋《ふうしゃごや》を出《で》て、大空《おおぞら》に飛《と》びたとう。予定《よてい》より少《すこ》し早《はや》いけれど、ネコが入《はい》ってきてしまった今《いま》、ここじゃおちつけないもの。あした、旅《たび》に出《で》て、運《うん》だめしをしましょう。』

夜《よ》が明《あ》けて、私《わたし》は台所《だいどころ》のドアの小《ちい》さなすきまから出《で》て、暗《くら》い、ほこりっぽい、くずれかかった風車小屋《ふうしゃごや》の塔《とう》をのぼっていき、ついにてっぺんの石造《いしづく》りの穴《あな》のところまでやってきました。すばらしい朝《あさ》でした。すてきな景色《けしき》が目《め》の前《まえ》に広《ひろ》がっていて、私《わたし》は――」

「だけど、窓《まど》ふきのおにいさんは、いつ帰《かえ》ってくるの？」ガブガブが鼻《はな》を鳴《な》らしました。「窓《まど》ふきのおにいさんがどうなったのか、知《し》りたいな。」

「がまんしなさい」と、先生《せんせい》は言《い》いました。「ピピネッラが、これから話《はな》すと言《い》ってただろう。」

「すてきな景色《けしき》が」と、カナリアはくりかえしました。「目《め》の前《まえ》に広《ひろ》がっていて、私《わたし》は、そのいなかの景色《けしき》をながめました。一瞬《いっしゅん》、そんな高《たか》いところから、大空《おおぞら》に身《み》を投《な》げるのはこわい気《き》がしました。東《ひがし》のほうに雑木林《ぞうきばやし》があるなと気《き》がつきました。

『あそこまで、四百メートルぐらいしかないわ』と、私《わたし》は自分《じぶん》に言《い》いました。『それくらいなら飛《と》べるはず。よし――いくわよ！』

そうして、私《わたし》はその林《はやし》の方角《ほうがく》へ塔《とう》から飛《と》び出《だ》しました。そして、自分《じぶん》がなにも知《し》らなかったことをふたたび思《おも》い知《し》ることになったのです。私《わたし》は、大空高《おおぞらたか》く飛《と》んだことがありませんでした。私《わたし》の体《からだ》をあちこちにおしやる風《かぜ》や空気《くうき》の流《なが》れにどう対処《たいしょ》したらいいか、さっぱりわかっていなかったのです。ふつうの鳥《とり》なら、つばさを一度《いちど》もばたつかせることもなく、その林《はやし》まで、広《ひろ》げたつばさを動《うご》かすこともなく、すうっと飛《と》んでいったことでしょう。ところが、私《わたし》は――まるで、強風《きょうふう》のなかで、かじを失《うしな》った、ひどく重《おも》たい荷《に》を積《つ》んだ舟《ふね》のようでした。風《かぜ》にあおられて、ふらふら、巻《ま》きあげられてしまいました。カラスたちが、ガラガラ声《ごえ》で、私《わたし》を笑《わら》っているのが聞《き》こえました。

『ひゃっ、ひゃっ！』カラスたちは、さけんでいました。『風《かぜ》にあおられているあの羽根《はね》ぼうきを、ごらんよ！　しっぽをさげなよ、若《わか》いの！　がんばれ！　落《お》ちるんじゃないよ！――うひゃあ！』

下品《げひん》な、いやしい鳥《とり》です、カラスというのは。でも、突風《とっぷう》にあおられるまま、あわてふためいてばたついていた私《わたし》は、よっぽどこっけいだったのでしょう。なんとかして林《はやし》に着《つ》くと、私《わたし》は体《からだ》を大《おお》きく広《ひろ》げたまま、ナラの木《き》のこずえに着地《ちゃくち》しました。へとへとでしたが、それでも、やったと思《おも》いました。少々風《しょうしょうかぜ》にあおられはしましたが、行《い》きたいところへたどりつくことができたのです。

私《わたし》は、息《いき》がもとにもどるまで休《やす》んでから、林《はやし》のなかをあちこちぴょんぴょん歩《ある》きまわりました。ほかの鳥《とり》のようにやぶのなかをスッとぬけていったりできず、黒《くろ》イチゴにつばさをひっかけてばかりでした。でも、カラスに言《い》われたとおり、とにかく練習《れんしゅう》してちゃんと飛《と》べるようになるしかないと思《おも》って、がんばりました。

私《わたし》は、あちこちぴょんぴょこ歩《ある》きまわって、いろんな発見《はっけん》をしたり、経験《けいけん》を積《つ》んだりしているうちに、またもや敵《てき》に見張《みは》られていることに気《き》づきました。今度《こんど》は、大《おお》きなハイタカでした。私《わたし》が広《ひろ》いところへ出《で》ていくたびに、いつも同《おな》じまるい肩《かた》をした鳥《とり》が、小《ちい》さな高《たか》い木《き》のてっぺんに身《み》動《うご》きもしないでとまっているのでした。その鳥《とり》はひなたぼっこをしているふりをしていましたが、私《わたし》のぎこちない、へたくそな飛《と》びかたに気《き》づいて、おそいかかるチャンスをうかがっているのにちがいないのです。この黒《くろ》イチゴのしげみの近《ちか》くからはなれなければだいじょうぶだとわかっていました。というのも、相手《あいて》は大《おお》きなつばさをしていますから、とげのある黒《くろ》イチゴのしげみの小《ちい》さな空間《くうかん》ににげこめば、追《お》ってこられないからです。

しばらくして、ハイタカは、どうやら割《わり》に合《あ》わないと思《おも》ってあきらめたようでした。まるでこの林《はやし》を永遠《えいえん》にあとにするかのように、スイスイと空《そら》を飛《と》んで、木々《きぎ》のこずえの上《うえ》をむこうのほうへ行《い》ってしまったのです。そこで、私《わたし》はまたほっとして、さらに探検《たんけん》をつづけ、しばらくしてから、また広《ひろ》いところへ出《で》てみることにしました。

今度《こんど》は、追《お》い風《かぜ》に乗《の》って飛《と》んでいこうと思《おも》いました。そして、林《はやし》に来《く》る前《まえ》にいた方角《ほうがく》にもどろうと、飛《と》びはじめました。追《お》い風《かぜ》のほうがずっと楽《らく》でしたが、うしろからおされると、まっすぐ飛《と》ぶのはなかなかむずかしいものです。

林《はやし》や風車小屋《ふうしゃごや》のある丘《おか》の下《した》のほうに広《ひろ》がる野原《のはら》を半分《はんぶん》ほどまで来《き》たところで、すぐ下《した》のかきねから、スズメの群《む》れが大《おお》あわてで飛《と》び出《だ》してきました。空《そら》の上《うえ》のほうに顔《かお》をむけて、チュンチュンとあちらこちらへ散《ち》っていきます。明《あき》らかになにかにおびえているのです。そして、ふいに、わかりました――私《わたし》は例《れい》のハイタカのことをすっかり忘《わす》れていたのです。ふりかえってみると、私《わたし》のうしろ百四十メートルもないところにハイタカがいて、弾丸《だんがん》のように追《お》いかけてきます。あんなにこわかったことはありません。野原《のはら》には、かくれる場所《ばしょ》はありませんでした。

『塔《とう》の穴《あな》だわ』と、私《わたし》は思《おも》いました。『あそこまで行《い》けたら助《たす》かる。あの屋根《やね》の穴《あな》に飛《と》びこめば、こいつは大《おお》きすぎて入《はい》ってこられない。』

そこで、全速力《ぜんそくりょく》で、くちばしをしっかり閉《し》めて、あの古《ふる》い風車小屋《ふうしゃごや》をめざしました。」

「ひどい追《お》いかけっこでした。」ピピネッラは、思《おも》い出《だ》したくないかのように首《くび》をふりながら、つづけました。「あのハイタカは追《お》い風《かぜ》に乗《の》っていましたから、私《わたし》はもうにげられないと何度《なんど》も思《おも》いました。ふりかえって首《くび》をまわすだけでスピードが落《お》ちるんじゃないかとこわくて、ふりかえることもできません。やつの大《おお》きなつばさが、ビュッ、ビュッ、ビュッと、すぐうしろで風《かぜ》を切《き》っている音《おと》が聞《き》こえました。

しかし、幸《さいわ》いなことに、上《うえ》へ飛《と》びあがってきたスズメたちのおかげで、早《はや》めに気《き》づくことができましたから、ハイタカよりもかなり先《さき》に飛《と》び出《だ》すことができました。それに風車小屋《ふうしゃごや》まではすぐでしたから、ハイタカでさえ私《わたし》をつかまえることはできませんでした。でも、ひどくあぶないところでした。私《わたし》が風車小屋《ふうしゃごや》の屋根《やね》の穴《あな》のなかへ飛《と》びこんで、クモの巣《す》のなかに転《ころ》がってゼイゼイあえいでいると、私《わたし》のうしろ、つい三十《さんじっ》センチぐらいのところまで大《おお》きなかげが穴《あな》の上《うえ》にせまってきていたのが見《み》えたのです。

『おぼえてろ！』ハイタカは、上《うえ》へむきを変《か》えて、風車小屋《ふうしゃごや》の屋根《やね》の上《うえ》を飛《と》びさりながら、どなりました。『いつか、つかまえてやるからな！』

「窓《まど》ふきのおにいさんのこと、忘《わす》れてないよね？」ガブガブが、たずねました。「おにいさん、いったい、どうなっちゃったの？」

「おい、だまってろ。」ジップが、ぴしゃりと言《い》いました。

ピピネッラは、かまわず、話《はなし》をつづけました。

「私《わたし》は塔《とう》でひと晩《ばん》をすごしました。ネコは、私《わたし》がもどってきたことを知《し》りませんでしたから、ネコにおそわれることもありませんでした。でも、寝《ね》ようと体《からだ》をよこたえて、とてもみじめな気持《きも》

ちになりました。ふつうの自由《じゆう》な鳥《とり》なら、ハイタカに追《お》いかけられてひどくこまったりはしないでしょう――にげればいいのですから。でも、私《わたし》にとって、これは外《そと》に出《で》て初《はじ》めての体験《たいけん》だったのです。世界《せかい》じゅう敵《てき》だらけで、世《よ》の中《なか》は私《わたし》を殺《ころ》そうとしている動物《どうぶつ》に満《み》ちあふれているように思《おも》えました。おそろしくひとりぼっちで、だれも助《たす》けてくれないように感《かん》じました。

ほんの少《すこ》しうとうとして悪夢《あくむ》にうなされるようなねむりに落《お》ちてから、朝《あさ》、とても気持《きも》ちのよい声《こえ》で目《め》をさましました。グリーンフィンチ（アオカワラヒワ）の恋《こい》の歌《うた》が聞《き》こえてきたのです。穴《あな》のすぐ外《そと》のどこかで、歌《うた》っています。しかも、私《わたし》に歌《うた》いかけているのです。自分《じぶん》がまるで、窓辺《まどべ》で恋歌《こいうた》を贈《おく》られた貴婦人《きふじん》みたいな感《かん》じがしました。私《わたし》は立《た》ちあがって、しっぽからクモの巣《す》をはらい落《お》とし、羽《は》づくろいをし、外《そと》に出《で》て、私《わたし》のところへやってきた相手《あいて》を見《み》てみようと思《おも》いました。

そっと外《そと》をのぞいてみると、そこにいたのは――見《み》たこともないほどかっこいいオスの小鳥《ことり》でした。頭《あたま》をうしろへのけぞらせ、つばさを少《すこ》しもちあげて、のどを大《おお》き

くふくらませています。力《ちから》いっぱい歌《うた》っているのです。

春《はる》にグリーンフィンチが歌《うた》う恋《こい》の歌《うた》ほどすてきなものはないと思《おも》います。ほかの鳥《とり》のメロディーにはない独特《どくとく》な、うっとりとさせるような詩的《してき》な感《かん》じがあるのです。そのとき、その歌《うた》を聞《き》いて私《わたし》がどんなふうになってしまったか、みなさん、想像《そうぞう》もつかないでしょう。あっという間《ま》に私《わたし》はハイタカのこともネコのことも忘《わす》れ、ありとあらゆるいやなことを忘《わす》れたのです。世界《せかい》はすっかり変《か》わってしまい、楽《たの》しくてうれしいぼうけんに満《み》ちあふれているように思《おも》えました。私《わたし》は、歌《うた》が終《お》わるまで、暗《くら》がりでずっと聞《き》き耳《みみ》を立《た》てていました。それから、穴《あな》から出《で》て、屋根《やね》へあがりました。

『おはよう』と、ちょっとまごついたようにほほえんで、彼《かれ》は言《い》いました。『起《お》こしてしまったらごめんね。』

『あら、そんなことないわ』と、私《わたし》は答《こた》えました。『いらしてくださって、ありがとう！』

『えっと』と、彼《かれ》。『ゆうべ、君《きみ》があのいやらしいハイタカに追《お》われてるのを見《み》たもんだからね。その前《まえ》に君《きみ》があの林《はやし》にいるって気《き》づいてたんだ。君《きみ》のぎこちない飛《と》びかたからすると、君《きみ》、つい最近《さいきん》までかごの鳥《とり》だったんだろ。あのハイタカから君《きみ》がにげられてよかったよ。つかまっちゃうんじゃないかって、ひどく心配《しんぱい》したんだ。君《きみ》、半分《はんぶん》グリーンフィンチじゃない？』

『ええ』と、私《わたし》は答《こた》えました。『母《はは》がグリーンフィンチで、父《ちち》がカナリアなの。』

『そうだろうと思《おも》ったよ、君《きみ》の羽《はね》を見《み》てね』と、彼《かれ》。『君《きみ》、とってもかわいいね。つばさにすてきな黄色《きいろ》い線《せん》が入《はい》っててさ。』

新《あたら》しく知《し》りあいとなった小鳥《ことり》は、私《わたし》をさそってくれました。『いっしょに、林《はやし》のあたりを飛《と》んでみないかい？ 気持《きも》ちのいい朝《あさ》だからさ。』

『ありがとう』と、私《わたし》は言《い》いました。『そうするわ。私《わたし》、とてもおなかがすいていて、外《そと》でエサをさがすの、どうすればいいのかよくわからないの。』

『じゃあ、出《で》かけよう』と、彼《かれ》は言《い》いました。『あの目《め》つきのわるいハイタカがそのあたりをかぎまわっていないかどうか見《み》てくるから、待《ま》ってて。それから、イーストデイル農場《のうじょう》まで行《い》こう。そこに、アワの実《み》がつまったふくろがいっぱいある倉《くら》があるんだ。人間《にんげん》がふくろにつめたままで、閉《と》じていないやつがかならずドアの近《ちか》くに転《ころ》がってるんだ。よおし、敵《てき》はいないぞ！ 行《い》こう！』

こうして私《わたし》たちは、ものすごく楽《たの》しく出発《しゅっぱつ》しました——まるで、はしゃぎまわるふたりの子《こ》どものようでした。とちゅうで、ニピット——というのが名前《なまえ》だと教《おし》えてくれましたが——は、飛《と》びかたのコツをいろいろと教《おし》えてくれました。風《かぜ》につばさをとられそうになったらどうすればいいか、追《お》い風《かぜ》になったとき、しっぽの羽《はね》を広《ひろ》げるとどんな効果《こうか》があるか、バタバタつばさを動《うご》かさずに上《うえ》へあがるコツ、ひっくりかえらずに急降下《きゅうこうか》する方法《ほうほう》といったものを教《おし》えてくれたのです。私《わたし》たちは彼《かれ》が言《い》っていた農場《のうじょう》に着《つ》きました。すてきな、堂々《どうどう》とした古風《こふう》なところで、早朝《そうちょう》の朝《あさ》日《ひ》をあびて、とても魅力的《みりょくてき》に見《み》えました。

『人間《にんげん》たちはまだ起《お》きていないな』と、ニピットは言《い》いました。『起《お》きてても、ぼくらのことを気《き》にしやしないけどね。でも、朝《あさ》ごはんをじゃまされずに食《た》べられたほうがいいからね。あれがその倉《くら》だよ。あの大《おお》きなニレの木《き》の枝《えだ》が上《うえ》からおおうように生《は》えている、れんがの建物《たてもの》がそうさ。』

ニピットは裏口《うらぐち》へ連《つ》れていってくれましたが、そこは、話《はなし》のとおり、ずいぶんたくさんのアワの実《み》があたりにちらばっていました。ふくろを倉《くら》のなかへしまうときに、こぼれ出《で》たのです。

私《わたし》たちが夢中《むちゅう》で食《た》べていると、ふいにニピットが声《こえ》をかぎりにさけびました。

『気《き》をつけろ！』

私《わたし》たちは間一髪《かんいっぱつ》で、空中《くうちゅう》へ飛《と》びあがりました。農場《のうじょう》の犬《いぬ》が——人間《にんげん》が猟《りょう》のときに使《つか》うスパニエル犬《けん》が——うしろから私《わたし》たちにおそいかかったのです。

犬《いぬ》がやってくるなんて少《すこ》しも気《き》がつきませんでした。でも彼《かれ》は私《わたし》の倍《ばい》、目《め》がきいて、地面《じめん》の近《ちか》くでエサを食《た》べるときは、かならず片方《かたほう》の目《め》でたえずあたりを見張《みは》っていたのでした。そのおかげで、私《わたし》は命《いのち》びろいをしたのです。」

第2章
グリーンフィンチのニピット

「ニピットと私《わたし》はいっそうなかよしになりました。ニピットがいなかったら、私《わたし》は野鳥《やちょう》として生《い》きのびることも、こうしてお話《はなし》をすることもできなかったと思《おも》います。ニピットの経験《けいけん》のおかげで私《わたし》は敵《てき》から救《すく》われましたし、ニピットがものしりだったおかげで、エサにありつくことができました。私《わたし》のめんどうを見《み》てくれて、野鳥《やちょう》が知《し》っていなければならないことを、とても忍耐強《にんたいづよ》く教《おし》えてくれたのです。」

聞《き》いていた動物《どうぶつ》たちがおどろいたのは、とてもさばさばした鳥《とり》だと思《おも》われていたピピネッラが、このとき、まるで一瞬《いっしゅん》、強《つよ》い思《おも》いに胸《むね》がつまったかのように、かすかになみだ声《ごえ》になったことです。

「ごめんなさい。」ピピネッラは、なみだをこらえました。「ほんと、ばかみたいですけど、ニピットのことを思《おも》うと、いつも気持《きも》ちがせつなくなって、声《こえ》がふるえてしまうんです——これからお話《はなし》をすることを思《おも》うと、そうなるんです……私《わたし》、ニピットがものすごく好《す》きだったんです。あんなに、だれかを、なにかを好《す》きになるなんてことはありませんでした。そして、ニピットも私《わたし》のことをものすごく愛《あい》してくれていました。ある月明《つきあ》かりの夜《よる》、私《わたし》たちは死《し》ぬまでたがいに愛《あい》しあおうね、いっしょに巣《す》を作《つく》って、ヒナをかえそうねって、ちかってたんです。私《わたし》たちの愛《あい》の巣《す》がどんなふうになるか、おたがいに話《はな》しあっていました。私《わたし》たち、細《こま》かなところに、ひどくこだわるんです。ほんとにすてきな恋《こい》の物語《ものがたり》でした。

あくる日《ひ》、私《わたし》たちは出発《しゅっぱつ》しました。長《なが》い旅《たび》でした。巣《す》にしようと思《おも》える場所《ばしょ》はなかなか見《み》つかりませんでした。とうとう、海岸《かいがん》へやってきました。小《ち》さな湾《わん》の砂浜《すなはま》を探検《たんけん》してみると——とってもすてきなところでした。岩場《いわば》に大《おお》きなシダレヤナギの木《き》があって、その枝《えだ》が青《あお》い流《なが》れにつかってゆれていました。美《うつく》しい野生《やせい》の花《はな》がさき、色《いろ》のついたコケが岸《きし》にカーペットのように広《ひろ》がっていました。人間《にんげん》が来《く》ることのない、おくまった小《ち》さな入《い》り江《え》でした。その安《やす》らかさと静《しず》けさは、まさに愛《あい》の巣《す》を作《つく》るのにうってつけでした。そして、山《やま》から流《なが》れてきた小川《おがわ》がきらきら笑《わら》いながら海《うみ》へ流《なが》れていく入《い》り江《え》のおくで、まさに長《なが》いことさがしあぐねていた場所《ばしょ》を——思《おも》いえがいていたとおりの理想《りそう》の場所《ばしょ》を——見《み》つけたのでした。」

「ひょっとすると、窓《まど》ふきのおにいさんは、足《あし》をひねっちゃったのかな」と、ガブガブはつぶやきました。「それとも、おなかに合《あ》わないものを食《た》べて、病院《びょういん》に行《い》かなくちゃいけなかったのか

な。でも、どうして、自分《じぶん》のカナリアをおうちのなかに入《い》れてくださいって、だれかにおねがいしなかったのかな。」

「おい、たのむから、がまんしろよ。」ジップが、うなりました。「静《しず》かにしろ！　話《はなし》がそこんとこにくるまで待《ま》ってろ！」

「でも、がまんできないよう」と、ガブガブ。「ぼく、待《ま》つの、にがてなんだ。どうして、その話《はなし》をすぐしてくれないのかな。おにいさんがどうなったのか、知《し》ってるんでしょ。」

「ガブガブ」と、先生《せんせい》はこまったように言《い》いました。「もし、静《しず》かにできないようなら、この箱馬車《キャラバン》から出《で》ていってもらうよ。」

「すぐに」と、ピピネッラが話《はなし》をつづけました。「私《わたし》たちは、巣作《すづく》りの材料《ざいりょう》をさがしはじめました。鳥《とり》って、それぞれ自分《じぶん》なりの巣《す》へのこだわりがあるんです。自分《じぶん》はこういう材料《ざいりょう》を使《つか》うとか、好《この》みがあるんです。グリーンフィンチの巣《す》は、とくに変《か》わったところはありませんでしたが、材《ざい》料《りょう》のなかには、かんたんに見《み》つからないものもありました。ことに、この入《い》り江《え》のあたりには見《み》あたらない材料《ざいりょう》があったので、私《わたし》たちは、もし見《み》つけたらすぐにもどってきて相手《あいて》に知《し》らせることにして、それぞれ別々《べつべつ》の方角《ほうがく》へさがしに出《で》かけました。

私《わたし》は海岸《かいがん》をずっと遠《とお》くまで、一時間《じかん》ほどさがして、ほしい材料《ざいりょう》を見《み》つけました。特殊《とくしゅ》な草《くさ》です。

私《わたし》はその場所《ばしょ》を心《こころ》にきざんで、ニピットに伝《つた》えにもどりました。なかなか見《み》つけられずに苦労《くろう》したのですが、ようやく見《み》つけられて——そしたら」（また、ピピネッラの声《こえ》が、なみだでうわずりました）「彼《かれ》は、グリーンフィンチのメスに話《はな》しかけていました。とてもきれいなメスで、ニピットや私《わたし》よりも少《すこ》し若《わか》い鳥《とり》でした。ニピットがなかよく話《はなし》をしているようすを見《み》て、私《わたし》は、私《わたし》たちの恋《こい》は終《お》わったんだわと思《おも》いました。

ニピットは私《わたし》をそのメスに、とてもぎこちなく、しょうかいしました。すると、そのメスは、にやにやして、厚顔無恥《こうがんむち》なあばずれみたいに笑《わら》いました。ほんと、いやらしいメスです。もう日《ひ》がくれかかって、巣作《すづく》りをするには、おそすぎましたし、いずれにせよ、私《わたし》にはもうその気《き》はなくなってしまいました。なにか食《た》べて、あの小《ちい》さなせせらぎで水《みず》を飲《の》んでから、私《わたし》たち三羽《わ》は、花《はな》さくサンザシのしげみで休《やす》みました。

すべてニピットがいけないのだとは思《おも》えません。でも、朝《あさ》になると、自分《じぶん》がどうしなければならないかわかっていました。

私《わたし》のつれない彼氏《かれし》と、あのいい子《こ》ちゃんぶった生意気《なまいき》なメスが、まだねむっているあいだに、私《わたし》はそっと、サンザシのしげみの下《した》のほうの枝《えだ》におりていって、海《うみ》の波打《なみう》ち際《ぎわ》へと進《すす》んでいきました。」

ピピネッラの鈴《すず》のような声《こえ》にある悲《かな》しいひびきを聞《き》いていると、ドリトル先生《せんせい》は、先生《せんせい》が初《はじ》めてピピネッラを家《いえ》へつれ帰《かえ》った夕《ゆう》べを思《おも》い出《だ》しました。包《つつ》み紙《がみ》をかぶせたままの鳥《とり》かごをたなにおいたとき、ピピネッラが包《つつ》み紙《がみ》のなかから先生《せんせい》のために初《はじ》めて歌《うた》ってくれたことを、みなさん、おぼえておいでですね。

さて、ピピネッラが明《あき》らかに泣《な》きだしそうになって、話《はなし》のとちゅうで口《くち》をつぐんだとき、ピピネッラのばつのわるさをごまかしてくれるように、ちょうどじゃまが入《はい》ったので、先生《せんせい》はほっとしました。サーカス団《だん》のテント係《がかり》の主任《しゅにん》が、サーカス団長《だんちょう》でもあるドリトル先生《せんせい》に、ヘビの新《あたら》しいテントを買《か》うべきか相談《そうだん》しにやってきたのでした。古《ふる》いテントはつぎはぎだらけなので、捨《す》てて新《あたら》しいのを買《か》ったほうがずっと経済的《けいざいてき》だし、ドリトル・サーカスがロンドンへ行《い》くなら、ロンドンのお客《きゃく》のために新《あたら》しいのにしておいたほうがいいだろうというのです。

話《はな》しあいが終《お》わって、主任《しゅにん》が立《た》ちさると、ピピネッラは水《みず》をすすってから話《はなし》をつづけました。

「東《ひがし》から夜《よ》が明《あ》けてきました。あけぼのの空《そら》の灰色《はいいろ》とピンク色《いろ》がまざった色合《いろあ》いが、おだやかな海面《かいめん》に映《うつ》りこみ、水平線《すいへいせん》のかなたには金色《きんいろ》がちらほらきらめいて、もうすぐ太陽《たいよう》が顔《かお》を出《だ》すのだ

とわかりました。
すてきな景色《けしき》でした。でも、どうでもよいと思《おも》いました。もうその場所《ばしょ》のなにもかもがいやになっていたのです。あの居心地《いごこち》のよい入《い》り江《え》も、シダレヤナギも、山《やま》の小川《おがわ》のせせらぎも——なにもかも。
近《ちか》くで鳥《とり》たちが、朝《あさ》の歌《うた》を歌《うた》いはじめました。どこかへ飛《と》んでいく一羽《わ》のフィンチ（アトリ）が、飛《と》びながら私《わたし》にチュンチュンとあいさつしてくれました。けれども、私《わたし》はまだ入《い》り江《え》の砂浜《すなはま》にすわって、大《おお》きく広《ひろ》がっている海《うみ》のほうをながめていました。海面《かいめん》の表情《ひょうじょう》から夜《よる》が消《き》えて、朝日《あさひ》がそのはしっこを明《あか》るくしていくと、海《うみ》はまるであくびをして、のっそりと寝《ね》がえりを打《う》つかのようでした。その神秘《しんぴ》さ、その広大《こうだい》さが、私《わたし》の気持《きも》ちをわ

かってくれているようで、胸《むね》にしみました。

『海《うみ》だわ！』私《わたし》はつぶやきました。『私《わたし》は、どこまでも広《ひろ》がるこの海《うみ》のむこうへ行《い》ったことがない。ほかの鳥《とり》たちのように外国《がいこく》を見《み》たことがない。おかあさんが話《はな》してくれたっけ——ジャングルでは、青《あお》や黄色《きいろ》のコンゴウインコが、真《ま》っ赤《か》なランのつるをよじのぼっているって——きっとすばらしいんでしょうね。新鮮《しんせん》に感《かん》じられるんでしょうね。見《み》たこともないところへ行《い》って、新《あたら》しい仲間《なかま》ができれば、きっといやなことは忘《わす》れられるんだわ。ここにあるものは、なにもかもきらい。私《わたし》を捨《す》てた彼氏《かれし》のことを思《おも》い出《だ》してしまうし、だめになった恋《こい》のことを考《かんが》えてしまうもの。』

私《わたし》の初恋《はつこい》だったんです。だから、ことさら、せつなかったんです。

『よし、決《き》めたわ』と、私《わたし》は言《い》いました。『この国《くに》をあとにして、海《うみ》をわたりましょう。』

私《わたし》は、波《なみ》がくだけるはしまで近《ちか》づいて、かたくて、すべすべした砂浜《すなはま》に立《た》ちました。ふと見《み》れば、小《ちい》さなゴールドフィンチ（ゴシキヒワ）が一羽《わ》、海《うみ》からこちらへ飛《と》んでくるではありませんか。どうやらずいぶん遠《とお》くから飛《と》んできたようです。私《わたし》は、『おーい』と声《こえ》をかけました。

『この海《うみ》のむこうには、どんな国《くに》があるの？』私《わたし》は、たずねました。

その子《こ》は、なんともきれいな曲線《きょくせん》をえがいて、私《わたし》のそばにおりたちました。グリーンフィンチとカナリアを両親《りょうしん》にもつ私《わたし》の羽《はね》をものめずらしそうに見《み》ています。

『いろんな国《くに》があるよ』と、その子《こ》は答《こた》えました。『どこへ行《い》きたいの？』

『どこでもいいの』と、私《わたし》は答《こた》えました。『ここじゃないところへ行《い》ければ、どこでも。』

『へんなの』と、その子《こ》。『たいていの鳥《とり》は、よそからここへやってくるんだよ。春《はる》と夏《なつ》は、ここが住《す》み心地《ごこち》いいからね。ぼく、ほかのゴールドフィンチたちといっしょに飛《と》んできたんだ。たいていの仲間《なかま》は、ゆうべ到着《とうちゃく》したんだよ。君《きみ》、海《うみ》をわたったこと、あるかい？　行《い》きかた、知《し》ってる？』

『いいえ』と、私《わたし》は、わっと泣《な》きだしながら言《い》いました。『なにがどこにあるかも、行《い》きかたも、知《し》らないの。私《わたし》、かごの鳥《とり》なの。失恋《しつれん》したの。私《わたし》、青《あお》と黄色《きいろ》のコンゴウインコが真《ま》っ赤《か》なランのつるをよじのぼっている国《くに》へ行《い》きたいっ。』

『えっと』と、彼《かれ》は言《い》いました。『そんなの、熱帯《ねったい》のどこにだってあるよ。でも、海《うみ》の旅《たび》っては、なれてないと、かなりあぶないよ。』

『あぶないのは、ちっともかまわないわ。』私《わたし》は、さけびました。『どうしても行《い》かなきゃならないの。新《あたら》しい国《くに》へ行《い》って、すっかりやり直《なお》したいの。さようなら！』

そして私《わたし》は、空中《くうちゅう》へ飛《と》びあがり、ちょうど朝日《あさひ》がまんまるの光《ひかり》を青《あお》い海面《かいめん》にきらめかしたところで、海《うみ》のほうへ飛《と》びたちました。」

第7章 エボニー島《とう》

ドリトル先生《せんせい》は、おどろいてピピネッラを見《み》つめました。

「そりゃまた、君《きみ》のような鳥《とり》にはひどく危険《きけん》なことだよ」と、先生《せんせい》は言《い》いました。「君《きみ》がここでこうして話《はなし》をしているのが、おどろきだね。」

ピピネッラは、さびしげにほほえみ、そのとおりだとうなずきました。

「そうなんです、先生《せんせい》」と、ピピネッラは答《こた》えました。「でも、そのときは自分《じぶん》にどんな危険《きけん》がせまっているかなんて考《かんが》えもしませんでした。とにかく、にげだしたかったのです――つばさがへとへとになるまで。

ふつうの野鳥《やちょう》であれば、そのあたりの地理《ちり》を少《すこ》しは知《し》っていたでしょう。そうであれば、海《うみ》の旅《たび》もそれほど危険《きけん》でなかったでしょう。ずっとむかしから、ゴールドフィンチやツバメといったわたり鳥《どり》は、春《はる》にやってきて、秋《あき》に別《べつ》のところへ行《い》くという、年《ねん》に二回《かい》の旅《たび》をします。飛《と》びかたを忘《わす》れる野鳥《やちょう》がいないように、わたり鳥《どり》が迷子《まいご》になることは、ぜったいありません。一度《いちど》、群《む》れといっしょに旅《たび》をすれば、次《つぎ》からはかんたんで、目《め》をつぶってでも旅《たび》ができるくらいなのです。

ところが私《わたし》はどうでしょう？　ええ、悲《かな》しみでどうにかなっていなかったら、そんなむちゃなぼうけんなんてしなかったでしょう。二時間《じかん》ばかりはおちついて飛《と》べたのですが、そこでふりかえって、陸地《りくち》がもう見《み》えなくなっていることがわかると、自分《じぶん》がやってしまったことの意味《いみ》にハッと気《き》がついたのです。東西南北《とうざいなんぼく》どちらをむいても、空《そら》と、はしがまるく見《み》える海《うみ》がどこまでもつづくばかりです。雲《くも》ひとつなく、空《そら》は真《ま》っ青《さお》で、青緑色《あおみどりいろ》をした海《うみ》のなめらかさをみだすものもありません。

しかも、うしろをふりかえったとき、私《わたし》はそんなつもりはなかったのに、方角《ほうがく》が変《か》わってしまっていました。もうさっきと同《おな》じほうへ進《すす》んでいるのかどうかさえわからなくなったのです。飛《と》びはじめたとき、どっちから風《かぜ》がふいていたか思《おも》い出《だ》そうとしましたが、思《おも》い出《だ》せませんでした。しかも、風《かぜ》もやんでしまって、風《かぜ》を手《て》がかりにすることすらできなくなっていました。

そのうえ、下《した》を見《み》て、すっかりとほうにくれてしまいました。ものすごく高《たか》いところを飛《と》んでいたのです。下《した》にあるのは、はてしなく広《ひろ》がる水《みず》ばかり。ここはどこなんでしょう？　私《わたし》はどこへむかっているのでしょう？

それでも、こう思《おも》いつきました。自由《じゆう》の身《み》になってからいろいろこまったことがあったけれど、

これまでなんとかやってきたのは、学《まな》んだからだ、と。

学《まな》ばなければいけないのです。さもなければ、おしまいです。

『そうだわ』と、私《わたし》は思《おも》いました。『水面《すいめん》のようすを近《ちか》くで見《み》てみましょう。ここじゃ高《たか》くてなにもわからないもの。ひょっとすると、そこからなにか学《まな》べるかもしれない。』

そして、私《わたし》はつばさを閉《と》じて、六百メートルほど降下《こうか》しました。海面《かいめん》に近《ちか》づくと、何千《なんぜん》もの小《ちい》さな茶色《ちゃいろ》のものが、プカプカうかんでいるのがわかりました。どうやらなにかの海藻《かいそう》のようです。くさりのように、たがいにつながりながら、あたりにちらばってういています。まるでカメかカニの長《なが》い行列《ぎょうれつ》のようです。しかも、そのくさりの列《れつ》が、どれも同《おな》じ方向《ほうこう》に流《なが》れているのです。

『なーるほど！』私《わたし》は思《おも》いました。『これが海流《かいりゅう》だわ。』川《かわ》が湖《みずうみ》に流《なが》れこむときに、草《くさ》や葉《は》っぱがこんなふうにおし流《なが》されているのを見《み》たことがあります。あの海藻《かいそう》のかたまりを水《みず》の下《した》のほうからおし流《なが》している、なんらかの力《ちから》があるのです。

『あの海藻《かいそう》をたどってみましょう』と、私《わたし》は考《かんが》えました。『そしたら、まっすぐ進《すす》むことになるし、ひょっとしたらこの海流《かいりゅう》が流《なが》れ出《だ》している河口《かこう》にたどりつけるかもしれない。』

さて、その思《おも》いつきはよかったのですが、つかれきっていて、からだがもちませんでした。なにしろ大空《おおぞら》を飛《と》んだのは、数《すう》か月《げつ》ぶりだったのです。海藻《かいそう》の列《れつ》のすぐ上《うえ》を飛《と》んでいるうちに、急《きゅう》に左《ひだり》のつばさの筋肉《きんにく》がつってしまいました。とにかく、とまって休《やす》むしかありません。でも、どこで？　私《わたし》は、アヒルみたいに水《みず》の上《うえ》にすわることはできません。飛《と》びつづけるしかないのです。時速《じそく》百キロで三時間《じかん》、三百キロ以上飛《いじょうと》んできたわけですが、こんなに長《なが》く飛《と》んだことはありませんでした。とちゅうでへこたれなかったのが、ふしぎなくらいです。

まずいことになりました。同《おな》じ高《たか》さをたもとうとがんばっているにもかかわらず、どうしても水面《すいめん》に近《ちか》づいてしまいます。とうとう、波《なみ》から一、二メートルのところまでおりてきてしまいました。あまりにも海面《かいめん》に近《ちか》いので、海藻《かいそう》の房《ふさ》に小《ちい》さな海《うみ》の甲虫《こうちゅう》がしがみついているのが見《み》えました。海藻《かいそう》のあいだの、なにもない海面《かいめん》に、こちらを見《み》あげている自分《じぶん》の顔《かお》が映《うつ》っていました。陸《りく》の鳥《とり》のくせに、大《おお》きく広《ひろ》げたつばさを必死《ひっし》でばたつかせて、どこまでもつづいていく海《うみ》の上《うえ》を飛《と》んでいる、ちっぽけなおろか者《もの》のすがたでした。迷子《まいご》になり、すっかり絶望《ぜつぼう》して、刻一刻《こくいっこく》と水《みず》の墓場《はかば》へと近《ちか》づいているおろか者《もの》です。

私《わたし》の命《いのち》を救《すく》ってくれたのは、ゆらゆらうかぶ海藻《かいそう》の上《うえ》をはっていた小《ちい》さな海《うみ》の甲虫《こうちゅう》でした。小《ちい》さな海藻《かいそう》に虫《むし》が乗《の》ってもだいじょうぶなら、大《おお》きな海藻《かいそう》だったら私《わたし》でも乗《の》れるのではないでしょうか？　私《わたし》は、ずっと先《さき》のほうまで海《うみ》の上《うえ》をあちこちへ広《ひろ》がっていく海藻《かいそう》の列《れつ》を見《み》やりました。百メートルほど先《さき》に、もっと大《おお》きな海藻《かいそう》があるのが見《み》えました。ものすごくがんばってダッシュ

をかけて、なんとかそこにたどりつくことができました。私《わたし》は、ひどくつかれていたのですが、できるだけそっと着地《ちゃくち》しました。ありがたいことに、海藻《かいそう》は私《わたし》を乗《の》せてもだいじょうぶでした――しばらくのあいだは。

つかれた筋肉《きんにく》を休《やす》めて、ひと息《いき》つける安心感《あんしんかん》はすばらしいものでした。そのときは、それ以外《いがい》のことはどうでもよくなり、大《おお》きくうねる海《うみ》の波《なみ》の上《うえ》であがったりさがったりする小《ちい》さな海藻《かいそう》のボートにただ立《た》っていたのでした。

ところが、やがて足《あし》がぬれてきたことに気《き》がつきました。海水《かいすい》がくるぶしのところまであがってきています。私《わたし》のへんてこなボートは、私《わたし》の重《おも》さにほんの少《すこ》ししかたえられなかったのです。それから、ゆっくりと海藻《かいそう》は、しずんでいきました。私《わたし》はへとへとではありましたけれども、どんなことがあっても、羽《はね》をびしょびしょにするわけにはいきませんでした。

あたりを見《み》まわしてみました。一メートル八十《はちじっ》センチほど先《さき》に、おぼんぐらいの大《おお》きさの海藻《かいそう》のかたまりがういていました。私《わたし》は、ぴょんと、羽《は》ばたいて、古《ふる》い海藻《かいそう》から新《あたら》しい海藻《かいそう》へ飛《と》びうつりました。新《あたら》しい海藻《かいそう》は前《まえ》のより少《すこ》し大《おお》きかったので、さっきよりもほんの少《すこ》し長《なが》くもちました。ところが、それも、やがてしずみはじめ、足《あし》もとに水《みず》があがってきたために、私《わたし》はふたたび別《べつ》の海藻《かいそう》へ飛《と》びうつらなければなりませんでした。

しずんでいく海藻《かいそう》から海藻《かいそう》へと飛《と》びはねていくのでは、まったく休《やす》めたものではありません。それでも、おりるところがないよりはましです。ぴょんと飛《と》ぶだけなら、あまりつばさを使《つか》う必《ひつ》要《よう》もありませんでした。左肩《ひだりかた》の痛《いた》みもずいぶんおさまってきたので、しばらくは、これでしのごうと思《おも》いました。ずっと飛《と》びつづけるから、つかれてしまうのです。ある程度《ていど》大《おお》きな海藻《かいそう》があって、あらしさえ起《お》こらなければ、だいじょうぶでした。

ただし、つかれないのはよいのですが、前《まえ》へ進《すす》んではいませんでした。海流《かいりゅう》は、とてもゆっくりと——私《わたし》にとって都合《つごう》のわるい方向《ほうこう》へ——流《なが》れていました。

おなかがすいていて、のどがかわいていましたが、食《た》べ物《もの》はなく、これから先《さき》も手《て》に入《はい》る当《あ》てはありません。海藻《かいそう》にはいあがる小《ちい》さな海《うみ》の虫《むし》がいるのはたしかですが、塩水《しおみず》につかっている虫《むし》を食《た》べたりしたら、もっとのどがかわいて苦《くる》しくなるのではないかと思《おも》いました。今《いま》できることといったら、海藻《かいそう》があることをありがたく思《おも》って、少《すこ》し休《やす》んでは、また飛《と》びあがっていくしかなかったのです。

やがて、私《わたし》はお日《ひ》さまに気《き》がつきました。私《わたし》が陸地《りくち》をはなれてから、お日《ひ》さまはどんどん高《たか》くのぼっていたのですが、やがてじっとしていて、それからしずんでくるように思《おも》えました。これは、正午《しょうご》をすぎたということです。夜《よる》になる前《まえ》にずっと先《さき》まで行《い》けるだろうかと心配《しんぱい》になってき

ました。月《つき》は夜明《よあ》け近《ちか》くまで出《で》てこないとわかっていましたから、暗《くら》やみで着地《ちゃくち》できる海藻《かいそう》が見《み》えなくなって、夜明《よあ》けまで暗《くら》いなかを飛《と》ぶなんてむりです。

どうしようかと思《おも》っていると、前方《ぜんぽう》かなたから、こちらにむかって鳥《とり》の群《む》れがやってくるではありませんか。明《あき》らかに陸地《りくち》の鳥《とり》です。近《ちか》づいてくると、見《み》たこともない種類《しゅるい》のフィンチだとわかりました。ものすごい速《はや》さで飛《と》んできて、その元気《げんき》いっぱいなようすとスピードを見《み》ると、まるでカメみたいに海藻《かいそう》にへばりついている自分《じぶん》がばかみたいに弱々《よわよわ》しく感《かん》じられました。これは、忠告《ちゅうこく》をもらうチャンスです。こんなチャンスはめったにありません。そこで、私《わたし》は思《おも》いきりかっこよくがんばって、空《そら》に飛《と》びあがり、声《こえ》をかけました。すると、群《む》れのリーダーたちは、とてもちゃんとした連中《れんちゅう》で、すぐに答《こた》えてくれました。

『この流《なが》れをまっすぐ行《い》くと、どこへ着《つ》きますか？』私《わたし》は、たずねました。

『え、**なに**言《い》うとんのや！』連中《れんちゅう》は言《い》いました。『この流《なが》れについてったら、うねうねくだって南極《なんきょく》まで行《い》ってしまうがな。

あんた、どこ行《い》きたいん？』

『一番近《いちばんちか》い陸地《りくち》――だと思《おも》います』と、私《わたし》は言《い》いました。『もうへとへとで、なにか食《た》べて、しっかり休《やす》まないと、何時間《なんじかん》も飛《と》べなくなってしまったんです。』

『ほな、むき変《か》えて、流《なが》れを横切《よこぎ》るんやね』と、連中《れんちゅう》は言《い》いました。『今飛《いまと》んどる方向《ほうこう》から左《ひだり》に進《すす》みなはれ。そしたらエボニー島《とう》に着《つ》くわ。高《たこ》う飛《と》びゃあ、見《み》のがしようあらへん。山《やま》がそびえてるさかい。それが一番近《いちばんちか》い陸地《りくち》や。二時間《じかん》ぐらい飛《と》べば着《つ》くで。ほな、さいなら！』

日中《にっちゅう》の時間《じかん》をこれ以上《いじょう》むだにはできないので――もう夕方《ゆうがた》になっていましたので――私《わたし》はフィンチの忠告《ちゅうこく》を受《う》けて、エボニー島《とう》をさがして流《なが》れの左《ひだり》へむかいました。今度《こんど》は、海藻《かいそう》の流《なが》れを追《お》わずに、流《なが》れと直角《ちょっかく》の方向《ほうこう》に飛《と》びつづけました。

さて、あの元気《げんき》なフィンチたちにとってはほんの二時間《じかん》飛《と》べば着《つ》くのでしょうが、私《わたし》にとってはそうではありませんでした。たっぷり三時間飛《じかんと》びつづけると、つばさがまたおかしくなってきました。しずんでいく大《おお》きな太陽《たいよう》が、巨大《きょだい》なお皿《さら》のように、水平線《すいへいせん》にかかっていました。あと二《に》十分《じっぷん》もすれば真《ま》っ暗《くら》になってしまいます。もう海藻《かいそう》はどこにも見《み》あたらないうえに、私《わたし》は海藻《かいそう》の流《なが》れからすっかりはずれているのです。それなのに、なんの陸地《りくち》も見《み》えてきません。私《わたし》は、太陽《たいよう》の位置《いち》で方角《ほうがく》を確認《かくにん》しながら、ゆっくり飛《と》びつづけていきました。

夜《よる》になって、星《ほし》が出《で》てきました。海《うみ》のむこうに太陽《たいよう》がしずむと、前方《ぜんぽう》の暗《くら》い空《そら》からきらきらと星《ほし》がかがやきました。星《ほし》はじっとしているわけではないとわかってはいましたが、この星《ほし》は二時《じ》間程度《かんていど》ではあまり動《うご》いたりしないだろうと思《おも》いました。私《わたし》のふらついたつばさで飛《と》びつづけられるのも、せいぜいあと二時間《じかん》ぐらいでしたから、黒《くろ》い世界《せかい》にぽつねんと銀色《ぎんいろ》に光《ひか》るこの道《みち》しるべにむかって、私《わたし》はえっちらおっちら飛《と》びつづけることにしました。

一時間《じかん》たちました。つかれきって、息切《いきぎ》れした私《わたし》は、ひょっとしたらフィンチのリーダーはまちがえたのではないかと思《おも》いはじめました。島《しま》に山《やま》があると言《い》っていたのに、そんなものは見《み》えてきません。

空《そら》の黒《くろ》い広《ひろ》がりのなかにさらに多《おお》くの星《ほし》がきらめきだすと、夜《よる》が明《あか》るくなりました。月《つき》は出《で》ていませんでしたが、空気《くうき》は澄《す》んでいて、四方《しほう》の水平線《すいへいせん》を見晴《みは》らすことができました。それでも、島《しま》は見《み》えません！

『もっと高《たか》くあがらなきゃいけないのかしら』と、私《わたし》は思《おも》いました。ものすごくがんばって、頭《あたま》を上《うえ》へむけて、たよりにしている大《おお》きな星《ほし》のほうへ、よいしょよいしょと進《すす》みました。三百メートルほどあがったところで、ふいに、やや左《ひだり》のほうに、なにか白《しろ》くてふわふわした感《かん》じのものが、空《そら》と海《うみ》のあいだをぷかぷかういているのが見《み》えました。

『あれが陸《りく》であるはずがない！』と私《わたし》は思《おも》いました。『色《いろ》が白《しろ》いし、雲《くも》みたいだもの。』

やがて、つかれきって、へとへとになって、のどもかわいて、声《こえ》も出《で》ず、ばかみたいに機械《きかい》のようにパタパタつばさを動《うご》かしていると、へんなにおいがしはじめました――ぼんやりと、なんとなくですが――スパイス（香辛料《こうしんりょう》）のようで、かいだことのないにおいでしたが、海《うみ》のにおいではないと思《おも》いました。ふわふわした雲《くも》は、近《ちか》づいていくと大《おお》きくなってきました。空《そら》のものすごく高《たか》いところにあると気《き》がついたので、これはほんとに白《しろ》い雲《くも》か霧《きり》だなと思《おも》いました。やがて、空気《くうき》の温度《おんど》があがったりさがったりするような気《き》がしました。ふっと冷《つめ》たい風《かぜ》がふいたかと思《おも》うと、今度《こんど》はあたたかい風《かぜ》がふき、そしてまた、こごえるような冷気《れいき》がひんやりと顔《かお》にふきつけるのです。

そのときでした！　とうとう、あの雲《くも》はういているのではないということがわかりました！　それは海《うみ》とつながっていたのです。白《しろ》いものがのっかっているところは、色《いろ》が黒《くろ》っぽいために、近《ちか》くに来《く》るまでよく見《み》えませんでしたが、それは白《しろ》い雪《ゆき》をかぶった山《やま》でした。ぼんやりとした星《ほし》明《あ》かりにかがやく黒《くろ》い山《やま》が、海《うみ》のむこうから私《わたし》をまねいているのでした。

山《やま》の頂上《ちょうじょう》の氷《こおり》のように冷《つめ》たいあたりから、冷《つめ》たい風《かぜ》がふいてきており、ずっと下《した》のほう――今《いま》は、真下《ました》に見《み》えるようになってきていましたが――暗《くら》い緑《みどり》のねむれるジャングルのしげみから、スパイスや熱帯《ねったい》のくだものの香《かお》りがただよってくるのでした。私《わたし》は、エボニー島《とう》の上《うえ》を飛《と》んでいたのです！

私《わたし》は、よろこびの声《こえ》をあげ、痛《いた》むつばさを閉《と》じて、二千五百メートルほどを石《いし》ころのように急《きゅう》降下《こうか》しました。おりればおりるほど、あたたかくなっていきます。

小《ちい》さなせせらぎのそばに着地《ちゃくち》しました。山頂《さんちょう》の雪《ゆき》がとけだした水《みず》が、森《もり》のなかを海《うみ》まで流《なが》れています。私《わたし》は、冷《つめ》たくて気持《きも》ちのいい水《みず》にひざまでつかって歩《ある》きながら、つかれたつばさで水《みず》あびをして、とにかくもうたくさんの水《みず》を飲《の》みました！

ぐっすりねむって朝《あさ》になると、私《わたし》は食《た》べ物《もの》をさがしに出《で》かけ、新《あたら》しいすみかを探検《たんけん》しました。木《き》の実《み》や種《たね》やくだものが、たくさんありました。気候《きこう》はすばらしく、海《うみ》のそばは暑《あつ》い――かなり暑《あつ》い――ですが、山《やま》の高《たか》いところへあがれば好《す》きな気温《きおん》の場所《ばしょ》をえらべました。人間《にんげん》は住《す》んでおらず、猛禽類《もうきんるい》もほとんどいません。いるのは、ミサゴ（魚《さかな》を食《た》べるタカの仲間《なかま》）――この鳥《とり》は私《わたし》にちょっかいを出《だ》してくることはありません――と、二、三種類《しゅるい》のフクロウで、フクロウは小鳥《ことり》よりもネズミを食《た》べるほうが好《す》きでした。これはいいところに来《き》たと思《おも》いました。

『よおし！』と、私《わたし》は自分《じぶん》に言《い》いました。『ここにこしをおちつけて、おばあさんになるまでくらしましょう。浮気《うわき》な相手《あいて》に頭《あたま》をなやませるようなことは、もうやめだわ。どうせ私《わたし》は雑種《ざっしゅ》だし。純血種《じゅんけつしゅ》のおてんば鳥《どり》なんかのために捨《す》てられるような目《め》には二度《にど》とあいたくないもの。ロージーおばさまみたいになりましょう。ひとりでくらして、世《よ》の中《なか》のうつり変《か》わりをおだやかに見守《みまも》るのよ。ふんだ！　世界《せかい》じゅうのオス鳥《どり》なんか、一羽《いちわ》だっていらないわ！　この美《うつく》しい島《しま》は、私《わたし》のもの。ここで、雑種《ざっしゅ》であっても威厳《いげん》のある隠者《いんじゃ》として、死《し》ぬまですごすのよ。』

私《わたし》の島《しま》は大《おお》きくて、その景色《けしき》はさまざまに変化《へんか》しました。探検《たんけん》したくなるような新《あたら》しい場所《ばしょ》がいつもありました――山《やま》、谷《たに》、丘《おか》、草原《そうげん》、ジャングル、スゲの草《くさ》の多《おお》い沼地《ぬまち》、金色《きんいろ》の砂《すな》が広《ひろ》がる楽《たの》しげな砂浜《すなはま》、そして小《ちい》さな内陸《ないりく》の湖《みずうみ》。反対《はんたい》がわの砂浜《すなはま》まで行《い》ってみると、ずっと遠《とお》くのほう

に別《べつ》の陸地《りくち》が見《み》えました。きっと私《わたし》がいるような島《しま》がもうひとつあるんだと思《おも》いました。

あとで、その島《しま》も探検《たんけん》してみました。すると、いくつかつながるようにしてならんでいる、たくさんの島《しま》のひとつだとわかりました。ここにも美《うつく》しい景色《けしき》がいろいろあって、きれいな花《はな》も数《かぞ》えきれないくらいさいていて、この諸島全体《しょとうぜんたい》が自分《じぶん》のものであるような気《き》がしてきました。私《わたし》はすてきな詩《し》を少《すこ》しと、すばらしい歌《うた》をたくさん作《つく》って、一日《にち》三時間《じかん》は音階《おんかい》の練習《れんしゅう》をして声《こえ》の調子《ちょうし》をととのえました。

ところが、どの歌《うた》も、物悲《ものがな》しいひびきがありました。こんなふうにひとりっきりでくらすのが最高《さいこう》にしあわせなのだと、思《おも》えなかったのです。それが、なにかおかしなことが私《わたし》に起《お》こっていると気《き》づいた最初《さいしょ》のきっかけでした。

『いい？』私《わたし》は、自分《じぶん》に言《い》いました。『これじゃ、だめよ。おばあさんになるのはいいけれど、いじけたおばあさんになることはないわ。ここは美《うつく》しくて、気持《きも》ちのよい島《しま》なのよ。どうして悲《かな》しくなるの？』

そして、わざと陽気《ようき》な歌《うた》を歌《うた》おうとしました。二番《ばん》と三番《ばん》まではうまくいったのですが、やっぱり最後《さいご》は悲《かな》しくなってしまいました。

そこで、この島《しま》に住《す》んでいるほかのフィンチなどの小鳥《ことり》に会《あ》ってみようと思《おも》いました。みんなとても親切《しんせつ》で、やさしくしてくれました。オス鳥《どり》たちは、私《わたし》といっしょにいるところを仲間《なかま》に見《み》せつけようと競《きそ》いあいました。もちろん、この鳥《とり》たちにとって私《わたし》はよその国《くに》から来《き》た鳥《とり》です。私《わたし》は自分《じぶん》の恋《こい》のことをなにも言《い》いませんでしたし、どこからやってきたかも言《い》いませんでした。そのため、なぞの過去《かこ》をもつ鳥《とり》と思《おも》われて、かなりみんなの興味《きょうみ》をひいたようです。でも、結局《けっきょく》みんな、私《わたし》のことをものめずらしく思《おも》っただけのことでしかなく、私《わたし》にしても、この連中《れんちゅう》はひどくたいくつで、ちょっとバカなんじゃないかという気《き》がしました。それでもがんばって、みんなといっしょにおしゃべりをして、なかよくしようとしたのですが、うまくいきませんでした。

それから、もうひとつ、おかしなことがありました。窓《まど》ふきのおにいさんのことが、思《おも》い出《だ》されてならないのです。」

「ああ！」と、ガブガブが言《い》いました。けれども、ジップが大《おお》きな前足《まえあし》でガブガブの口《くち》をさっとふさいだので、ピピネッラは話《はなし》をつづけました。

「どういうわけか、風車小屋《ふうしゃごや》に住《す》んでいたあのお友《とも》だちが――うまく言《い》えませんが――なんだかすぐそばにいるような気《き》がすることがあったのです。おにいさんはどうなってしまったのだろうと、何時間《なんじかん》もかけて考《かんが》えました――私《わたし》をかべにかけたまま、あらしにあうのもかまわず、ほうっておいて出《で》ていったあの夜《よる》、おにいさんが帰《かえ》ってこられなかったのは、なぜなのか。

すると、急《きゅう》に私《わたし》は、あの風車小屋《ふうしゃごや》のそばからはなれてはいけなかったんだと気《き》がつきました。おにいさんは死《し》んでいないという気《き》がしてなりませんでした。まだどこかで生《い》きていて、いつかもどってくるはずなのです——もどってこられるようになったら、真《ま》っ先《さき》に帰《かえ》ってきてくれるはずです。そして、私《わたし》はあそこにいて、おむかえしなければならなかったのです——おにいさんがおうちに帰《かえ》ってきたとき、いつも私《わたし》がそうしていたように。私《わたし》は、自分《じぶん》を責《せ》めはじめました。『犬《いぬ》だったら、』と、私《わたし》は考《かんが》えました。『どこかへ行《い》ってしまうようなことはしなかったでしょう。ずっとあそこで待《ま》ちつづけたでしょう。犬《いぬ》だったら、ご主人《しゅじん》を信《しん》じて、生《い》きていらしたら、いつか帰《かえ》っていらっしゃると思《おも》ったことでしょうに。』」

第4章 ピピネッラ、手《て》がかりを見《み》つける

次《つぎ》の日《ひ》の夜《よる》、ドリトル先生《せんせい》と動物《どうぶつ》たちは、カナリアの話《はなし》のつづきを聞《き》くために、箱馬車《キャラバン》のなかの小《ちい》さなテーブルをかこみました。ガブガブはものすごく興奮《こうふん》しているらしく、だれよりも先《さき》に席《せき》につきました。クッションを一段《いちだん》と高《たか》く積《つ》みあげて、そばにいる者《もの》に、ひそひそ話《はな》しかけていました。

「窓《まど》ふきのおにいさんが、今度《こんど》こそ帰《かえ》ってくるよ。わかってるんだ。いやあ、ほんと！　ずいぶん長《なが》いこと、帰《かえ》ってこなかったねえ？　でも、もうだいじょうぶ。死《し》んじゃいないんだ。今晩《こんばん》、お話《はなし》のなかにもどってくる、ぜったいだよ。」

「しぃ！」と、先生《せんせい》が、えんぴつでノートをトントンとたたきながら言《い》いました。

みんながおちついたところで、ピピネッラはタバコ入《い》れにとびのって、話《はな》しはじめました。

「ある日《ひ》のことです。ほかの鳥《とり》たちとわかれて一週間《しゅうかん》ほどして、ひとりぼっちのくらしにもどったとき、私《わたし》は、エボニー島《とう》の南《みなみ》にある小《ちい》さな島《しま》へ飛《と》んでいこうと思《おも》いたちました。窓《まど》ふきのおに

いさんのことが気《き》になってしかたがなかったので、そこへ行《い》ってみたら、ひょっとすると気《き》がまぎれて、元気《げんき》が出《で》るかしらと思《おも》ったのです。

数週間《すうしゅうかん》ぶりに晴《は》れわたったので、小島《こじま》の岸《きし》がこちらからもよく見《み》えるようになっていました。私《わたし》は、大《おお》きな岩《いわ》が海《うみ》につき出《で》ているところへまいおりました。そういったところには、水分《すいぶん》の多《おお》い小《ちい》さな実《み》をつけるしげみがよく育《そだ》ちます。私《わたし》は実《み》をさがしに、岩場《いわば》へ飛《と》びあがっていきました。岩《いわ》の上《うえ》は、たいらになっていて、そこから前《まえ》の海《うみ》をとてもよく見晴《みは》らすことができました。うしろには山《やま》がまっすぐ、かべのように切《き》り立《た》っていました。そして、この岩《いわ》のかべのまんなかに、ほら穴《あな》の入《い》り口《ぐち》があったのです。

なんとなく、ものめずらしく思《おも》って、私《わたし》はほら穴《あな》のなかを探検《たんけん》してみることにしました。あまり深《ふか》くはありませんでした。しばらくほら穴《あな》の地面《じめん》をぴょんぴょんはねまわってから、また外《そと》へ出《で》ようとしたときでした。ふいに、ほら穴《あな》の入《い》り口《ぐち》にたてかけてあるさおに気《き》をとられて、動《うご》けなくなりました。一メートル八十《はちじっ》センチほどのさおで、先《さき》に四角《しかく》いぞうきんが旗《はた》のようについています。それだけなら、べつだん変《か》わったことではありません。この島《しま》に人《ひと》がいないとわかっていても、以前《いぜん》にはいたかもしれません。遭難《そうなん》した船乗《ふなの》りがこのほら穴《あな》に避難《ひなん》したことだってありえます。

しかし、私《わたし》がくちばしをぽかんとあけ、じっと見《み》つめたまま動《うご》けなくなったのは、そのぞうきんのせいでした。そのぞうきんに見《み》おぼえがあったのです。自分《じぶん》の羽《はね》を知《し》っているのと同《おな》じくらい、よく知《し》っているぞうきんでした。それは、窓《まど》ふきのおにいさんが窓《まど》をふくときに使《つか》っていたぞうきんだったのです！

おにいさんがロージーおばさまのおうちの窓《まど》のむこうから、私《わたし》の鼻先《はなさき》十五センチぐらいの近《ちか》いところを、このぞうきんで窓《まど》をふいているのを、私《わたし》は何度《なんど》じっと見《み》つめたことでしょう！　おにいさんが仕事《しごと》から風車小屋《ふうしゃごや》のおうちに帰《かえ》ってくると、台所《だいどころ》の流《なが》しでこれをすすいで、鳥《とり》かごのそばのストーブの上《うえ》にかけてかわかしていたのを、何度《なんど》見《み》たことでしょう！　片《かた》すみがやぶれていて、太《ふと》い糸《いと》でぎこちなくぬわれていたことを、私《わたし》はおぼえていました。私《わたし》はさおの先《さき》へ飛《と》びあがって、くちばしでぞうきんを広《ひろ》げてみました。すると、つぎはぎがありました。まちがいありません。窓《まど》ふきのおにいさんのぞうきんです。

急《きゅう》になみだが出《で》てきました。どうしてだか、わかりません。でも、ついに、ひとつのことがはっきりしたのです！　つまり、私《わたし》がどうしてひとりっきりで年《とし》をとっていくことをしあわせに思《おも》えないのか、どうしてなにを歌《うた》っても悲《かな》しい歌《うた》になってしまうのか、どうして島《しま》のほかの鳥《とり》といっしょにいても楽《たの》しくないのか、それがついにわかったのです。私《わたし》は、人間《にんげん》が恋《こい》しかったのです。

むりもありません。私《わたし》はかごの鳥《とり》に生《う》まれて、人間《にんげん》に育《そだ》てられたのですから。人間《にんげん》のそばにいるのが好《す》きになるように育《そだ》ったのです。そしてずっと、人間《にんげん》のもとへ帰《かえ》りたいと思《おも》っていたのです。

私《わたし》は、やさしい人《ひと》たちみんなのことを考《かんが》えました――私《わたし》のお友《とも》だちのことを――北《きた》から夜行馬《やこうば》車《しゃ》の御者《ぎょしゃ》としてやってくる陽気《ようき》なジャックじいさんのことを。お城《しろ》に住《す》んでいたやさしい侯爵夫《こうしゃくふ》人《じん》のことを。ほおにきずのある年《とし》とった軍曹《ぐんそう》とわが鉄砲隊《てっぽうたい》の仲間《なかま》たちのことを。そして最後《さいご》に、だれよりも大好《だいす》きな、風車小屋《ふうしゃごや》で本《ほん》を書《か》いていた、へんてこな勉強家《べんきょうか》の、窓《まど》ふきのおにいさんのことを。

すばらしいジャングルでランの花《はな》のつるをよじのぼる青《あお》と黄色《きいろ》のコンゴウインコが、私《わたし》にとってなんだというのでしょう?

私《わたし》が求《もと》めていたのは、人間《にんげん》だったのです。

そして、私《わたし》が一番《いちばん》会《あ》いたかった窓《まど》ふきのおにいさんが、ここにいたのです。このほら穴《あな》に住《す》んでいたのです!

ですが、この島《しま》をくまなく探検《たんけん》してみて、はっきりわかりました――おにいさんは、もうここにはいません。どこへ――どこへ行《い》って

しまったのでしょう？

それからというもの、私《わたし》は、ここからぬけだすことばかり考《かんが》えていました。文明《ぶんめい》のあるところへもどって、人間《にんげん》のところへ行《い》きたいとばかり思《おも》うようになったのです。そう、風車小屋《ふうしゃごや》へ帰《かえ》って、窓《まど》ふきのおにいさんがおうちへ帰《かえ》ってくるまでそこで待《ま》っていようと、私《わたし》は決心《けっしん》しました。

私《わたし》は最初《さいしょ》の島《しま》へもどって、風車小屋《ふうしゃごや》へ帰《かえ》る準備《じゅんび》をしました。でも、ここから立《た》ちさるのは、かんたんではありませんでした。ちょうど秋分《しゅうぶん》をすぎたところで、くる日《ひ》もくる日《ひ》も強風《きょうふう》が島《しま》にふきつけて、海《うみ》はずっと荒《あ》れもようでした。わたり鳥《どり》たちは、私《わたし》が行《い》こうとしている方角《ほうがく》とはちがうほうへ行《い》こうとしていました。今《いま》や、古巣《ふるす》へ帰《かえ》る季節《きせつ》なのです。それなのに、かごの鳥《とり》であり、過去《かこ》からにげまわる私《わたし》は、またもや自然《しぜん》の流《なが》れにさからって進《すす》もうとしていたのでした。

ひとりぼっちで、経験《けいけん》も少《すく》ない私《わたし》は、弱《よわ》った体力《たいりょく》であらしのなかへ飛《と》びこんでだいじょうぶか心配《しんぱい》でした。今度《こんど》は、私《わたし》は、ニピットとわかれて飛《と》び出《だ》したときのように無我夢中《むがむちゅう》でもなければ、頭《あたま》に血《ち》がのぼっているわけでもありませんでした。今《いま》は、生《い》きていることが大切《たいせつ》でした。未来《みらい》に希望《きぼう》がありました。もし勉強家《べんきょうか》の窓《まど》ふきのおにいさんのところへもどるつもりなら、あぶない橋《はし》をわたるわけにはいかないのです。

私《わたし》は何日《なんにち》も海《うみ》を見守《みまも》って、天候《てんこう》がおちつくのを待《ま》ちました。ところが、ふきすさぶ風《かぜ》はやみま

せん。少《すこ》しでも進《すす》めるだろうかとためすために、陸《りく》の上《うえ》で風《かぜ》にさからって飛《と》んでみると、まるで羽毛《うもう》のように風《かぜ》のなすがままにふっとばされてしまうのでした。

ある日《ひ》の午後《ごご》、岩《いわ》の上《うえ》にとまって海《うみ》をながめていると、大《おお》きな船《ふね》が水平線《すいへいせん》のむこうからやってくるのが見《み》えました。風《かぜ》は、その日《ひ》の午前中《ごぜんちゅう》からむきが変《か》わっていて、今《いま》や、この船《ふね》は強力《きょうりょく》な追《お》い風《かぜ》を受《う》けて、こちらのほうへ相当《そうとう》な速《はや》さでやってくるのでした。私《わたし》が行《い》きたい方角《ほうがく》にかなり近《ちか》いほうへ進《すす》んでいるように思《おも》えました。この船《ふね》のあとをついていったら、私《わたし》が出《で》てきた陸地《りくち》へかんたんに帰《かえ》れるのではないかと思《おも》いつきました。もしうまくいかなくても、つかれたときに船《ふね》の上《うえ》で休《やす》むことができるでしょう。

船《ふね》はどんどん近《ちか》づいてきました。どうやら、この諸島《しょとう》へやってくるのだなと思《おも》えるときもあったのですが、そうではありませんでした。島《しま》の片《かた》すみにある急《きゅう》な山《やま》がちの岬《みさき》の八百メートル手前《てまえ》まで来《く》ると、船《ふね》はかすかに方向《ほうこう》を変《か》えて、岬《みさき》をよけ、先《さき》のほうへ行《い》ってしまったのです。最《もっと》も近《ちか》くまで来《き》たとき、甲板《かんぱん》で動《うご》いている男《おとこ》たちが見《み》えました。するとますます人間《にんげん》たちといっ

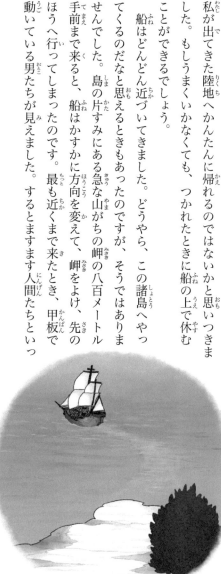

しょにいたいという思《おも》いが強《つよ》くなりました。船《ふね》がどんどん遠《とお》ざかって小《ちい》さくなっていくのを見《み》て、私《わたし》は決心《けっしん》をしました。岩《いわ》から飛《と》びあがって、船《ふね》を追《お》って海《うみ》の上《うえ》を飛《と》んだのです。

やっぱり私《わたし》はまだ未熟者《みじゅくもの》でした。ものすごく単純《たんじゅん》に思《おも》えた計画《けいかく》が、うまくいかなかったのです。ひとつには、私《わたし》は、強風《きょうふう》が当《あ》たらない島《しま》の片《かた》すみにいて、岸《きし》からずいぶんはなれてから、ようやくものすごい強風《きょうふう》にぶつかったのです。風《かぜ》むきが変《か》わったとき、事態《じたい》は悪化《あっか》しました——風《かぜ》はちがう方向《ほうこう》へさらに強《つよ》くふきすさんだのでした。

その上《うえ》、船《ふね》に近《ちか》づいてわかったのですが、船《ふね》は追《お》い風《かぜ》にもかかわらず、じつはひどくゆっくり進《すす》んでいました。大波《おおなみ》のせいで、ぶざまに上下《じょうげ》にゆれて、重《おも》たい荷物《にもつ》を積《つ》んでいるようでした。それまで私《わたし》は時速《じそく》百キロで一日《いちにち》飛《と》んでいたのに、この船《ふね》だったら少《すく》なくとも同《おな》じ距離《きょり》を行《い》くのに一週間《しゅうかん》はかかりそうです。そのあいだに私《わたし》はおなかがすきすぎて、二回《かい》は死《し》んでしまうことでしょう。すぐに、この計画《けいかく》が失敗《しっぱい》だったとわかりました。さっさとひきかえして、大雨《おおあめ》などにあわないうちに島《しま》にもどらなければなりません。

私《わたし》はむきを変《か》えました。ところが、どうでしょう！　風《かぜ》がどれほど強《つよ》いかわかっていたつもりだったのに、むきを変《か》えて、むかい風《かぜ》になったとたん、そのすごさを思《おも》い知《し》りました。まったくもって、あらしと言《い》ってもいいくらいでした。できるだけ速《はや》くつばさを動《うご》かしましたが、それで

もようやくその場《ば》にとどまることしかできません。それすらも、つづけるのはむずかしいのです。

やがて、私《わたし》は必死《ひっし》に前《まえ》へ進《すす》もうとしながら、ゆっくりとうしろへ動《うご》いているのに気《き》がつきました。

そのときです、ペチョ！　とつぜんの大雨《おおあめ》が顔《かお》にかかって、あっという間《ま》に私《わたし》はずぶぬれになってしまいました。

つまり、岸《きし》から五キロもはなれたところで雨《あめ》につかまり、ものすごい風《かぜ》を受《う》けて陸《りく》にもどることすらできなくなってしまったというわけです。おだやかな天候《てんこう》になる前《まえ》に、あの居心地《いごこち》のよい安全《あんぜん》な島《しま》から出《で》てきてしまうなんて、私《わたし》はなんてばかだったのでしょう！

雨《あめ》でびしょぬれになったことで、ますます飛《と》びづらくなりました。しばらくして、私《わたし》はむかい風《かぜ》にさからうのをやめました。むだな抵抗《ていこう》だったのです。あらしのいきおいがおとろえるのを待《ま》つよりほかありません。そして、海《うみ》に落《お》ちないように全力《ぜんりょく》をそそぎました。というのも、雨《あめ》で羽《はね》がぐしゃぐしゃになっていたので、荒《あ》れる海《うみ》へどんどん落《お》ちそうになっていたのです。

しかし、風《かぜ》のいきおいは弱《よわ》まるどころか、急《きゅう》に強《つよ》くなりました。私《わたし》は葉《は》っぱのように飛《と》ばされました。滝《たき》のような雨《あめ》で、島《しま》はまったく見《み》えません。どこをむいても、数《すう》メートル先《さき》も見《み》えないのです。上《うえ》も下《した》もどこもかしこもどんよりとして、ただもう、びしょびしょのぐちゃぐちゃでした。

風《かぜ》で飛《と》ばされたとき、船《ふね》が見《み》えました。ちょうど船《ふね》の上《うえ》を飛《と》ばされて、荒《あ》れくるう海《うみ》のもくず、になろうとしていたのでした。雨《あめ》でよく見《み》えないなか、船《ふね》が上《うえ》へほうりだされるようにゆれたようすをおぼえています。まるで沼《ぬま》にはまって動《うご》けなくなった大《おお》きな灰色《はいいろ》の馬《うま》が灰色《はいいろ》のどろんこのなかで、のたうっているようでした。ふいに、この船《ふね》が最後《さいご》の、そしてゆいいつの助《たす》かるチャンスだと気《き》がつきました。この船《ふね》より遠《とお》くへふきとばされてしまったら、私《わたし》はおしまいです。

必死《ひっし》になって私《わたし》は雨《あま》つぶだらけの空中《くうちゅう》でつばさをばたつかせて、飛《と》ぶ方角《ほうがく》を変《か》えようとがんばりました。横《よこ》へすべりおりて、船《ふね》の甲板《かんぱん》に飛《と》びこもうとしたのです。

なんとか、うまくいきました。突風《とっぷう》で船《ふね》の索具《さくぐ》のあいだを飛《と》ばされたとき、マストの先端《せんたん》と船《ふね》の手《て》すりとのあいだに張《は》ってあったなわばしごをつかみました。足《あし》でそれをつかまえて、柱《はしら》をのぼるサルみたいに、つばさをなわばしごのまわりに広《ひろ》げました。とっさのことで、上《うえ》へも下《した》へも動《うご》けませんでしたが、じたばたしないことにしました。とにかく船《ふね》に乗《の》れたのです。それだけでもよかったと思《おも》って、私《わたし》は豪雨《ごうう》が通《とお》りすぎるまで、じっとしていました。

豪雨《ごうう》が通《とお》りすぎるころには、寒《さむ》いし、びしょぬれだしで、体《からだ》がかじかんでいました。大雨《おおあめ》がやむと、からりと空《そら》が晴《は》れて、日《ひ》がさしてきました。それでも風《かぜ》はまだかなり強《つよ》かったので、風《かぜ》をさけられる場所《ばしょ》へ移動《いどう》しようと、下《した》へおりました。初《はじ》めてあたりを見《み》まわすことができて、乗《の》りこんだ船《ふね》のようすがわかりました。私《わたし》は甲板《かんぱん》から二メートルほど上《うえ》にいました。あまり遠《とお》くない

ところに丸窓《まるまど》とドアのついた小《ちい》さな小屋《こや》がありました。この小屋《こや》のかべに身《み》をよせれば、風《かぜ》をよけて、日《ひ》なたで羽《はね》をかわかせるはずです。でも、短《みじか》い距離《きょり》でも飛《と》ぶのはいやでした。風《かぜ》にとばされて、船《ふね》の外《そと》へほうりだされるのがこわかったのです。そこで、くちばしと足《あし》を使《つか》って、船乗《ふなの》りみたいに、なわばしごを伝《つた》っておりていきました。

　とにかく早《はや》くあたたかくて安全《あんぜん》なところへ行《い》きたくてたまらなかったので、船《ふね》のことは、ちらりと見《み》て、かなり大《おお》きな船《ふね》だなと思《おも》ったぐらいでした。なわばしごをおりるのも、風《かぜ》と戦《たたか》って、しっかりとしがみつかなければならなかったので、たいへんでした。風《かぜ》は、私《わたし》をなわばしごからひきはなして、海《うみ》へほうりこもうとしているように思《おも》えました。まわりのことに注意《ちゅうい》をはらうよゆうなどなかったのです。

　それはとつぜんのことでした。大《おお》きな手《て》が私《わたし》の体全体《からだぜんたい》をつかんで、ハエのように、私《わたし》をなわばしごからつまみあげたのです。見《み》あげてみると、雨《あま》がっぱを着《き》てぼうしをかぶった大男《おおおとこ》の船乗《ふなの》りの、日《ひ》に焼《や》けた顔《かお》が目《め》の前《まえ》にあり

ました。野鳥《やちょう》だったら、死《し》ぬほどこわがったことでしょう。でも私《わたし》は、人《ひと》の手《て》には、なれていたので、つかまれてもあまりおどろきませんでした。船乗《ふなの》りはやさしい目《め》をしていて、私《わたし》にわるさをするつもりはないとわかりました。しかし、これで私《わたし》の自由《じゆう》もひとまず、おしまいだなとも思《おも》いました。船乗《ふなの》りというのは、動物《どうぶつ》を飼《か》うのが好《す》きで、たいていの船《ふね》には、少《すく》なくともカナリアの入《はい》った鳥《とり》かごをひとつはのせているものだからです。

『よし、よし！』大男《おおおとこ》は言《い》いました。『なんだって、なわばしごをのぼってるんだ？　ずいぶんばかなことをしてるじゃねえか？　海《うみ》には、なれてねえみてえだな。へっ、そんなふうにつなわたりしてるところに、ザブンと波《なみ》をかぶっちまったら、おまえさん、あっという間《ま》に海《うみ》へ落《お》ちちまうぜ！　さっきの島《しま》で乗《の》りこんできやがったな、え？　おどろいたぜ！　まったく、びしょぬれじゃねえか！　下《した》に来《こ》いよ、相棒《あいぼう》。あったかいとこで、かわかすといいや。』

それから大男《おおおとこ》は、たてに横《よこ》にゆれている甲板《かんぱん》を横切《よこぎ》って、小屋《こや》のドアをあけました。なかには、階段《かいだん》があって、大男《おおおとこ》は私《わたし》を連《つ》れてそこをおりていきました。下《した》には、小《ちい》さな、天井《てんじょう》の低《ひく》い部屋《へや》があり、かべじゅうに、たなみたいな寝台《しんだい》がついていました。天井《てんじょう》のまんなかからつりさげられたランプが、船《ふね》のゆれに合《あ》わせて左右《さゆう》にゆれていました。テーブルやいすの上《うえ》には、雨《あま》がっぱや肩《かた》マントが投《な》げ出《だ》されていました。タールとタバコとしめった服《ふく》のあたたかいにおいがしました。

ふたつの寝台《しんだい》で、水夫《すいふ》が口《くち》をあけ、いびきをかいて寝《ね》ていました。
大男《おおおとこ》は、私《わたし》をしっかりと手《て》につかんだまま、重《おも》たい木《き》のロッカーをあけて、小《ちい》さな鳥《とり》かごをとりだしました。この鳥《とり》かごに私《わたし》を入《い》れると、エサ入《い》れにエサをいっぱい入《い》れ、水入《みずい》れに水《みず》を入《い》れてくれました。

『そうら、相棒《あいぼう》』と、大男《おおおとこ》は言《い》いました。『これでもうだいじょうぶだ。羽《はね》をかわかしたら、気《き》分《ぶん》もよくなるぜ。』

こうして私《わたし》は、波乱万丈《はらんばんじょう》のわが生涯《しょうがい》の新《あら》たなる章《しょう》をむかえたのです。島《しま》のおそろしいまでの静《しず》けさのあとでは、船《ふね》の陽気《ようき》なさわぎは、とても元気《げんき》が出《で》ます。前《まえ》にも言《い》ったように、それは大《おお》きな船《ふね》で、船荷《ふなに》と乗客《じょうきゃく》とを運《はこ》んでいました。まず、私《わたし》の鳥《とり》かごは、最初《さいしょ》に連《つ》れていかれた小《ちい》さな船《せん》室《しつ》にずっとおかれました。それは乗組員《のりくみいん》の寝室《しんしつ》でした。船乗《ふなの》りは交代《こうたい》で船《ふね》を動《うご》かしていたので、ほとんどいつもだれかしらがそこでねむっていました。

あとで、天気《てんき》がよくなったとき、私《わたし》の鳥《とり》かごは甲板室《かんぱんしつ》のかべの外《そと》がわにつるされました。これはずいぶん快適《かいてき》でした。たくさんの人《ひと》たちが私《わたし》に話《はな》しかけに来《き》てくれました――とりわけ、しゃれた服《ふく》を着《き》て、甲板《かんぱん》を行《い》ったり来《き》たりするほかにすることがなくて時間《じかん》をもてあましているらしい船《ふね》のお客《きゃく》たちがよく話《はな》しかけてくれました。

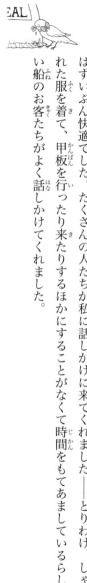

私《わたし》は、窓《まど》ふきのおにいさんのところへ帰《かえ》る前《まえ》にふたたび鳥《とり》かごに入《い》れられてしまうのは、ひどくいやでしたが、なんとか海《うみ》の危険《きけん》からのがれたのだから、よかったと思《おも》うことにしました。船《ふね》が陸地《りくち》に着《つ》いてからでも、機会《きかい》はないかと注意《ちゅうい》さえしていれば、にげだして風車小屋《ふうしゃごや》へ行《い》くことはいくらでもできるでしょう。それまでは、楽《たの》しい人《ひと》たちにふたたびかこまれて、気持《きも》ちのよい景色《けしき》を楽《たの》しむことにしました。

船《ふね》にはもう一羽《わ》カナリアがいました。私《わたし》が甲板《かんぱん》の外《そと》へ連《つ》れ出《だ》されたとき、その歌声《うたごえ》が聞《き》こえました。メロディーもなく、キーキー声《ごえ》を出《だ》すばかりなので、歌《うた》といえるようなしろものではありませんでしたが、とてもいっしょうけんめい、なにか歌《うた》のようなものを歌《うた》おうとしていたようです。船《ふね》のどこにいるのかわかりませんでした——音《おと》がする方向《ほうこう》からすると、私《わたし》よりも船《ふね》のまんなかに近《ちか》いところです。そのおんちな歌声《うたごえ》に嫌気《いやけ》がさした私《わたし》は、やがて自分《じぶん》で歌《うた》いだしました。なによりも、そのキーキー声《ごえ》を聞《き》きたくないので、その声《こえ》をかきけすためだけに歌《うた》ったのです。

ところが、私《わたし》の歌《うた》が大評判《だいひょうばん》となってしまいました。旅行客《りょこうきゃく》も、船乗《ふなの》りも、旅客係《りょかくがかり》も、私《わたし》のまわりにむらがって、私《わたし》の歌《うた》に聞《き》きほれました。これはだれの鳥《とり》だと、みんなが知《し》りたがりました。その結果《けっか》、私《わたし》をつかまえた大男《おおおとこ》は私《わたし》を売《う》りはらい、私《わたし》は船《ふね》の別《べつ》のところへ連《つ》れていかれました。私《わたし》を買《か》った男《おとこ》は、この船《ふね》のとこ屋《や》さん（理髪師《りはつし》）でした。私《わたし》は、客室《きゃくしつ》のならぶ主甲板《しゅかんぱん》の一角《いっかく》に

ある小《ちい》さな船室《せんしつ》に連《つ》れてこられました。そこはとこ屋《や》（理髪店《りはってん》）で、ひげそり用《よう》のいすや、洗面《せんめん》台《だい》など、すべてそろっていて、陸《りく》にあるふつうのとこ屋《や》さんと同《おな》じでした。

もう一羽《わ》のカナリアは、この部屋《へや》にいたのです。天井《てんじょう》からつるされた鳥《とり》かごに入《はい》っていました。どうやらとこ屋《や》さんは、この鳥《とり》に歌《うた》いかたを教《おし》えさせるために、私《わたし》を買《か》ったようです。

ここに来《き》てからは、以前《いぜん》よりも船《ふね》のくらしがよくわかるようになってきました。というのも、乗船《じょうせん》している人《ひと》はだれもかれも、おそかれはやかれ、このとこ屋《や》さんへやってくるからです。とこ屋《や》さんは旅行客《りょこうきゃく》たちにひいきにされていただけでなく、将校《しょうこう》や乗組員《のりくみいん》たちも、開店《かいてん》する前《まえ》の朝《あさ》早《はや》い時間《じかん》にお店《みせ》にやってきて、ひげをそってもらったり、髪《かみ》を切《き》ってもらったりしました。

お客《きゃく》はサービスを受《う》けているあいだや、順番《じゅんばん》を待《ま》っているあいだに、とこ屋《や》さんとおしゃべりをしたり、うわさ話《ばなし》をしたりしたので、その会話《かいわ》から、いろいろなことがわかりました。私《わたし》が歌《うた》を教《おし》えることになっているおかしなキーキー声《ごえ》のオスのカナリアも、この船《ふね》でずいぶん長《なが》いこと航海《こうかい》をつづけているので、あれやこれや教《おし》えてくれました。

このオスは、歌《うた》は歌《うた》えないけれど、まともな鳥《とり》でした。海《うみ》のくらしや、船《ふね》の走行《そうこう》について、私《わたし》がそれまで知《し》らなかったさまざまなことを教《おし》えてくれたのです。でも、このオスに歌《うた》を教《おし》えることに関《かん》して言《い》えば、絶望的《ぜつぼうてき》でした。というのも、ぜんぜん声《こえ》がよくなかったのです。それでも、どんどんじょうずになって、一週間《しゅうかん》もすると、そのかん高《だか》いキーキー声《ごえ》も、あまり耳《みみ》ざわりでなくなってきました。

このころ私《わたし》が作曲《さっきょく》したじまんの歌《うた》は、『かみそりの二重唱《デュエット》』という歌《うた》でした。とこ屋《や》さんがかみそりを革砥《かわと》（かみそりをとぐ帯状《おびじょう》の革《かわ》）でといでいる音《おと》を聞《き》いて思《おも》いついた歌《うた》です。みなさんは、かみそりを革《かわ》でとぐときに、シャッシャッ、シャッシャッという音《おと》がするのをご存《ぞん》じでしょうか？　その音《おと》をまねて、ひげそり用《よう》のブラシがコップのなかでカチャカチャかきまわされる音《おと》と合《あ》わせて作曲《さっきょく》したのです。でも、ふたつの音《おと》をひとつの声《こえ》で歌《うた》うのは、少《すこ》しむずかしいので、私《わたし》はかみそりの部分《ぶぶん》を歌《うた》い、もう一羽《いちわ》のカナリアにひげそり用《よう》ブラシの部分《ぶぶん》を歌《うた》ってもらいました。歌《うた》としては、私《わたし》が作《つく》ったほかの曲《きょく》――たとえば、『私《わたし》は小《ちい》さなマスコット』とか、『ジャンジャラ馬具《ばぐ》』とか――とくらべられるようなものではありませんでした。『かみそりの二重唱《デュエット》』は、こっけいな歌《うた》だったのです。それでも、とても評判《ひょうばん》がよくて、とこ屋《や》さんはわざと、お客《きゃく》に自慢《じまん》するために、しょっちゅうよけいにかみそりをといでみせてくれました。そうすると私《わたし》が調子《ちょうし》よく歌《うた》いはじめると知《し》っていたからです。

私《わたし》はもう一羽《いちわ》のカナリアにとてもくわしく質問《しつもん》をして、これから船《ふね》がどの港《みなと》へよるのか、目的地《もくてきち》はどこなのかとたずねました。というのも、ちょうどいい港《みなと》に錨《いかり》をおろしたらすぐに鳥《とり》かごを

ぬけ出《だ》して船《ふね》からにげだそうと、ずっと考《かんが》えていたからです。教《おし》えてもらったことから推察《すいさつ》すると、次《つぎ》にたちよるのは、私《わたし》があとにした陸地《りくち》のようでした——風車小屋《ふうしゃごや》があって、窓《まど》ふきのおにいさんのいたところです。
私《わたし》はとこ屋《や》さんに、私《わたし》がどんなに人《ひと》になれているか、いっしょうけんめい見《み》せつけました。とこ屋《や》さんが鳥《とり》かごのそうじをしてくれると、私《わたし》はとこ屋《や》さんの指《ゆび》の上《うえ》にぴょんと乗《の》ってみせました。しばらくすると、とこ屋《や》さんは、ときどきドアや窓《まど》を閉《し》めきって、私《わたし》を部屋《へや》のなかで自由《じゆう》に飛《と》びまわらせてくれるようになりました。私《わたし》は、ゆかからテーブルに、それから、とこ屋《や》さんの手《て》のひらに飛《と》び乗《の》ってみせました。すると、とうとう、ドアがあけっぱなしになっていても、私《わたし》を外《そと》へ出《だ》してくれるようになったのです。これこそ、私《わたし》の求《もと》めていたことでした。でも、まだ海《うみ》の上《うえ》でしたから、もちろん、にげだそうとはしませんでした。そして、とこ屋《や》さんが私《わたし》を鳥《とり》かごにもどそうと思《おも》ったときには、いつも、いい子《こ》に、自分《じぶん》から鳥《とり》かごへもどりました。
私《わたし》はただ時《とき》がくるのを待《ま》っていたのです。すべてがうまくいけば、港《みなと》に着《つ》いても、きっとまた鳥《とり》かごから外《そと》へ出《だ》してくれるのではないかと思《おも》っていたのでした。」

第5章

ついにあらわれた窓《まど》ふきおにいさん！

「ある日《ひ》、日《ひ》がくれかかったころ、甲板《かんぱん》で人《ひと》がさわぎだしました。旅行客《りょこうきゃく》たちが小型望遠鏡《こがたぼうえんきょう》を持《も》って走《はし》っていき、海《うみ》のむこうのなにかを指《ゆび》さしていました。陸地《りくち》が見《み》えたのです。あと三十分《さんじっぷん》ぐらいで、私《わたし》が脱出《だっしゅつ》しようとたくらんでいる港《みなと》に着《つ》くのです。

船《ふね》が港《みなと》に入《はい》るのに、とても注意深《ちゅういぶか》く進《すす》み、ひどく手間《てま》をかけて大《おお》さわぎするのは、なかなかの見《み》ものでした。沖《おき》では、帆《ほ》が風《かぜ》をいっぱいにはらんで、船《ふね》はとても優雅《ゆうが》に進《すす》みますが、港《みなと》に入《はい》ると、ぎこちない木《き》と布《ぬの》の大《おお》きなかたまりになって、あつかいにくくなってしまいます。岸《きし》に打《う》ちよせる波《なみ》にあおられて、港《みなと》のくいに打《う》ちつけられてこなごなになってしまう危険《きけん》がいつもあったのです。

陸《りく》に近《ちか》づくと、ボートに乗《の》った人《ひと》たちがやってきて船《ふね》を港《みなと》へみちびいてくれました。船《ふね》と岸《きし》とのあいだで何度《なんど》となく合図《あいず》がかわされ、大声《おおごえ》で呼《よ》びかけあって、とうとうカタツムリのようにのっそりと船《ふね》が港《みなと》に入《はい》ると、あちらこちらからロープでしばりとめられました。こんなに大《おお》さわぎ

をするなんて、鳥《とり》が何千《なんぜん》キロも旅《たび》をしたあとで新《あたら》しい土地《とち》に何気《なにげ》なくふわりとまいおりるのとはずいぶんちがうものだと思《おも》いました。

とこ屋《や》さんのお店《みせ》の内《うち》がわのかべにかかった私《わたし》の鳥《とり》かごからは、この新《あたら》しい港《みなと》のようすはあまりわからず、ドアや窓《まど》ごしに外《そと》がちらりと見《み》えるだけでしたが、ここは知《し》っている場所《ばしょ》だと思《おも》いました。風車小屋《ふうしゃごや》が立《た》っている丘《おか》から八十《はちじっ》キロしかはなれていない港町《みなとまち》です。

波止場《はとば》に着《つ》いてすぐに、とこ屋《や》さんのお友《とも》だちが何人《なんにん》か、陸《りく》から船《ふね》にたずねてきました。みんなとこ屋《や》さんのテーブルをかこんで、ビールを飲《の》んだり、おしゃべりをしていましたが、そのうちのひとりがこう言《い》いました。

『もう一羽《いちわ》、カナリアを飼《か》うことにしたんだな、ビル？』

『うん』と、とこ屋《や》さんは言《い》いました。『きれいな歌《うた》を歌《うた》うんだ。すごくなれているから、手《て》にも乗《の》るんだよ。待《ま》ってろ。見《み》せてやるから。』

『やった！』と、私《わたし》は思《おも》いました。『さあ、チャンス到来《とうらい》だわ。』

そして、とこ屋《や》さんは私《わたし》の鳥《とり》かごの戸《と》をあけて、数歩《すうほ》はなれたところへ立《た》ち、手《て》をのばして、おいでと呼《よ》びかけました。お店《みせ》のあいたドアごしに、町《まち》のようすが少《すこ》し見《み》えました。急《きゅう》な坂道《さかみち》が丘《おか》をのぼっており、気持《きも》ちよくゆるやかに広《ひろ》がる牧草地《ぼくそうち》を通《とお》っていました。私《わたし》は鳥《とり》かごの窓《まど》わくにとまって、半《なか》ば外《そと》に出《で》て、半《なか》ば入《はい》ったところにいました。

『さあ、見《み》てろ』と、とこ屋《や》さんは友《とも》だちに言《い》いました。『おれの指《ゆび》に飛《と》び乗《の》るから。もう何回《なんかい》もやってるんだ。さあ、来《こ》い、ディック！　ここだ。さあさあ！』

私《わたし》は飛《と》びました――とこ屋《や》さんの指《ゆび》にではなく、丘《おか》をのぼっていく遠《とお》くの急《きゅう》な坂《さか》にむかって、外《そと》へ飛《と》び出《だ》そうとしたのです。

ところが、ざんねん！　どんなに慎重《しんちょう》な計画《けいかく》でも、思《おも》いもよらないことで、だめになるものです！　ちょうど戸口《とぐち》を飛《と》びぬけようとしたとき、ものすごく巨大《きょだい》な人《ひと》かげによって、とつぜん戸口《ぐち》がふさがれてしまいました。あの大男《おおおとこ》の船乗《ふなの》りでした。なんということでしょう。こんなに大《おお》きな人《ひと》はいないというくらい大《おお》きな人《ひと》が、こんな小《ちい》さな戸口《とぐち》はないというくらいせまいところから入《はい》ってこようとしていたのです。大男《おおおとこ》の頭《あたま》の両《りょう》がわに通《とお》りぬけられそうな小《ちい》さなすきまがあるだけでした。私《わたし》は上《うわ》むきにかたむいて、その片方《かたほう》へ突進《とっしん》しました。

『気《き》をつけろ！』とこ屋《や》さんがさけびました。『鳥《とり》がにげる。つかまえてくれ！』

ところが、大男《おおおとこ》の船乗《ふなの》りはすでに私《わたし》に気《き》づいていて、その肩《かた》の上《うえ》をすりぬけようとする私《わたし》を、大《おお》きな両手《りょうて》をぱしんと合《あ》わせて、自分《じぶん》のところへほうられたボールをつかむかのように、つかんだのです。

こうして私《わたし》の大《おお》きな希望《きぼう》はくだかれ、慎重《しんちょう》な計画《けいかく》はご破算《はさん》となりました！　もちろん、そのあと、とこ屋《や》さんはドアや窓《まど》があいているところで私《わたし》をはなしたりはしませんでした。私《わたし》は鳥《とり》かごにもどされ、そこから出《で》られなくなったのです。

さて、六、七時間《じかん》すると、船《ふね》はまた海《うみ》に出《で》る準備《じゅんび》がととのいました。

『次《つぎ》にとまる港《みなと》はどこ？』私《わたし》は、もう一羽《いちわ》のカナリアにたずねました。

『ああ、ずっと先《さき》さ』と、カナリアは言《い》いました。『今《いま》いる海域《かいいき》をほとんどはしまで行《い》って、せまい海峡《かいきょう》の口《くち》にある諸島《しょとう》にたちよるんだ。九日《ここのか》かかる。でも、その諸島《しょとう》はとてもきれいで、一見《いっけん》の価値《かち》があるよ。』

きれいな島《しま》がなんだというのでしょう！　ロープがほどかれて、船《ふね》がゆっくりと波止場《はとば》から出《で》ていくとき、あの急《きゅう》な坂道《さかみち》がどんどん小《ちい》さくなっていきました。がっかりして、いらいらして、わけのわからない怒《いか》りにおそわれて、私《わたし》は鳥《とり》かごの格子《こうし》をたたきました。窓《まど》ふきのおにいさんからも、風車小屋《ふうしゃごや》からも遠《とお》ざかっていくのです。そして今《いま》、私《わたし》の飼《か》い主《ぬし》はうたがい深《ぶか》くなってしまい、またこの港《みなと》へもどるチャンスがあるのかどうか、わからなくなってしまったのです！

次《つぎ》の三日間《みっかかん》、船《ふね》ではとくになにもありませんでした。おだやかなお天気《てんき》がつづき、とこ屋《や》さんのお店《みせ》はかなり繁盛《はんじょう》していました。海《うみ》が荒《あ》れていると旅行客《りょこうきゃく》はひげそりとか散髪《さんぱつ》のことなどどうでもよくなってしまうのですが、おだやかな天気《てんき》がつづくと、なにも変《か》わらない航海《こうかい》で気《き》をまぎらわそうと、みんなとこ屋《や》さんへやってくるからです。

四日《よっか》めに、ちょっとした事件《じけん》がありました。難破船《なんぱせん》らしきものが見《み》つかったのです。ざんねんながら私《わたし》の鳥《とり》かごはその日《ひ》、外《そと》につるされていなかったので、この事件《じけん》のことはなんにも目《め》にすることができませんでした。しかし、聞《き》こえてくる会話《かいわ》から、ちょっと頭《あたま》をはたらかせてみれば、だいたいの話《はなし》はわかりました。

お昼《ひる》ごろ、〝カラスの巣《す》〟——というのはマストにのぼった見張《みは》りのいるところを指《さ》すのですが——にいた見張《みは》りが、船《ふね》を見《み》つけたのです。どうやら、難破船《なんぱせん》のようでした。合図《あいず》があったり、走《はし》りまわったり、望遠鏡《ぼうえんきょう》で見《み》たり大《おお》さわぎをしてから、私《わたし》たちの船《ふね》の航路《こうろ》が変《か》えられて、その見《み》知《し》らぬ船《ふね》のほうへむかいました。

近《ちか》づいてよく見《み》ると、難破船《なんぱせん》ではなく、男《おとこ》の人《ひと》が乗《の》ったいかだでした。その人《ひと》は意識《いしき》を失《うしな》っているか、死《し》んでいるようでした。うつぶせになって、呼《よ》んでも答《こた》えません。ボートを海《うみ》におろして、その人《ひと》をこちらの船《ふね》の上《うえ》にうつしました。『まだ息《いき》をしているぞ』とだれかが言《い》ったとき、どっと歓声《かんせい》があがりました。けれども、その人《ひと》は飢《う》えていて、ずっと風雨《ふうう》にさらされていたので、ひどく弱《よわ》りきっていました。船医《せんい》の手《て》にゆだねられましたが、意識《いしき》はもどらず、甲板《かんぱん》の下《した》の寝室《しんしつ》

に運《はこ》ばれ、寝《ね》かされました。それから、船《ふね》はもとの航路《こうろ》にもどって、進《すす》みました。

とこ屋《や》さんにやってくるお客《きゃく》たちがその話《はなし》をしなくなってからは、私《わたし》はその事件《じけん》のことを考《かんが》えなくなっていました。天気《てんき》は快晴《かいせい》がつづき、ほかにやることもないし――つらいことを忘《わす》れたくもあったので――私《わたし》は、もう一羽《いちわ》のカナリアに歌《うた》を教《おし》えてやっていました。

一週間《しゅうかん》ほどしたある日《ひ》のこと、もうすぐ次《つぎ》の港《みなと》に着《つ》くというころ、すごくへんてこなようすの男《おとこ》がとこ屋《や》さんの店《みせ》にやってきました。ひどく毛《け》むくじゃらだったので、はずかしそうにしていました。その人《ひと》は、あたりを見《み》まわすこともなく、とこ屋《や》さんのいすにすわりました。とこ屋《や》さんは、この人《ひと》が来《く》ることをわかっていたらしく、なにも聞《き》かずに、すぐに仕事《しごと》にかかり、ひげをそり、髪《かみ》を切《き》りました。その人《ひと》は私《わたし》に背《せ》をむけていすにすわっていたので、白《しろ》いエプロンがその人《ひと》のあごの下《した》につけられてからは、その人《ひと》のもじゃもじゃ頭《あたま》のてっぺんしか見《み》えませんでした。

髪《かみ》を切《き》ったり、ひげをそったりしている最中《さいちゅう》に、

とこ屋《や》さんはだれかにお話《はなし》をしにドアのところへ行《い》きました。その会話《かいわ》から、いすにすわっている男《おとこ》は、いかだに乗《の》っていたのを助《たす》けてもらった人《ひと》だとわかりました。ようやくベッドから起《お》きあがれるぐらい元気《げんき》になったところだったのです。私《わたし》はこの人《ひと》にますます興味《きょうみ》をもちました。そして、そのものすごい量《りょう》の髪《かみ》の毛《け》をとこ屋《や》さんが切《き》っているあいだ、私《わたし》はだまって、夢中《むちゅう》でこの人《ひと》を見守《みまも》り、そのひげがなくなったらどんな顔《かお》になるのかしらと思《おも》っていました。

とうとう、とこ屋《や》さんは仕事《しごと》を終《お》えて、パッと、エプロンを大《おお》きくふりはらうようにして、お客《きゃく》の首《くび》からはずしました。お客《きゃく》はよろよろといすから立《た》ちあがり、こちらをむいたので、私《わたし》にその顔《かお》が見《み》えました。

いったいだれだったと思《おも》いますか？」

「窓《まど》ふきのおにいさん！」と、ガブガブがさけんで、興奮《こうふん》してクッションからすべりおちて、テーブルの下《した》へ入《はい》りこんでしまって見《み》えなくなりました。

「そうです」と、ピピネッラは静《しず》かに言《い》いました。「窓《まど》ふきのおにいさんだったのです。」

ガブガブが急《きゅう》に見《み》えなくなってしまったので、お話《はなし》が中断《ちゅうだん》され、テーブルの下《した》からガブガブをひきずりあげて、こしかけの上《うえ》のクッションにもどしてやるのに二、三分《ぷん》かかりました。こしかけにすわったガブガブは、少《すこ》しあざをこさえましたが、ほかはどこもけがをしていなかったので、

テーブルの足《あし》にぶつけた頭《あたま》の横《よこ》のところをときどきこすりながらも、カナリアのお話《はなし》にあいかわらず夢中《むちゅう》で聞《き》き入《い》りました。

「それで」と、ピピネッラはつづけました。

「私《わたし》は、おにいさんだとわかって、とてもショックを受《う》けました。もちろん、すぐにはっきりおにいさんだとわかったのですが、あまりにもやせこけて、青《あお》ざめて、よろよろと、弱《よわ》っていたのです！

おにいさんは、まだ私《わたし》に気《き》づいていませんでした。とこ屋《や》さんのいすのそばにまごついて立《た》ち、もじもじとゆかを見《み》つめながら、ポケットに手《て》を入《い》れはじめました。それから、お金《かね》がなかったことをぼんやり思《おも》い出《だ》したらしく、なにか言《い》いわけのようなことをとこ屋《や》さんにぼそぼそとつぶやいてから、急《いそ》いでお店《みせ》を出《で》ようとしました。

むかし、おにいさんが仕事《しごと》が終《お》わって夕方《ゆうがた》に風車小屋《ふうしゃごや》に帰《かえ》ってくると、私《わたし》はいつも、お帰《かえ》りなさいという意味《いみ》で、ある種《しゅ》のあいさつの鳴《な》き声《ごえ》をあげていました。おにいさんがドアノブに手《て》を

かけて甲板《かんぱん》に出《で》ようとしたとき、私《わたし》はそれを二度《ど》くりかえしました。すると、おにいさんはふりむいて私《わたし》を見《み》ました。

人《ひと》の顔《かお》が、あれほどうれしそうにパッとかがやくのを、私《わたし》は見《み》たことがありません。

『やあ、ピップ!』と、おにいさんはさけんで、私《わたし》の鳥《とり》かごに近《ちか》づいて、なかをのぞきこみました。

『ほんとに君《きみ》かい? 君《きみ》だね。そのしまもようは、まちがいようがない。百万羽《まんば》の鳥《とり》がいても君《きみ》だとわかるよ!』

『失礼《しつれい》』と、とこ屋《や》さん。『私《わたし》のカナリアを知《し》っているんですか?』

『**おたくの**カナリアですって!』と、窓《まど》ふきのおにいさんは言《い》いました。『なにかのまちがいでしょう。この鳥《とり》はぼくのです。まちがいありません。』

それから、長《なが》い言《い》いあいとなりました。もちろん当然《とうぜん》ながら、とこ屋《や》さんは、相手《あいて》がこれは自《じ》分《ぶん》の鳥《とり》だと言《い》ったからといって、私《わたし》を手《て》ばなすつもりはありませんでした。最初《さいしょ》に私《わたし》をつかまえた大男《おおおとこ》の船乗《ふなの》りが呼《よ》び出《だ》されました。いろいろな客室係《きゃくしつがかり》や、そのほかの乗組員《のりくみいん》が議論《ぎろん》にくわわりました。窓《まど》ふきのおにいさんは、そのあいだじゅう、とても礼儀正《れいぎただ》しくしていましたが、がんとしてゆずりませんでした。このカナリアを飼《か》っていたというのは、いつの話《はなし》だと、たずねられま

した。そして、もう何《なん》か月《げつ》も私《わたし》と会《あ》っていなかったのだと答《こた》えると、ほかの人《ひと》たちはみんな、そんなことはばかげていると言《い》って笑《わら》いました。私《わたし》は、これほど人間《にんげん》のことばを話《はな》したいとねがったことはありませんでした。それができたら、どちらがほんとうの私《わたし》の飼《か》い主《ぬし》か、きっぱりと言《い》ってやれたのですから。

とうとうこの話《はなし》は船長《せんちょう》のところまで行《い》きました。すでに多《おお》くの旅行客《りょこうきゃく》がこのやりとりに興味《きょうみ》をもっていて、船長《せんちょう》がとこ屋《や》さんのお店《みせ》にやってきたとき、お店《みせ》は、いろんな意見《いけん》を言《い》う人《ひと》たちであふれかえっていて、それぞれこっちが正《ただ》しい、あっちが正《ただ》しいと言《い》いあっていました。

船長《せんちょう》は、ふたりの言《い》い分《ぶん》を聞《き》くあいだ、みんなに静《しず》かにするように言《い》いました。それから、とこ屋《や》さんと窓《まど》ふきのおにいさんが、順《じゅん》に自分《じぶん》の主張《しゅちょう》をして、どうして自分《じぶん》こそが飼《か》い主《ぬし》だと言《い》えるのか理由《りゆう》を述《の》べ、説明《せつめい》をしました。次《つぎ》に、大男《おおおとこ》の船乗《ふなの》りが、大雨《おおあめ》のときにマストのところで私《わたし》を見《み》つけて、船室《せんしつ》につれ帰《かえ》って、その後《ご》、とこ屋《や》さんに売《う》ったという話《はなし》をしました。

ひととおり終《お》わると、船長《せんちょう》は、窓《まど》ふきのおにいさんにむかって言《い》いました。

『そんな証拠《しょうこ》でどうしてこの鳥《とり》の飼《か》い主《ぬし》だなんて主張《しゅちょう》できるのかわかりませんね。こんなしまのついた鳥《とり》なんていくらでもいるでしょう。悪天候《あくてんこう》でこの船《ふね》ににげこんできた野鳥《やちょう》かもしれないじゃありませんか。この状況《じょうきょう》じゃ、とこ屋《や》さんがこの鳥《とり》を飼《か》う権利《けんり》があるように思《おも》いますがね。』

それで、一件落着《いっけんらくちゃく》という感《かん》じでした。ことは、この船《ふね》の最高権力者《さいこうけんりょくしゃ》である船長《せんちょう》まで巻《ま》きこみ、船長《せんちょう》は、とこ屋《や》さんの鳥《とり》だと決《き》めたのです。私《わたし》はとこ屋《や》さんのものということになりそうでした。

ところが、窓《まど》ふきのおにいさんが海《うみ》から救出《きゅうしゅつ》された劇的《げきてき》な事件《じけん》に、旅行客《りょこうきゃく》たちは大《おお》いに興味《きょうみ》をもっていたのでした。おにいさんは、だれもが直感的《ちょっかんてき》に正直《しょうじき》だと信《しん》じたくなるような顔《かお》つきをしていました。ほんとうの飼《か》い主《ぬし》でなかったら、こんなにきっぱりと自信《じしん》をもって自分《じぶん》の鳥《とり》だなどとは言《い》わないだろうと、多《おお》くの人《ひと》たちは感《かん》じていました。船長《せんちょう》が甲板《かんぱん》へ出《で》ていこうとしたとき、旅行客《りょこうきゃく》のひとりが——ほおひげを生《は》やした、おかしな口《くち》やかましい老紳士《ろうしんし》ですが——追《お》いかけて、船長《せんちょう》の腕《うで》に手《て》をかけました。

『失礼《しつれい》、船長《せんちょう》』と、老紳士《ろうしんし》。『あの遭難《そうなん》していた人《ひと》は、きちんとした、りっぱな人《ひと》のように思《おも》えるんじゃがのう。自分《じぶん》が前《まえ》の飼《か》い主《ぬし》だというあの人《ひと》の主張《しゅちょう》が正《ただ》しいなら、もしかするとカナリアはあの人《ひと》のことがわかるんじゃなかろうか。ひょっとすると、それでなにか芸当《げいとう》を見《み》せてくれるかもしれん。この件《けん》を終《お》わりとする前《まえ》に、そういったテストをなにかやってみてはどうじゃろうかね？』

船長《せんちょう》はもどってきて、すでに外《そと》へ出《で》ていこうとしていた人《ひと》たちもみんな、新《あたら》しいテストがどうなるのかと興味《きょうみ》しんしんで、とこ屋《や》さんのお店《みせ》にふたたび入《はい》ってきました。

『いいですか』と、船長《せんちょう》は、窓《まど》ふきのおにいさんに話《はな》しかけました。『あなたはカナリアのことをよく知《し》っていると言《い》うが、カナリアはあなたのことがわかるでしょうか？　あなたが言《い》っていることがほんとうだと証明《しょうめい》するために、なにかやってみせてもらえませんか？』

『カナリアは私《わたし》のことならわかりますよ、船長《せんちょう》』と言《い》ったのは、とこ屋《や》さんでした。『私《わたし》が呼《よ》ぶと、鳥《とり》かごからぴょんと飛《と》び出《だ》して、私《わたし》の手《て》に乗《の》ります。ドアを閉《し》めてくださったら、お見《み》せしましょう。』

『よろしい』と、船長《せんちょう》。『ドアを閉《し》めてください。』

それから、人《ひと》でごったがえす小《ちい》さな船室《せんしつ》で、とこ屋《や》さんは鳥《とり》かごをあけて、手《て》をさし出《だ》して、私《わたし》に出《で》てくるように呼《よ》びかけました。私《わたし》は出《で》ていって――もちろん、まっすぐ窓《まど》ふきのおにいさんの肩《かた》へ飛《と》んでいきました。

旅行客《りょこうきゃく》たちのあいだに、おどろきのささやき声《ごえ》がかけめぐりました。それから、私《わたし》はおにいさんの肩《かた》から、足《あし》でつかまりながら、おにいさんのチョッキまでおりていきました。風車小屋《ふうしゃごや》でおにいさんが私《わたし》によくやらせたむかしの芸当《げいとう》を思《おも》い出《だ》してもらいたかったのです。夕《ゆう》ごはんのとき、おにいさんは、チョッキのポケットに角砂糖《かくざとう》を入《い》れておいて、私《わたし》がそれをくちばしでつまみだし、おにいさんの紅茶《こうちゃ》のカップに入《い》れるという芸当《げいとう》です。私《わたし》がおにいさんの肩《かた》から下《した》へおりていくと、

すぐに、おにいさんはそれを思《おも》い出《だ》して、角砂糖《かくざとう》と紅茶《こうちゃ》のカップはありませんかと、みんなにたずねました。旅客係《りょかくがかり》がそれをもってきました。おにいさんは、これからなにをやってみせるかを船長《せんちょう》に説明《せつめい》して、ポケットに角砂糖《かくざとう》を入《い》れ、とこ屋《や》さんの洗面台《せんめんだい》に紅茶《こうちゃ》カップをおきました。

私《わたし》がポケットから角砂糖《かくざとう》をつまみだし、カップのところへ飛《と》んでいき、なかへ落《お》としたときの、とこ屋《や》さんの顔《かお》をお見《み》せしたかったたですよ、ほんと。

『いやあ、船長《せんちょう》』と、ほおひげの老紳士《ろうしんし》がさけびました。『だれが飼《か》い主《ぬし》か、もはやうたがいはありませんな。この鳥《とり》は、この人《ひと》のためならなんでもするじゃろうて。自分《じぶん》の鳥《とり》じゃなかったら、そんなことを言《い》いだすような人《ひと》じゃないと思《おも》ったん

じゃよ。』

『ええ』と、船長《せんちょう》は言《い》いました。『カナリアはこの人《ひと》のです。その点《てん》、まちがいはありませんね。』

みんながわいわいがやがやさわぐなか、おめでとうと声《こえ》をかけられた窓《まど》ふきのおにいさんは、私《わたし》を連《つ》れて出《で》ていこうとしました。そのとき、鳥《とり》かごの持《も》ち主《ぬし》はだれかという問題《もんだい》になりました。もちろん、とこ屋《や》さんのものなのですが、この船《ふね》にはほかにからっぽの鳥《とり》かごがなかったため、おにいさんは、鳥《とり》かごなしに私《わたし》を連《つ》れていくわけにもいかず、こまってしまいました。ところが、例《れい》のほおひげの老紳士《ろうしんし》が、私《わたし》とそのおかしな飼《か》い主《ぬし》のふしぎな物語《ものがたり》に純粋《じゅんすい》に興味《きょうみ》をもったらしく、とこ屋《や》さんに鳥《とり》かご代《だい》をはらってくれたのでした。

窓《まど》ふきのおにいさんはお礼《れい》を言《い》って、老紳士《ろうしんし》の名前《なまえ》と住所《じゅうしょ》をたずねました。『今《いま》はお金《かね》をもっておりませんが、陸《りく》にあがったら、お金《かね》をお送《おく》りしたい』と、おにいさんは言《い》いました。それから、ずいぶん長《なが》いことはなればなれだった私《わたし》とおにいさんは、船《ふね》の前《まえ》のほうにあるおにいさんの船室《せんしつ》へ行《い》きました。

『いやあ、ピップ。』おにいさんは、ふとんをふるいながら言《い》いました。『また会《あ》えたね！　船長《せんちょう》はとっても気前《きまえ》がよくてね、一等《とう》の船室《せんしつ》をただであてがってくれたんだ。もちろん、客室係《きゃくしつがかり》のサービスは受《う》けられないけれど。だから、自分《じぶん》でベッドをととのえるんだ――あのまくら、どこへ行《い》っちまったかなあ？　あ、あった。ゆかの上《うえ》だ……かわいそうなピップ！　前《まえ》にいっしょに話《はなし》をしてから、いったいどれくらいたっただろうね？　ぼくを助《たす》けてくれた船《ふね》の上《うえ》で君《きみ》に会《あ》えるなんて。君《きみ》がとこ屋《や》さんの店《みせ》でくらしていたなんて！　なんともはや、まったくふしぎな世界《せかい》だよ！　あ、鐘《かね》が五回《かい》なった。あれは、五点鐘《ごてんしょう》といって、六時《じ》半《はん》になったという意味《いみ》だ。もうすぐ夕《ゆう》ごはんの時間《じかん》だよ。君《きみ》は、おなかがすいているかい、ピップ？　ええっと。いやいや、たくさんエサがあるね。ついでに食堂《しょくどう》からリンゴをひとかけもってきてあげよう。あのほおひげのおじいさんは、まったくりっぱな人《ひと》じゃないか——君《きみ》の鳥《とり》かごの代金《だいきん》をはらってくれたりしてさ？　あの人《ひと》にいつお金《かね》が返《かえ》せるか、見当《けんとう》もつかないね。ぼくは、まったくの一文《いちもん》なしなんだ。でも、なんとかしてお返《かえ》ししなくては。』

　おにいさんは、寝台《しんだい》のしたくをしおわるまで、あれやこれや、とりとめもなく話《はな》していましたが、だんだんと私《わたし》が聞《き》きたいと思《おも》っていたことを話《はな》しだしました。

『ピップ。』ついに、おにいさんは、ひそひそ声《ごえ》になって言《い》いました。『ときどき、君《きみ》はぼくの言《い》っていることをなにもかも理解《りかい》しているんじゃないかと思《おも》うんだ。なぜだかわかるかい？　ぼくがしゃべると、君《きみ》はだまるからさ。ぼくの言《い》ってること、**わかったりしているのかな？**』

　私《わたし》は、人間《にんげん》の『はい』ということばに近《ちか》い音《おと》を出《だ》そうとがんばったのですが、ピーという音《おと》し

か出《で》ず、おにいさんは少《すこ》しおどろいて、私《わたし》をするどく見《み》つめて、ほほえみました。

『気《き》にするな、ピップ』と、おにいさんは言《い》いました。『君《きみ》がわかってくれようと、くれまいと、君《きみ》に話《はな》しかけるだけで、ぼくはずっと気《き》が楽《らく》になるんだ。ああ、いけない、めまいがする！』

おにいさんは、寝台《しんだい》にくずれこむようにすわりました。『しばらくすわってたほうがいいな。ちょっと体《からだ》を動《うご》かしただけで、ふらついちまう。まだ飢《う》えて太陽《たいよう》にさらされつづけてきたことから立《た》ち直《なお》っていないんだ。いいかい、ピップ。ぼくがあの夜《よる》、風車小屋《ふうしゃごや》に帰《かえ》ってこなかったほんとの理由《りゆう》を知《し》りたいかい？　ちょっと待《ま》って――』

おにいさんは、ドアのところへ行《い》き、ドアをあけて、外《そと》をのぞきました。

『だいじょうぶだ』と言《い》うと、おにいさんは、寝台《しんだい》にもどってすわりました。『だれも立《た》ち聞《ぎ》きしてない。』

おにいさんは、寝台《しんだい》の近《ちか》くのテーブルの上《うえ》にあった私《わたし》の鳥《とり》かごに身《み》をかがめると、ささやき声《ごえ》で話《はなし》をはじめました。でも、急《きゅう》にめまいがしたのか、ほんの少《すこ》し目《め》を閉《と》じました。つらい旅《たび》からまだ立《た》ち直《なお》っていないのだから、寝《ね》ていなければいけないのだと私《わたし》は思《おも》いました。でも、これからおにいさんが私《わたし》に話《はな》してくれることは、私《わたし》以《い》外《がい》のだれにも話《はな》したことのないことなのだとわかっていましたから、私《わたし》はとてもほこらしく思《おも》いました。」

第6章

窓《まど》ふきおにいさんのぼうけん

「『ぼくがむかし書《か》いていた本《ほん》のことをおぼえているかな、ピップ？』と、窓《まど》ふきのおにいさんは切《き》りだしました。『あれはね、政府《せいふ》のことを書《か》いた本《ほん》だったんだ――外国《がいこく》の政府《せいふ》のことをね。君《きみ》と出会《であ》う前《まえ》――ぼくが窓《まど》ふきをはじめる前《まえ》――ぼくは、ずいぶん世界《せかい》を旅《たび》していた。そして、多《おお》くの国《くに》で、人々《ひとびと》がきちんとあつかわれていないと知《し》った。そのことを話《はな》そうとしたんだ。でも、ゆるされなかった。だから、自分《じぶん》の国《くに》にもどって書《か》くことにした。そして、そうしたよ。新聞《しんぶん》や雑誌《ざっし》に書《か》いたんだ。でも、政府《せいふ》は、ぼくが書《か》くことをいやがった――ほかの国《くに》の政府《せいふ》について書《か》いたんだけどね。政府《せいふ》はそうした新聞《しんぶん》や雑誌《ざっし》の編集者《へんしゅうしゃ》に手紙《てがみ》を書《か》いて、ぼくに書《か》かせないようにしたんだ。

当時《とうじ》、ぼくにはたくさん友《とも》だちがいた――そして、ずいぶんお金《かね》もあった。かなり裕福《ゆうふく》な両親《りょうしん》のもとに生《う》まれたからね。でも、ぼくが政府《せいふ》とまずいことになったとわかると、友《とも》だちはぼくといっしょにいるところを人《ひと》に見《み》られたくなくなったようだ。ぼくのことを無害《むがい》だけど、ちょっと

頭《あたま》のおかしな、へんなやつと思《おも》う友《とも》だちもいた――人《ひと》とちがったことをすると、いつだってそんなふうに見《み》られるものさ。』

『そこで』と、おにいさんはつづけました。『ぼくは、いなくなることにしたんだ。ある日《ひ》、ボートに乗《の》って、海《うみ》にこぎだした。あたりにだれもいないことをたしかめて、ボートをひっくりかえして、岸《きし》へ泳《およ》いで帰《かえ》った。それから、その場所《ばしょ》からこっそりとどこまでもずっと歩《ある》いていって、友《とも》だちや親《しん》せきに二度《にど》と会《あ》わないようにしたんだ。もちろん、ひっくりかえったボートが発見《はっけん》されると、ぼくはおぼれたんだってことになった。ぼくのお金《かね》や家《いえ》や財産《ざいさん》は、最《もっと》も近《ちか》い親《しん》せきである弟《おとうと》の手《て》にわたり、やがてぼくは忘《わす》れさられた。』

『一方《いっぽう》、ぼくは町《まち》の窓《まど》ふきとなって、そして君《きみ》と町《まち》で出会《であ》ったんだ。ある農場《のうじょう》の人《ひと》から、月《つき》六千円《えん》（五シリング）で古《ふる》いおんぼろ風車小屋《ふうしゃごや》を借《か》りた。そこにこしをおちつけて、世界《せかい》を変《か》えるべく本《ほん》を書《か》いていたんだ。あそこにいたときほど、しあわせだったことはなかったよ、ピップ。あんなに自由《じゆう》だったことはない。そして、ぼくが書《か》いた最初《さいしょ》の本《ほん》がものごとを変《か》えた――期待《きたい》した以上《いじょう》にね。外国《がいこく》で印刷《いんさつ》されて、たくさんの人《ひと》に読《よ》まれたんだ。人々《ひとびと》は、ぼくが書《か》いたことは真実《しんじつ》だと思《おも》い、みんな大《おお》さわぎして、自分《じぶん》たちの政府《せいふ》を変《か》えようとがんばったんだ。』

『だけど、人々《ひとびと》の力《ちから》は強《つよ》くなかったので、革命《かくめい》は失敗《しっぱい》してしまった。一方《いっぽう》、政府《せいふ》の連中《れんちゅう》は、自分《じぶん》たちを政府《せいふ》から追《お》い出《だ》しかねないような、その本《ほん》を書《か》いたのがだれか、必死《ひっし》で見《み》つけようとしてたいへんなさわぎになったんだ。』」

「そのとき」と、ピピネッラはつづけました。「窓《まど》ふきのおにいさんの話《はなし》は、六点鐘《ろくてんしょう》（ここでは午後《ごご》七時《じ》の鐘《かね》）と夕食《ゆうしょく》の合図《あいず》のラッパでさえぎられました。おにいさんは、失礼《しつれい》と言《い》って、船室《せんしつ》を出《で》ていきました。

三十分《さんじっぷん》ほどして、おにいさんがもどってきたとき、おにいさんは切《き》ったリンゴやセロリといったものを、私《わたし》のために食卓《しょくたく》から持《も》ち帰《かえ》ってきてくれました。それを私《わたし》の鳥《とり》かごに入《い》れているとき、船医《せんい》が往診《おうしん》に来《き》ました。もちろん、おにいさんは、まだお医者《いしゃ》さんにみてもらわなければならないのです。お医者《いしゃ》さんはおにいさんを診察《しんさつ》して、順調《じゅんちょう》に回復《かいふく》していると満足《まんぞく》したようでした。しかし、立《た》ちさるとき、『早《はや》く寝《ね》て、しばらくは安静《あんせい》にしているように』と言《い》いました。

お医者《いしゃ》さんがいなくなると、おにいさんは服《ふく》をぬぎはじめたので、もうお話《はなし》はそこでおしまいになるのかと思《おも》いました。ところが、おにいさんは寝台《しんだい》に横《よこ》になると、私《わたし》にお話《はなし》のつづきをしてくれました。いろいろなことがあってまだかなり弱《よわ》っているにもかかわらず、話《はな》さずにはいられなかったようです。それでも、人間《にんげん》に聞《き》かれるのは心配《しんぱい》のようでした。だから、カナリアの私《わたし》にだけ、話《はな》しかけたのです。

『どうやってその外国《がいこく》の政府《せいふ》が』と、おにいさんは、話《はなし》をつづけました。『本《ほん》を書《か》いたのがぼくだとつきとめたのか、今《いま》もってわからない。でも、君《きみ》を外《そと》におきっぱなしにした、あの土曜日《どようび》、ぼくは郵便局《ゆうびんきょく》をたずねたあと、三人《にん》の男《おとこ》に尾行《びこう》されたから、きっとぼくの手紙《てがみ》から足《あし》がついたんだと思《おも》う。三人《にん》に気《き》づいたときには、もう手《て》おくれだった。風車小屋《ふうしゃごや》へとつづく人通《ひとどお》りのない道《みち》で、いきなり頭《あたま》をなぐられて、地面《じめん》にたおされたんだ。』

『気《き》づいてみると、ぼくは船《ふね》に乗《の》せられて海《うみ》の沖合《おきあい》に出《で》ていた。どうしてゆうかいしたんだと聞《き》くと、船《ふね》の乗組員《のりくみいん》が足《た》りなかったから、なんとかして人手《ひとで》を確保《かくほ》したかったのだと言《い》う。もちろん、人手《ひとで》のない船《ふね》では実際《じっさい》にそんなこともあるけれど、ぼくは頭《あたま》から信《しん》じなかった。連中《れんちゅう》がぼくをゆうかいした町《まち》は、海《うみ》からずいぶんはなれた川上《かわかみ》にあった。水夫《すいふ》としてはたらかせようというのに、あんな陸地《りくち》まで行《い》ってゆうかいするなんてありえない。それに、ぼくが水夫《すいふ》だなんて、ちゃんちゃらおかしいだろ。しかも、船《ふね》には外国人《がいこくじん》の一団《いちだん》がいた。あとでわかったんだが、ぼくらがむかった港《みなと》は、ぼくが本《ほん》でとりあげた国《くに》にあったんだ。

そこに上陸《じょうりく》したら自分《じぶん》がどうなるかわかっていた。逮捕《たいほ》されて、うその罪《つみ》を着《き》せられて、ろうやに入《い》れられてしまうんだ。ぼくは、友《とも》だちや親《しん》せきには、ずっと前《まえ》に死《し》んだことになっていただろ？　だから、ぼくのことを心配《しんぱい》する人《ひと》なんて、国《くに》にひとりもいないわけさ。敵《てき》となったあの政府《せいふ》につかまったら、ぼくはほんとに消《け》されてしまうことになるんだよ。』

窓《まど》ふきのおにいさんは、話《はな》すのにつかれたかのように、まくらに頭《あたま》をおろしました。あまりに長《なが》いこと身動《みうご》きしないので、寝《ね》てしまったのかと思《おも》いました。つかれすぎてはいけないので、よかったと思《おも》いましたが、やがて、おにいさんはまた起《お》きあがって、テーブルの上《うえ》にあった鳥《とり》かごを引《ひ》きよせました。熱《ねつ》っぽい目《め》をいっそうかがやかせながら、おにいさんはお話《はなし》をつづけました。

『船《ふね》で運《はこ》ばれながら、ぼくには、自分《じぶん》のことのほかに、ひとつだけ大《おお》きな気《き》がかりがあった。それは君《きみ》のことだよ、ピップ――ぼくの仲間《なかま》、ぼくのただひとりの友《とも》だち。君《きみ》を入《い》れた鳥《とり》かごを家《いえ》

の外《そと》につるしてきてしまった。寒《さむ》い夜《よる》、こごえて死《し》んだりしないだろうか？　エサはどうなるだろうか？　あの古《ふる》い風車小屋《ふうしゃごや》のあたりに、人《ひと》はだれも来《こ》ないからね。だれかに見《み》つけられるなんてことがありえるだろうか？　かりに君《きみ》を見《み》つける人《ひと》がいたとしても、なかにおし入《い》って台所《だいどころ》がからっぽだと発見《はっけん》しなければ、カナリアがおきざりにされたとわかりゃしない。君《きみ》がぼくのことをどう思《おも》うだろうかと想像《そうぞう》したよ――ぼくの帰《かえ》りを待《ま》って待《ま》って、昼《ひる》は飢《う》え、夜《よる》はこごえて、何《なん》時間《じかん》も何日《なんにち》も待《ま》ちつづけ――そのあいだ、ぼくは、いまいましい船《ふね》にどんどん遠《とお》くへ連《つ》れさられていく！　……かわいそうなピップ！　いまだに君《きみ》だとは信《しん》じられないよ。でも、たしかに君《きみ》はここにいる。つばさにその黄色《きいろ》い線《せん》があって、のどのところに、おかしな黒《くろ》い点《てん》があって、人《ひと》の話《はなし》を聞《き》くとき、生意気《なまいき》に首《くび》をかたむけるしぐさも……なにもかも……君《きみ》だ。』

　それから、ぶつぶつとつぶやきながら、とうとうおにいさんは、ねむってしまいました。鳥《とり》かごから、私《わたし》は、まくらの上《うえ》のげっそりとやせた顔《かお》をながめました。自分《じぶん》がどうしようもなく役《やく》たたずに思《おも》えました。自分《じぶん》が人間《にんげん》だったら、おにいさんのお世話《せわ》をしてあげて、元気《げんき》にしてあげられるのに。なにしろ、おにいさんはひどく具合《ぐあい》が悪《わる》いのです。けれども、またおにいさんといっしょになれたのは、うれしいことでした。私《わたし》は首《くび》をつばさの下《した》へ入《い》れ、自分《じぶん》も休《やす》もうとしました。でも、あまり休《やす》めませんでした。というのも、おにいさんは、ひと晩《ばん》じゅう、ねごとを言《い》ったり、急《きゅう》に動《うご》いたりしていたからです。」

「でも、どうして窓《まど》ふきのおにいさんは、いかだに乗《の》ってたの？」ガブガブがぶうぶう言《い》いました。「その話《はなし》をしないうちに、おにいさんは、寝《ね》ちゃったよ。」

「ふん、いちゅまでも寝《ね》てるわけじゃないちゃ」と、白《しろ》ネズミは言《い》いました。「ちょっと待《ま》っていられないのかい？」

「まったく、このブタは！」ダブダブが、ため息《いき》をつきました。「なんだって、この子《こ》が私《わたし》たちの仲間《なかま》に入《はい》っているのか、わけがわからないよ。」

「おれもさ」と、ジップがうなりました。「すてきな、すべすべの丸石《まるいし》のほうが、まだ仲間《なかま》として、ましだぜ。」

「静《しず》かに！」と、先生《せんせい》が言《い》いました。「ピピネッラの話《はなし》を聞《き》こうじゃないか。」

「さて」と、カナリアは言《い》いました。「朝《あさ》、おにいさんは、着《き》がえをしながら、お話《はなし》のつづきをしてくれました。このままやつらの船《ふね》にいたら、ろうやへ入《い》れられてしまうだろう――そして、一生《いっしょう》、出《で》てこられなくなってしまうだろう――とわかったので、おにいさんは、船《ふね》が港《みなと》に着《つ》く前《まえ》に、なんとしても船《ふね》から脱出《だっしゅつ》しようと決《き》めました。ほかの船乗《ふなの》りと同《おな》じように、船《ふね》ではたらくように仕事《しごと》をあたえられていましたので、幸《さいわ》いなことに、まだ自由《じゆう》でした――ともかく、船《ふね》のなか

で自由《じゆう》に動《うご》くことはできたのです。おにいさんは、つかまえた連中《れんちゅう》にあやしまれないように、ふつうにふるまいながら、時《とき》がくるのを待《ま》ちました。

航海《こうかい》をして何日《なんにち》かたってから、夜《よる》、船《ふね》はある島《しま》のそばを通《とお》りかかりました。少《すく》なくとも五キロほどはなれていましたが、その高《たか》い山《やま》の頂上《ちょうじょう》が月《つき》に照《て》らされていました。距離《きょり》を考《かんが》えると、船乗《ふなの》りたちは島《しま》まで泳《およ》いでみようなどとは思《おも》わないでしょう。日《ひ》はとっぷりとくれ、甲板《かんぱん》にはだれもいません。手《て》すりから救命具《きゅうめいぐ》をはずすと、おにいさんは船尾《せんび》の近《ちか》くから、静《しず》かに海《うみ》に入《はい》り、島《しま》をめざして泳《およ》ぎだしました。

たいへんな遠泳《えんえい》でした。もし救命具《きゅうめいぐ》がなかったら、とても泳《およ》ぎきれなかったと、おにいさんは話《はな》してくれたものです。ところが、とうとう、死《し》んだようにぐったりなりながらも、おにいさんは、月明《つきあ》かりのなか、砂浜《すなはま》によろよろとあがり、横《よこ》になってねむったのです。」

ピピネッラは、少《すこ》し口《くち》をつぐみ、ドリトル先生《せんせい》の家族《かぞく》のみんなは話《はなし》のつづきを聞《き》きたくてうずうずしました。

「わかった！」と、ガブガブがさけびました。「言《い》わないで。ぼく、当《あ》てるから。おにいさんは、エボニー島《とう》に着《つ》いたんだ――君《きみ》とおんなじように！」

「いいえ」と、カナリアは、首《くび》をふりました。「そうだったら、話《はなし》はかんたんでしたが、そうではありませんでした。おにいさんが着《つ》いた島《しま》は、エボニー島《とう》がある諸島《しょとう》のひとつではありましたが、エボニー島《とう》から南《みなみ》に四、五キロのところにありました。おにいさんが、あとになってその先《さき》のぼうけん談《だん》をはなしてくれたので、それがわかったのです。」

「信《しん》じられん！」と、ドリトル先生《せんせい》は言《い》いました。「じゃあ、君《きみ》がエボニー島《とう》でくらしていた、ちょうどそのときに、窓《まど》ふきのおにいさんはその諸島《しょとう》にいたんだね。私《わたし》はその諸島《しょとう》をよく知《し》っているよ。たがいに近《ちか》いところにあって、よく見晴《みは》らしのきく島々《しまじま》だ。君《きみ》がおにいさんを目《め》にしなかったのはふしぎだね。」

「いえ、先生《せんせい》」と、カナリアは答《こた》えました。「秋《あき》の雨季《うき》だったので、空《そら》はいつもどんよりとくもっていたのです。私《わたし》の島《しま》からでは、おにいさんを見《み》ることはできませんでした。でも、前《まえ》にお話《はな》ししたとおり、気分転換《きぶんてんかん》にほかの島《しま》にときどき遊《あそ》びに行《い》っていました。おにいさんが私《わたし》の島《しま》に来《き》ていたとき、私《わたし》がおにいさんの島《しま》に行《い》っていたにちがいありません。どうしてそんなことになったのかは、これからするお話《はなし》をお聞《き》きいただけばおわかりになるでしょう。」

「そうであろう」と、先生《せんせい》は言《い》いました。「つづけてくれたまえ、ピピネッラ。そんな偶然《ぐうぜん》のすれちがいなんていうおどろきの話《はなし》を聞《き》いたことはないよ。」

「窓《まど》ふきのおにいさんが目《め》をさますと」と、カナリアはつづけました。「朝《あさ》になっていて、最初《さいしょ》

に目《め》にしたのは、十《じっ》キロか十一キロほど先《さき》にいる船《ふね》でした。おにいさんをさがして、もどってきたのです。

運《うん》よく、おにいさんは、しげみのかげに横《よこ》になっていたので、船《ふね》の望遠鏡《ぼうえんきょう》でまだ見《み》つけられていませんでした。ウサギのように、おにいさんは下草《したくさ》に身《み》をかくしながら、ササッと陸《りく》のおくへ進《すす》んでいきました。島《しま》のずっとうらのほうまで行《い》くと、高《たか》い山《やま》にのぼって、むこうから見《み》られることなく、こちらから見《み》える場所《ばしょ》へ身《み》をかくしました。

おにいさんは、船《ふね》が近《ちか》づいて、捜索隊《そうさくたい》を乗《の》せたボートを岸《きし》へ送《おく》り出《だ》すのを見守《みまも》りました。それから、かくれんぼがはじまりました。総勢《そうぜい》二十四名《めい》ほどが島《しま》へ送《おく》られてきました。この二十四人《にん》に見《み》つからないようにしなければならないのです。

一日《いちにち》じゅう、おにいさんは、狩《か》りたてられるキツネのように、追《お》っ手《て》が来《こ》ないかとしげみや岩《いわ》場《ば》から目《め》をこらしました。暗《くら》やみがたれこめはじめると、敵《てき》は船《ふね》にもどるかと思《おも》っていたのですが、おそろしいことに、枝《えだ》を集《あつ》めてキャンプの準備《じゅんび》をし、たき火《び》をして、ひと晩《ばん》をすごそうとしていたのでした。

二日間《ふつかかん》、これがつづきました。船《ふね》や、キャンプや、船《ふね》と岸《きし》を行《い》き来《き》するボートにどうして私《わたし》が気《き》がつかなかったのかとお思《おも》いかもしれませんが、こうしたことはすべて島《しま》の反対《はんたい》がわで起《お》こっていたと思《おも》われるのです——私《わたし》がいたのは、たいていい見《み》えないほうだったのです。それに、霧《きり》があまりにも濃《こ》くて、どちらを見《み》ても一メートル先《さき》も見《み》えませんでした。

とうとう、追《お》っ手《て》がこの島《しま》を立《た》ちさるようすがないとわかってきたとき、おにいさんは、ある計画《けいかく》を思《おも》いつきました。夜《よる》になると、おにいさんは、船《ふね》が錨《いかり》をおろした浜辺《はまべ》まで、おりていきました。おにいさんが岸《きし》にあがるときに使《つか》った救命具《きゅうめいぐ》のことをおぼえていますか？」

「うん」と、ガブガブが思《おも》いっきりくしゃみをしながら言《い》いました。

「おにいさんは、船《ふね》の名前《なまえ》が書《か》かれたその救命具《きゅうめいぐ》をとって、波《なみ》のむこうへ投《な》げました。それをしばらく見守《みまも》っていて、波《なみ》で浜辺《はまべ》へおしかえされてこないことをたしかめると、ふたたび山《やま》のかくれがへと帰《かえ》っていきました。

さて、捜索《そうさく》がどれほど進《すす》んでいるかをたしかめたり、捜索隊《そうさくたい》に食料《しょくりょう》を供給《きょうきゅう》したりするために、少《すく》なくとも一日《にち》一回《かい》、時々《ときどき》は数回《すうかい》、島《しま》と船《ふね》のあいだをボートが行《い》き来《き》していました。あくる日《ひ》の朝《あさ》、こうしたボートのうちの一そうが、海《うみ》にうかんでいる救命具《きゅうめいぐ》を発見《はっけん》しました。それはひろわれて、船《ふね》へ運《はこ》ばれました。その知《し》らせを聞《き》いた船長《せんちょう》は、おにいさんは島《しま》まで泳《およ》ごうとしておぼれ死《じ》んだのだろうと考《かん》え、捜索隊《そうさくたい》に船《ふね》にもどってくるように合図《あいず》を出《だ》しました。

約三十分後《やくさんじっぷんご》、山《やま》のかくれがから見守《みまも》っていた窓《まど》ふきのおにいさんは、船《ふね》が錨《いかり》をあげて行《い》ってし

まうのを見《み》ました。計画《けいかく》がうまくいって、ついに敵《てき》がいなくなって、安全《あんぜん》になったんだと初《はじ》めて気《き》づいたとき、ものすごくうれしかったと、おにいさんは私《わたし》に話《はな》してくれました。

おにいさんは、まず、ゆっくり寝《ね》ました。船《ふね》が来《き》たとわかってからずっと、追《お》っ手《て》の動《うご》きが心《しん》配《ぱい》で、ろくに寝《ね》ていなかったのです。

けれども、しばらくして、状況《じょうきょう》はかならずしもすばらしいわけではないと気《き》づきました。たしかに、おにいさんをゆうかいした連中《れんちゅう》からひどい目《め》にあわされる危険《きけん》はとりあえずなくなりましたが、今《いま》や無人島《むじんとう》にひとりっきりでおきざりにされ、ここから出《で》られる見《み》こみはどうやら永遠《えいえん》にないのです。毎週《まいしゅう》、毎週《まいしゅう》、目《め》をこらしても、一そうの船《ふね》も通《とお》りかからないので、ここは船《ふね》が行《い》き来《き》する航路《こうろ》からずっとはなれたところにあるのだと、おにいさんは思《おも》いました。

こうした問題《もんだい》をかかえながらも、おにいさんは自分《じぶん》が書《か》いた原稿《げんこう》がぶじかどうか、ずっと心配《しんぱい》しつづけていました。こんなところで、なにもしないで毎日《まいにち》ぶらぶらしている時間《じかん》がおしいと思《おも》いました。そのあいだに、敵《てき》は、こちらの知《し》らないところで、おにいさんの家《いえ》をさがして、おにいさんが長《なが》い時間《じかん》をかけて苦労《くろう》して書《か》いた原稿《げんこう》を見《み》つけているかもしれないのです。

おにいさんは、もっぱら木《き》の実《み》と魚《さかな》とくだものを食《た》べて生《い》きていました。住《す》む場所《ばしょ》は、すでにお話《はな》しした例《れい》のほら穴《あな》でした。その上《うえ》にある山頂《さんちょう》に窓《まど》ふきで使《つか》うぞうきんをさおに結《むす》んで作《つく》った旗《はた》を立《た》てました。あとで私《わたし》がほら穴《あな》の入《い》り口《ぐち》で見《み》つけたのが、その旗《はた》だったのです。通《とお》りかかる船《ふね》に見《み》つけてもらおうと作《つく》った旗《はた》ですが、船《ふね》はやってきませんでした。

とうとう、だれか来《き》て助《たす》けてくれないだろうかという希望《きぼう》もすっかりあきらめたとき、おにいさんは、助《たす》かるゆいいつの方法《ほうほう》は、いかだを作《つく》って、船《ふね》が通《とお》るところまで出《で》ていくことだと考《かんが》えました。そこで、ものすごくがんばって、砂浜《すなはま》にあったかわいた流木《りゅうぼく》をなんとかしてむすびつけました。丸太《まるた》でマストをこしらえ、つる草《くさ》や葉《は》っぱを編《あ》んで帆《ほ》を作《つく》りました。大《おお》きな貝《かい》のようなへんてこな入《い》れ物《もの》に、新鮮《しんせん》な水《みず》をたくわえました。木《き》の実《み》とバナナをたくさん積《つ》みこみました。すべての準備《じゅんび》がととのうと、いかだを大波《おおなみ》へとくりだし、風《かぜ》を帆《ほ》に受《う》けて進《すす》もうとしました。

ところが、なにもかも、思《おも》いどおりになりませんでした。しばらくつづいていた青空《あおぞら》も、海《うみ》に出《で》たとたんに荒《あ》れてきました。強風《きょうふう》が、小《ちい》さなできそこないのいかだをぐるぐるとまわし、エボニー島《とう》の浜辺《はまべ》へ、すっかりぼろぼろにこわして、打《う》ちつけました。もちろん、おにいさんは、自《じ》分《ぶん》の島《しま》にもどってきたのではないということが、最初《さいしょ》わかっていませんでした。身《み》をかくす場所《ばしょ》へはっていって、あらしをやりすごしたあとで、ようやくそのことに気《き》づいたのです。

私《わたし》がおろかにも船《ふね》のあとを追《お》いかけていたのは、ちょうどそのころだったにちがいありません。私《わたし》は結局《けっきょく》その船《ふね》のおかげで命《いのち》びろいをすることになるわけですが、おにいさんは、小《ちい》さなほら穴《あな》

のなかでつかれきって横《よこ》たわって、あらしがおさまるのを待《ま》っていたわけですから、おにいさんはその船《ふね》を目《め》にすることはなかったわけです。

おにいさんは、もう一度《いちど》いかだを最初《さいしょ》から作《つく》り直《なお》したのだと、あとで私《わたし》に話《はな》してくれました。なにかの船《ふね》が通《とお》りかからないかと、毎日待《まいにちま》っていたのだそうです。そしてとうとう、絶望《ぜつぼう》して、おにいさんは海《うみ》へ出《で》ました。」

「おにいさんがそのいかだで経験《けいけん》した航海《こうかい》ほどひどい話《はなし》を私《わたし》は聞《き》いたことがありません」と、ピピネッラは言《い》いました。

「とても用心深《ようじんぶか》く気《き》を配《くば》って準備《じゅんび》をしていたにもかかわらず、どんよりとした空《そら》のせいで、ひとつ大切《たいせつ》なことを忘《わす》れてしまっていたのです。それは、かんかんと照《て》りつける日《ひ》ざしをさける工夫《くふう》です。最初《さいしょ》の二日《ふつか》は、そのことに気《き》づきませんでした。空《そら》じゅうに雲《くも》がいつも流《なが》れていたので、かさをさす必要《ひつよう》のない日《ひ》かげがずっとできていたからです。ところが、三日《みっか》めに、熱帯《ねったい》の太陽《たいよう》がぎらぎらと照《て》りつけたとき、小《ちい》さないかだは風《かぜ》を受《う》けてずいぶん進《すす》んでおり、島《しま》から五百キロ近《ちか》くほど

はなれていたために、もうひきかえすことはできませんでした。

五日間《いつかかん》、おにいさんは海《うみ》の上《うえ》をただよっていました。五日《いつか》めには、きれいな水《みず》はすっかりなくなり、食《た》べ物《もの》もほとんど食《た》べつくしました。おにいさんはすっかりおかしくなってきて、頭《あたま》がまともにはたらくことのほうが少《すく》なくなってきました。水平線《すいへいせん》に船《ふね》があらわれるまぼろしが見《み》えたと、おにいさんは私《わたし》に話《はな》してくれました。パッと起《お》きあがって、心《こころ》がみだれてしまったかのように、めちゃくちゃに手《て》をふっては、だめだと思《おも》ってドサッとたおれるのでした。

暑《あつ》くて、日《ひ》よけがほしくてしょうがなかったのですが、つる草《くさ》や葉《は》っぱを編《あ》んで作《つく》った帆《ほ》をマストからはずして日《ひ》よけにしなかったのは、幸《さいわ》いでした。風《かぜ》がふいてほしいと、いつもねがっていて、もし一度《いちど》マストから帆《ほ》をおろしてしまったら、もう一度《いちど》あげなおす体力《たいりょく》はないと思《おも》ったのです。この帆《ほ》のおかげで命《いのち》びろいをしました。最後《さいご》に気《き》を失《うしな》ったあと、ずいぶんしてから、私《わたし》が乗《の》っていた船《ふね》に見《み》つけてもらったのです。船長《せんちょう》があとでおしえてくれたお話《はなし》では、あのへんてこな帆《ほ》がなかったら——海面《かいめん》より高《たか》いところに帆《ほ》だけがうかびあがっていたのです——船《ふね》はいかだがうかんでいた方角《ほうがく》へ進《すす》んでいたわけではないので、いかだを見《み》つけられたかどうかあやしいものだったそうです。きっと二十《にじっ》キロ近《ちか》くはなれたところを通《とお》りすぎてしまっただろうと言《い》うのです。

『だけどね』と、窓《まど》ふきのおにいさんは私《わたし》に言《い》いました。『終《お》わりよければ、すべてよしだよ、ピップ。どういうわけか、ゆうかいされてもにげおおせたし、海《うみ》から救助《きゅうじょ》されたし、いろいろあったおかげで、逆《ぎゃく》に最後《さいご》にはなんとかなるって思《おも》えるようになっていたんだ――ぼくがはじめた仕事《しごと》も、きっとうまくいく気《き》がしてきた。ひどい目《め》にはあったけれど、乗《の》りこえられるはずなんだ。こんなことがあって、ピップ、ぼくは自分《じぶん》の運命《うんめい》の星《ほし》を信《しん》じられるようになった。あの、人《ひと》のお金《かね》をぬすむようなことをしている政府《せいふ》をやっつけてやるんだ。人々《ひとびと》が解放《かいほう》されてしあわせにくらせるようにしたいんだ。』

その日《ひ》の朝《あさ》、あさってには次《つぎ》の港《みなと》に到着《とうちゃく》すると告《つ》げられました。親切《しんせつ》なほおひげの老紳士《ろうしんし》は、依然《いぜん》として窓《まど》ふきのおにいさんとなかよくしていました。鳥《とり》かごのことをとりきめたとき、老紳《ろうしん》士《し》は、おにいさんが一文《いちもん》なしだと気《き》づいたのです。

その日《ひ》、老紳士《ろうしんし》はおにいさんの船室《せんしつ》にやってきて、船《ふね》が着《つ》いたら、君《きみ》はどうするのかねとたずねました。おにいさんは、肩《かた》をすくめて、ほほえみながら言《い》いました。

『ありがとうございます。よくわかりません。でも、なんとかします――仕事《しごと》を見《み》つけて、家《いえ》に帰《かえ》れるくらいのお金《かね》をためます。』

『だが、いいかね』と、老紳士《ろうしんし》。『これからたちよる港《みなと》には、先住民《せんじゅうみん》が住《す》んでいて、白人《はくじん》はほとんどいないのだよ。仕事《しごと》など、なかなか見《み》つからんだろう。それに、君《きみ》は、まだかなり具合《ぐあい》がわるそうじゃないか。』

おにいさんは、ご親切《しんせつ》に心配《しんぱい》してもらったことにお礼《れい》を言《い》いながらも、なんとかなりますと言《い》って聞《き》きませんでした。ところが、老紳士《ろうしんし》は、首《くび》をふって、船室《せんしつ》を出《で》ていくとき、こうつぶやきました。

『まだ元気《げんき》にはなっとらん。なんとかならんか、手《て》をまわしてみよう。』

この老紳士《ろうしんし》は、かなりロージーおばさまを思《おも》わせるところがありました。よくいる不運《ふうん》な老人《ろうじん》で、自分《じぶん》でもたいした人生《じんせい》を送《おく》っているわけではないのに、ほかの人《ひと》のためにいろいろと時間《じかん》をさいて親身《しんみ》になってくれるのです。そしてたしかにがんばってくれました。旅行客《りょこうきゃく》たちに協力《きょうりょく》を求《もと》め、寄付《きふ》をつのったのです。みんなからお金《かね》を集《あつ》めて、それを私《わたし》たちにくれようというのです。窓《まど》ふきのおにいさんは、長《なが》いことそれを受《う》けとろうとしませんでしたが、ついに、みんながむりやりお金《かね》をおにいさんに受《う》けとらせました。

それでよかったのです。というのも、そのお金《かね》がなかったら、私《わたし》たちはとてもやっていけなかったのですから。ついに港《みなと》に到着《とうちゃく》してみると、そこはほっ立《た》て小屋《ごや》がいくつか建《た》っている程度《ていど》の小《ちい》さな村《むら》でしかなかったのです。仕事《しごと》はおろか、寝《ね》るところやまともな食事《しょくじ》さえなかなか手《て》に入《い》

れられませんでした。ほかの旅行客《りょこうきゃく》はひとりも船《ふね》をおりず、船《ふね》がたちよったのも、荷物《にもつ》の一部《いちぶ》をそこでおろすためだけでした。窓《まど》ふきのおにいさんは、船《ふね》のみんなの親切《しんせつ》に感謝《かんしゃ》し、盛大《せいだい》なお見《み》送《おく》りを受《う》けて、船《ふね》から波止場《はとば》へわたした板《いた》の上《うえ》を歩《ある》いていきました。荷物《にもつ》と言《い》えば、わきにかかえた鳥《とり》かごだけでした。

おにいさんも私《わたし》も、このりっぱな船《ふね》が錨《いかり》をあげて、遠《とお》ざかっていくのを見《み》て、少《すこ》し悲《かな》しい気持《きも》ちになりました。もちろん、この船《ふね》の親切《しんせつ》がなければ、私《わたし》たちはどちらも海《うみ》のもくずと消《き》えていたのです。おにいさんは、とこ屋《や》さんに、みんなからもらったお金《かね》の一部《いちぶ》を使《つか》って、散髪《さんぱつ》とひげそりの代金《だいきん》を支払《しはら》いました。こうして、とこ屋《や》さんも、損《そん》をせずにすみました。とこ屋《や》さんはほんとに、きちんとした、いい人《ひと》だったので、私《わたし》はとてもうれしく思《おも》いました。とこ屋《や》さんのお店《みせ》も、住《す》むにはとても居心地《いごこち》のよいところでしたからね。」

第7章

さらわれたピピネッラ

「そのあと、私《わたし》たちは、故郷《こきょう》へむかう船《ふね》を待《ま》てるような港《みなと》にこしをおちつけました。当時《とうじ》は、今《いま》とちがって、船《ふね》の発着《はっちゃく》はあまり当《あ》てになりませんでした——こんな異国《いこく》では、なおさらでした。二週間《しゅうかん》したら船《ふね》が一そうやってくると言《い》われても、ほんとうは三週間先《しゅうかんさき》になるかもわからないのでした。

これには、おにいさんは、かなりがっかりしてしまいました。一刻《いっこく》も早《はや》く帰《かえ》って、自分《じぶん》の原稿《げんこう》がどうなったか知《し》りたくてたまらなかったからです。もうすぐおうちへ帰《かえ》れそうだという気持《きも》ちがつのればつのるほど、待《ま》ちきれなくなるようでした。

『いいかい、ピップ、問題《もんだい》は、』と、おにいさんは、防波堤《ぼうはてい》の上《うえ》を鳥《とり》かごをかかえて歩《ある》いては、水平線《すいへいせん》のかなたにこちらへやってくる船《ふね》の帆《ほ》が見《み》えないかと見《み》つめながら、いつも言《い》っていました。『問題《もんだい》は、あの風車小屋《ふうしゃごや》はまったく無防備《むぼうび》だということだよ。敵《てき》があそこを自分《じぶん》たちの本拠地《ほんきょち》にして好《す》きなだけずっと住《す》んでいたとしても、だれもおかしいとも思《おも》わないのさ。そして、や

つらは、ぼくがあそこに住《す》んで本《ほん》を書《か》いていたとわかったら、ぼくの原稿《げんこう》を見《み》つけるまでは血《ち》まなこになってさがすだろうね。』

とうとう船《ふね》がやってきましたが、私《わたし》たちをここへ連《つ》れてきてくれた船《ふね》よりもずっと小《ちい》さくてみすぼらしいもので、あまりたいした船《ふね》ではありませんでした。単《たん》なる荷物《にもつ》の運搬船《うんぱんせん》でした。おにいさんは、その船《ふね》の船長《せんちょう》と話《はなし》をして、自分《じぶん》の国《くに》の港《みなと》まで連《つ》れていってくれるようにという取《と》り決《き》めをしました。その船《ふね》から荷物《にもつ》をおろしたり、積《つ》みこんだりするのに数時間《すうじかん》かかり、それから、書類《しょるい》のサイン、荷物目録《にもつもくろく》の確認《かくにん》、入港税《にゅうこうぜい》、税関《ぜいかん》、検疫《けんえき》などなど、船《ふね》が港《みなと》に出入《ではい》りするときにしなければならないめんどうな手続《てつづ》きに、さらに一、二時間《じかん》かかりました。

もう夜《よる》になろうかというときに、船《ふね》は出発《しゅっぱつ》しました。窓《まど》ふきのおにいさんは、どうやら心配《しんぱい》ごとを忘《わす》れて、むかしの陽気《ようき》さを少《すこ》しとりもどしたようでした。おにいさんを元気《げんき》づけたのは、これまでじっとがまんしていたのが、ようやくなにかが動《うご》きだし、行動《こうどう》することになったという気《き》分《ぶん》でした。船《ふね》が楽《たの》しげに海面《かいめん》を切《き》るように進《すす》んでいくと、おにいさんは甲板《かんぱん》を行《い》ったり来《き》たり歩《ある》きましたが、そのしっかりとした元気《げんき》のよい足《あし》どりは、再会《さいかい》して初《はじ》めて見《み》たものでした。

これから二週間《しゅうかん》は船《ふね》の旅《たび》がつづく予定《よてい》でした。おにいさんは、ペンとインクと紙《かみ》をたくさん手《て》に入《い》れ、何時間《なんじかん》も船室《せんしつ》にこもって、書《か》いて書《か》いて書《か》きまくりました。敵《てき》の政府《せいふ》の手先《てさき》やらスパイやらが出《で》てくる自分《じぶん》のぼうけんの話《はなし》を書《か》いているのだと、おにいさんは私《わたし》に教《おし》えてくれました。それを本《ほん》に――まだ本《ほん》の原稿《げんこう》がなくなっていなかったら――つけくわえるのだそうです。おにいさんがつくえにむかってずっと書《か》きつづけ、ときおり島《しま》でのくらしの細《こま》かなところを思《おも》い出《だ》そうとしたりして書《か》く手《て》をとめたりしているのを見《み》て、私《わたし》も自分《じぶん》の生《い》きてきた物語《ものがたり》をなんらかのかたちで記録《きろく》しようと思《おも》いたちました。というのも、私《わたし》の物語《ものがたり》は、語《かた》るべきぼうけんがいっぱいあるのではないかと、そのとき思《おも》いついたからです。

記録《きろく》をしていてよかったです。というのも、歌《うた》を作曲《さっきょく》して歌詞《かし》にして記録《きろく》していなければ、先《せん》生《せい》にちゃんとした本《ほん》としてまとめていただけるような細《こま》かなことをぜんぶ思《おも》い出《だ》すことはたいへんだったと思《おも》いますから。」

「たしかに」と、先生《せんせい》は言《い》いました。「そうしておいてくれてよかったよ。これは、たしかにとてもユニークな本《ほん》になるね――ほんものの動物《どうぶつ》の伝記《でんき》だ。そういう本《ほん》をずっと長《なが》いこと書《か》きたかったんだ。つづけるかね。それとも、つかれたかな？」

「いえ、だいじょうぶです」と、ピピネッラは答《こた》えました。「今晩《こんばん》、お話《はなし》を終《お》わりにしたいんです、できたら。」

「さて、窓《まど》ふきのおにいさんが、ゆうかいやら海《うみ》での脱出《だっしゅつ》やらの物語《ものがたり》を、つくえにむかって書《か》き

つづけているあいだ、私《わたし》は、鳥《とり》かごのなかで、私《わたし》の生涯《しょうがい》を歌《うた》った歌《うた》が音楽的《おんがくてき》にうまくおさまるように、ちょっとしたフレーズやメロディーをためしながら、ずっとさえずっていました。ときどき、おにいさんは顔《かお》をあげて、ほほえみました。私《わたし》の歌《うた》を気《き》に入《い》ってくれたのです。いつだって私《わたし》が歌《うた》うのを聞《き》くのが好《す》きなのです。でも、とりわけ、『春《はる》のフィンチの恋歌《こいうた》』がお気《き》にめしたようでした。だれもがあの歌《うた》を一番気《いちばんき》に入《い》るのは、おかしなことです。ドリトル先生《せんせい》もおぼえておいででしょう？　私《わたし》が鳥《とり》かごの包《つつ》み紙《がみ》のなかから、初《はじ》めて先生《せんせい》のために歌《うた》ったのも、やっぱり『春《はる》のフィンチの恋歌《こいうた》』でしたね？」

「ああ、そうだったね。」先生《せんせい》は、言《い》いました。「もう一度歌《いちどうた》ってみてくれないか？」

「もちろんです」と、ピピネッラは言《い》いました。「よろこんで。」

カナリアがその美《うつく》しくも悲《かな》しい恋《こい》の歌《うた》を歌《うた》い、先生《せんせい》がノートにその歌詞《かし》をすべて書《か》きとっているときに、先生《せんせい》はカナリア・オペラのアイデアを思《おも》いついたのでした。それは、ピピネッラをプリマドンナとして、歌《うた》う鳥《とり》たちをそのほかの出演者《しゅつえんしゃ》とする、世界《せかい》でもまれにみるふうがわりな公《こう》演《えん》でした。先生《せんせい》は、ピピネッラが自分《じぶん》の生涯《しょうがい》の物語《ものがたり》を話《はな》しおえたら、さっそくオペラの話《はなし》をしてみようと思《おも》ったのでした。

ピピネッラの歌《うた》が終《お》わったとき、みんながシーンと静《しず》まりかえったので、先生《せんせい》はピピネッラこそロンドンじゅうの人《ひと》たちをうっとりさせるスターだと、ますますもって確信《かくしん》しました。ガブガブは、めずらしくおとなしくなって、大《おお》きななみだを鼻《はな》の先《さき》にうかべてこしかけにすわっていました。ダブダブは、歌《うた》の終《お》わりで感《かん》じた感動《かんどう》をわざとかくそうとしていました。トートーやホワイティやジップら、ほかの動物《どうぶつ》たちはすなおに目《め》をふいて、鼻《はな》をずふずふさせていました。

一、二分《ふん》して、みんながふたたびおちついたところで、先生《せんせい》はカナリアにお話《はなし》をつづけるようにおねがいしました。ピピネッラは、また水《みず》をすすると、つづけました。

「とうとう、旅《たび》は——どんな旅《たび》もそうですが——終《お》わりとなりました。ある晴《は》れた日《ひ》の朝《あさ》、例《れい》の港《みなと》に着《つ》き、そこから風車小屋《ふうしゃごや》のある町《まち》へ行《い》くための交通手段《こうつうしゅだん》を見《み》つけようとしました。

おにいさんはお金《かね》をすっかり使《つか》いはたしてしまったわけではありませんでしたので、幸《さいわ》い、馬車《しゃ》に乗《の》る代金《だいきん》がはらえました。風車小屋《ふうしゃごや》に近《ちか》づくにつれて、おにいさんは、原稿《げんこう》がどうなってし

まっただろうと、ますますもって不安《ふあん》と興奮《こうふん》にいても立《た》ってもいられなくなってきました。いなか道《みち》をがたごととゆられていくあいだ、おにいさんは、馬《うま》がおそいと文句《もんく》を言《い》いつづけ、古《ふる》い風《ふう》車小屋《しゃごや》は燃《も》えてなくなっているんじゃないか、かみなりにうたれたんじゃないか、別《べつ》の建物《たてもの》を建《た》てるためにとりこわされたんじゃないかなどと、あらゆることをならべたて、たとえ原稿《げんこう》が敵《てき》にぬすまれていなくてもおにいさんの手《て》にとりもどせないのではないかと、ぶつぶつ言《い》っていました。

そして、ついに馬車《ばしゃ》がロージーおばさまの住《す》んでいる町《まち》の宿屋《やどや》に着《つ》くと、おにいさんは鳥《とり》かごを小《こ》わきにかかえて、風車小屋《ふうしゃごや》へとつづく道《みち》をダッとかけだしました。通《とお》りを曲《ま》がったところで、おにいさんは、さけびました。

『ありがたい、ピップ！　まだあるぞ。ほら、風車小屋《ふうしゃごや》は、だいじょうぶだ。今度《こんど》は、台所《だいどころ》がぶじかどうか見《み》てみよう。』

おにいさんは、転《ころ》げるように走《はし》りました。風車小屋《ふうしゃごや》への坂道《さかみち》はかなり急《きゅう》で、おにいさんは、ひどく息《いき》を切《き》らして、その小《ちい》さなぼろ小屋《ごや》のへいのところまで来《き》ました。へいは、風車《ふうしゃ》の塔《とう》が立《た》っている敷地《しきち》をとりかこんでいるのです。そこは、私《わたし》たちが最後《さいご》に見《み》たときよりも、ずっと古《ふる》ぼけて、くずれかけていました。背《せ》の高《たか》い雑草《ざっそう》が、玄関《げんかん》の前《まえ》の敷石《しきいし》のあいだから、ひゅんひゅんとのびていました。小《ちい》さな門《もん》をあけて入《はい》るのですが、門《もん》はちょうつがいひとつだけでぶらさがっていました。

でも、私《わたし》たち両方《りょうほう》が気《き》づいたのは、風車小屋《ふうしゃごや》の玄関《げんかん》に、板《いた》がばってんにして打《う》ちつけられていることでした。

『ははあ！』おにいさんが、つぶやくのが聞《き》こえました。『農場《のうじょう》のじいさんが、ここに来《き》て、ドアから雨《あめ》がふきこまないようにしたんだな。』

そこで、台所《だいどころ》の窓《まど》があるほうへまわってみると、そこにもまた、板《いた》が打《う》ちつけられていました。

『なかに入《はい》るのには、ちょっと手間《てま》がかかりそうだ、ピップ』と、おにいさんは言《い》いました。

『君《きみ》をここにおいて、小屋《こや》まで行《い》って、はしごを見《み》つけてくるよ。二階《かい》の窓《まど》から入《はい》るしかなさそうだ。この玄関《げんかん》をぶちこわしでもしないかぎりね。ここで待《ま》っててくれ。すぐもどってくる。』

そうして、おにいさんは私《わたし》の鳥《とり》かごを玄関近《げんかんちか》くの古《ふる》い荷箱《にばこ》の上《うえ》において、小屋《こや》のほうへ走《はし》っていきました。」

ピピネッラは、少《すこ》し口《くち》をつぐみました。

「おかしなものです」と、ピピネッラは、やがて言《い》いました。「へんなところで、へんなことが起《お》こるんですから。そのとき、おにいさんの原稿《げんこう》はどうなったか知《し》りたくて、私《わたし》もおにいさんと同《おな》じぐらいどきどきしていました。ところが、おにいさんが小屋《こや》のなかへすがたを消《け》したのが、私《わたし》がおにいさんを見《み》た最後《さいご》になってしまったのです。」

「え、なにがあったの？」ガブガブがたずねました。「また、ゆうかいされたの？」
「おにいさんは、ゆうかいされていません」と、ピピネッラ。「私《わたし》がさらわれたのです。おにいさんがその古《ふる》ぼけた小屋《こや》で、はしごをさがしまわって道具《どうぐ》をがたがたと動《うご》かしている音《おと》が聞《き》こえているそのときに、明《あき》らかに路上生活者《ろじょうせいかつしゃ》とわかる、よれよれの服《ふく》の男《おとこ》が塔《とう》のうらからこっそりしのびよってきたのです。パッと見《み》たとたん、あやしい人《ひと》だと思《おも》いました。声《こえ》をかぎりにおにいさんを呼《よ》んだのですが、おにいさん自身《じしん》がたてている音《おと》のせいで、なにも聞《き》こえなかったようです。男《おとこ》は、肩《かた》ごしにちらりとうしろをふりかえっただけで、こちらへ近《ちか》づいてきました。これからどうなるか目《め》に見《み》えていたので、おにいさんが今《いま》この瞬間《しゅんかん》にもあらわれてくれないかとねがいました。でも、おにいさんは来《き》ませんでした。はしごを見《み》つけるのにいっしょうけんめいだったようです。私《わたし》がとりわけ大《おお》きなさけび声《ごえ》をあげたとき、男《おとこ》は私《わたし》の鳥《とり》かごをさっともちあげて、自分《じぶん》のコートの下《した》にかくして私《わたし》の声《こえ》が聞《き》こえないようにして、しのび足《あし》で門《もん》から出《で》て、急《いそ》いで丘《おか》をかけおりました。
　そのときの私《わたし》の気持《きも》ちは、とてもことばにはできません。苦労《くろう》に苦労《くろう》を重《かさ》ね、旅《たび》から旅《たび》をした末《すえ》に、まさに風車小屋《ふうしゃごや》の玄関《げんかん》で、もう少《すこ》しで原稿《げんこう》がどうなったのかわかるという矢先《やさき》に、ようやくいっしょになれた大事《だいじ》なおにいさんがすぐ目《め》と鼻《はな》の先《さき》にいるというのに、おにいさんが背中《せなか》をむけたすきに、知《し》らない人《ひと》にさらわれてしまうなんて！　これまでにもひどい目《め》にあってはきましたが、これほどつらいことは初《はじ》めてでした。

男《おとこ》は、ほろ馬車《ばしゃ》を家《いえ》としてさすらう連中《れんちゅう》の仲間《なかま》のようで、そんななりをしていました。あとで、ほろ馬車生活《ばしゃせいかつ》をしている連中《れんちゅう》といっしょになりましたが、連中《れんちゅう》は男《おとこ》のことを知《し》っているらしく、しばらくいっしょに旅《たび》をしていました。

この男《おとこ》が私《わたし》をさらったのは、鳥《とり》が好《す》きだからではないとすぐにわかりました。私《わたし》を売《う》りとばそうというのです。持《も》ち主《ぬし》が見《み》ていないすきに、ナイフなどをぬすむみたいに私《わたし》をぬすんで、機会《きかい》があればさっさと売《う》る気《き》なのです。

へんてこな男《おとこ》でした――ほろ馬車生活《ばしゃせいかつ》をしている連中《れんちゅう》には、そういうのが多《おお》いのです。自分《じぶん》の仲間《なかま》であるふしぎな連中以外《れんちゅういがい》には、心《こころ》をゆるさず、敵対心《てきたいしん》をもっているようでした。知《し》らない人《ひと》から物《もの》をもらったり、ぬすみをはたらいたりして、あちこちをさまよい、納屋《なや》で寝《ね》たり、干《ほ》し草《くさ》の山《やま》で寝《ね》たり、あるいは褐色《かっしょく》のはだをした連中《れんちゅう》の好意《こうい》にあまえてその箱馬車《キャラバン》に泊《と》めてもらったりしたのでした。

そして二週間《しゅうかん》、私《わたし》はそうしたその日《ひ》ぐらしの、さすらいの旅《たび》につきあわされたのです。ひもじくて寒《さむ》くて、雨《あめ》にぬれることもよくありました。それでも、いなかの景色《けしき》はたくさん見《み》てすごせ

ましたし、天気《てんき》のよいときは、くらしやすさという点《てん》で言《い》えば、まあそんなにわるいものでもないかと感《かん》じました。

私《わたし》は、万一《まんいち》自由《じゆう》になれたら、もどる道《みち》がわかるように、ここまでの道《みち》をおぼえていようとつとめましたが、あまりにもあちこちふらふらと進《すす》むので、やがてどこをどう進《すす》んでいるのかわからなくなりました。十日《とおか》めの終《お》わりに、二四〇キロほど進《すす》んできたと思《おも》いましたが、直線距離《ちょくせんきょり》にしてそれがどれくらいになるか見当《けんとう》もつきませんでした。

ある家畜《かちく》の品評会《ひんぴょうかい》で、この男《おとこ》は、農場《のうじょう》の人《ひと》のポケットからお金《かね》をすろうとして、もう少《すこ》しでつかまるところでした。群衆《ぐんしゅう》が男《おとこ》を追《お》いかけはじめたとき、ついに自由《じゆう》になるチャンスがやってきたかと思《おも》いましたが、この男《おとこ》はずるがしこい悪党《あくとう》でした。さっとみんなをまいて、にげおおせてしまったのです。

この男《おとこ》は、市場《いちば》や、通《とお》りかかった家々《いえいえ》で、何度《なんど》か私《わたし》を売《う》ろうとしました。私《わたし》としては、売《う》ってほしかったのですが、どういうわけか、うまくいきませんでした。ひょっとすると、ぬすんだカナリアじゃないかと、うたがわれたのかもしれません。男《おとこ》は、ほんとにあやしげな感《かん》じの人《ひと》でしたから。

そうこうしているうちに、私《わたし》が最《もっと》もおそれていたことが起《お》こりそうだとわかりました——私《わたし》をペット・ショップへ売《う》ろうとしていたのです。ある日《ひ》の早朝《そうちょう》、男《おとこ》は小《ちい》さな町《まち》へ行《い》き、ペット・ショップのドアがあいて、そうじがはじまったそのときに、私《わたし》の鳥《とり》かごをかかえてなかへ入《はい》っていきました。なかへ入《はい》ると、私《わたし》はがっかりしました。店《みせ》のにおい、うるささ、ぎゅうぎゅうづめのようすといったらありませんでした！　いや、ひどいものです！　いまだに悪夢《あくむ》のように思《おも》えます。それでも、店《みせ》の主人《しゅじん》が私《わたし》を買《か》わないかもしれないし、あまりにも安《やす》い値《ね》しかつけられなくて男《おとこ》が売《う》るのをあきらめるかもしれないと、希望《きぼう》をすてないことにしました。悪党《あくとう》ではあっても、この男《おとこ》といっしょに、いなかを歩《ある》く自由《じゆう》な放浪生活《ほうろうせいかつ》をしていたほうが、このやかましい店《みせ》の小《ちい》さな一角《いっかく》に住《す》むよりずっとましだったからです。

ところが、ざんねん！　男《おとこ》はどうしてもお金《かね》がほしくて、できるかぎりいい値《ね》をつけてほしいのはやまやまでも、今回《こんかい》ばかりは、なんでもいいから売《う》ってしまおうと決《き》めていたのです。そして、ほんの少《すこ》し値段《ねだん》の交渉《こうしょう》をすると、私《わたし》の鳥《とり》かごをカウンターの上《うえ》において、お金《かね》を受《う》けとって出《で》ていってしまいました。

こうして、わが生涯《しょうがい》で最悪《さいあく》の——炭鉱《たんこう》での経験《けいけん》についで最悪《さいあく》の——章《しょう》がはじまったわけです。あのみじめな生活《せいかつ》の、さえないようすをこまごまお話《はな》しする必要《ひつよう》はありませんね？　みなさんはすでにご存《ぞん》じでしょうし、私《わたし》としても思《おも》い出《だ》したくありません。ペット・ショップなんて！　神《かみ》

よ、世《よ》の中《なか》の動物《どうぶつ》たちがあのみじめな状態《じょうたい》に落《お》ちないよう、守《まも》りたまえ！　もちろんペット・ショップがどこもひどい経営《けいえい》をしているわけではありません――かごの鳥《とり》だけ売《う》っているお店《みせ》なら、ありとあらゆる動物《どうぶつ》を売《う》っているお店《みせ》より、きちんと経営《けいえい》できるはずです。でも、実際《じっさい》は、ひどい店《みせ》が多《おお》いんです。私《わたし》の両親《りょうしん》がペット・ショップについて言《い》っていたことはほんとうだとわかりました――とくに、この店《みせ》はひどいところでした。

最大《さいだい》の問題《もんだい》は、ぎゅうぎゅうづめにされていることです。たったひとりの人間《にんげん》で――あるいはふたりいても――めんどうを見《み》きれるはずがないんです。鳥《とり》二百羽《ぱ》、ウサギ数十羽《すうじゅうわ》、モルモット六つがい、金魚《きんぎょ》の水《すい》そう四つ、犬《いぬ》二十《にじっ》ぴき、何《なん》かごものハト、オウム十羽《じっぱ》、サル一、二ひき、白《しろ》ネズミ、リス、白《しろ》イタチ、そのほかわけがわからないくらいたくさんの動物《どうぶつ》がいて、そのぜんぶにちゃんと気《き》を配《くば》ってやるなんて、むりなんです。ところが、それを人間《にんげん》はやろうとする。動物《どうぶつ》に不親切《ふしんせつ》にするつもりではなく、ただ注意《ちゅうい》がゆきとどかないんです――どうし

ようもなくゆきとどかないんです。人間《にんげん》はお金《かね》をかせぎたいだけ。それしか考《かんが》えてないんです。

私《わたし》は、まず船《ふね》でくらしていたときに入《い》れられていた小《ちい》さな木《き》の鳥《とり》かごから出《だ》されて、ほかの雑《ざっ》種《しゅ》のカナリアでいっぱいの大《おお》きな鳥《とり》かごへおしこまれました。その鳥《とり》かごは、鳥《とり》かごがずらりとならんでいるたないおかれ、上《うえ》も下《した》も横《よこ》も鳥《とり》かごだらけでした。私《わたし》といっしょに、みじめな鳥《とり》かごにいた仲間《なかま》たちは、半分毛《はんぶんけ》のぬけた雑種《ざっしゅ》のメス鳥《どり》の集《あつ》まりで、足《あし》を痛《いた》めた者《もの》もいれば、鼻《はな》かぜをひいた者《もの》もいました——元気《げんき》でまともな鳥社会《とりしゃかい》の一員《いちいん》は一羽《いちわ》もいませんでした。

部屋《へや》のまんなかにある止《と》まり木《ぎ》にとまったオウムたちが、一日《いちにち》じゅうキーキー、ギャーギャーさけんでいました。一日《にち》に二度《ど》……いえ、こんなお話《はなし》をしてなんになるのでしょう？

でも、ドリトル先生《せんせい》、ペット・ショップで、たったひとつ、よいことがありました。それはつまり、ひどい運命《うんめい》をともにしたあわれな仲間《なかま》から、初《はじ》めて先生《せんせい》のことを聞《き》いたということです。そして、これ以上話《いじょうはな》したくもない、おぞましい生活《せいかつ》から、先生《せんせい》は私《わたし》を救《すく》ってくださったんです。」

「いやはや！」と、先生《せんせい》は言《い》いました。「なんという劇的《げきてき》な展開《てんかい》だろう！　オペラにぴったりだ。」

「オペラ？」と、ガブガブがさけびました。「ぼくらでオペラをやるの？　まあ、すてき。ぼく、バリトンのパートを歌《うた》うよ——フィガロ！　フィガロ！　**フィガロ——フィガロ——フィガロ！**」

「静《しず》かになさい！」ダブダブが、しかりました。「だれも、私《わたし》たちがオペラをやるなんて言《い》って

いません。あんたは、いつだって、せっかちなんですよ。」

「先生《せんせい》は、ピップの生涯《しょうがい》は、オペラにぴったりだって、おっしゃったよ。」ガブガブは、へそを曲《ま》げて言《い》いました。「そうおっしゃいましたよね、ドリトル先生《せんせい》？」

「ああ、言《い》ったとも」と、先生《せんせい》は答《こた》えました。「だが、私《わたし》が考《かんが》えているオペラは、鳥《とり》だけでやるものだ。おまえも――それからほかの動物《どうぶつ》たちも――公演《こうえん》を手伝《てつだ》ってくれたらいい。それは、もしピピネッラがその気《き》なら、ということだが。」

それから先生《せんせい》は、計画《けいかく》のあらましをピピネッラに説明《せつめい》し、主役《しゅやく》として歌《うた》ってくれるだろうかとたのみました。オペラの筋《すじ》には、ピピネッラの物語《ものがたり》をそのまま使《つか》って、そのほかの役《やく》は別《べつ》の鳥《とり》たちに演《えん》じてもらうのだと言《い》いました。これこそずっと求《もと》めていた計画《けいかく》なのだと、先生《せんせい》はピピネッラに語《かた》り、ロンドンのお客《きゃく》さんたちはこんな公演《こうえん》にうっとりするにちがいないと思《おも》うと言《い》いました。

「ありがとうございます、ドリトル先生《せんせい》」と、ピピネッラは言《い》いました。「とてもありがたいお話《はなし》です。先生《せんせい》をがっかりさせるようなことがないといいのですが。いろいろご指導《しどう》いただかなければならないでしょう――オペラというのは、ただ歌《うた》いたくて歌《うた》うのとは、ちがいますから。でも、ささやかなおねがいがあるのですが、先生《せんせい》。」

「なんでも言《い》ってごらん、ピピネッラ」と、先生《せんせい》。「なんだね？」

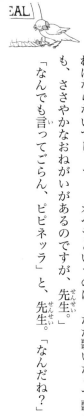

「ドリトル先生《せんせい》」と、カナリアは答《こた》えました。「私《わたし》のお友《とも》だちである窓《まど》ふきのおにいさんを見《み》つけていただきたいのです。先生《せんせい》の計画《けいかく》どおり、私《わたし》たちがロンドンへ行《い》くのであれば、そこでおにいさんの足《あし》どりがつかめるかもしれません。」

「おやすいご用《よう》だ」と、先生《せんせい》。「ロンドンからさがしはじめるのが一番《いちばん》よいだろう。あそこには、たくさんの友《とも》だちがいる。ロンドン・スズメのチープサイドというのが、聖《セント》ポール大聖堂《だいせいどう》に住《す》んでいるが、あれが大《おお》いに手《て》を貸《か》してくれるだろうよ。」

ガブガブは自分《じぶん》のこしかけから、転《ころ》がりおちて、とちゅうでダブダブをつかまえて、ダブダブを相手《あいて》にワルツをおどるようにぐるぐるまわって、歌《うた》いました。

「ロンドンへ行《い》って、女王《じょおう》さまに会《あ》おう！　トゥラ、ラララ、ラララ、ララ！」

「もう、やめなさいな！」ダブダブがさけびました。

「目《め》がまわってしまうわ！」

でも、ダブダブもにこにこしていて、ほかの動物《どうぶつ》たちといっしょに、うれしくてたまらない気持《きも》ちなのでした。

第3部

窓《まど》ふきおにいさんをさがして

第1章

カナリア・オペラ

ドリトル先生《せんせい》のサーカスの一団《いちだん》は、すぐにロンドンをめざして出発《しゅっぱつ》し、ロンドンのかなり郊外《こうがい》にあるグリーンヒースという町《まち》にキャンプをはりました。チープサイドはすぐに見《み》つかりました。チープサイドは、先生《せんせい》とネコのエサ売《う》りのおじさんのマシュー・マグを手伝《てつだ》って、あちこちの鳥《とり》のおりや、動物園《どうぶつえん》や野原《のはら》などから鳥《とり》たちを集《あつ》めてくれました。マシューのおくさんのシアドーシアは、オペラに使《つか》う衣装《いしょう》をすべて手作《てづく》りする仕事《しごと》を引《ひ》き受《う》け、先生《せんせい》とマシューは、公演《こうえん》のこまごましたところまで打《う》ち合《あ》わせをしました。

ところが、いよいよけいこをしようというのに、ピピネッラの相手役《あいてやく》となるテノールのパートを歌《うた》うのにふさわしい鳥《とり》が見《み》つかっていませんでした。

「ピピネッラの声《こえ》と完《かん》ぺきにとけあう声《こえ》が必要《ひつよう》だ」と、先生《せんせい》はマシューに言《い》いました。「しかも、すがたかたちがかっこよくなくてはならん。」

マシューが答《こた》えようとする前《まえ》に、近《ちか》くの鳥《とり》かごからピピネッラが呼《よ》びかけました。

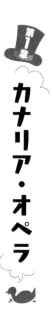

「ツインクを見《み》つけたらどうでしょう？　私《わたし》がロージーおばさまのところにいたときの夫《おっと》です。」

「え、とんでもねえよ、ピップ！」と、マシュー・マグがさけびました。「干《ほ》し草《くさ》のなかから針《はり》をさがすみてえなもんだ。」

「さがしてみるまでは、あきらめるのはよそう」と、先生《せんせい》は言《い》いました。「ツインクを見《み》つけることができるかもしれない。」

　マシューは、ピピネッラを手伝《てつだ》いとして連《つ》れて歩《ある》きながら、ロンドン近《ちか》くのペット・ショップをすべて見《み》てまわりました。めぐりあわせとはふしぎなもので、ある日《ひ》、イーストエンドのきたないお店《みせ》をのぞいてみると、そこにいたのは、なんとツインクだったのです。かぜをひいて、のどを痛《いた》めて、ひどく具合《ぐあい》がわるかったのですが、先生《せんせい》がカナリア用《よう》のせきどめ薬《ぐすり》を飲《の》ませるとやがて治《なお》りました。しかも、ツインクの声《こえ》は、前《まえ》よりもっと強《つよ》く、もっと美《うつく》しくなって、よみがえりました。ピピネッラは、ツインクとの再会《さいかい》をよろこび、しばらくのあいだは、窓《まど》ふきのおにいさんのことで気《き》をもむのをやめました。

　ツインクから、イーストエンドのペット・ショップで鳥《とり》や動物《どうぶつ》たちがどんなひどいくらしをしているかという話《はなし》を聞《き》いた先生《せんせい》は、ひどく心《こころ》を痛《いた》めて、けいこの時間《じかん》を短《みじか》くして、先生《せんせい》がこれまでにやったことのないような大規模《だいきぼ》な救出作戦《きゅうしゅつさくせん》をマシューといっしょに決行《けっこう》しました。すなわち、ツインクのかつての仲間《なかま》たちをペット・ショップから解放《かいほう》したのです。

また、先生《せんせい》はときどきオペラの仕事《しごと》を忘《わす》れてまで、窓《まど》ふきのおにいさんの手《て》がかりを追《お》っていましたが、ピピネッラの愛《あい》する飼《か》い主《ぬし》はまだ見《み》つかりませんでした。ある日《ひ》、先生《せんせい》が最後《さいご》のドレス・リハーサル（衣装《いしょう》をつけてするけいこ）をしようとしたとき、ピピネッラとジップがいないことがわかりました。コーラスとダンス曲《きょく》の指導《しどう》に当《あ》たって先生《せんせい》のお手伝《てつだ》いをしていたチープサイドは、プリマドンナの代役《だいやく》をさがさなければならなくなりました。

「めんどうをかけてくれる芸術家《アーティスト》じゃねえか！」ロンドン・スズメは鼻《はな》を鳴《な》らしました。「窓《まど》ふきやろうを追《お》っかけてるにちげえねえ。ねえ、センセ、おれがあいつのかわりに歌《うた》うってのはどうですか？　この羽《はね》を緑《みどり》にぬっちまえば、だれにもちがいはわからねえすよ。」

「へんだ！」ダブダブが、ばかにしました。「あんたがそのロンドンなまりの口《くち》を開《ひら》いたら、二分《ふん》で劇場《げきじょう》からお客《きゃく》が帰《かえ》ってしまいますよ！」

「ぬかしやがったな！」チープサイドは、むっとして答《こた》えました。「おれは、この界隈《かいわい》じゃ、一《いち》番歌《ばんうた》がうまい鳥《とり》だと思《おも》われてるんだぜ、ほんと！」

「まあまあ」と、先生《せんせい》がなだめました。「ピピネッラを見《み》つけなければならん。公演《こうえん》は一日《にち》か二《ふつ》日延期《かえんき》すればいい。そう遠《とお》くへは行《い》っていないはずだ。」

そして、ピピネッラは――**ぶじに見《み》つかりました。**窓《まど》ふきのおにいさんに似《に》た人《ひと》をサーカス会《かい》場《じょう》で見《み》つけたというのです。ジップがいっしょについていって、その人《ひと》を追《お》ってロンドンの町《まち》なかを走《はし》ったのですが、波止場《はとば》の悪臭《あくしゅう》のただようところへ来《く》ると、さすがのジップの敏感《びんかん》な鼻《はな》でも、においを追《お》えなくなってしまったのです。

先生《せんせい》は、ものわかりがよい人《ひと》でした。

「おにいさんがいなくてどんなにさみしいか、わかるよ、ピピネッラ。」先生《せんせい》は、言《い》いました。「でも、どうかがまんしておくれ。オペラが終《お》わったら、全力《ぜんりょく》を挙《あ》げて徹底的《てっていてき》に捜索《そうさく》をはじめよう。たのむから、もうにげたりしないと約束《やくそく》してくれたまえ。」

「わかりました、先生《せんせい》。」カナリアは、答《こた》えました。「待《ま》ちます。」

カナリア・オペラは大成功《だいせいこう》でした。ピピネッラが独唱《どくしょう》する『メイドさんたち出《で》ておいで、馬車《ばしゃ》が来《く》るよ！』や『ジャンジャラ馬具《ばぐ》』や『私《わたし》は小《ちい》さなマスコット』は、どれも大《だい》ヒットでした。ロンドンの人気者《にんきもの》となって、すっかりまいあがってしまったピピネッラは、そのときばかりは窓《まど》ふきのおにいさんのことでなやむことはありませんでした。

このオペラのおかげで、ピピネッラは多《おお》くの賞《しょう》を受賞《じゅしょう》しました。ピピネッラは、ロンドンの最《もっと》も有名《ゆうめい》なレストランのいくつかへ食事《しょくじ》にまねかれ、ワインを飲《の》み、ファンから花《はな》たばや花《はな》かごをもらいました。ある有名《ゆうめい》な鳥《とり》かご製作会社《せいさくがいしゃ》は、ショーウィンドウのなかで、ピピネッラが鳥《とり》かごから出《で》たり入《はい》ったりして、「あの有名《ゆうめい》な緑《みどり》のカナリアがこの会社《かいしゃ》の鳥《とり》かごのデザインを気《き》に入《い》っている」と元気《げんき》よく示《しめ》すだけで、巨額《きょがく》の謝礼《しゃれい》をはらってくれたのです。

大成功《だいせいこう》のオペラも、やがて終《お》わりとなりました。ツインクは、引退《いんたい》を決《き》めたサーカスの道化師《どうけし》ホップとくらすことになって、さようならをしました。ペリカンたちやフラミンゴたちは、先生《せんせい》がオペラのために博物学者《はくぶつがくしゃ》からお借《か》りしていたので、そこへ返《かえ》されました。ツグミやミソサザイは、自然《しぜん》のおうちへ帰《かえ》りました。先生《せんせい》は、動物《どうぶつ》たちをパドルビーのおうちに帰《かえ》してからピピネッラといっしょに窓《まど》ふきのおにいさんをさがしに行《い》くつもりでしたが、その前《まえ》に、サーカスの動物《どうぶつ》や係《かかり》の人《ひと》たちがそれぞれのおうちにちゃんと帰《かえ》ってしあわせにくらせるように手配《てはい》してあげたのです。

この点《てん》については、先生《せんせい》は細心《さいしん》の注意《ちゅうい》をはらいました。ライオン、ヒョウ、ゾウをアフリカへ帰《かえ》してやるために、特別《とくべつ》の船《ふね》を借《か》りました。その船《ふね》に同乗《どうじょう》した黒《くろ》ヘビたちは、ちょっと体《からだ》をのば

して楽《たの》しもうと、甲板《かんぱん》におかれた箱《はこ》からはい出《だ》して、旅行客《りょこうきゃく》の荷物《にもつ》のあいだをもぞもぞと動《うご》きまわったので、大《おお》さわぎになりました。ある老婦人《ろうふじん》は、自分《じぶん》のかばんをあけて、ショールやレースの服《ふく》のあいだでヘビがのたくっているのを見《み》て、気《き》を失《うしな》ってしまいました。

けれども、ヘビたちはとらえられ、ぶじに故郷《こきょう》へ、しあわせに帰《かえ》されました。ヘビたちは、サーカスでおぼえたファンダンゴ・ダンス（カスタネットを持《も》って男女《だんじょ》でおどる軽快《けいかい》なスペインのおどり）を新《あたら》しい友《とも》だちにおどってみせて、ヘビ王国《おうこく》の語《かた》り草《ぐさ》になったのでした。

サーカスについてのあらゆることがすべて終《お》わりになる日《ひ》がついにやってきました。サーカス会場《かいじょう》がすっかり空《から》になり、あとに残《のこ》ったのは、先生《せんせい》と先生《せんせい》の動物《どうぶつ》たちが住《す》んでいる箱馬車《キャラバン》と、シアドーシアとマシュー・マグが住《す》んでいる小《ちい》さめの箱馬車《キャラバン》だけでした。

大《おお》ぜいの子《こ》どもたちが、先生《せんせい》に大《おお》きな花《はな》たばを送《おく》ってから、おわかれのおくりものとして先生《せんせい》からいただいたペパーミント・キャンディーをなめながら、なみだながらに立《た》ちさりました。先《せん》生《せい》は、自分《じぶん》をとりかこんでいる動物《どうぶつ》たちにむき直《なお》りました。

「私《わたし》は……あぁ……そのぅ、君《きみ》たちに言《い》いたいことがある」と、先生《せんせい》は言《い》いました。先生《せんせい》はふさわしいことばをさがして、口《くち》ごもりました。

先生《せんせい》がなにを考《かんが》えていらっしゃるのかすぐに気《き》がつくダブダブは、前《まえ》に出《で》て先生《せんせい》の前《まえ》に立《た》ちました。

「いいえ、ドリトル先生《せんせい》」と、ダブダブは怒《おこ》って言《い》いました。「これからおうちへ帰《かえ》らないなんておっしゃらないでください。こんな箱馬車生活《キャラバンせいかつ》はもう一分《いっぷん》だってこりごりなんです！　もうがまんなりません！」

「まあまあ」と、先生《せんせい》は、ダブダブをなぐさめようと、身《み》をかがめて言《い》いました。「たいへんだったのはわかる。しかし、みんな、りっぱにやってくれたじゃないか。それに、みんなをここにとどめておこうとは思《おも》わない。いつ出発《しゅっぱつ》できるかね？」

「そりゃあ、一時間以内《じかんいない》にですわ！」ダブダブは顔《かお》を明《あか》るくさせて言《い》いました。「まだちょっとやらなけりゃならないことが二、三あるので。」ダブダブはつばさを広《ひろ》げ、ほかの動物《どうぶつ》たちにごみをひろいに来《く》るように呼《よ》びかけながら、箱馬車《キャラバン》のなかへとびこんでいきました。マシューとシアドーシアもまた急《いそ》いで荷造《にづく》りをしに行《い》き、先生《せんせい》はがらんとした空《あ》き地《ち》で、宙《ちゅう》を見《み》つめて立《た》ちすくんでいました。

一分《いっぷん》もたたないうちに、ダブダブが箱馬車《キャラバン》から顔《かお》をつき出《だ》して、そのやさしげな顔《かお》に心配《しんぱい》そうな表情《ひょうじょう》をうかべて先生《せんせい》を見《み》ました。

「思《おも》い出《だ》したんですけど、先生《せんせい》」と、アヒルは言《い》いました。「お話《はなし》があるとおっしゃってたけど、

それをまだお話《はな》しになっていませんね。」

「ああ、そりゃ、そのう、つまりだな、ダブダブ」と、先生《せんせい》は話《はな》しはじめました。

「おっしゃらないでください――わかっております。」ダブダブは、箱馬車《キャラバン》の踏み段《ステップ》をゆっくりとおりてきながら言《い》いました。「私《わたし》たちといっしょにパドルビーへいらっしゃらないというのでしょう。わかってましたよ。あの窓《まど》ふきのおにいさんを見《み》つけてやろうと、こう思《おも》っていらっしゃるのでしょう、ドリトル先生《せんせい》？」

「そうだ」と、先生《せんせい》。「私《わたし》は約束《やくそく》をした。パドルビーへ帰《かえ》る前《まえ》に、その約束《やくそく》を果《は》たさねばならん。」

「わかりました！」ダブダブは言《い》いました。「そのようにお考《かんが》えでしたら、先生《せんせい》がパドルビーにお帰《かえ》りになるまで、だれも帰《かえ》りません。」

「いや、その必要《ひつよう》はないんだよ、ダブダブ」と、先生《せんせい》は反対《はんたい》しました。「ひょっとすると、おうちに帰《かえ》りたい者《もの》もおるかもしれん。」

すると、そんなことはないと反対《はんたい》する声《こえ》が口々《くちぐち》にあがりました。だれも、先生《せんせい》なしにおうちに帰《かえ》りたいとは思《おも》わなかったのです。

「みんなでピピネッラのお友《とも》だちをさがすお手伝《てつだ》いをすればいいよ！」ガブガブがさけびました。

「ぼく、地面《じめん》を鼻《はな》でほじくりかえすのは、だれにも負《ま》けないよ！」

「どこに、おにいさんがかくれていると思《おも》ってるの？」パドルビーへの思《おも》いをすっかりふりはらって、アヒルのダブダブがたずねました。「カリフラワーの下《した》にでもいると思《おも》ってるの？」

「ジップが、ぼくらのだれよりも、見《み》ちゅけるのがうまいよ」と、白《しろ》ネズミ。「道《みち》ばたの草《くちゃ》をクンクンちて、人間《にんげん》を見《み》ちゅけちゃうもんね。」

「ホワイティは、ドアにかぎがかかっているとき役《やく》にたつぜ」と、ジップが応《おう》じました。「すごく小《ちい》さな穴《あな》でも通《とお》りぬけられるからな。」

「私《わたし》は？」と、フクロウのトートーが言《い》いました。「夜《よる》、動《うご》かなければならないときもあるかもしれないよ。そしたら、暗《くら》いところで見《み》るのなら、私《わたし》が得意《とくい》だ。」

捨《す》てられたオレンジの木箱《きばこ》にとまっていたピピネッラは、この会話《かいわ》を聞《き》いて、わくわくしました。最初《さいしょ》のうちは、先生《せんせい》の気持《きも》ちを誤解《ごかい》して、ひどく気落《きお》ちしていたのですが、こうして動物《どうぶつ》たちが計画《けいかく》の変更《へんこう》をいっしょうけんめい受《う》け入《い》れてくれるのを聞《き》くと、ピピネッラはみんなのところへ飛《と》んできて、先生《せんせい》のシルクハットの上《うえ》にとまりました。

「みなさん、ほんとうにありがとうございます。」ピピネッラは、礼儀正《れいぎただ》しく言《い》いました。「おうちに帰《かえ》る計画《けいかく》をだめにしてしまったおわびに、いつかきっと、みなさんのお役《やく》にたてるようになりたいと思《おも》います。」

「なにを言《い》ってるの。」じつはこの小《ちい》さなプリマドンナの大《だい》ファンであるダブダブが言《い》いました。「計画《けいかく》を変《か》えることなんて、よくあることですよね、先生《せんせい》？」

「そのとおりだよ」と、先生《せんせい》は言《い》いました。「さあ、われわれの作戦開始《さくせんかいし》をどのようにするか考《かんが》えようじゃないか。ピピネッラ、風車小屋《ふうしゃごや》のある町《まち》の名前《なまえ》がわかるかね？　そこからはじめるのが一《いち》番《ばん》よいと思《おも》えるのだが。」

「はい」とカナリアは答《こた》えました。「ウェンドルメアという町《まち》です。まんなかに大聖堂《だいせいどう》のある小《ちい》さな町《まち》で、三方《さんぼう》をとりかこむように川《かわ》が流《なが》れてます。」

「大聖堂《だいせいどう》は、市場《いちば》が立《た》つ大《おお》きな広場《ひろば》の横《よこ》にあるのじゃないかね？」先生《せんせい》がたずねました。

「ええ」と、ピピネッラ。「その町《まち》です。」

「よろしい」と、先生《せんせい》は言《い》いました。「それで糸口《いとぐち》がつかめた。窓《まど》ふきのおにいさんの名前《なまえ》を聞《き》いたことがあるかね？」

「一度《いちど》もありません」と、カナリア。「おにいさんは、名前《なまえ》を言《い》わないようにいつも気《き》をつけていました。それに、前《まえ》にお話《はな》ししたとおり、風車小屋《ふうしゃごや》での生活《せいかつ》に関《かん》するかぎり、だれもたずねてきて、おにいさんの名前《なまえ》を聞《き》いたりしませんでしたから。」

「ふうむ！」と、先生《せんせい》。「町《まち》の名前《なまえ》しかわからんというのでは、たいした手《て》がかりではないな。だが、今《いま》までにも、それくらいの情報《じょうほう》しかなくても、さがし人《びと》は見《み》つかったものだ。がんばろう。さて、箱馬車《キャラバン》にもどって夕《ゆう》ごはんにしようか。ダブダブ、今日《きょう》はごちそうかな？　こんないそがしい一日《いちにち》の終《お》わりには、くんせいニシンとお茶《ちゃ》がいいね。」

「くんせいニシン！」ガブガブが、きゃあきゃあ言《い》いました。「高級《こうきゅう》トリュフを十二個《こ》よりも、くんせいニシン一ぴきのほうがいいな！」

夕食《ゆうしょく》のあいだに、にぎやかな議論《ぎろん》がつづきました。みんな、窓《まど》ふきのおにいさんをさがしに行《い》きたがりましたが、結局《けっきょく》、ジップとピピネッラだけが先生《せんせい》のおともをすることになりました。マシューとシアドーシアは、ダブダブがいつも食料庫《しょくりょうこ》に十分食料《じゅうぶんしょくりょう》を用意《ようい》しておけるように気《き》を配《くば》る役目《やくめ》を引《ひ》き受《う》けました。そして動物《どうぶつ》たちはみんな、ピピネッラたちが風車小屋《ふうしゃごや》へ行《い》く計画《けいかく》を練《ね》る

仲間《なかま》に入《はい》りました。

朝《あさ》になると、先生《せんせい》、ピピネッラ、そしてジップは、早《はや》くから起《お》きて出発《しゅっぱつ》しました。ウェンドルメアまでたっぷり一日《いちにち》かかります。着《つ》いたときには、日《ひ》はとっぷりくれていました。

「あたりのようすを見《み》ておこう」と、先生《せんせい》が言《い》いました。「人《ひと》が住《す》んでいるかどうか、夜《よる》のほうがわかるからね――窓《まど》に明《あ》かりがあるかどうかでね。」

「においも、夜《よる》のほうがはっきりしますよ」と、ジップ。「湿気《しっけ》でにおいが地面《じめん》にたれこめるんです。よろしかったら、おともしますよ、先生《せんせい》？」

「もちろんだ、ジップ」と、先生《せんせい》。「ピピネッラ、君《きみ》は私《わたし》の肩《かた》に乗《の》りたまえ。ぐるりと歩《ある》いて、ようすを見《み》ることにしよう。」

町《まち》の人《ひと》たちがねむっているあいだに、先生《せんせい》たちの小《ちい》さな一行《いっこう》は風車小屋《ふうしゃごや》へむかいました。風車《ふうしゃ》小屋《ごや》の建《た》っている丘《おか》のふもとにすぐ着《つ》いて、塔《とう》のなかに明《あ》かりがあるかと見《み》てみましたが、どこもかしこも真《ま》っ暗《くら》でした。

「ひょっとすると、寝《ね》ているのかもしれません」と、カナリアは希望《きぼう》を捨《す》てずに言《い》いました。「真夜中《まよなか》をずいぶんすぎていますからね。むかし、ここで私《わたし》といっしょにくらしていたときは、おにいさんは早《はや》く寝《ね》ていましたから。」

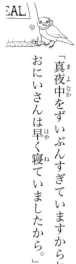

「そうだ」と、先生《せんせい》。「私《わたし》たちもそうしたほうがよいだろう。宿屋《やどや》に泊《と》まって、あすの朝《あさ》、調査《ちょうさ》をつづけよう。」

あくる日の朝《あさ》、先生《せんせい》たちは、そそくさと朝食《ちょうしょく》をすませて、孤独《こどく》な哲学者《てつがくしゃ》であったおにいさんの家《いえ》へもどってきました。丘《おか》の下《した》から最初《さいしょ》にちらりと風車小屋《ふうしゃごや》を見《み》ると、かなりがっかりさせられました。屋根《やね》からつき出《で》ているえんとつからは、けむりが出《で》ていません。だれかが風車小屋《ふうしゃごや》に住《す》んでいるなら、朝《あさ》ごはんの料理《りょうり》をしている時間帯《じかんたい》なのに。

こりゃだめだなと、しずんだ気持《きも》ちになりながら、先生《せんせい》はピピネッラを肩《かた》に乗《の》せ、すぐうしろにジップをつきしたがわせて、急《いそ》いで丘《おか》をのぼっていき、ついには、ぼろぼろのへいのなかの、小《ちい》さな門《もん》の前《まえ》に立《た》ちました。塔《とう》の戸口《とぐち》へつづく石《いし》だたみの道《みち》には足《あし》あとがなく、人《ひと》が住《す》んでいる気配《けはい》はありませんでした。

重《おも》たい心《こころ》で、先生《せんせい》は、首《くび》を横《よこ》にむけて、ピピネッラに話《はな》しかけました。

「どうやら当《あ》てがはずれたね、ピピネッラ」と、先生《せんせい》は言《い》いました。「君《きみ》の友《とも》だちは、ずっと前《まえ》にここから出《で》ていったきりのようだ。」

「ざんねんながら、そのようです、先生《せんせい》」と、カナリア。「どうしましょう？」

ジップがとびあがって、先生《せんせい》の足《あし》に前足《まえあし》をかけました。

「むこうの野原《のはら》に人《ひと》がいます」と、ジップ。「あの人《ひと》に、窓《まど》ふきのおにいさんを見《み》たか聞《き》いてみたらどうでしょう？」

「それはいい考《かんが》えだ、ジップ」と、先生《せんせい》。「ここの家主《やぬし》かもしれん。もしそうなら、ここに住《す》んでいた人《ひと》のことも知《し》っているはずだろう。」

その男《おとこ》は、五十才《ごじっさい》あまりの日《ひ》に焼《や》けた白髪《しらが》のいなか者《もの》で、きちんとした人《ひと》でした。機会《きかい》さえあれば、くわをおろして、おしゃべりをしたくてたまらないようすです。

「うんにゃ」と、男《おとこ》は言《い》いました。「あん変《か》わりもんは、ちぃとも見《み》かけとらん――そうさね――もう一年《ねん》も見《み》とらんとよ。あん古《ふる》い風車小屋《ふうしゃごや》の家賃《やちん》ちゅうて、月《つき》に数千円《すうせんえん》（数《すう》シリング）はろうてもろうとった。ここにおったあいだは、自分《じぶん》からきちっと、はらいに来《き》よったとよ。わいが金取《かねと》りたてに来《く》るとばいやがっとったと。だれも近《ちこ》う来《こ》んでほしいっちゅう感《かん》じやったね。なんばしとったとか、ちぃとも知《し》らんとです。」

ふいに、男《おとこ》は先生《せんせい》の肩《かた》にとまったピピネッラをじろりと見《み》ました。

「はあ、こりゃどがんね」と、男《おとこ》。「だんながさがしちょる人《ひと》は、それとうりふたつの鳥《とり》ば飼《か》っとったばい。塔《とう》の外《そと》かべに鳥《とり》かごばつるして――天気《てんき》のよか日《ひ》にね。ばってん、そりゃ同《おな》じ鳥《とり》のはずなかよね。だんなの鳥《とり》のほうは、ようなれとうごたるばってん――そげん肩《かた》にとまって、動《うご》きゃせんもんね。」

先生《せんせい》は、鳥《とり》のことをそれ以上聞《いじょうき》かれなかったのでほっとしました。この素朴《そぼく》なおじさんに、先生《せい》と鳥《とり》や動物《どうぶつ》との関係《かんけい》を説明《せつめい》するのは、めんどうだったからです。

「そりゃあ、おかしか人《ひと》やった。」男《おとこ》は、つづけました。「わいは、かみさんによう言《い》うとったとです。『ありゃ、無政府主義者《むせいふしゅぎしゃ》ばい、わいの風車小屋《ふうしゃごや》でダイナマイトや爆弾《ばくだん》ば作《つく》っとるとじゃなかとね――あげん人目《ひとめ》ばさけて、ひっそりくらすやつなんかおらんばい』ち言《い》うと、『なんば言《い》うちょっとね』と、かみさんが言《い》うとです。『あげん正直《しょうじき》そうな顔《かお》ばしちょる人《ひと》が、人《ひと》ばぶっとばす爆弾《ばくだん》なんか作《つく》るもんかいね。むしろ、牧師《ぼくし》んごたるっちゃなかと――それも、あんたたちんごと照《て》れながら讃美歌《さんびか》ば歌《うた》うんとちごうて、自分《じぶん》のことより人《ひと》さまのことば考《かんが》えるような、正直《しょうじき》な、まっすぐな人《ひと》ばい』ち言《い》うて。そいが、かみさんの意見《いけん》じゃった。無政府主義者《むせいふしゅぎしゃ》か、牧師《ぼくし》か、知《し》らんばってん、そうとう変人《へんじん》じゃった。」

「正確《せいかく》におぼえていますか」と、先生《せんせい》はたずねました。「彼《かれ》と最後《さいご》に会《あ》ったのはいつだったか？」

男《おとこ》は、荷車《にぐるま》につないだ馬《うま》たちにじっとしているように命《めい》じてから、頭《あたま》をかきました。

「そうさな。」しばらくして、男《おとこ》は言《い》いました。「ありゃ、北《きた》の畑《はたけ》からジャガイモば収穫《しゅうかく》しとったときじゃったけん。昼《ひる》ごろ雨《あめ》が降《ふ》ったとです。ジャガイモっちゅうのは、ぬれると保管《ほかん》がようで

きんけん、収穫《しゅうかく》ばとちゅうでやめんばいけんかった。あん人《ひと》が出《で》てくとこば見《み》たわけじゃなかばってん、家賃《やちん》ばもってこんかったけん、出《で》ていっとったと思《おも》うとったとです。もう二度《にど》と会《あ》わんじゃろうて思《おも》っとった。そしたら、わいが家《いえ》に帰《かえ》ろうっちゅうときに、風車小屋《ふうしゃごや》から門《もん》のところへ出《で》てくる人《ひと》が見《み》えたとさね。そいが、あん人《ひと》やった。しりに火《ひ》のついちょるごと走《はし》っとったとよ。『ほんなら、帰《かえ》っとったんかいな？』思《おも》うてね。ありゃ、わいが風車小屋《ふうしゃごや》をたずねるのとばいやがっとった。わいは思《おも》うたとです。『そんうち家賃《やちん》ばもってくるじゃろ。まあ、ほっとこう。』ほんで、わいは雨《あめ》んなか、家《いえ》に入《はい》ったとばってん、あん人《ひと》は来《こ》んかった。わいが畑《はたけ》ばたがやしとるときも、畑《はたけ》にすがた見《み》せることもなぁでな。その週《しゅう》の終《お》わりに、風車小屋《ふうしゃごや》まで行《い》ってみたばってん、おらんかった。」

「なるほど、それは何曜日《なんようび》かね？」先生《せんせい》は、たずねました。

「北《きた》の畑《はたけ》でジャガイモば収穫《しゅうかく》しとった日《ひ》じゃけん。」おじさんは、くりかえしました。「九月《がつ》の最《さい》初《しょ》の週《しゅう》の終《お》わりさね。今度《こんど》の金曜日《きんようび》で、まる十二か月《げつ》になる。」

「その前後《ぜんご》に、風車小屋《ふうしゃごや》の近《ちか》くでだれかを見《み》かけませんでしたか？」

「ひとりも。こげんとこ、だあれも来《こ》んけんね。」

「ありがとう。」先生《せんせい》はそう言《い》うと、おじさんにわかれを告《つ》げて、宿《やど》へ帰《かえ》っていきました。

第2章 緑《みどり》のオウムが手《て》がかりをにぎってる？

ドリトル先生《せんせい》は、宿《やど》に帰《かえ》ると、先生《せんせい》がピピネッラのために特別《とくべつ》に作《つく》った小《ちい》さな旅行用《りょこうよう》の鳥《とり》かごにピピネッラをもどしました。

「エサも新鮮《しんせん》なお水《みず》もたくさんあるよ」と、先生《せんせい》は言《い》いました。「さぞかしおなかがすいただろう。」

「いいえ、先生《せんせい》」と、カナリアは言《い》いました。「あまりにも気落《きお》ちして、食《た》べる気《き》がしません。」

「そんなふうに思《おも》ってはいけないよ」と、先生《せんせい》。「まだ、君《きみ》の友《とも》だちをさがしはじめたばかりなのだ。きっと見《み》つかるよ。まあ、なにか食《た》べたまえ――そして、今《いま》のうちに休《やす》んでおきなさい。最近《さいきん》知《し》らない人《ひと》がやってこなかったか、町《まち》で聞《き》きこみをしてみよう。ジップ、おまえはここでピピネッラといっしょにいなさい。私《わたし》が出《で》かけているあいだ、元気《げんき》づけてあげるように。」

ジップはしっぽをふって、そうすると答《こた》えました。

堂々《どうどう》とした古風《こふう》な邸宅《ていたく》のある長《なが》い通《とお》りの角《かど》まで来《く》ると、先生《せんせい》はしばし立《た》ちどまり、ある家《いえ》に近《ちか》

いところに立《た》っているおかしな街灯《がいとう》を見《み》あげました。二本《ほん》のりっぱな木《き》が頭上《ずじょう》で大《おお》きな枝《えだ》を広《ひろ》げて、木《こ》かげを作《つく》っています。その家《いえ》の角《かど》の窓《まど》の外《そと》に、かがみが小《ちい》さなささえにつけられていました。でっぷりとした白髪《しらが》の女性《じょせい》が、その窓辺《まどべ》にすわって、あみものをしており、その女性《じょせい》がかがみを使《つか》って先生《せんせい》を見《み》ていることに先生《せんせい》は気《き》づいたのです。その場所《ばしょ》は、どういうわけか、ドリトル先生《せんせい》には、なじみがあるように感《かん》じられました。そこにたたずんでいると、足《あし》の悪《わる》い老人《ろうじん》がやってきて、街灯《がいとう》にはしごをかけ、はしごをのぼって街灯《がいとう》のそうじをしました。

なるほど、という微笑《びしょう》が、先生《せんせい》の顔《かお》にさっと広《ひろ》がりました。

「ロージーおばさまのおうちだ！」先生《せんせい》は小声《こごえ》で言《い》いました。「そうだ。おばさまは、窓《まど》ふきのおにいさんのことをなにか聞《き》いていないだろうか。あそこにおばさまがいる。まだあみものをしながら、近所《きんじょ》の人《ひと》が通《とお》っていくのを見守《みまも》っている。ひとつ、あのおばさまを訪《たず》ねてみよう。」

ロージーおばさまは、窓辺《まどべ》であみものをしながら、まんまるとした小男《こおとこ》が通《とお》りの角《かど》に立《た》たずんでいるのに気《き》づいていました。

「あら！　知《し》らない人《ひと》だわ！」おばさまは、あむのをやめて、つぶやきました。「りっぱなようすの男《おとこ》の人《ひと》ね。科学者《かがくしゃ》か、弁護士《べんごし》か――ひょっとすると外交官《がいこうかん》かも。どの家《いえ》をたずねようとしているのかしら。この通《とお》りに住《す》んでる人《ひと》の親《しん》せきには見《み》えないわ。まあ、なんてこと、うちへいらっしゃるんだわ！　そうよ、うちの玄関先《げんかんさき》の踏《ふ》み段《だん》をあがっていらっしゃるもの。まあまあ、おどろいた！　エミリー、エミリー！」

白《しろ》いぼうしとエプロンをつけて、こざっぱりとした身《み》なりのメイドさんが、女主人《おんなしゅじん》の声《こえ》にこたえて、となりの部屋《へや》から入《はい》ってきました。

「エミリー」と、ロージーおばさまは言《い》いました。「玄関《げんかん》にお客《きゃく》さまですよ──紳士《しんし》です。私《わたし》はきちんと正装《せいそう》してないから、すぐにカシミアのショールをもってきてちょうだい。私《わたし》の化粧台《けしょうだい》の上《うえ》にあるから。そして、この古《ふる》い毛糸《けいと》のショールをかたづけて。ほら、ベルが鳴《な》った！　急《いそ》いで！　いったいだれかわからないけど、とてもえらい人《ひと》みたいね。黒《くろ》いかばんを持《も》っていらっしゃるわ。町《まち》からいらしたのね、それは、はっきりしてるわ。お茶《ちゃ》の用意《ようい》はいい？　玄関《げんかん》に出《で》てちょうだいな。そんなとこで、ぼうっと、つっ立《た》っているんじゃないの！　いいえ、まず、ショールをちょうだい。それからバターつきトーストを忘《わす》れないでね。急《いそ》いでって言《い》ってるでしょ！　ね、もどってきて。この古《ふる》い毛糸《けいと》のショールを見《み》えないところにおいてちょうだい。」

てんてこまいの大《おお》あわてをして、ロージーおばさまは、自分《じぶん》の肩《かた》から白《しろ》い毛糸《けいと》のショールを投《な》げすてました。おばさまは、ひじのところにあった止《と》まり木《ぎ》にとまっていた緑色《みどりいろ》のオウムを、あやうくひっくりかえしてしまうところでした。メイドさんは、たくさんの命令《めいれい》をいっぺんに受《う》け

てこまってしまい、ショールを受《う》けとると部屋《へや》を出《で》て、玄関《げんかん》ホールに行《い》き、ショールをいすの上《うえ》においてから玄関《げんかん》をあけました。

外《そと》には、とてもやさしそうな顔《かお》つきの、まんまるい小男《こおとこ》がいました。

「あのう……そのう……えへん……あのう……あ。ロージーおばさまはご在宅《ざいたく》かな？」と、先生《せんせい》はたずねました。

メイドさんは、おどろいて、紳士《しんし》を見《み》つめました。

「ご在宅《ざいたく》だと、わかっておるのです」と、先生《せんせい》は質問《しつもん》に自分《じぶん》で答《こた》えながら言《い》いました。「窓《まど》のところにお見《み》かけしましたからな。」

とほうにくれていたエミリーは、ようやく声《こえ》を出《だ》すことができました。

「お入《はい》りになりませんか？」エミリーはつぶやきました。

「ありがとう」と、先生《せんせい》は、ドアからなかへ入《はい》ってきながら言《い》いました。

客間《きゃくま》へつづく玄関《げんかん》ホールで、先生《せんせい》は、あいさつしようとしてそわそわと進《すす》み出《で》てきた女主人《おんなしゅじん》その人《ひと》にむかえられました。

「やあ、ごきげんいかがですか、ロージーおばさま？」先生《せんせい》は手《て》をさし出《だ》しながら言《い》いました。

さて、〝ロージーおばさま〟というのは、この女主人《おんなしゅじん》が自分《じぶん》のペットや親《しん》せきと話《はなし》をするときに自分《じぶん》のことを指《さ》して使《つか》うあだなでした。ですから、まったく見《み》たこともない人《ひと》からこのように呼《よ》ばれたときのロージーおばさまのおどろきを想像《そうぞう》してみてください。しかし、このお客《きゃく》さんは、とても人《ひと》のよさそうな、やさしそうな人《ひと》でしたので、おばさまは、この人《ひと》は知《し》っている人《ひと》なのに、自分《じぶん》はこの人《ひと》がだれだか忘《わす》れてしまっているんじゃないかしらと思《おも》ったのでした。

「こんにちは」と、おばさまは、弱々《よわよわ》しくつぶやきました。「エミリー、お客《きゃく》さまのぼうしとかばんをお取《と》りして。」

それから、おばさまは自分《じぶん》がいつもすわっているお部屋《へや》へまねきいれました。そこで先生《せんせい》がまず気《き》がついたのは、止《と》まり木《ぎ》にとまっている緑色《みどりいろ》のオウムでした。

「ああ！」と、先生《せんせい》。「新《あたら》しいオウムをお飼《か》いになっているんですね。前《まえ》のは灰色《はいいろ》でしたね？」

「あのう……ええ、そのとおりです。」ロージーおばさまは、この人《ひと》は、おばさまが親《しん》せきのだれかを見《み》まちがえているのではないとしても、少《すく》なくともおばさまがものすごくよく知《し》っているはずの人《ひと》なのだと思《おも》いました。名前《なまえ》を聞《き》いて相手《あいて》の気《き》をわるくしてはいけないと思《おも》って、おばさまは、ゆっくりとお茶《ちゃ》の用意《ようい》をしながら、目《め》のはしから先生《せんせい》をながめて、だれだったかしらといっしょうけんめい考《かんが》えました。

先生《せんせい》が訪問《ほうもん》の目的《もくてき》を説明《せつめい》するひまもなく、うれしいことに、このせわしないおばさまからお茶《ちゃ》

をすすめられて、先生《せんせい》はよろこびました。

「こんなふうにとつぜんおうかがいして、もうしわけありませんでした。」先生《せんせい》は、おばさまからお茶《ちゃ》のカップを受《う》けとりながら、切《き》りだしました。

「あら、かまいませんことよ」と、おばさまは、おぼんのところへもどりながら言《い》いました。「ええっと、おさとうはお入《い》れになるんでしたっけ？」

「ふたつ、おねがいします」と、先生《せんせい》。

「ああ、そうでしたわね」と、ロージーおばさまはつぶやきました。

「さてですな」と、先生《せんせい》は言《い》いました。「お宅《たく》にいた窓《まど》ふきのおにいさんのことについておうかがいしたいのです。以前《いぜん》ここでやとっていたきみょうな男《おとこ》をおぼえておいででしょう？　あなたがカナリアをあげた人《ひと》ですが？」

「ええ、よくおぼえておりますわ。」自分《じぶん》の個人的《こじんてき》なことがらをこんなによく知《し》っているらしいこの男《おとこ》の人《ひと》の名前《なまえ》はいったいなんだったかしらと、まだ頭《あたま》をしぼりながら、おばさまは答《こた》えました。「とても変《か》わった人《ひと》でしたわね――すごく変《か》わっていました。」

「最近《さいきん》お会《あ》いになりましたか？」と、先生《せんせい》。「つまり、その人《ひと》に窓《まど》をそうじしてもらっていたのをやめて以来《いらい》ということですが――やとうのをやめて一年以上《ねんいじょう》たちますでしょう？」

「ええ」と、ロージーおばさま。「会《あ》ったんですのよ。」

大聖堂《だいせいどう》のある、おだやかでねむたげな町《まち》に住《す》む静《しず》かな年配《ねんぱい》の女性《じょせい》にとって、あの窓《まど》ふきのおにいさんというきみょうな人物《じんぶつ》は、ずっと気《き》になる存在《そんざい》でした。何度《なんど》も本人《ほんにん》に質問《しつもん》したり、近所《きんじょ》の人《ひと》にたずねたりして、おにいさんのことについて知《し》ろうとしたのですが、まったくなにもわからずこまっていたのでした。それゆえ、先生《せんせい》の訪問《ほうもん》の目的《もくてき》がわかると、ロージーおばさまはこれまで以上《いじょう》にひどく興奮《こうふん》してしまい、紅茶《こうちゃ》カップをカチャカチャいわせるのをやめて、なにかすごい秘密《ひみつ》でも打《う》ち明《あ》けようとするかのように、いすから身《み》を乗《の》り出《だ》しました。

「十五か月《げつ》も会《あ》っていなかったんですのよ」と、おばさまはささやきました。「町《まち》を出《で》たんだと思《おも》っておりました。ご近所《きんじょ》のかたがたもあの人《ひと》をやとっていたのはまちがいありませんからね。町《まち》で仕事《しごと》をしていたら、ぜったい見《み》かけていたはずなんです。それでね、ある日《ひ》、このオウムに

エサをあげておりましたら、うちの玄関《げんかん》の前《まえ》の踏《ふ》み段《だん》をあがってくるじゃありませんか。一目見《ひとめみ》て、ずいぶんようすが変《か》わったことがわかりました。すっかりやせて――むかしは、ふっくらしてたんですのよ。メイドがなかに入《い》れると、仕事《しごと》をさせてくれと言《い》うんです。もう窓《まど》そうじはメイドにやらせていましたから、窓《まど》ふきをしてもらう必要《ひつよう》はなかったんですけれど、あまりにみすぼらしくて、びんぼうに苦《くる》しんでいるようでしたので、ことわれなくってね。それで、一番上《いちばんうえ》の階《かい》の窓《まど》をぜんぶふいてもらうことにしましたの。上《うえ》へあがる階段《かいだん》のところで、あの人《ひと》、急《きゅう》にふらふらとかべにもたれかかりましてね。なんにも食《た》べてないっていって、すぐにわかりましたから、台所《だいどころ》へ連《つ》れていってしっかり食《た》べさせるようにってメイドに小声《こごえ》で言《い》いつけました。それでまあ、かわいそうに、ほんとに飢《う》え死《じ》にしかけていたんですのよ。食料貯蔵室《しょくりょうちょぞうしつ》にあったものをすべて食《た》べつくすいきおいだったってコックが申《もう》しておりました。それから、あれからなにがあったのかしらと思《おも》って、あの人《ひと》が窓《まど》をふいているあいだに質問《しつもん》をしたんです。でも、なにも教《おし》えてくれませんでした。ただ、ついてなかったとつぶやくくらいなんですの。」

ロージーおばさまが長《なが》い話《はなし》を終《お》えると、止《と》まり木《ぎ》の緑色《みどりいろ》のオウムがおちつかずに動《うご》いて、足《あし》についたくさりをジャラジャラいわせました。

「そして、そのあと、ふたたび会《あ》いましたか？」と、先生《せんせい》。

「一度《いちど》だけ」と、おばさまは、お客《きゃく》さまである先生《せんせい》にバターつきトーストをわたしながら言《い》いました。

「あまりにかわいそうなようすだったので、またあした、残《のこ》りの窓《まど》をふいてもらいたいと申《もう》しましたの。次《つぎ》の日《ひ》、朝早《あさはや》くやってきて——それも、とても早《はや》くなんです——深夜《しんや》に家《いえ》のまわりでぶらぶらしているのが見《み》えたとメイドたちが申《もう》しておりました。きっとぜんぜん寝《ね》なかったんだと思《おも》いますわ。ひょっとすると、寝《ね》る場所《ばしょ》がなくて、次《つぎ》の日《ひ》に残《のこ》りの仕事《しごと》をするのを夜通《よどお》し待《ま》っていたのかもしれません。窓《まど》ふきがすっかり終《お》わってお給金《きゅうきん》をおしはらいすると、もう引《ひ》きとめる理由《りゆう》がなくなったので、しばらくは町《まち》にいるつもりなのかとたずねましたの。そしたら、まるで私《わたし》があの人《ひと》を罪《つみ》におとしいれようとしているかのように私《わたし》をうたがわしそうにちらりと見《み》て、それから『いえ、ここから出《で》ていくのに馬車代《ばしゃだい》をかせいだら出《で》ていきます』って言《い》ったんですの。」

「どこへ行《い》こうとしていたか、言《い》っていましたか？」先生《せんせい》がたずねました。

「いいえ」と、おばさま。「でも、その夜《よ》、町《まち》を出《で》ていったのはまちがいございません。午前中《ごぜんちゅう》にうちの仕事《しごと》は終《お》わって、そのあと二度《にど》と見《み》かけることはありませんでしたから。」

そのとき、メイドのエミリーが入《はい》ってきて、女主人《おんなしゅじん》の耳《みみ》もとでなにかささやきました。

「ごめん遊《あそ》ばせ」と、ロージーおばさまは立《た》ちあがりながら言《い》いました。「肉屋《にくや》さんに請求書《せいきゅうしょ》の

ことで会《あ》わなきゃなりませんので。すぐもどりますから。」

おばさまは、メイドさんといっしょにお部屋《へや》を出《で》ました。

ドリトル先生《せんせい》は紅茶《こうちゃ》カップをおいて、こまったようすで天井《てんじょう》をにらみながら、いすの背《せ》もたれにもたれかかりました。

「ついとらんな！」先生《せんせい》は、声《こえ》に出《だ》して言《い》いました。「手《て》がかりはここまでのようだ。町《まち》を出《で》てどこへ行《い》ったのかは、神《かみ》のみぞ知《し》るだな。」

ふいに背後《はいご》でガサゴソと音《おと》がしました。おばさまがもどってきたのかと思《おも》った先生《せんせい》は、礼儀正《れいぎただ》しくスッと立《た》ちあがって、ふりかえりました。ところが、お部屋《へや》には、例《れい》の緑色《みどりいろ》のオウムと先生《せんせい》以外《いがい》だれもいませんでした。先生《せんせい》は、オウムのことを忘《わす》れていたのです。そのかしこそうな鳥《とり》は、今《いま》や目《め》をぎらぎらさせて、まじめくさった顔《かお》でその短《みじか》い止《と》まり木《ぎ》のはしっこによってきて、先生《せんせい》のほうへ首《くび》をのばしていました。

「やあ、元気《げんき》かね？」と、先生《せんせい》はオウムのことばで言《い》いました。「そこでずいぶん静《しず》かにしているもんだから、君《きみ》のことをすっかり忘《わす》れていたよ。このことで、君《きみ》は助《たす》けてくれんだろうなあ？」

オウムはまだ少《すこ》しあいているドアのほうを肩《かた》ごしにふりかえって、しばらく聞《き》き耳《みみ》を立《た》てていました。それから、首《くび》をふって、先生《せんせい》にもう少《すこ》し近《ちか》よるように合図《あいず》しました。先生《せんせい》は、すぐに止《と》まり木《ぎ》のところへ行《い》きました。

「あの人《ひと》は、ロンドンへ行《い》ったんです、先生《せんせい》」と、オウムはささやきました。「ロージーおばさまがお話《はな》ししたとおり、あの人《ひと》はよく声《こえ》に出《だ》してぶつぶつ、ひとりごとを言《い》うんです。まわりに人《ひと》がいないときにね。この部屋《へや》の窓《まど》をふいていたとき、外《そと》の窓《まど》わくに立《た》って、半分《はんぶん》あいた窓《まど》から部屋《へや》のなかをのぞいて、私《わたし》がここに立《た》っているのを見《み》たんです。最初《さいしょ》は、ぼうっとしているみたいだったんですが、それから子《こ》どもみたいに笑《わら》って、窓《まど》をふきつづけました。部屋《へや》には私《わたし》しかいませんでした。

『なつかしいな、ピップ』と、あの人《ひと》は言《い》っていました。『そこにいるんだね、まだ、窓《まど》のところにとまって。ぼくがガラスをふくのを見《み》ているんだね。じゃあ、おばさまのところへもどってきたんだね、ピップ？　まあ、あの人《ひと》はいい人《ひと》だ。ぼくよりもちゃんと君《きみ》のめんどうを見《み》てくれている。かわいそうなピップ！　でも、元気《げんき》そうだ――大《おお》きくなったよ。今日《きょう》でしばらくはおわかれだ――長《なが》いことじゃない。ぼくはただお金《かね》をかせいで、あれをとりもどすんだ、ピップ。ちくしょう！　ちくしょう！　ただかせいで、馬車《ばしゃ》に乗《の》る代金《だいきん》を手《て》に入《い》れるんだ。そしたら出発《しゅっぱつ》する。どこにあるかはわかってるんだ、ピップ。ロンドンにあるんだ。だから、とりもどす――今《こん》晩《ばん》！』」

緑《みどり》のオウムが話《はな》しおえたとき、先生《せんせい》はロージーおばさまが台所《だいどころ》からこちらのほうへやってくる足音《あしおと》を遠《とお》くに聞《き》きつけました。

「いいかね」と、先生《せんせい》はすばやくささやきました。「ロンドンのどこに行《い》ったかわからないかね——会《あ》おうとしていた人《ひと》の名前《なまえ》とか、どうかね？」

「いいえ」と、オウム。「それ以上《いじょう》のことはなにも言《い》っていません。本人《ほんにん》もあまりはっきりした考《かんが》えをもっていなかったんじゃないかと思《おも》います。とてもぼんやりとしていましたから。ねえ、先生《せんせい》、ポリネシアは元気《げんき》にしていますか？」

「おや、ポリネシアを知《し》っているのかね？」ドリトル先生《せんせい》は、たずねました。

「そりゃ、もちろんです！」と、オウム。「ぼくの遠《とお》い親《しん》せきなんです。パドルビーの先生《せんせい》のおうちでくらしていると聞《き》きましたが。」

「ポリネシアはアフリカにおいてきたよ。」先生《せんせい》は、ため息《いき》をつきました。「この前《まえ》アフリカへ行《い》ったときにね。あれがいなくて、ひどくさみしいよ。」

「あいつは、運《うん》がいいんです」と、オウム。「ポリネシアはいつだって、ついてるんだ。あ、おばさまがもどってきましたよ！」

ロージーおばさまがお部屋《へや》にふたたび入《はい》ってくると、お客《きゃく》さんはオウムの頭《あたま》をなでていました。

「お待《ま》たせいたしました」と、おばさま。「でも、ああいう商売《しょうばい》の人《ひと》がどういうものか、ご存《ぞん》じでしょう。うちがこないだの火曜日《かようび》にステーキ肉《にく》を一ポンド（約《やく》四五〇グラム）買《か》ったなんて言《い》うんですよ。火曜日《かようび》はお肉《にく》を食《た》べないことにしているっていうのに。この三年《ねん》というもの、火曜日《かようび》にお肉《にく》は食《た》べていないんです。マシューズ医師《いし》の指導《しどう》で私《わたし》がダイエットをはじめてからというもの。そしたら、お肉屋《にくや》さんたら、この通《とお》りのだれかほかの人《ひと》にステーキ肉《にく》をとどけて――ほんとうに注文《ちゅうもん》した人《ひと》がいたんですわね――それをまちがえて、うちに請求《せいきゅう》してきたってわけですよ。」

「腹《はら》だたしいことですな」と、先生《せんせい》。「じつに腹《はら》だたしい。」

ロージーおばさまは、このお客《きゃく》から、なぞの窓《まど》ふきのおにいさんの私生活《しせいかつ》についてなにか聞《き》き出《だ》せないかと期待《きたい》して、ふたたびお茶《ちゃ》の前《まえ》にこしをおちつけました。ところが、こちらから質問《しつもん》をひとつもしないうちに、先生《せんせい》がいろいろ質問《しつもん》をはじめました。

「ひょっとすると、さっき玄関《げんかん》をあけてくれたメイドさんが、窓《まど》ふきのおにいさんを見《み》つける手《て》がかりをおぼえているのではないでしょうか」と、先生《せんせい》は言《い》いました。

「ああ、エミリーですね！」ロージーおばさまは、鼻《はな》にしわをよせて言《い》いました。「あの子《こ》は、ほんとに大切《たいせつ》なことはなにも気《き》づかない子《こ》ですよ。でも、ともかく聞《き》いてみましょう。」

こうしてエミリーが呼《よ》ばれ、女主人《おんなしゅじん》から質問《しつもん》を受《う》けました。エミリーは、窓《まど》ふきのおにいさん

は最後《さいご》に窓《まど》を洗《あら》ったとき、あまりきちんと仕事《しごと》をしていなかったことしかわかりませんと答《こた》えました。メイドさんがさがると、玄関《げんかん》のベルが鳴《な》りました。

「ごめん遊《あそ》ばせ」と、ロージーおばさまは立《た》ちあがりながら言《い》いました。「今日《きょう》は、家《いえ》にお友《とも》だちをおまねきする日《ひ》ですの。お友《とも》だちが、あみものをもってやってくるんです。」

「おや、そうですか」と、先生《せんせい》はいすから立《た》ちあがりながら言《い》いました。「もうおいとましなければ――ほんとうに。」

「いいえ、お急《いそ》ぎにならないで」と、ロージーおばさまは言《い》いました。「どなたがいらしたのか見《み》てきますから。すぐにもどります。」

先生《せんせい》がなにか言《い》いかえすひまもなく、女主人《おんなしゅじん》はふたたびお部屋《へや》を出《で》て、うしろでドアを閉《し》めました。

玄関《げんかん》ホールでロージーおばさまは、メイドさんになかへ通《とお》されて、不機嫌《ふきげん》そうな顔《かお》をしている女性《じょせい》にあいさつしました。

「あなた」と、おばさまは、バタバタと近《ちか》よって言《い》いました。「いらしていただいて、よかったわ。あのね。客間《きゃくま》にお客《きゃく》さまがいらしてるんだけど、だれだかわからないのよ。私《わたし》のことや、私《わたし》の生活《せいかつ》のこともよくご存《ぞん》じみたいなの。私《わたし》がものすごくよく知《し》ってるはずの人《ひと》だと思《おも》うんだけど、あなた、おわかりになるんじゃないかしら。だれだかわかったら、お客《きゃく》さまがこちらを見《み》ていないときに、こっそり私《わたし》に名前《なまえ》を教《おし》えてくださらない？」

「これ、そのかたの？」不機嫌《ふきげん》そうな顔《かお》の女性《じょせい》は、玄関《げんかん》ホールのぼうしかけにかかった先生《せんせい》のシルクハットを、おこったように指《ゆび》さしてたずねました。

「ええ」と、ロージーおばさまは言《い》いました。

「じゃあ、もう、だれだかわかったわ」と、相手《あいて》は言《い》いました。

さて、ロージーおばさまが客間《きゃくま》を出《で》たとたん、先生《せんせい》は、お部屋《へや》のすみのオウムから、「こっちへ！」とするどいささやき声《ごえ》で呼《よ》ばれました。先生《せんせい》はオウムのそばへそっと行《い》き、身《み》をかがめてオウムに耳《みみ》をかたむけました。

「先生《せんせい》の妹《いもうと》さん、サラさんが来《き》たんですよ」と、オウムはささやきました。「おばさまのあみものの会《かい》では、いつも真《ま》っ先《さき》にやってくるんです。みなさん、ものすごいうわさ好《ず》きですが、サラさんは最悪《さいあく》です。スズメが、あれはドリトル先生《せんせい》の妹《いもうと》さんだと教《おし》えてくれました。」

「なんてこった！」と、先生《せんせい》。「サラか！　どうやったら、ここからぬけ出《だ》せるかな？」

「窓《まど》をおしあげて、通《とお》りへお出《い》でなさい」と、オウムは言《い》いました。

「だが、ぼうしとかばんが、玄関《げんかん》ホールにある」と、先生《せんせい》はささやきました。「あれをおいていくわけにはいかん。なんということだ！　あれはまた、サーカスのことでとやかく言《い》いだすぞ。私《わたし》に会《あ》ったとたんに。」

「いいですか」と、オウムはささやきました。「あちらに、もうひとつドアがあるのがおわかりになりますね。あれは物置《ものおき》で、反対《はんたい》がわにもドアがあって配《はい》ぜん室《しつ》に通《つう》じています。あそこに入《はい》って、ドアのむこうがわで待《ま》っていらっしゃい。女性軍《じょせいぐん》がこちらへ入《はい》って、玄関《げんかん》ホールにだれもいなくなったら、私《わたし》が大声《おおごえ》でわめきます。そしたら、急《いそ》いで物置《ものおき》をぬけていけば、玄関《げんかん》ホールに出《で》られますから、ぼうしとかばんを取《と》って玄関《げんかん》からお出《い》でになってください。急《いそ》いで！　もどってきますよ。」

先生《せんせい》が物置《ものおき》のドアからなかへ入《はい》ってドアを閉《し》めたところで、サラとロージーおばさまがお部屋《へや》に入《はい》ってきました。先生《せんせい》はせまく暗《くら》い物置《ものおき》でしばらく待《ま》ち、オウムが思《おも》いきりわめいたので、玄《げん》関《かん》ホールに行《い》ってもだいじょうぶだとわかりました。そこで手《て》さぐりで進《すす》んで反対《はんたい》がわのドアを見《み》つけ、玄関《げんかん》ホールに出《で》て、シルクハットとかばんをひっつかむと、通《とお》りへ出《で》ていきました。

「いやはや！」通《とお》りの角《かど》を曲《ま》がって、宿屋《やどや》のほうへむかいながら、先生《せんせい》はつぶやきました。「あぶないところだった！　助《たす》かった！　かわいそうなロージーおばさまは、私《わたし》のことをなんと思《おも》うだろうなあ――お茶《ちゃ》をごちそうになったりいろいろしていただいたのに、こんなふうににげだしたりして。だが、おいしいお茶《ちゃ》だった……まあ、よい。手紙《てがみ》でも書《か》いて、馬車《ばしゃ》に乗《の》りおくれそうだったとでも弁明《べんめい》しよう。あのオウムがポリネシアの親《しん》せきだとはな――なつかしいポリネシア！　どうしているかなあ。まったくもって、世間《せけん》はせまいものだ。いやはや！　窓《まど》ふきのおにいさんのことは、たいしてわからずじまいだった。それでも、ロンドンにいるとわかったのは、大進歩《だいしんぽ》だ。ロンドンは、われわれの帰《かえ》る方向《ほうこう》とあっているし。だが、ものすごく大《おお》きな都市《とし》だからな。いや、わからんぞ。見《み》つけられる気《き》がする。」

チープサイド、先生《せんせい》を手伝《てつだ》う

先生《せんせい》は宿屋《やどや》の自分《じぶん》の部屋《へや》へまっすぐ行《い》き、ピピネッラに捜索《そうさく》の結果《けっか》を話《はな》しました。話《はな》しおえると、カナリアは首《くび》をふりました。

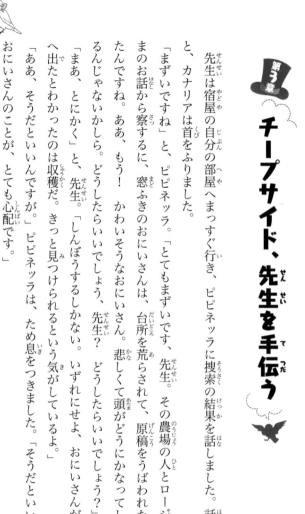

「まずいですね」と、ピピネッラ。「とてもまずいです、先生《せんせい》。その農場《のうじょう》の人《ひと》とロージーおばさまのお話《はなし》から察《さっ》するに、窓《まど》ふきのおにいさんは、台所《だいどころ》を荒《あ》らされて、原稿《げんこう》をうばわれたと気《き》づいたんですね。ああ、もう！　かわいそうなおにいさん。悲《かな》しくて頭《あたま》がどうにかなってしまっているんじゃないかしら。どうしたらいいでしょう、先生《せんせい》？　どうしたらいいでしょう？」

「まあ、とにかく」と、先生《せんせい》。「しんぼうするしかない。いずれにせよ、おにいさんがロンドンへ出《で》たとわかったのは収穫《しゅうかく》だ。きっと見《み》つけられるという気《き》がしているよ。」

「ああ、そうだといいんですが。」ピピネッラは、ため息《いき》をつきました。「そうだといいんですが。おにいさんのことが、とても心配《しんぱい》です。」

「また、イーストエンドの波止場《はとば》で行《い》きづまったりしなければいいんですがね」と、ジップが言《い》いました。「においがまじってしまうと、わからなくなるんです。インドから来《き》た船《ふね》が波止場《はとば》でおろすスパイスの箱《はこ》からただようにおいが、タールのにおいとまざったり、魚《さかな》のにおいがプンプンしたりして、息《いき》もできやしない。人間《にんげん》のにおいを見《み》つけるなんて、むりです。」

「そうだね」と、先生《せんせい》。「それはむずかしいことだろう。波止場《はとば》に行《い》かなくてすむといいね。」

その日《ひ》の夕方《ゆうがた》、小《ちい》さな捜索隊《そうさくたい》は、市場《いちば》の広場《ひろば》からロンドン行《い》きの馬車《ばしゃ》に乗《の》りました。ほかに乗《の》りあわせるお客《きゃく》がいなかったので、先生《せんせい》は座席《ざせき》に手足《てあし》をのばして、ずっとねむることができました。

ロンドンに着《つ》くと、早朝《そうちょう》で、人々《ひとびと》が動《うご》きまわってにぎわっていました。町《まち》の人々《ひとびと》のなかに窓《まど》ふきのおにいさんがいたら、ピピネッラがすぐ気《き》づくように、先生《せんせい》は、ピピネッラの入《はい》った小《ちい》さな旅行用《りょこうよう》の鳥《とり》かごを小《こ》わきにかかえました。ジップは、なにかあったらすぐ動《うご》けるように、先生《せんせい》の足《あし》もとを歩《ある》きました。

先生《せんせい》とジップは大《おお》ぜいの人《ひと》がいる歩道《ほどう》を歩《ある》き、ピピネッラは、おにいさんを見《み》つけられないかと、通《とお》りすぎる人《ひと》のひとりひとりの顔《かお》をするどい目《め》で見《み》つめました。そんなことを二時間《じかん》ほどもつづけると、みんな少《すこ》しつかれてきました。川《かわ》にかかった橋《はし》の上《うえ》にベンチがあったので、先生《せんせい》はこしをかけて休《やす》みました。

「ああ、先生《せんせい》」と、カナリアは言《い》いました。「いきあたりばったりにやっても、おにいさんに偶《ぐう》

然《ぜん》会《あ》えたりしないように思《おも》います。橋《はし》の上《うえ》にどれほどたくさんの人《ひと》がいるか見《み》てください！　ひとりずつ顔《かお》を見《み》ようとしても、ぜんぶどっと流《なが》れるように通《とお》りすぎてしまいます。」

先生《せんせい》も、これではらちがあかないと気《き》落《お》ちしはじめていたところなので、答《こた》えませんでした。やがて、先生《せんせい》は立《た》ちあがると、ロンドン・スズメのチープサイドをさがそうと思《おも》って、歩《ある》きだしました。窓《まど》ふきのおにいさんを見《み》つける手伝《てつだ》いをすると約束《やくそく》してくれていたからです。

聖《セント》ポール大聖堂《だいせいどう》のところまで来《く》ると、先生《せんせい》は、空《そら》にそびえる聖《セント》エドマンド像《ぞう》を見《み》あげました。チープサイドとそのおくさんのベッキーがこの大《おお》きな像《ぞう》の耳《みみ》に巣《す》をかけていることを、先生《せんせい》は知《し》っていました。遠《とお》くからは見《み》えなくても、巣《す》がそこにあって、チープサイドが巣《す》にいて、会《あ》えるといいなと思《おも》いました。

ふいに、先生《せんせい》は、像《ぞう》の耳《みみ》から小《ちい》さな点《てん》が飛《と》び出《だ》すのを見《み》ました。それは弾丸《だんがん》の速《はや》さで地面《じめん》にむかって落《お》ちてきて、つばさをバタバタいわせると、先生《せんせい》の肩《かた》にとまりました。

「いよう、センセじゃないすか！」と、チープサイドは言《い》いました。「ロンドンにいらしてるなんて、ちぃとも知《し》らなかったなぁ。今《いま》、エドマンド像《ぞう》の耳《みみ》から下《した》を見《み》たら、センセのなつかしいストーブのえんとつみたいなぼーしが見《み》えたもんでね。おったまげたの、なんのって！」

「これはこれは、チープサイド」と、先生《せんせい》。「こんなにすぐ会《あ》えて、うれしいよ。」

「だけど、ここでなになさってるんです、センセ?」と、スズメはたずねました。「きのう、グリーンヒースに出《で》かけたら、センセはウェンドルメアでピップの友《とも》だちをさがしてるって聞《き》きましたぜ。」

「そのとおり」と、先生《せんせい》は答《こた》えました。「だが、うまくいかなくてね。ウェンドルメアの人《ひと》たちは、もう何《なん》か月《げつ》もおにいさんを見《み》かけていないのだよ。しかし、ロンドンに出《で》たと聞《き》きつけてね。それで、君《きみ》が助《たす》けてくれると言《い》ってくれたのを思《おも》い出《だ》して、会《あ》いに来《き》たのだよ。」

「言《い》いましたね」と、チープサイド。「そう言《い》いました。でもって、おれは、自分《じぶん》の言《い》ったことは守《まも》りますよ。ひとはだぬごうじゃありませんか。ロンドンは広《ひろ》いとこだが、おれほどロンドンのことを知《し》ってるやつはいやしねえ。よう、ピップ。」チープサイドは、先生《せんせい》のかかえた鳥《とり》かごをのぞきこんで言《い》いました。

「今朝《けさ》は、プリマドンナのごきげんは、どうだい?」

「とてもいいわ、ありがとう」と、ピピネッラ。「でも、おにいさんのことが、ひどく心配《しんぱい》なの。」

「まかしとけってんだ、ピップ」と、スズメは言《い》いました。「イングランドじゅうをさがさなきゃならなくたって、見《み》つけ出《だ》してやろうじゃねえか。このチープサイドさまに、おまかせあれってんだ。おれは、人《ひと》さがしにかけちゃ、大英帝国《だいえいていこく》で一番《いちばん》の腕《うで》だぜ。そうとも！　おまえとセンセと――ジップと――よう、ジップ。」チープサイドは言《い》いました。「しゃべるのにいそがしくて、あいさつするのを忘《わす》れてたぜ。」

スズメは、先生《せんせい》の反対《はんたい》がわの肩《かた》に飛《と》び乗《の》りました。

「今言《いまい》おうとしてたんですが、」と、スズメはつづけました。「センセはこいつらを連《つ》れておうちへ帰《かえ》って、おれの知《し》らせを待《ま》っててくださいよ。なにかあったら、すぐにお知《し》らせしますから。」

「あれに会《あ》えてとてもよかったよ。」ドリトル先生《せんせい》は、グリーンヒースの箱馬車《キャラバン》へ帰《かえ》るときに言《い》いました。「私《わたし》なんかより、あれのほうがずっとじょうずにおにいさんを見《み》つけてくれるだろうからね。なにしろあれは、生《う》まれてこのかたロンドンに住《す》んでいるんだ。町《まち》じゅうの通《とお》りや家《いえ》を知《し》りつくしているんだよ。」

「見《み》つけてくれるといいのですが」と、ピピネッラは、ため息《いき》をつきました。「でも、こわいんです。あのスパイの連中《れんちゅう》が、またおにいさんを見《み》つけて、おそろしい船《ふね》で連《つ》れさっていたらどうしましょう。」

「これこれ、ピピネッラ」と、先生《せんせい》。「ものごとの暗《くら》い面《めん》を見《み》てはいけないよ。きっとまだどこかにいるような気《き》がするんだ。しばらくチープサイドにまかせようじゃないか。見《み》つけられるものなら、見《み》つけてくれるさ。あれは、私《わたし》のおねがいなら、なんでも聞《き》いてくれるからね。」

グリーンヒースに着《つ》くと、先生《せんせい》はガブガブたちにむかえられ、窓《まど》ふきのおにいさんはどうなりましたかと、やかましく質問《しつもん》をあびせかけられました。みんなはたいへんな興味《きょうみ》をもって、先生《せんせい》がウェンドルメアへ出《で》かけたお話《はなし》や、ロンドンでチープサイドと出会《であ》ったお話《はなし》を聞《き》いて、すぐにロンドンなまりの小《ち》さなスズメと会《あ》うのを楽《たの》しみにしはじめました。というのも、この世《よ》なれた小《ち》さな都会《とかい》の鳥《とり》はすばらしい仲間《なかま》であり、そのおかしなおしゃべりやおもしろいお話《はなし》は決《けっ》して聞《き》きあきないからです。

そして、実際《じっさい》のところ、あまり長《なが》く待《ま》つ必要《ひつよう》はありませんでした。あくる日《ひ》の昼《ひる》ごろ、先生《せんせい》の動物《どうぶつ》たちが箱馬車《キャラバン》でお昼《ひる》を食《た》べようとすわっていると、二羽《わ》のスズメがあいたドアからパッと飛《と》びこんできて、テーブルのまんなかにとまりました――チープサイド夫妻《ふさい》です。

おたがいにあいさつを終《お》えると、すぐにダブダブは、夫妻《ふさい》を白《しろ》ネズミのとなりにすわらせ（テーブルにおく塩入《しおい》れのとなりです）、パンくずとアワの実《み》を食《た》べさせました。

「まったくよ、センセ」と、チープサイドは食《た》べ物《もの》で口《くち》をいっぱいにしながら言《い》いました。「み

んなといっしょに食卓《しょくたく》につくのは、いいもんだぜ。ベッキーとおれは、オペラが終《お》わっちまってから、みんなと会《あ》いてえなと思《おも》ってたんだ。」

「そう言《い》ってくれて、ありがとう」と、先生《せんせい》は答《こた》えました。「こちらも、君《きみ》がいなくて、さみしかったよ。」

「なに言《い》ってるんですか、センセ」と、チープサイドは言《い》いましたが、じつはとてもよろこんでいました。

「ところで、チープサイド」と、先生《せんせい》。「しんぼうが足《た》りないように思《おも》われるといやだが、ピピネッラの友《とも》だちの捜索《そうさく》はもうはじめたのかい？」

「だれのことだい？」と、スズメはたずねました。

「窓《まど》ふきのおにいさんのことだよ」と、先生《せんせい》。「きのう、君《きみ》に話《はな》した人《ひと》のことだ。」

「ああ、その話《はなし》！」と、スズメは言《い》いました。「ああ、ちゃんと見《み》つけたぜ。」

「見《み》つけたって！」先生《せんせい》は、立《た》ちあがってさけびました。「もう見《み》つけたのか？　なんてこった！」

「ええ」と、チープサイドは言《い》いました。「今朝《けさ》、つきとめましたよ。十一時《じ》ごろ。」

チープサイドのおどろくべき発言《はつげん》のあと、お昼《ひる》のテーブルをかこんでいた動物《どうぶつ》たちからいっせいにさけび声《ごえ》があがりました。

「いつ、ここに来《く》るの？」自分《じぶん》の声《こえ》をみんなにとどかせるために、いすによじのぼりながらガブガブがたずねました。「その窓《まど》ふきのおにいさんに会《あ》ってみたくてたまらないよ。」

「どんなようすでした？」ピピネッラがたずねました。

「どこで見《み》つかったの？」ダブダブも知《し》りたがりました。

「だが、チープサイド」と、先生《せんせい》。「どうしてそんなにすぐ見《み》つけられたのかね？」

「えっとですね。」みんなのざわめきがおさまったところで、スズメは言《い》いました。「まずは、組《くみ》のところへ行《い》きました。」

「組《くみ》って、どういうこと？」白《しろ》ネズミがキーキー言《い》いました。

「スズメの仲間《なかま》のことさ、もちろん」と、チープサイドは言《い》いました。「町《まち》のスズメは組《くみ》に分《わ》かれているんだ。しかも、なかには、かなり高級《こうきゅう》な連中《れんちゅう》だけの集《あつ》まりもあるぜ。たとえば、ウエストエンドの組《くみ》。いやあ、ありゃあ、気《き》どってるね！　ハイド公園《パーク》あたりのバークリー・スクエア、パーク・レーン、ベルグレーヴィアといったお上品《じょうひん》な地域《ちいき》に住《す》んでるやつらだ。自分《じぶん》たちのことを『えらばれし者《もの》』と呼《よ》んでる、お育《そだ》ちのいい連中《れんちゅう》さ。ホワイトチャペルのスズメとか、ワッピング地区《ちく》やマイルエンドやハウンズディッチといった下町《したまち》に住《す》む連中《れんちゅう》に話《はな》しかけているところを見《み》られたくないって気《き》どっていやがる。ほんとだぜ。それから、その中間《ちゅうかん》の連中《れんちゅう》がいる――チェ

ルシーで芸術家《げいじゅつか》たちとくらす気《き》どった連中《れんちゅう》や、ハイゲイトやハムステッドで作家《さっか》連中《れんちゅう》とつきあうやつらだ。上流《じょうりゅう》でも下流《かりゅう》でもなくて、きたねえかっこうしてて、みすぼらしいのに、育《そだ》ちのいいやつらだ――日曜日《にちようび》にはまじめな顔《かお》しやがって、通《とお》りでけんかもせずに、まっとうなくらしをしてる。だけど、おれにとっちゃ、みんなおんなじだぜ。ホワイトチャペルだろうが、ハイゲイトだろうが、ベルグレーヴィアだろうが、でけえ口《くち》はたたかせねえ。

でもって、センセがその窓《まど》ふきのあにきを見《み》つけたいって言《い》ったとき、おれは、女房《にょうぼう》にこう言《い》ったんだ。『ベッキー、センセがあのやろうを見《み》つけたいってさ。どこにいるかつきとめるのは、おれたちの仕事《しごと》だ。おまえ、ぜいたくなくらしをしてる連中《れんちゅう》のとこに行《い》ってきてくれ』――ほら、ベッキーはおれよりも、気《き》どった話《はな》しかたがうまいんでね――『おれはイーストエンドの連中《れんちゅう》と、中産階級《ちゅうさんかいきゅう》の偽善者《ぎぜんしゃ》どものとこに行《い》ってくるからよ。十時《じ》きっかりにテムズ河沿《がわぞ》いの〝クレオパトラの針《はり》〟のてっぺんで会《あ》おうぜ。組《くみ》のリーダーたちに、この仕事《しごと》はセンセのためだって言《い》うんだ。そしたら、あっという間《ま》にかたづくはずだぜ。あのいまいましい棒《ぼう》ぞうきんやろうが昼《ひる》までに見《み》つからねえようだったら、ただじゃおかねえ――だれかの羽《はね》がむしられて、宙《ちゅう》をまうことになるぜ。その羽《はね》は、おれのじゃねえって言《い》ってやれ』ってね。

それで、ベッキーが出《で》かけていくと、おれは別《べっ》のほうへ出《で》かけた。まず会《あ》ったのは、グリニッジの一隊《いったい》だ。やつらは、ロンドン塔《とう》からその東《ひがし》の〝犬《いぬ》の島《しま》〟（イーストエンド地区《ちく》にある、テムズ河《がわ》に三方《さんぼう》をかこまれた地域《ちいき》）までの河岸《かわぎし》をなわばりにしてる連中《れんちゅう》だ。おれはすぐにそのリーダーと会《あ》った。ワッピング地区《ちく》の親分《おやぶん》で、片目《かため》のアルフって呼《よ》ばれてるやろうだ。けんかじゃ負《ま》けねえって思《おも》ってるやつだ。おれの言《い》うことを聞《き》かせるには、やつの頭《あたま》をどぶにおしつけなきゃならなかった。

『聞《き》きやがれ、このパンくずどろぼうの、船荷運《ふなにはこ》びやろう』と、おれは言《い》ってやった。『最近《さいきん》てめえのなわばりに、見《み》かけねえやろうが来《こ》なかったか？』

『わかるわけ、ねえだろう？』と、やつはぬかした。『ロンドン市長《しちょう》じゃあるめえし。』
『やい、このやろう』と、おれは言《い》ったね。『てめえの手下《てした》を総動員《そうどういん》して、見《み》つけやがれ、わかったか？　窓《まど》ふきのあにきが行方不明《ゆくえふめい》で、センセが見《み》つけたがっていなさるんだ。てめえらスリの仲間《なかま》は、新顔《しんがお》がグリニッジ地区《ちく》にやってきたら、わかるはずだろ。三十分《さんじっぷん》もしたら、またもどってくるからな。報告《ほうこく》を待《ま》ってるぜ！　さあ、とりかかりやがれ、このおんぼろの、役《やく》たたずめが！』
あのグリニッジのやつらには、おだやかに話《はな》してもむだなんだ。耳《みみ》のうしろをけっとばさなきゃ、わからねえんだ。それから、河《かわ》を西《にし》へ進《すす》んで、次《つぎ》の連中《れんちゅう》をはたらかせにチェルシー地区《ちく》に行《い》ったんだ。」
「三十分《さんじっぷん》もしねえうちに」と、チープサイドはつづけました。「おれの受《う》け持《も》ったロンドンの地《ち》域《いき》はぜんぶまわりおえた。やつらのなわばりのどっかにセンセの友《とも》だちがいるなら、ぜったいその知《し》らせが入《はい》るってぜったいの自信《じしん》があったね。だって、都会《とかい》のスズメの目《め》が見《み》すごすようなものはなにもありゃしねえからよ。ツグミとかムクドリとかみてえなほかの鳥《とり》は、ぼけっと町《まち》にやってきて公園《こうえん》とか庭《にわ》とかで遊《あそ》ぶだけで、人間《にんげん》の都会生活《とかいせいかつ》のことにゃ、なんも気《き》にしちゃいねえ。やつらは、ただのお客《きゃく》さんだからね。

ところが、こちとらロンドンっ子《こ》さ。この町《まち》の者《もん》だ。ためしに、劇場《げきじょう》がならぶピカデリー・サーカス地区《ちく》のスズメに、どの劇場《げきじょう》でもいいから何時《なんじ》に終《お》わるか聞《き》いてみな。何時何分《なんじなんぷん》って、きっかり答《こた》えるぜ。なにしろ、やつらは、お客《きゃく》が家《いえ》に帰《かえ》るときに劇場係《げきじょうがかり》が外《そと》にはきだすおかしのくずをひろってくらしてるからな。ウエストミンスターのスズメは、下院《かいん》に出入《ではい》りする国会議員全員《こっかいぎいんぜんいん》の名前《なまえ》を言《い》えるぜ。ペルメル街《がい》のスズメは、ロンドンの学術《がくじゅつ》クラブのメンバー全員《ぜんいん》の名前《なまえ》が言《い》える――クラブのウエイターの家族《かぞく》の歴史《れきし》だって言《い》えちまう。聖《セント》ジェームズ公園《パーク》のスズメは、女王《じょおう》陛下《へいか》が朝食《ちょうしょく》になにをめしあがったか言《い》えるし、王家《おうけ》のあかんぼうがゆうべぐっすり寝《ね》たかも言《い》える。おれたちゃ、どこにでも行《い》って、なんでも見《み》てるんだ。そうさ、ロンドンのニュースについちゃ、おれたちの知《し》らねえことは、なにひとつねえ。そうとも、えれえところで起《お》こってる、髪《かみ》の毛《け》がおっ立《た》つような、おったまげるような話《はなし》だってしてやれるよ――おどろくぜ！

さて、ベッキーとの約束《やくそく》どおり〝クレオパトラの針《はり》〟へ行《い》ったところへ話《はなし》をもどしましょうか。

おれは、も一度《いちど》、片目《かため》のアルフんとこへ行《い》って、その後《ご》どうなったか聞《き》きに行《い》った。やつのなわばりに新《あたら》しくやってきた窓《まど》ふき四人《にん》を追《お》っかけたって話《はなし》を聞《き》かされてね。ところが、そのどれも、おれの言《い》ってた人相《にんそう》と合《あ》うやつがいねえ。ピピネッラがおれに教《おし》えてくれたところによれば、頭《あたま》の横《よこ》んとこに傷《きず》があって、そこには毛《け》が生《は》えなくなっちまってるってことだった。アルフの子分《こぶん》

どもが何時間《なんじかん》もいろんな窓《まど》ふきが仕事《しごと》をしているあたりを飛《と》びまわって、そいつらがぼうしをとって頭《あたま》をかくのを待《ま》ってたんだが、ピピネッラが言《い》ったような傷《きず》のあるやつはひとりもいねえ。」

「でも、今《いま》は窓《まど》ふきをしていないかもしれないわ」と、ピピネッラ。「窓《まど》ふきは、おにいさんのほんとうの仕事《しごと》じゃないから。」

「ああ、わかってらあ。でも、とにかく、見《み》つけたのさ」と、チープサイド。「その話《はなし》を今《いま》してやるよ。それも、あんたの教《おし》えてくれた傷《きず》のおかげで見《み》つけたんだ。おれはアルフに数分《すうふん》、質問《しつもん》をして、やつが徹底的《てっていてき》に捜索《そうさく》したという結論《けつろん》に達《たっ》した。だから、グリニッジとテムズ河下流《かわかりゅう》にはいねえと見切《みき》りをつけて、ベッキーに会《あ》いに行《い》った。」

「そう。あんたは、十時《じ》にはあそこに来《く》るって言《い》ってたのに、来《こ》なかったわね。」チープサイド夫人《ふじん》が、飲《の》んでいたミルクのお皿《さら》からするどい小《ちい》さなくちばしを出《だ》して言《い》いました。

「おまえ、なにを――まったく、女《おんな》ってのは、これですからね、センセ」と、チープサイドがさけびました。「あの一帯《いったい》を調《しら》べつくしてたんだから、そう早《はや》く行《い》けるはずがねえだろ？　それじゃ、おまえはおれを待《ま》たせたことがないっていうのかい、このへらず口《ぐち》のおくさんよ？　こないだの冬《ふゆ》、おれがぶるぶるふるえながらすわって――」

「まあまあ」と、先生《せんせい》が静《しず》かに言《い》いました。「けんかをやめなさい。窓《まど》ふきのおにいさんの話《はなし》をつづけてくれたまえ。」

「ベッキーは、」と、チープサイドはつづけました。「なにも見《み》つからなかったって言《い》うんです。『おかしいじゃねえか、ベッキー』と、おれは言《い》ったね。『まじ、おかしいぜ。』するとベッキーはおれにこう言《い》ったんだ。『たぶん、その人《ひと》、病気《びょうき》なんじゃないの？』──センセも、病気《びょうき》かもしれないっておっしゃってましたね──『病気《びょうき》だったら』と、ベッキー。『ふつうのスズメじゃさがせない。病院《びょういん》のスズメにさがさせなくちゃ。』

『そうだな』と、おれは言《い》った。それで、ふたりで、病院《びょういん》を調《しら》べに行《い》ったんだ。ロンドンには、病院《びょういん》がたっくさんあるんですよ。でも、組《くみ》のリーダーたちに手伝《てつだ》ってもらって、ぜんぶ見《み》てまわりました。最後《さいご》の病院《びょういん》に着《つ》いたとき、まだなんにも知《し》らせが入《はい》ってこなかったんで、女房《にょうぼう》に言《い》ったんです。『ベッキー、こりゃ、センセにおみやげをもってけねえようだな。』

『あたしたちを信頼《しんらい》してくださってるのに、ざんねんだわ』って、ベッキーは言《い》った。

それで、手《て》ぶらでここへ飛《と》んでこようってときに、片目《かため》のアルフ、ワッピング地区《ちく》のいかつい親分《おやぶん》が飛《と》んできたんだ。

『見《み》つけたぜ』と、やつは短《みじか》く言《い》った。

『見《み》つけた？』と、おれ。『どこで？』

『救貧院《きゅうひんいん》の診療所《しんりょうじょ》だ。ビリングズゲイトの。』

『まちがいないのね』と、ベッキー。

『ああ』と、やつ。『まちがいねえ。信《しん》じねえなら、見《み》にくりゃいいさ。』

そこで、アルフといっしょに飛《と》んでいったんでさ。やつは、おれたちをビリングズゲイトのの、り工場《こうじょう》のとなりにある暗《くら》い場所《ばしょ》に連《つ》れてった。そこは、びんぼう人《にん》の施設《しせつ》のようなとこで、じいさんばあさんや、家《いえ》のない人《ひと》たちがいた。はたらける元気《げんき》なやつははたらいて、はたらけない弱《よわ》った人《ひと》は高《たか》いかべにかこまれた庭《にわ》を歩《ある》くって寸法《すんぽう》でさ。なんかぱっとしねえ場所《ばしょ》だあね。

『こっちだ』と、アルフが庭《にわ》の北《きた》のはじへ連《つ》れてってくれた。『あの窓《まど》がずらっとならんでる黄《き》色《いろ》いれんがの建物《たてもの》があるだろ。ありゃ、病気《びょうき》の人《ひと》が入《はい》ってる診療所《しんりょうじょ》さ。』

おれたちはアルフのあとをついて、ずらりとならんだ窓《まど》んとこを飛《と》んで、通《とお》りすぎながら、なかをのぞいていった。五《いつ》つめの窓《まど》んとこでアルフがとまって、おれたちはアルフのとなりの窓《まど》わくにとまった。なかにはベッドがあって、まくらに男《おとこ》の頭《あたま》が横《よこ》になってた。横《よこ》になった頭《あたま》には傷《きず》があった。おれが窓《まど》に近《ちか》よって見《み》てると、男《おとこ》は頭《あたま》を横《よこ》にふって、ひとりごとを言《い》いだした。

『ピピネッラ』と、男《おとこ》はさけんだね。『どこにいるんだ？　やつらは、ゆかに穴《あな》をあけて、原稿《げんこう》をとっていってしまったよ。』

なんのことか、おれにはさっぱりだったけど、カナリアの名前《なまえ》を聞《き》いたとたん、ついに見《み》つけたとわかったぜ。

『やったわ』と、ベッキー。『この人《ひと》だわ。先生《せんせい》にすぐ言《い》いに行《い》きましょう』ってわけで、ここに来《き》たわけでさ。」

スズメが話《はな》しおえないうちに、先生《せんせい》はいすから立《た》ちあがって、シルクハットに手《て》をのばしました。

「ありがとう、チープサイド」と、先生《せんせい》。「君《きみ》たちふたりに、とても感謝《かんしゃ》しているよ。君《きみ》とおくさんがお昼《ひる》ごはんを食《た》べおわっているなら、すぐにそこへ出《で》かけることにしよう。道《みち》を教《おし》えてくれるね。私《わたし》が病室《びょうしつ》をまちがえないように、なにかしるしをつけておいてくれたかね？　なにしろ、相手《あいて》の名前《なまえ》もわからんのだ。」

「診療所《しんりょうじょ》のなかがどうなってるのかはわかりませんが、センセ」と、チープサイド。「でも、だいじょうぶ、見《み》つかりますよ。ベッドにかかったカードに、十七番《ばん》って数字《すうじ》が書《か》かれてましたから。」

「ぼくもいっしょに行《い》っちゃダメ、先生《せんせい》？」先生《せんせい》が箱馬車《キャラバン》のドアへ急《いそ》いでいると、ガブガブがたずねました。

「すまんが、ガブガブ」と、先生《せんせい》。「それはむりだと思《おも》うよ。病院《びょういん》に行《い》くのだから。」
「でも、ぼく、病院《びょういん》に行《い》くのでもかまわないよ」と、ガブガブ。
「それはそうかもしれんが」と、先生《せんせい》。「だが……その……動物《どうぶつ》をたくさん連《つ》れていくと、なかに入《い》れてもらえんかもしれんよ。病院《びょういん》っていうのは、そういうことにやかましいからね。」
ガブガブはとてもがっかりしましたが、先生《せんせい》はがんとしてゆずりませんでした。ブタを連《つ》れていったりしたら、入《い》れてもらえないだろうと思《おも》ったからです。ジップも、同《おな》じ理由《りゆう》でるす番《ばん》をすることになりました。そして、とうとうドリトル先生《せんせい》は、ピピネッラとチープサイド夫妻《ふさい》ともにロンドンへ出発《しゅっぱつ》しました。

第4章

医《い》学《がく》博《はく》士《し》ジョン・ドリトル

ドリトル先生《せんせい》は、ロンドンに着《つ》いて五分《ふん》もしないうちに、自分《じぶん》がやってきたことがロンドンじゅうの動物《どうぶつ》たちに知《し》れわたっていることに気《き》づきました。もちろん、それは、チープサイドやその仲間《なかま》のロンドン・スズメたちのうわさ話《ばなし》のせいでした。先生《せんせい》とその一行《いっこう》が、グリーンヒースからの馬車《ばしゃ》をおりて、ロンドンの宿屋《やどや》の中庭《なかにわ》に入《はい》ると、おかしな、みすぼらしい小鳥《ことり》が飛《と》んできて、先生《せんせい》といっしょに旅《たび》をしてきたチープサイドの耳《みみ》になにかささやきました。チープサイドは、その小鳥《ことり》を連《つ》れてきて、先生《せんせい》にしょうかいしました。

「こいつが、片目《かため》のアルフです、センセ」と、チープサイド。「お話《はな》しした例《れい》のやつです。なにかお話《はなし》があるそうです。」

「やあ、ごきげんよう」と、ドリトル先生《せんせい》。「会《あ》えてうれしいよ。さがし人《びと》を見《み》つけられたのは、もっぱら君《きみ》のおかげだというじゃないか。とても感謝《かんしゃ》しているよ！」

このアルフというのは、たしかにふしぎな外見《がいけん》の鳥《とり》でした。先生《せんせい》がまず気《き》づいたのは、片目《かため》し

かなくても、とても機敏《きびん》で、警戒心《けいかいしん》が強《つよ》いということです。しっぽの羽《はね》が何枚《なんまい》かぬけ落《お》ちていて、なかなか手《て》ごわい相手《あいて》のように思《おも》えました。

「どういたしまして、センセ」と、アルフ。「お役《やく》にたてて、うれしいばかりです。もちろん、センセのことはいろいろ聞《き》いてまして、おれたちロンドンっ子《こ》は、センセがいらしてくれると、いつもよろこんでるんです。おれはワッピングに妹《いもうと》がいて、せんたく物《もの》のロープにからまっちまいましてね。ちょいとみてやってくださると、ありがてえんですが。つばさを折《お》っちまったんじゃねえかと思《おも》うんです。もうひと月《つき》も飛《と》べやしません。パンくずをもってってやって、あかんぼうみてえに食《く》わせてやらなきゃならねえんです。」

「もちろん、できることならなんでもやるよ」と、先生《せんせい》。「妹《いもうと》さんがいるところへ連《つ》れていってくれたら、なにができるかみてみようじゃないか。」

「ねえ、チープサイド。」一行《いっこう》が、片目《かため》のアルフにしたがって新《あたら》しい方向《ほうこう》へ出発《しゅっぱつ》しようとしたとき、ピピネッラがささやきました。「先生《せんせい》を守《まも》ってちょうだい。先生《せんせい》がいったん動物《どうぶつ》の診察《しんさつ》をはじめると、次《つぎ》から次《つぎ》へと動物《どうぶつ》の患者《かんじゃ》がおしよせてくるって、ダブダブが教《おし》えてくれたの。こんなふうにスズメが先生《せんせい》におねがいしに来《く》るたんびに脱線《だっせん》していたら、私《わたし》の窓《まど》ふきのおにいさんのところへは決《けっ》してたどりつけないわ。」

ピピネッラのおそれていたとおりでした。というのも、ドリトル先生《せんせい》が片目《かため》のアルフが案内《あんない》した場所《ばしょ》へ着《つ》いてみると、たいへんな仕事《しごと》が待《ま》ち受《う》けていたからです。ロンドンの最《もっと》もまずしいスラム街《がい》の一角《いっかく》にある空《あ》き家《や》の裏庭《うらにわ》で待《ま》っていたのは、スズメ一羽《わ》ではなく、五十羽以上《ごじっぱいじょう》いたのです。足《あし》が折《お》れたスズメ、犬《いぬ》にかまれたスズメ、ペンキ缶《かん》に落《お》ちてしまったスズメ——馬車《ばしゃ》にひかれてしっぽをけがしたのまでいました。ロンドンじゅうのけがをしたスズメたちが集《あつ》まってきていて、有名《ゆうめい》な先生《せんせい》がいらっしゃるのを待《ま》っていたのです。

「すみません、センセ」と、きたないお庭《にわ》で待《ま》っている患者《かんじゃ》の群《む》れを見《み》つめて、片目《かため》のアルフは言《い》いました。「こんなところへお連《つ》れするつもりじゃなかったんです。マリアには、センセがいらっしゃるのはだまっとけって言《い》ったんですが。でも、女《おんな》ってのは——しゃべっちまうんです。」

「うひょー、すげえや！」チープサイドは、まいったなという感《かん》じで頭《あたま》のてっぺんをかきながらつぶやきました。「パドルビーにいたころみたいじゃねえですか、センセ？　こいつは、ちょいと考《かんが》えもんですぜ。この次《つぎ》には、犬《いぬ》やらネコやらがうわさを聞《き》きつけて、あしたにはまた、どっさり別《べつ》の患者《かんじゃ》が行列《ぎょうれつ》しますすよ。ちょいと変装《へんそう》でもなさったほうがいいですよ。おれは、センセはロンドンをお出《で》になったとふれまわりますから。」

「いや、チープサイド」と、先生《せんせい》。「それではいかん。とにかくここに来《き》た以上《いじょう》、この鳥《とり》たちを

治《なお》してやらねばならん。だが、動物《どうぶつ》の患者《かんじゃ》は、グリーンヒースで毎朝《まいあさ》七時《じ》から十時《じ》まで診察《しんさつ》するとふれまわってくれたまえ。ほかの町《まち》でもそうせねばならん――診療時間《しんりょうじかん》を決《き》めておくんだ。ところで、君《きみ》の妹《いもうと》はどこかね、アルフ？」

「あのはしっこにいるのがマリアです」と、組《くみ》のリーダーは言《い》いました。「おーい、マリア！　こっちへ来《こ》い。センセがみてくださるぞ。」

かなり元気《げんき》のなさそうなスズメが、片《かた》ほうの折《お》れたつばさを地面《じめん》にひきずりながら、スズメの群《む》れのなかをバタバタと通《とお》って、先生《せんせい》のところまでやってきました。

すぐにドリトル先生《せんせい》は小《ちい》さな黒《くろ》いかばんをあけて、その太《ふと》った、しかしすばやい指《ゆび》で、そのスズメの小《ちい》さなつばさのつけ根《ね》をいろいろとさわりました。

「なるほど」と、先生《せんせい》。「上部《じょうぶ》の骨《ほね》が折《お》れてるね。だが、治《なお》るよ。一、二週間《しゅうかん》ギプスをはめて、つばさを三角巾《さんかくきん》でつっておかねばならん。かわいた、かくれ場所《ばしょ》を見《み》つけなさい。ネコの手《て》がとどかないようなところをね。そこで少《すく》なくとも十日《とおか》は完全《かんぜん》にじっとしているんだ。おにいさんのアルフに、これまでどおり食事《しょくじ》を運《はこ》んでもらいなさい。私《わたし》がまた来《く》るまで、このギプスをつついてはずしてはだめだよ。ほら、これでよし！　このハンカチのはじをちぎれば、君《きみ》の三角巾《さんかくきん》になるだろう――そら――首《くび》のまわりにかけて。さあ、これですっかりいいよ。次《つぎ》のかた、どうぞ。」

次《つぎ》に進《すす》み出《で》た患者《かんじゃ》は、まったくひどいありさまでした——若《わか》い、世間知《せけんし》らずの鳥《とり》で、建築現場《けんちくげんば》でけんかをしたのです。興奮《こうふん》して、ペンキの缶《かん》のなかへ落《お》ち、羽《はね》が真《ま》っ白《しろ》のままカチコチにかたまってしまい、もちろん、飛《と》ぶこともできなくなってしまいました。先生《せんせい》は、鳥《とり》のはだを傷《きず》つけないようにしつつ、羽《はね》からペンキを洗《あら》い流《なが》してやらなければなりませんでした。

次《つぎ》に、犬《いぬ》にかまれた鳥《とり》が来《き》ました。乗合馬車《のりあいばしゃ》の乗《の》り場《ば》付近《ふきん》に住《す》んでいたスズメが、馬《うま》の口《くち》もとにつるした飼葉《かいば》ぶくろからこぼれたカラス麦《むぎ》を食《た》べているところを、一ぴきのフォックス・テリアにうっかりつかまり、さんざんひどい目《め》にあわされたのです。

「もう今《いま》にも食《く》われちまうってときに、馬車《ばしゃ》の馬《うま》が犬《いぬ》のしっぽをふんづけてくれたんです。」先《せん》生《せい》がすばやい手《て》つきで、けがしたあばら骨《ぼね》をさわっているとき、患者《かんじゃ》は自分《じぶん》のぼうけん談《だん》を話《はな》しました。「そうしてくれなかったら、おいら、おだぶつでしたよ。もう半分《はんぶん》やっこさんののどのなかに入《はい》ってましたもん。で、しっぽをふまれた犬《いぬ》がすげえさけび声《ごえ》をあげて、せきをして、おいらをはきだしたんです。おいら、やつがしっぽをなめてるあいだに、さっと、客待《きゃくま》ち小屋《ごや》ににげましたよ。」

「その馬《うま》は、スズメの友《とも》だちだったんだろうね」と、先生《せんせい》。「にげられてよかったね。深刻《しんこく》なことはないよ。ちょいとひねってしまっているけどね。一週間《しゅうかん》もすれば治《なお》るだろう。次《つぎ》、どうぞ！」

先生《せんせい》が患者《かんじゃ》すべての診察《しんさつ》を終《お》えて救貧院《きゅうひんいん》にもどれるようになったころには、その日《ひ》の午後《ごご》は半《はん》分《ぶん》終《お》わっていました。

救貧院《きゅうひんいん》の重苦《おもくる》しい雰囲気《ふんいき》の建物《たてもの》にとうとう到着《とうちゃく》して、「面会《めんかい》」と書《か》かれたドアをノックすると、門番《もんばん》がなかへ入《い》れてくれました。チープサイドとベッキーには、外《そと》で待《ま》つように言《い》って、なかへ入《はい》ると、先生《せんせい》は大《おお》きな待合室《まちあいしつ》に通《とお》されました。やがて責任者《せきにんしゃ》が出《で》てきて、だれに会《あ》いたいのかとたずねました。診療所《しんりょうじょ》にいる患者《かんじゃ》だと言《い》うと、担当《たんとう》の医者《いしゃ》が呼《よ》び出《だ》されました。窓《まど》ふきのおにいさんの名前《なまえ》を知《し》らなかったため、先生《せんせい》はいっしょうけんめい説明《せつめい》をして、とうとうだれのことかをわかってもらえました。

「ああ、十七号室《ごうしつ》の患者《かんじゃ》さんですね」と、担当医《たんとうい》は言《い》いました。「うーん！　面会《めんかい》はむりですな。重体《じゅうたい》ですから。」

「どこがわるいんですか？」と、ドリトル先生《せんせい》。

「記憶喪失《きおくそうしつ》です」と、担当医《たんとうい》は深刻《しんこく》そうに首《くび》をふりながら、言《い》いました。「かなりひどいですね。」

さて、とうとう、自分《じぶん》も医者《いしゃ》なのですと説明《せつめい》したのち、ドリトル先生《せんせい》は患者《かんじゃ》との面会《めんかい》を、短《みじか》い時間《じかん》ならと、ゆるされました。

「とても興奮《こうふん》しやすい状態《じょうたい》にありまして」と、診療所《しんりょうじょ》の先生《せんせい》は、長《なが》いろうかと階段《かいだん》を通《とお》って案内《あんない》しながら説明《せつめい》しました。「先週《せんしゅう》、個室《こしつ》にうつしました。かなりふしぎな症例《しょうれい》なのです。自分《じぶん》の名《な》前《まえ》さえ忘《わす》れているようでして。たずねられると、ひどくとりみだします。回復《かいふく》はまず絶望的《ぜつぼうてき》でしょうね。」

ドリトル先生《せんせい》は、階段《かいだん》をあがって、別《べつ》のろうかのつきあたりの小《ちい》さなお部屋《へや》へ通《とお》されました。すでに暗《くら》くなってきており、ロウソクの明《あ》かりで、ベッドに男《おとこ》の人《ひと》が寝《ね》ているのが見《み》えました。

「ねむっているようですね。」ドリトル先生《せんせい》は担当医《たんとうい》にささやきました。「目《め》をさますまで、私《わたし》がひとりでここにいてもよろしいでしょうか？」

「わかりました」と、担当医《たんとうい》。「でも、面会《めんかい》は短《みじか》くおねがいします。どうか興奮《こうふん》させないでくださいよ。」

ドアが閉《し》まるとすぐ、先生《せんせい》は大《おお》きな内《うち》ポケットからピピネッラの鳥《とり》かごを出《だ》して、ベッドのとなりのテーブルの上《うえ》におきました。

「この人《ひと》です、先生《せんせい》」と、ピピネッラはささやきました。そして、うれしくて、そっとさえずりました。とたんに、寝《ね》ていた男《おとこ》は目《め》をあけて、ゆっくり起《お》きあがろうとしました。しばらく、男《おとこ》は鳥《とり》かごのなかの鳥《とり》を、ぼけっと見《み》つめていました。

「ピップ――ピピネ――。」男《おとこ》はためらうように言《い》いました。「いや、思《おも》い出《だ》せない。なにもかもぼんやりしている。」

「君《きみ》のカナリア、ピピネッラだよ。わからないのかね？」ベッドのそばのいすにすわった先生《せんせい》は、静《しず》かに言《い》いました。

病気《びょうき》の男《おとこ》は病室《びょうしつ》にだれかいることに気《き》づいていませんでした。男《おとこ》は急《きゅう》にふりかえって、先生《せんせい》のことを、おかしな、おびえたような目《め》でにらみました。

「あなたは、だれです？」男《おとこ》は、うたがわしそうにたずねました。

「私《わたし》の名前《なまえ》はドリトル」と、先生《せんせい》。「ジョン・ドリトル。医者《いしゃ》だよ。こわがることはない。君《きみ》の

カナリアを連《つ》れてきた――ピピネッラだ。」

「知《し》らない人《ひと》だ」と、窓《まど》ふきのおにいさんは、しわがれ声《ごえ》であえぎながら言《い》いました。「なにかの計略《けいりゃく》か、ペテンじゃないのか。でも、もう意味《いみ》はない。ぼくから秘密《ひみつ》をひき出《だ》すことはできないぞ。ぼくはなにも知《し》らないからな。自分《じぶん》の名前《なまえ》だってわからないんだ。は！　すごく笑《わら》えるじゃないか。なにもかも真《ま》っ白《しろ》だ。記憶《きおく》がなくなっちまった。だれにも、思《おも》い出《だ》させることはできない。ぼくの人生《じんせい》を世間《せけん》に対《たい》して秘密《ひみつ》にしつづけるのがあまりにもうまくいって、もうだれもぼくがだれかわからないんだ！」

窓《まど》ふきのおにいさんは、話《はな》しおえると、まくらに頭《あたま》を落《お》として、目《め》を閉《と》じました。

「おやまあ！」ピピネッラがささやきました。

「どうしましょう、先生《せんせい》？　どうしましょう？」

先生《せんせい》は、しばらく静《しず》かに考《かんが》えていました。それから、先生《せんせい》は前《まえ》かがみになって、患者《かんじゃ》の肩《かた》にそっと手《て》をおきました。

「聞《き》きたまえ」と、先生《せんせい》。「私《わたし》を友《とも》だちと思《おも》ってくれたまえ。だまして君《きみ》の秘密《ひみつ》を聞《き》き出《だ》そうなどとは思《おも》っていない。君《きみ》の人生《じんせい》はもうすでによくわかっているのだ。じつのところ、君《きみ》の人生《じんせい》を知《し》っているのは、この世《よ》で私《わたし》だけなのだよ。君《きみ》はとても重病《じゅうびょう》だった。でも、またよくなるよ。記《き》憶《おく》ももどってくる。君《きみ》が思《おも》い出《だ》せないかどうか、ためさせてくれたまえ。丘《おか》の上《うえ》の風車小屋《ふうしゃごや》をおぼえているだろう？」

とてもゆっくりと、なぐさめるように、ドリトル先生《せんせい》は、窓《まど》ふきのおにいさんに、ピピネッラから鳥語《とりご》で教《おし》えてもらったおにいさんの人生《じんせい》の物語《ものがたり》を語《かた》りました。最初《さいしょ》、ベッドに寝《ね》ていた男《おとこ》は、たいした注意《ちゅうい》もせずに聞《き》いていました。先生《せんせい》はどんどん話《はな》しつづけ、古《ふる》い大聖堂《だいせいどう》の町《まち》の話《はなし》、ロージーおばさまのおうちの話《はなし》、秘密《ひみつ》の原稿《げんこう》の話《はなし》、ゆうかいの話《はなし》、船《ふね》からにげだした話《はなし》、エボニー島《とう》の話《はなし》、いかだの話《はなし》、救出《きゅうしゅつ》された話《はなし》をしました。やがて窓《まど》ふきのおにいさんのやつれた顔《かお》に興味《きょうみ》がうかびました。とうとう、先生《せんせい》が、おにいさんが風車小屋《ふうしゃごや》へもどって、その場所《ばしょ》が荒《あ》らされているのを見《み》つけたようすを説明《せつめい》したとき、患者《かんじゃ》は急《きゅう》にさけび声《ごえ》をあげて、ドリトル先生《せんせい》のうでをつかみました。

「ちょっと待《ま》った！」男《おとこ》はさけびました。「思《おも》い出《だ》した。古《ふる》い風車小屋《ふうしゃごや》――ぼくが原稿《げんこう》をしまっておいたゆかにあいた穴《あな》。あなたがぬすんだんですか？」

「いいえ」と、先生《せんせい》は静《しず》かに言《い》いました。「私《わたし》はあなたの味方《みかた》だと申《もう》しあげたでしょう。」

「でも、どうしてなにもかも知《し》っているんです？」相手《あいて》はさけびました。「そのとおりです――あなたが言《い》ったとおりです。思《おも》い出《だ》してきました。あなたは、なんなんです？」

「私《わたし》はただの医者《いしゃ》です」と、ドリトル先生《せんせい》。「動物《どうぶつ》のことばや習性《しゅうせい》を学《まな》ぶのにもっぱらの時間《じかん》をさいている医者《いしゃ》です。そう言《い》うと、たいてい頭《あたま》がおかしいと思《おも》われるんですがね。でも、ほんとうなんです。あそこのテーブルの上《うえ》にカナリアがいるでしょう？」

「ええ」と、窓《まど》ふきのおにいさん。「あれは、ピピネッラです。ぼくが風車小屋《ふうしゃごや》にもどったとき、ぬすまれたんです。」

「そのとおりです」と、先生《せんせい》。「あなたの人生《じんせい》の物語《ものがたり》を教《おし》えてくれたのは、あの鳥《とり》なんですよ。信《しん》じられなければ、私《わたし》が今《いま》あの鳥《とり》に聞《き》いて答《こた》えてもらいますから、質問《しつもん》を考《かんが》えてください。言《い》ったとおりであることをお見《み》せしましょう。」

病人《びょうにん》は、またうたがいのまなざしで、しばらく先生《せんせい》を見《み》つめていました。

「あなた、頭《あたま》がどうかしているんだ。さもなきゃ、こっちがどうかしてるんだ。」おにいさんはついに言《い》いました。

「そうだね」と、先生《せんせい》はほほえんで言《い》いました。「みんな、そう言《い》うよ。でも、質問《しつもん》をください。そしたら、わかってもらえるでしょう。」

「では、たずねてみてください」と、窓《まど》ふきのおにいさんは言《い》いました。「ぼくがインクを風車《ふうしゃ》小屋《ごや》のどこにしまっていたか。」

そう言《い》うと、おにいさんは、そっと自分《じぶん》にむかってクスクス笑《わら》いました。

先生《せんせい》はふりかえって、ひじのところにいるカナリアと短《みじか》くことばをかわしました。

「ピピネッラが言《い》うには、」と、先生《せんせい》はまたベッドにむき直《なお》って言《い》いました。「あなたはインクをまったく使《つか》わなかったそうです。消《き》えないえんぴつで書《か》いたそうです——なにもかも。そうなんですか？　ピピネッラによれば、あなたは、そのえんぴつの入《はい》った箱《はこ》を台所《だいどころ》のだんろのかざりだな《マントルピース》の上《うえ》においていたとのことです。」

窓《まど》ふきのおにいさんの目《め》は、おどろきで大《おお》きく見開《みひら》かれました。

「気味《きみ》が悪《わる》いな」と、おにいさんは、つぶやきました——「まったくもって気味《きみ》が悪《わる》い。でも——あなたが言《い》ってることは、**ほんとうであることはまちがいない。**あなたが言《い》ったことは、風《ふう》車小屋《しゃごや》にもどってくるときに実際《じっさい》にあったことだ――それに、そのほかのことも――それを知《し》っているのは、ピピネッラしかいないのだから。おかしなことに、あいつがいつもぼくのことばに耳《みみ》をかたむけて、ぼくを見守《みまも》ってくれていると思《おも》ってたけど。じゃあ、あなたは、ピピネッラのことばを話《はな》すんですか？　ありえない。でも、ほんとうなんだ。ぼくは――ぼくは――もうしわけない、あなたをうたぐったりして。」

診療所《しんりょうじょ》のお医者《いしゃ》さんがふたたび部屋《へや》に入《はい》ってきたとき、ドリトル先生《せんせい》はただちに患者《かんじゃ》をここから出《だ》すという話《はなし》を切《き》りだしました。これにはどうやら、大量《たいりょう》の書類《しょるい》に書《か》きこんだり、文書《ぶんしょ》にサインしたりしなければならないようでした。先生《せんせい》は、これからしばらく患者《かんじゃ》のめんどうは先生《せんせい》が見《み》ると保証《ほしょう》させられました。もちろん、先生《せんせい》はよろこんで引《ひ》き受《う》けました。そして、先生《せんせい》が次《つぎ》に面会《めんかい》に来《く》る日《ひ》が定《さだ》められると、先生《せんせい》とピピネッラは診療所《しんりょうじょ》を出《で》て、帰途《きと》につきました。

ピピネッラのよろこびようといったらありませんでした。見《み》ちがえるように明《あか》るくなっています。箱馬車《キャラバン》に帰《かえ》りつくまで、ずっと歌《うた》いつづけていました。夜気《やき》は冷《つめ》たかったので、先生《せんせい》はピピネッラを入《い》れた旅行用《りょこうよう》の鳥《とり》かごをポケットにしまいましたが、窓《まど》ふきのおにいさんがぶじだったことがうれしくてたまらないピピネッラは、それでも一番高《いちばんたか》い声《こえ》でさえずりつづけていました。通《とお》りで先生《せんせい》とすれちがう人《ひと》たちは、どこから声《こえ》がしているのだろうと、とてもびっくりしていま

した。

先生《せんせい》とピピネッラがグリーンヒースに着《つ》いて、先生《せんせい》が箱馬車《キャラバン》に入《はい》ってくるなり、動物《どうぶつ》たちみんなが、どうでしたかと集《あつ》まってきました。

「いつ、おにいさんは、ここに来《く》るの？」ガブガブが、さけびました。

「今度《こんど》の木曜日《もくようび》だ」と、先生《せんせい》。「ここまで来《こ》られるほど、元気《げんき》になっていたらね。診療所《しんりょうじょ》よりもここのほうが回復《かいふく》が早《はや》いと思《おも》うんだ。シアドーシア、ピピネッラの友《とも》だちのために、君《きみ》の箱馬車《キャラバン》にベッドを用意《ようい》してもらえるだろうか？　まずはともあれ、大《おお》いに休《やす》んでもらわねばならんだろうから。」

「かしこまりました、先生《せんせい》」と、シアドーシア。「よろこんで。」

その夜《よ》、ピピネッラは、最《もっと》も陽気《ようき》な歌《うた》を歌《うた》って、みんなを楽《たの》しませてくれました。窓《まど》ふきのおにいさんが見《み》つかったので、すばらしい声《こえ》が出《だ》せました。ダブダブがもう真夜中《まよなか》の十二時《じ》をすぎているから、みんな寝《ね》なければなりませんと言《い》って、お祝《いわ》いを終《お》わりにしなかったら、ひと晩《ばん》じゅうだって歌《うた》いつづけたことでしょう。

第5章

窓《まど》ふきおにいさんの名前《なまえ》がわかる

木曜日《もくようび》になりました。先生《せんせい》が、ピピネッラの友《とも》だちがここまで来《こ》られるほど元気《げんき》になっていたら診療所《しんりょうじょ》から連《つ》れてくると言《い》っていた日《ひ》です。いっしょうけんめいなカナリアが、その日《ひ》の朝《あさ》、かわいそうな先生《せんせい》をとても早《はや》くにたたき起《お》こしてしまいました。そんなわけで、ドリトル先生《せんせい》が、ピピネッラの友《とも》だちに心地《ここち》よく乗《の》ってもらおうと借《か》りてきた、広々《ひろびろ》とした荷馬車《にばしゃ》を走《はし》らせて、マシュー・マグといっしょにビリングズゲイトへむかったのは、まだ暗《くら》いうちの早朝《そうちょう》でした。

むこうに着《つ》くと、マシューは入《い》り口《ぐち》で馬《うま》の世話《せわ》をし、そのあいだに先生《せんせい》は患者《かんじゃ》に会《あ》いに、なかへ入《はい》りました。

窓《まど》ふきのおにいさんはずいぶんよくなっていて、早《はや》く退院《たいいん》して、先生《せんせい》といっしょに行《い》きたいと思《おも》っていました。先生《せんせい》が書類《しょるい》に記入《きにゅう》し、サインするとすぐに、病人《びょうにん》は荷馬車《にばしゃ》に乗《の》せられて、一行《いっこう》はグリーンヒースへむかって出発《しゅっぱつ》しました。

とちゅう、先生《せんせい》は、記憶《きおく》をとりもどした窓《まど》ふきのおにいさんが、もう一度《いちど》、なくした原稿《げんこう》をと

りかえしたくてたまらない思《おも》いでいることを知《し》りました。また、かつてはドリトル先生《せんせい》の正直《しょうじき》さをうたがっていたとしても、今《いま》ではすっかり信用《しんよう》していることもはっきりしていました。

「そして君《きみ》は」と、先生《せんせい》はたずねました。「できるだけ早《はや》く執筆《しっぴつ》をつづけるつもりなのかね？」

「ええ、もちろんです」と、相手《あいて》は答《こた》えました。「でも、まず、生活費《せいかつひ》をかせぐために、なにか仕事《しごと》につかなくちゃ。」

窓《まど》ふきのおにいさんは、ほろのついた荷馬車《にばしゃ》に、なかば横《よこ》たわり、なかばすわっていました。先生《せんせい》はそのとなりにすわっており、マシューは前《まえ》の席《せき》で馬《うま》を御《ぎょ》していました。

「ふうむ」と、先生《せんせい》はつぶやきました。「ええっと――ところで、君《きみ》の名前《なまえ》をまだ教《おし》えてもらっていないのだが。もちろん、言《い》いたくないなら、かまわんよ。君《きみ》の個人的《こじんてき》なことを、だれにも言《い》わないでおく権利《けんり》が君《きみ》にはあるからね。しかし、われわれといっしょにいるあいだ、君《きみ》に呼《よ》びかけるなんらかの名前《なまえ》があると便利《べんり》なのだがね。」

病人《びょうにん》は、マシューが聞《き》いているかどうかと、やや身《み》を起《お》こしました。それから、ふたたび先生《せんせい》のほうをむきました。

「あなたのことは信用《しんよう》します。ぼくは……ラフバラ（イングランド中部《ちゅうぶ》にあるレスターシャー州《しゅう》北部《ほくぶ》の大学町《だいがくまち》）の公爵《こうしゃく》です――いえ、でした。」

「なんてこった！」と、先生《せんせい》。「だが、それじゃ、今《いま》、公爵《こうしゃく》となっている人《ひと》はだれなんですか？　ロンドンに着《つ》いた日《ひ》に、公爵《こうしゃく》は北方《ほっぽう》へご出発《しゅっぱつ》だという記事《きじ》を新聞《しんぶん》で読《よ》みましたが。」

「あれは、弟《おとうと》です」と、窓《まど》ふきのおにいさんは言《い》いました。「私《わたし》が行方不明《ゆくえふめい》になったとき、弟《おとうと》が領地《りょうち》を継《つ》いで公爵《こうしゃく》を名乗《なの》ったんです。私《わたし》が死《し》んだと思《おも》って――私《わたし》が、みんなにそう思《おも》わせたわけですが。」

「いやはや！」先生《せんせい》がつぶやきました。「教《おし》えてください。どうして、そのようなことを？」

「公爵《こうしゃく》でありつづけるかぎり、書《か》きたいことを書《か》くわけにはいかなかったのです。友人《ゆうじん》たちをもめごとに巻《ま》きこむことになりますから。」

「なるほど」と、先生《せんせい》。「そして、行方《ゆくえ》をくらましたことを後悔《こうかい》なさったことはありませんでしたか？　また公爵領《こうしゃくりょう》に帰《かえ》りたいとねがったことはなかったのですか？」

「ありません」と、相手《あいて》はきっぱり言《い》いました。「一度《いちど》も！　やりたいことができないほどお金《かね》がないことはよくざんねんに思《おも》いましたが、自分《じぶん》のとった行動《こうどう》をくやんだことはありません。」

「わかりました」と、先生《せんせい》。「では、聞《き》いてください。われわれといっしょにいるあいだ、あなたをお呼《よ》びする名前《なまえ》が必要《ひつよう》です。なにかお好《この》みはありますか？」

「スティーブンとお呼《よ》びください」と、窓《まど》ふきのおにいさん。

「よろしい」と、先生《せんせい》。「ああ、ごらんなさい。もうグリーンヒースに着《つ》きますよ。マシュー・マグとマグ夫人《ふじん》は、自分《じぶん》たちの箱馬車《キャラバン》に、あなたがすごせるように場所《ばしょ》をあけておいてくれています。そこですっかりくつろいでいただきたい。そして、どうか、ほしいものはなんでもおっしゃってください。」

今《いま》は人《ひと》っ子《こ》ひとりいないサーカス会場《かいじょう》に到着《とうちゃく》すると、先生《せんせい》は、窓《まど》ふきのおにいさんはすぐに休《やす》むべきだと言《い》って聞《き》きませんでした。起《お》きてもよろしいと先生《せんせい》が言《い》うまで、寝《ね》ているようにと言《い》うのです。食事《しょくじ》はシアドーシアがもってきてくれ、おにいさんは家族《かぞく》の一員《いちいん》としてあつかわれることになりました。

ガブガブはおにいさんのことがとても気《き》になっていたので、マグ夫人《ふじん》がお昼《ひる》ごはんをおにいさんに運《はこ》ぶときに、夫人《ふじん》のスカートのうしろからこっそりおにいさんをのぞこうとして、うろつきまわりました。そして、ほんものの公爵《こうしゃく》なのだと知《し》ると、マグ家《け》の箱馬車《キャラバン》からはなれようとしなくなってしまいました。

「あのね、ぼく、ずっとそうじゃないかなあと思《おも》ってた

んだ」と、ガブガブはその日《ひ》の夕《ゆう》ごはんのときに言《い》いました。「きっと、えらい人《ひと》が身分《みぶん》をかくしているんじゃないかなあって。窓《まど》ふきになる前《まえ》、むかしは馬車《ばしゃ》に乗《の》って、黄金《おうごん》の容器《ようき》からお水《みず》を飲《の》んだりしていたんだろうね。そういった生活《せいかつ》を、ただ本《ほん》を書《か》くためだけにやめてしまうなんて！」

「本《ほん》を書《か》いてほかの人《ひと》たちを助《たす》けたくて、あきらめたんだよ」と、トートーが言《い》いました。

「動物《どうぶつ》のことばがわかるのが先生《せんせい》だけでようございました」と、ダブダブが口《くち》をはさみました。「さもなければ、この人《ひと》の秘密《ひみつ》は、ブタに知《し》られてしまった今《いま》、イギリスじゅうに広《ひろ》まるところでした。」

「公爵《こうしゃく》は、いつまでおれたちといっしょにいるんですか、先生《せんせい》？」と、ジップがたずねました。

「まだわからんよ」と、先生《せんせい》。「自分《じぶん》で動《うご》けるようになるまでは、もちろん、いっしょにいるだろうね。今《いま》のところ、つねに診察《しんさつ》をつづける必要《ひつよう》がある。自分《じぶん》のことはまったくかえりみないできた人《ひと》だからね。だから、こんなに病気《びょうき》になってしまったんだ。」

「でも、元気《げんき》になったら」と、ジップ。「風車小屋《ふうしゃごや》へ帰《かえ》るのでしょうか？」

「それについては、まだ公爵《こうしゃく》と話《はなし》をしておらん」と、先生《せんせい》。「なにか仕事《しごと》につきたいと言《い》っている――とりあえず、くらしていくお金《かね》をかせぐためにね。」

先生《せんせい》の動物《どうぶつ》たちが自分《じぶん》の友《とも》だちのことを話《はな》しているのを聞《き》いていたピピネッラは、前《まえ》に出《で》てきて、言《い》いました。

「あの人《ひと》が仕事《しごと》につくなんて、いやです、先生《せんせい》。私《わたし》はオペラのおかげでたくさんお金《かね》をもっています。私《わたし》のめんどうを見《み》てくださったお返《かえ》しに、今度《こんど》は私《わたし》があの人《ひと》のめんどうを見《み》ます。」

「うん、ピピネッラ」と、先生《せんせい》。「それは最高《さいこう》のお金《かね》の使《つか》いかただね。そして、あの人《ひと》には、ここにはいたいだけ、いていただこう。」

スティーブ（スティーブンの愛称《あいしょう》）が先生《せんせい》のおうちに来《き》て一日《にち》か二日《ふつか》すると、じつはさほど満足《まんぞく》していないようだということに、先生《せんせい》は気《き》づきました。なにか言《い》ったわけでも、ぐちをこぼしたわけでもありません。それどころか、先生《せんせい》とお知《し》りあいになれて幸運《こううん》だったと、感謝《かんしゃ》のことばを何度《なんど》ものべていたのでした。それでも、ときどき、ふさぎこんで、物思《ものおも》いにふけっているようなのでした。

「なくした原稿《げんこう》のことを考《かんが》えているんですよ、先生《せんせい》」と、ある日《ひ》の夜《よる》、カナリアが言《い》いました。みんながスティーブのことを話《はな》しているときでした。「もうずいぶん病気《びょうき》もよくなって、どんどん元気《げんき》になってきています。でも、だからこそ、ふしあわせに感《かん》じるんです。夜《よる》にはベッドにすわって、ひざの上《うえ》にメモ用紙《ようし》をおいて書《か》こうとしています。でも、いつもだめなんです。『むだだ』と、おにいさんはつぶやきます。『本《ほん》の内容《ないよう》をおぼえていて、一字一句《いちじいっく》もう一度《いちど》書《か》くことができたとしても——できないけれども——かりにできたとしても、本《ほん》に記《しる》すことを証明《しょうめい》する証拠《しょうこ》の書類《しょるい》がなくなってしまっている。』そう言《い》うと、原稿《げんこう》といっしょに書類《しょるい》をうばった連中《れんちゅう》をののろって、ぶつぶつ言《い》いはじめるのです。」

「ふうむ、気《き》のどくだな！　じつに気《き》のどくだ！」先生《せんせい》は、つぶやきました。「私《わたし》にできることがあるだろうか。ええっと。いっしょに風車小屋《ふうしゃごや》に行《い》ってみてもいいが、それでも私《わたし》にできることはあまりないだろう。」

「でも、とにかくやってみてください、先生《せんせい》」と、ピピネッラがおねがいしました。「どうなるかわかりませんよ。」

「わかった」と、先生《せんせい》。「もし私《わたし》がいっしょに行《い》ったほうがよければ、そのうちいっしょに行くことにしよう。もうずいぶん元気《げんき》になったからね。ジップも連《つ》れていくことにしよう。」

先生《せんせい》とピピネッラの話《はなし》を聞《き》いていたダブダブは、心配《しんぱい》してつばさをバタバタと動《うご》かしました。

「ジョン・ドリトル先生《せんせい》！」ダブダブは、うるさくさわぎました。「ピピネッラのお友《とも》だちを見《み》つけたらすぐにパドルビーに帰《かえ》るとおっしゃっていたじゃありませんか。さあ、もうお友《とも》だちは見《み》つかりました。なぜこんな人気《ひとけ》のない古《ふる》い小《ち》さな町《まち》でぐずぐずしていなきゃいけないんです

か？」

「ダブダブ」と、先生《せんせい》。「私《わたし》だって、おまえと同《おな》じくらい、おうちに帰《かえ》りたくてたまらない。だが、ピピネッラとスティーブをほんとにしあわせにしてやるためには、なくなった原稿《げんこう》をさがさなきゃならん。少《すく》なくともわれわれが、さがす努力《どりょく》はしなければならないのだよ。もうしわけないが、パドルビーに帰《かえ》るのはあとまわしだ。」

「もう、知《し》りません！」アヒルは、ぴしゃりと言《い》いました。「ドリトル先生《せんせい》、先生《せんせい》のいけないところは、いつだってほかの人《ひと》のことばかりで、ご自分《じぶん》のことを考《かんが》えないところですよ。」

先生《せんせい》のポケットで夢見心地《ゆめみごこち》になってまるまっていたホワイティが、頭《あたま》をつき出《だ》して言《い》いました。

「よく言《い》うよ。ねえ、先生《ちぇんちぇい》。ダブダブだって、いちゅもほかの人《ちと》のことばかりやってるじゃないでちゅか。」

「まったくだね、ホワイティ」と、先生《せんせい》はほほえんで言《い》いました。「まったくだ。」

あくる日《ひ》の朝《あさ》、先生《せんせい》は、スティーブをすっかり診察《しんさつ》しおえ

たあとで、もうベッドから出《で》て、毎日少《まいにちすこ》しずつ日光浴《にっこうよく》をしてよいと言《い》いました。しかし、そのよい知《し》らせを聞《き》いても、スティーブは元気《げんき》を出《だ》しませんでした。先生《せんせい》の言《い》うとおりにしましたが、箱馬車《キャラバン》の踏《ステップ》み段にしょぼんとすわりこんで、ぼうっと空《そら》を見《み》つめています。そこで先生《せんせい》は、あすか、あさってに、ウェンドルメアまで行《い》って、古《ふる》い風車小屋《ふうしゃごや》のようすを見《み》てみてはどうかと言《い》いました。スティーブは、この提案《ていあん》に夢中《むちゅう》で飛《と》びついたので、ダブダブでさえ、なくなった原稿《げんこう》をさがしに行《い》くことにしてよかったと、うれしくなりました。

こういったいきさつで、ドリトル先生《せんせい》はふたたびロージーおばさまのいる町《まち》へやってくることになりました——今度《こんど》は、窓《まど》ふきのおにいさんといっしょに、です。ダブダブはふたりのために、お弁当《べんとう》を作《つく》ってあげました——ジップには骨《ほね》を、ピピネッラには種《たね》を持《も》たせました。みんなはグリーンヒースから朝《あさ》の馬車《ばしゃ》に乗《の》りました。ピピネッラは旅行用《りょこうよう》の鳥《とり》かごに入《い》れられ、ジップは先《せん》生《せい》の足《あし》もとにうずくまりました。

第6章

なくなった原稿《げんこう》をさがせ！

一行《いっこう》がウェンドルメアに着《つ》いたときには、夜《よる》おそくなっていたので、その晩《ばん》は宿屋《やどや》に泊《と》まって、あくる日《ひ》の朝《あさ》、風車小屋《ふうしゃごや》へ行《い》ってみました。

風車小屋《ふうしゃごや》は、もちろん、以前《いぜん》よりもさらにぼろぼろの状態《じょうたい》になっていましたが、台所《だいどころ》のドアにかぎはかかっておらず、木《き》の実《み》のからとか、くだもののしんとか、そのほかごみがたくさん、ゆかや窓《まど》わくに捨《す》てられているのに、先生《せんせい》はおどろきました。最初《さいしょ》、これは、ネズミかリスのしわざかとも思《おも》ったのですが、ネズミもリスも見《み》あたりませんでしたし、動物《どうぶつ》のすがたは、天井《てんじょう》のはりからぶらさがってぐっすりねむっている二ひきのコウモリしか見《み》あたりませんでした。

台所《だいどころ》のゆかのまんなかには、スティーブが原稿《げんこう》をかくしていた穴《あな》がありました。そのそばに、そのふたとなっていた大《おお》きな石《いし》がありました。ちょうど、スティーブが原稿《げんこう》をぬすまれたと知《し》って、ロンドンへ出《で》ようと決心《けっしん》してここを立《た》

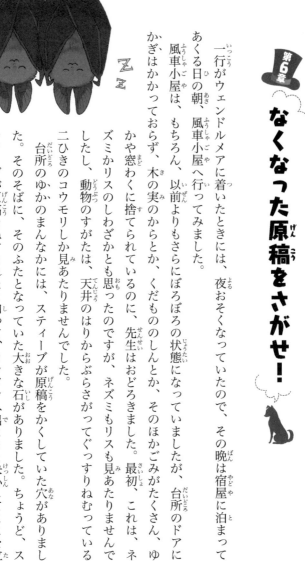

ちさったときのままの状態《じょうたい》でした。

先生《せんせい》がジップを連《つ》れてきたのは、においをかぎわける鋭《するど》い感覚《かんかく》と、えものを追《お》う目《め》の力《ちから》で、捜査《そうさ》を助《たす》けてくれるだろうと期待《きたい》してのことでした。そして、ドアから小屋《こや》のなかへ入《はい》ったとたん、ジップは鼻《はな》を穴《あな》におしつけて、長《なが》いあいだ、はげしく鼻《はな》を鳴《な》らしてかいでいました。

「さて」と、先生《せんせい》はたずねました。「どうかな、ジップ?」

ジップはしばらく答《こた》えずに、ゆかの穴《あな》をクンクン、フンフンとかぎまわっていました。それから、穴《あな》のふたになっていた石《いし》をかいで、とうとう先生《せんせい》を見《み》あげて言《い》いました。

「においは、ほとんどがかなり古《ふる》いもので、とてもかすかです。ふしぎなことに、一番強《いちばんつよ》いにおいがアナグマのにおいなんです——ところが、部屋《へや》のなかではなく、この穴《あな》だけアナグマのにおいがするんです。」

「それはへんだな!」と、先生《せんせい》。「アナグマは、めったに建物《たてもの》のなかに入《はい》ってこないものだが。人間《にんげん》のにおいはどうかね? 人間《にんげん》のにおいもするだろう?」

「ええ」と、ジップ。「たしかに。でも、とてもかすかです。もちろん、先生《せんせい》のお友《とも》だちの窓《まど》ふきのおにいさんのにおいは、はっきりします。石《いし》についたおにいさんの手《て》のにおいは、まだかなり鮮明《せんめい》です。ほかの人間《にんげん》たちがこの部屋《へや》の穴《あな》のまわりにいたのは、それよりずっと前《まえ》なんですが、

スティーブがここに来《き》たあとでも、まだだれかやってきていますね。それで、わからなくなるんです。まるで、人間《にんげん》がふた組《くみ》、別々《べつべつ》のときに、ここにいたみたいなんです。そのうえ、この古《ふる》いアナグマのにおいがあまりに強《つよ》くて、ほかのにおいが残《のこ》っているのがふしぎなくらいです。こいつは、なかなかむずかしいにおいの問題《もんだい》ですよ。」

「うーん！」ステイーブは、もちろんジップの言《い》ったことがわかったわけではありませんが、暗《くら》くつぶやきました。「どうやらむだ足《あし》だったようですね、先生《せんせい》。なにもかも、私《わたし》が残《のこ》していったままです。先生《せんせい》ご自身《じしん》で、穴《あな》がからっぽだとおわかりになったでしょう。」

「この人《ひと》は、なんと言《い》っているんです、先生《せんせい》？」ジップがたずねました。「よくわかりませんでした。」

「がっかりしているようだ」と、先生《せんせい》。「おまえがなにも見《み》つけられないんじゃないかと心配《しんぱい》してる。」

「いや、あきらめるのは早《はや》いですよ」と、ジップ。「まだ、はじまったばかりですから。」

「こいつは、ちょっとしたなぞですよ」と、ジップは、つづけました。「そのふた組《くみ》の男《おとこ》たちからちがうにおいがするのがへんなんです。最初《さいしょ》の連中《れんちゅう》は、事務所《じむしょ》のにおいがしました。羊皮紙《ようひし》、封《ふう》をするのり、インクといったようなもののにおいです。たぶん、連中《れんちゅう》はふたりです。もうひと組《くみ》は、外《そと》のにおいですね。たき火《び》や、馬小屋《うまごや》や、ぬかるんだ道《みち》や、きついタバコのにおいがしました。ああ、気《き》をつけて。その穴《あな》をそっとしておいてください、先生《せんせい》！」

ドリトル先生《せんせい》はひざまずいて、穴《あな》の底《そこ》にあったぱらぱらした土《つち》をさわっていたのでした。

「なぜかね、ジップ？」と、先生《せんせい》は立《た》ちあがりながら、たずねました。

「においが、ぜんぶまざっちまいます」と、犬《いぬ》は言《い》いました。「あったとおりにしておきましょう。そのほうが、ずっとにおいをたどりやすいんです。まずやらなければならないことは、そのアナグマを見《み》つけることです。おふたりで風車小屋《ふうしゃごや》のなかを調《しら》べて、なにか見《み》つからないか見《み》てください。そのあいだ、おれは丘《おか》をぐるりとかけめぐって、アナグマの手《て》がかりを見《み》つけます。そいつをつかまえさえすれば、なにもかもわかるんじゃないかって気《き》がしているんです。」

「なぜかね？」先生《せんせい》は、たずねました。

「いや、ただ、そんな気《き》がするだけです」と、犬《いぬ》は言《い》いました。

においをかいで、あとをつける技術《ぎじゅつ》についておどろくべき才能《さいのう》をもっているジップは、こうした仕事《しごと》をやっているときには、なぞめいた言《い》いかたをするのが好《す》きでした。先生《せんせい》は、いつもジップのそんな気分《きぶん》を大事《だいじ》にして、このにおいのプロが答《こた》えたがらないようなときには、むりに聞《き》こうとしませんでした。そこで、今朝《けさ》は、先生《せんせい》はとりあえずスティーブといっしょに小屋《こや》を調《しら》べる

ことにして、ジップのやりたいようにさせました。

そのあいだ、ピピネッラは小《ちい》さな旅行用《りょこうよう》の鳥《とり》かごにおさまって、めいわくにならないようにと、先生《せんせい》のポケットでじっとしていたのですが、先生《せんせい》がポケットに手《て》を入《い》れて外《そと》に出《だ》してくれたときは、ほっとしました。

「おやまあ、ピピネッラ」と、先生《せんせい》は心配《しんぱい》そうに言《い》いました。「君《きみ》のことをすっかり忘《わす》れていたよ。もうしわけない。」

「だいじょうぶです、先生《せんせい》」と、カナリアは、なれない光《ひかり》に目《め》をぱちくりさせながら言《い》いました。「鳥《とり》かごから出《だ》してくださったら、先生《せんせい》とジップのお役《やく》にたてるかもしれません。」

「わかった。」先生《せんせい》は、鳥《とり》かごの留《と》め具《ぐ》をはずしながら、言《い》いました。「だが、あまり遠《とお》くへ行《い》かないでくれたまえ。にげなければならなくなるかもしれないし、君《きみ》をおいてきぼりにしたくないからね。」

「気《き》をつけます」と、ピピネッラ。「スティーブの肩《かた》に乗《の》っています――もし、先生《せんせい》がおゆるしくださるなら。」

「かまわんよ」と、先生《せんせい》。「君《きみ》は、あの人《ひと》といっしょにいるべきだからね。」

もちろん窓《まど》ふきのおにいさんには、先生《せんせい》とピピネッラのあいだの会話《かいわ》がわかりませんでしたが、ピピネッラが自分《じぶん》の肩《かた》に飛《と》んでくると、ほほえんで、ピピネッラの頭《あたま》をなでてやりました。

「よしよし、ピップ」と、おにいさん。「君《きみ》がそこにいると、むかしみたいだね。」

先生《せんせい》は、スティーブといっしょに、風車小屋《ふうしゃごや》の内《うち》と外《そと》とを徹底的《てっていてき》に調《しら》べました。あまり発見《はっけん》はなく、ただ、この風車小屋《ふうしゃごや》に人《ひと》が住《す》んでいたのは、それほどむかしでないことがわかっただけでした。あちこちにまだロウソクの燃《も》えさしがあり、古《ふる》びたリンゴの皮《かわ》があり、窓《まど》ふきのおにいさんが自分《じぶん》が残《のこ》したものではないとはっきり言《い》える糸《いと》と針《はり》が残《のこ》っていたからです。

もちろん、スティーブが出《で》たあとで、家主《やぬし》さんがだれか別《べつ》の人《ひと》に風車小屋《ふうしゃごや》を貸《か》し出《だ》しただけなのかもしれません。しかし、先生《せんせい》とスティーブは、家主《やぬし》さんにたしかめに行《い》かないほうがよいと考《かんが》えました。

そうこうするうちに、お昼《ひる》の時間《じかん》になり、先生《せんせい》は仲間《なかま》といっしょに、ダブダブが用意《ようい》してくれたお弁当《べんとう》をおいしくいただきました。それでも、ジップはまだ帰《かえ》ってきませんでした。なんと、ついにもどってきたときは、午後《ごご》四時《じ》になっていました。しかも、そのとき、探検《たんけん》の結果《けっか》にまったく満足《まんぞく》できないというようすでした。

「かないませんよ」と、ジップは台所《だいどころ》のゆかに、つかれたようにドスンとたおれながら、ため息《いき》をつきました。「アナグマのやろう、引《ひ》っこししようとなると、どこまでも遠《とお》くへ行《い》きやがる。

ちっくしょう！　先生《せんせい》とおわかれしてから、四方《しほう》八方《はっぽう》、はしからはしまで三十《さんじっ》キロ以上《いじょう》ぐるりと見《み》てまわったけど、あの鼻《はな》の長《なが》い風来坊《ふうらいぼう》はちらりとも見《み》つかりゃしません。いろんな手《て》がかりはあったんです——何十《なんじゅう》と——どれもあんまし新《あたら》しいもんじゃありませんでしたが——念《ねん》のため、ひとつひとつ追《お》っていったが、どうにもならなかった。みんな同《おな》じところに行《い》きつくんです——おれがそこに行《い》ったひと月《つき》ほど前《まえ》にアナグマが出《で》ていってかわりに甲虫《こうちゅう》が住《す》みついた穴《あな》です。そこで、おれは近《ちか》くの農場《のうじょう》の犬《いぬ》たちみんなに相談《そうだん》しました。たいていのやつらは、そのアナグマを知《し》ってました——おかしな、ずるいアナグマだと言《い》ってましたよ。みんな、何度《なんど》もつかまえてやろうとしたが、つかまらなかったそうです。この二、三か月《げつ》ぐら

い、すがたを見《み》ないということでした。今日《きょう》、これ以上《いじょう》ないほどがんばってわかったのは、それだけでした。」

「ひょっとすると犬《いぬ》に殺《ころ》されてしまったのかもしれない——おまえが会《あ》わなかった犬《いぬ》に」と、先生《せんせい》。「あるいは、年《とし》をとって死《し》んでしまったのかもしれない。アナグマは、あんまり長生《ながい》きをしないからね。」

「いいえ」と、ジップは、しんぼう強《づよ》く言《い》いました。「それは考《かんが》えなくていいと思《おも》います。おれの聞《き》いたとこじゃ、このアナグマは年《とし》をとってるわけでもないんで、そうかんたんに犬《いぬ》におそわれたりしないと思《おも》います。わなのことも考《かんが》えたんですがね。農場《のうじょう》の犬《いぬ》ってのは、そこらじゅうをかぎまわって、なんでも知《し》ってるもんですが、あのあたりには、わなはしかけられていないって教《おし》えてくれました。だから、わなにかかったわけでもないってことです。」

「ふうむ！」と、先生《せんせい》。「ほかのアナグマもいなかったのかね？」

「一ぴきも」と、ジップはつぶやきました。

先生《せんせい》は、しばらく、よごれた、クモの巣《す》だらけの台所《だいどころ》の窓《まど》から外《そと》をじっとながめ、西《にし》のほうの空《そら》を赤《あか》くそめる夕日《ゆうひ》を見《み》て考《かんが》えにしずんでいました。

「この場所《ばしょ》のドブネズミやハツカネズミに聞《き》いてみてはどうですか？」ピピネッラがたずねまし

た。「ここに住《す》んでいたときには、たくさんいたんです。なにか教《おし》えてくれるかもしれません。」

「帰《かえ》り道《みち》に野原《のはら》を通《とお》りながら、まさにそいつを考《かんが》えていたんです」と、ジップ。「でも、あいつらじゃ、だめでしょう。役《やく》にたつようなことを知《し》ってたためしがないんです。でも、聞《き》いてみるだけ聞《き》いてみましょう。もちろん、先生《せんせい》が聞《き》いてくださらなきゃだめです。おれのことは、死《し》ぬほどこわがりますからね。おれは外《そと》へ出《で》て、やつらにおれのにおいがあまりしないようにしておきます。」

「よろしい」と、先生《せんせい》。「やれることをやってみよう。」

そこで、ジップがすがたを消《け》すと、スティーブと呼《よ》ばれているラフバラ公爵《こうしゃく》は、ドリトル先生《せんせい》がドブネズミの友《とも》だちを呼《よ》びだす光景《こうけい》を見《み》ることになりました。台所《だいどころ》のゆかのまんなかに立《た》つと、偉大《いだい》な博物学者《はくぶつがくしゃ》はとつぜんその顔《かお》をしかめて、ものすごく高《たか》い音《おと》でチューチューと言《い》い、指《ゆび》のつめで木製《もくせい》のテーブルの上《うえ》をそっとひっかきました。それから、いすにすわって、待《ま》ちました。

五分《ふん》たち、なにも起《お》こらないと、先生《せんせい》は部屋《へや》の別《べつ》の場所《ばしょ》へ行《い》って、さっきのへんてこな呼《よ》びかけをくりかえしました。ところが、ドブネズミもハツカネズミもあらわれません。

「こいつは、まったくおかしいな。」先生《せんせい》は言《い》いました。「なぜ、来《こ》ないのだろう？　人気《ひとけ》のないこんな場所《ばしょ》には、ネズミがたくさんいるはずなのだが。」

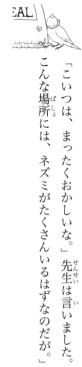

先生《せんせい》が三度《ど》めに同《おな》じことをしようとしたまさにそのとき、ジップがドアをひっかいたので、先《せん》生《せい》はジップをなかへ入《い》れてやりました。

「むだです」と、ジップ。「よけいなことはなさらないほうがいいですよ、先生《せんせい》。ここにはネズミは一ぴきもいません。」

「一ぴきもいない！」先生《せんせい》はさけびました。「いや、それはまずありえないだろう。ここはネズミにとって理想的《りそうてき》なすみかのはずだ。」

「いないんです」と、ジップ。「一ぴきも。この小屋《こや》の外《そと》がわをぐるりと調《しら》べて、穴《あな》があいているところを見《み》たんです。使《つか》われている穴《あな》はわかります。においをかがなくたって、使《つか》われているかどうか見《み》ただけでわかるんです。この数週間《すうしゅうかん》、ネズミが通《とお》った穴《あな》はひとつもありませんでした。」

「うむ」と、先生《せんせい》。「おまえのようなネズミ捕《と》りの名人《めいじん》の言《い》うことをうたがいはしないがね、ジップ。だが、非常《ひじょう》におかしなことだ。どうしてだろうね。」

「毒《どく》です」と、ジップはすぐに言《い》いました。「ネズミ用《よう》の毒《どく》です。おれがにおいを知《し》っている毒《どく》で助《たす》かりました。風車小屋《ふうしゃごや》のうらで骨《ほね》をひろったんですが、そいつをかもうとしたとたん、あるにおいがしたんで、真《ま》っ赤《か》に焼《や》けた火《ひ》かき棒《ぼう》みたいにそいつをポロリと落《お》としましたよ。ずっとむかし、ネズミが食《た》べるようにと毒《どく》をぬられた肉《にく》をおれが食《た》べちまって、ひどい目《め》にあったこと

があるんです。それでもう、こりごりしました。あのときは二週間《しゅうかん》というもの、気持《きも》ちが悪《わる》くて、動《うご》くこともできませんでした。まあ、話《はなし》をもどしますと、その骨《ほね》を落《お》とすと、おれは近《ちか》くの小屋《こや》をかぎまわって、毒《どく》がたっぷりぬられた古《ふる》いパンのかけらを見《み》つけました。少《すこ》しはなれたところのどぶに、死《し》んだネズミが一、二ひきいました。それで、この家《いえ》には一ぴきもいないんです。だれかが、毒《どく》でネズミを追《お》いはらったんです。おれに言《い》わせりゃ、かなり経験《けいけん》のあるネズミとりのプロのしわざですね。」

「うむ。だが、ネズミはもどってくるだろう」と、先生《せんせい》。「それがずいぶん前《まえ》の話《はなし》なら——そのはずだが。かつてネズミがみんな殺《ころ》されてしまったとしても、またネズミがここに住《す》みついてもよさそうじゃないか。今《いま》はここにだれも住《す》んでいないんだから、追《お》いはらう人《ひと》もいない。」

ジップは先生《せんせい》に近《ちか》づいて、思《おも》わせぶりなようすでささやきました。

「どうだかわかりませんよ。」

「どういうことかね？」先生《せんせい》は、たずねました。

「ここにだれも住《す》んでいないというのは、どうだかわかりませんということです——たった今《いま》」と、ジップはささやきました。「この場所《ばしょ》にはかなりおかしなところがあるということは、申《もう》しあげましたね。物置小屋《ものおきごや》のドアの近《ちか》くにあった手《て》がかりからすると、今《いま》ここにだれかが住《す》んでいることは、ほぼまちがいないように思《おも》えるんです。」

「なんてこった！」先生《せんせい》はつぶやきました。「気味《きみ》がわるいな。だが、だれかがここに住《す》んでいる、あるいはかくれているとして、おまえなら、そのにおいがわかるだろう？　そいつがひそんでいる場所《ばしょ》をすぐつきとめられそうなものじゃないか。」

「そうなんですが」と、ジップがうなりました。「あのアナグマのせいで、うまくいかないんです。においがまざってしまって、手《て》がかりがごっちゃになり、数《すう》メートル進《すす》むと、わからなくなってしまうんです。待《ま》ってください！　あの音《おと》を聞《き》きましたか？」

「いや」と、先生《せんせい》。「どこからしたかね？　おや、もう外《そと》は真《ま》っ暗《くら》じゃないか。太陽《たいよう》は丘《おか》のむこうにしずんでしまった。こんなにおそいとは思《おも》ってもみなかった。」そして先生《せんせい》は、もう一度《いちど》言《い》いました。「いや、音《おと》は聞《き》こえなかった。」

「おれは、聞《き》いたように思《おも》ったのですが」と、ジップ――「バタバタッていう音《おと》。でも、気《き》のせいでしょう。」

「いいかね、ジップ」と、先生《せんせい》。「おまえのにらんだとおりで、だれかがここに住《す》んでいるなら、そいつを見《み》つけなければならん。私《わたし》には、ここにだれかいるとは思《おも》えんのだが、おまえの推理《すいり》はよく当《あ》たるからね。さて、ええと、人間《にんげん》がかくれられるような場所《ばしょ》はあるかね？　頭上《ずじょう》にあの古《ふる》

い屋根裏《やねうら》があるね。外《そと》の物置小屋《ものおきごや》もある。それぐらいじゃないかね？　ああ、地下室《ちかしつ》はどうだ？　いや、地下室《ちかしつ》はないね。ゆかの穴《あな》から土《つち》が見《み》えるからね。地下室《ちかしつ》があるなら、あの穴《あな》から見《み》えてもいいだろうし。いや、塔《とう》の屋根裏《やねうら》と、外《そと》の物置《ものおき》だけを調《しら》べればいいだろう。いいかね。仕事《しごと》にかかろう。」

　先生《せんせい》がジップの推理《すいり》をスティーブに説明《せつめい》したあと、ふたりは古《ふる》いがたがたのはしごをもってきて、屋根裏《やねうら》へあがりました。ジップは下《した》で待《ま》っていて、そこでだれかが見《み》つかったときのために待《ま》ちかまえ、ピピネッラは先生《せんせい》とスティーブといっしょにあがっていきました。

「スティーブの肩《かた》にしっかりつかまっているのだよ、ピピネッラ」と、先生《せんせい》。「暗《くら》がりでばらばらにならないように。」

第7章 秘密《ひみつ》のかくし部屋《べや》

風車小屋《ふうしゃごや》の屋根裏《やねうら》は、ありとあらゆるごみでいっぱいでした。古新聞《ふるしんぶん》のたばが、こわれた家具《かぐ》の上《うえ》に積《つ》まれており、クモの巣《す》がおんぼろのトランクや荷箱《にばこ》にかかっており、山《やま》と捨《す》てられた衣《い》服《ふく》がほこりまみれになっていて、何代《なんだい》にもわたって蛾《が》や虫《むし》に食《く》われていました。

「ここに長《なが》いことだれも来《き》ていないことは明《あき》らかだ。」先生《せんせい》は、もう一本《いっぽん》マッチをすりながら言《い》いました。「こうした物《もの》がおかれて以来《いらい》、あのほこりには、だれもふれていないね。」

それでも、先生《せんせい》は両手《りょうて》両足《りょうあし》をついて、すみずみまでのぞきこみました。下《した》におりてきて、小《ちい》さな黒《くろ》いかばんからロウソクをとりだすと（というのも、夜《よる》になって真《ま》っ暗《くら》だったため、足《あし》もとも見《み》えないほどだったのです）、風車小屋《ふうしゃごや》のうらにまわって、物置小屋《ものおきごや》を調《しら》べに行《い》きました。

ここでも、なにも見《み》つかりませんでした。こわれた物置《ものおき》のなかにあるのは、ごみや、木材《もくざい》や、古《ふる》い風車小屋《ふうしゃごや》の機械《きかい》の一部《いちぶ》でした。

「ふうむ！」みんなが台所《だいどころ》へもどろうとしはじめたとき、先生《せんせい》がつぶやきました。「どうやら、お

まえの思《おも》いすごしだったようだな、ジップ——と言《い》っても、めったに思《おも》いちがいなんてしないおまえだがね。この場所《ばしょ》に、ネズミかリスか、なにか動物《どうぶつ》がいさえすれば、質問《しつもん》して情報《じょうほう》を得《え》られるのだが。ねえ、スティーブ、この場所《ばしょ》に地下室《ちかしつ》がないというのは、まちがいないだろうか？」

「ぼくが住《す》んでいたときには、ありませんでした」と、スティーブ。「それは、まちがいありません。」

台所《だいどころ》に着《つ》くと、なかは真《ま》っ暗《くら》でした。もっと明《あ》かりをつけようとして、先生《せんせい》が二本《ほん》めのロウソクを出《だ》そうと、かばんをあけようとしたとき、おどろいたことに、かばんがテーブルからなくなっていることに気《き》がつきました。

「これは、きみょうだ！」先生《せんせい》は、つぶやきました。「かばんは、ぜったいテーブルにおいておいたはずだが。」

「はい、テーブルでした」と、ジップ。「でも、ごらんください。今《いま》は、いすの上《うえ》にあります。」

「しかも、だれかがあけたな。」先生《せんせい》は、近《ちか》づきながら言《い》いました。「台所《だいどころ》を出《で》たときは、留《と》め具《ぐ》をかけたことをおぼえている。」

先生《せんせい》はかばんをあけて、なかを見《み》ました。

「おや、だれかがかきまわしたね！」先生《せんせい》は、おどろいてささやきました。「なくなっているものは、ない。だが、すっかりひっくりかえっている。**われわれが出《で》ているあいだに、だれかがなにかをさがしたんだ！**」

しばらく、先生《せんせい》と犬《いぬ》はだまってたがいを見《み》つめあっていました。とうとう、先生《せんせい》がささやきました。

「おまえの言《い》うとおりだった、ジップ。ここにだれかいる。だが、どこだ？」

ゆっくりと先生《せんせい》は、かべを見《み》まわしました。

「なにか動物《どうぶつ》がいてくれたらいいのだが」と、先生《せんせい》はつぶやきました。

「しぃ！」と、ジップ。「聞《き》いてください！」

スティーブやピピネッラも静《しず》かにしていると、やがて、かすかに、しかしはっきりと、きみょうな小《ちい》さなバタバタ、カサカサという音《おと》が聞《き》こえました。

「見《み》てください！」ジップが天井《てんじょう》をするどい鼻《はな》で指《さ》し示《しめ》して言《い》いました。「コウモリです！　暗《くら》くなってきたので、目《め》をさましたのです。」

先生《せんせい》が目《め》をあげると、そこには、天井《てんじょう》のはりからぶらさがる二ひきの小《ちい》さなコウモリがいました。ときどきパタパタッと、ねむそうにつばさを動《うご》かし、夜《よる》の活動《かつどう》をはじめようとしていました。

この風車小屋《ふうしゃごや》に入《はい》ってから先生《せんせい》が目《め》にしたゆいいつの動物《どうぶつ》でした。

「なんということだ！」と、先生《せんせい》。「どうして思《おも》いつかなかったんだろう？　コウモリだ――そりゃそうだ。ハエに毒《どく》でももらないかぎり、コウモリを毒殺《どくさつ》できない。なにか教《おし》えてくれないか、聞《き》いてみることにしよう。」

この毛皮《けがわ》をまとった不気味《ぶきみ》な生《い》き物《もの》は、ロウソクのほのかな明《あ》かりに照《て》らされて、かべにふしぎなかげを投《な》げかけながら部屋《へや》を飛《と》びまわっていました。

「教《おし》えてくれ」と、先生《せんせい》はコウモリ語《ご》で言《い》いました（それはとてもふしぎなことばで、針《はり》のような高音《こうおん》でもっぱらなりたっていて、ふつうの人《ひと》には聞《き》こえないくらいかすかな音《おと》でした）。「いくつか聞《き》きたいことがある。まず、この家《いえ》にはだれか住《す》んでいるのかね？」

「ええ。」まだぐるぐると飛《と》びまわりながら、コウモリたちは答《こた》えました。「ずいぶん長《なが》いあいだ、出《で》たり入《はい》ったりしながら、住《す》んでますね。」

「今《いま》、だれかいるのかね？」先生《せんせい》は、たずねました。

「たぶんね」と、コウモリたち。「ゆうべ、男《おとこ》がいましたよ。でも、もちろん、昼間《ひるま》は私《わたし》たちは寝《ね》てしまいますからね。いなくなっているかもしれません。」

「この穴《あな》について知《し》っていることはあるかね？」先生《せんせい》は、ゆかを指《ゆび》さしながらたずねました。

「先生《せんせい》のとなりにいる人《ひと》が原稿《げんこう》をしまっていた場所《ばしょ》です」と、コウモリたち。

「ああ、それはわかっている」と、先生《せんせい》。「だが、この人《ひと》がるすのあいだに、原稿《げんこう》はぬすまれたかなにかしたんだ。君《きみ》たちは、見《み》ていないかね？」

「かなりこんがらがった、めんどくさい話《はなし》なんですが、」コウモリたちはキーキー声《ごえ》で言《い》いました。「でも、たまたま私《わたし》たちはすべてを見《み》ているんです。なにしろ、原稿《げんこう》は三度《ど》、持《も》ち主《ぬし》が変《か》わったんですが、ぜんぶ夜《よる》のうちに起《お》こったことですから、私《わたし》たちは起《お》きていて見守《みまも》っていたんです。」

「持《も》ち主《ぬし》が三度変《どか》わっただって！」と、先生《せんせい》はさけびました。「これはたまげた！　つづけたまえ、つづけたまえ！　まずだれがとったのかね？」

「アナグマです」と、コウモリたち。「あいつは外《そと》に住《す》んでいたんですが、冬《ふゆ》のあいだ、なかに入《はい》

ろうと思《おも》ったんですね。そこで、外《そと》からトンネルをほりました。私《わたし》たち、見《み》てたんです。まっすぐにほって、ゆか下《した》のまんなかまで来《き》ました。ところが、敷石《しきいし》があまりに重《おも》くて、そこでストップしてたんです。そしたら、ある晩《ばん》、男《おとこ》の人《ひと》がやってきて、ここに住《す》むようになりました。それから一週間《しゅうかん》ほどすると、もうふたり男《おとこ》の人《ひと》が来《き》ました。ここに住《す》んでいた人《ひと》はかくれて、あとから来《き》たふたりがなにかをさがしているかのように、あちこちをひっくりかえしました。とうとう、ゆかの敷石《しきいし》をはがしはじめて、あの穴《あな》を見《み》つけて、ふたを半分《はんぶん》こじあけたんですが、ちょうどそのとき、この場所《ばしょ》の持《も》ち主《ぬし》である農場《のうじょう》の人《ひと》が、お手伝《てつだ》いさんをひとり連《つ》れてやってきたんです。台所《だいどころ》にいた男《おとこ》たちは、穴《あな》をそのままにして、さっとかくれる時間《じかん》しかありませんでした。おかしかったですよ。新手《あらて》のかくれんぼみたいでした。農場《のうじょう》の人《ひと》は台所《だいどころ》へは来《き》ませんで、戸口《とぐち》をトンテンカンと打《う》ちつけて、それで行《い》ってしまいました。そのあとすぐ、半分《はんぶん》あいた石《いし》のところからアナグマの鼻《はな》が出《で》てきました。台所《だいどころ》へ出《で》ようとして、手当《てあ》たり次第《しだい》にひっかいて、はがそうとしていたんですが、**これにも**じゃまが入《はい》りました。最初《さいしょ》の男《おとこ》——ここにずっと住《す》んでいた男《おとこ》——がふたたびあらわれたんです。男《おとこ》は、石《いし》を

もちあげて、今《いま》ごらんのとおりのようにおきました。ところが、地下《ちか》でもがいていたアナグマが土《つち》を原稿《げんこう》の上《うえ》にすっかりかけてしまっていたので、穴《あな》のなかには土《つち》しか見《み》えなくなっていました。そこで、男《おとこ》は原稿《げんこう》に気《き》づかず、穴《あな》をそのままにして、自分《じぶん》の夕食《ゆうしょく》の準備《じゅんび》にとりかかりました。そのあいだずっと、原稿《げんこう》はそこにあったわけです。」

「原稿《げんこう》はずっとそこに残《のこ》されたままだったはずです」と、コウモリたちはつづけました。「もし、アナグマがその夜《よる》おそく、男《おとこ》がねむっているあいだに、もう一度《いちど》穴《あな》をひっかきまわしはじめなかったら。どうやらアナグマは、穴《あな》を巣《す》にしようとしているようでした。そしてまず、台所《だいどころ》のゆかに原稿《げんこう》を投《な》げ出《だ》したのです。原稿《げんこう》はもう、『どうぞ、ひろってください』と言《い》わんばかりに、ゆかに転《ころ》がっていたわけです。きっと、」と、コウモリは言《い》いました。「朝《あさ》になったら、ここに住《す》んでいる男《おとこ》が見《み》つけて、とってしまうだろうと思《おも》いました。ところが、男《おとこ》がねむって一時間《じかん》ほどしたところで、あのふたり組《ぐみ》のほうがもどってきたのです。しかし、ふたりがもどってくる物音《ものおと》を聞《き》きつけた男《おとこ》は、目《め》をさまして、かくれて見守《みまも》りました。ふたり組《ぐみ》は、もちろん、まだ風車小屋《ふうしゃごや》にだれかいるとは気《き》づいていません。

ふたり組《ぐみ》は、昼間来《ひるまき》た農場《のうじょう》の人《ひと》がいないことを確認《かくにん》すると、すぐに台所《だいどころ》に入《はい》り、ロウソクをともして、くつろぎました。そこで、まず目《め》に入《はい》ったのは、ふたりがさがしていた原稿《げんこう》でした。はいどうぞと言《い》わんばかりに、ゆかに転《ころ》がっていたわけです。ふたりは原稿《げんこう》をテーブルの上《うえ》におい て、調《しら》べはじめました。しばらくして、音《おと》がしたので、ひとりがたしかめに外《そと》へ出《で》たのですが、そのとき、どうやらころんで、けがをしたらしく、ふいに相棒《あいぼう》を呼《よ》びました。相棒《あいぼう》は、原稿《げんこう》をそのままにして急《いそ》いで外《そと》へ出《で》ていきました。そして、ふたりともいなくなったとき、ここに住《す》んでいた男《おとこ》がこっそり出《で》てきて、原稿《げんこう》をぬすんで、またかくれてしまったのでした。

ふたりがもどってきたとき、なにがどうなっているのか、さっぱりわかりませんでした。とうとう、この風車小屋《ふうしゃごや》にはだれかがいるんだとわかって、ピストルをポケットからとりだして、あちこちさがして、原稿《げんこう》をとった男《おとこ》を見《み》つけようとしました。しかし、見《み》つかりませんでした。ついに、夜明《よあ》けごろ、私《わたし》たちがそろそろねむろうと思《おも》っていると、ふたりはカンカンになって出《で》て

いって、二度《にど》ともどってきませんでした。」

「では、原稿《げんこう》は、ここに住《す》んでいた男《おとこ》の手《て》にあるというわけだね？」先生《せんせい》は、たずねました。

「そうです」と、コウモリ。「私《わたし》たちが知《し》るかぎり、まだ持《も》っているはずです。」

「なんてこった！」先生《せんせい》はつぶやきました。「まったくおどろくべき話《はなし》だ。」

そして、ふりかえると、先生《せんせい》はコウモリの話《はなし》をスティーブに通訳《つうやく》してあげました。そのあいだ、ふしぎな生《い》き物《もの》たちは、かべに落《お》ちる自分《じぶん》たちのかげと〝さわり鬼《おに》〟のゲームでもしているかのように、うす暗《ぐら》い部屋《へや》のなかをぐるぐると静《しず》かに輪《わ》になって飛《と》んでいました。

「すばらしい！」先生《せんせい》が通訳《つうやく》しおえると、スティーブはささやきました。「じゃあ、まだとりかえせるかもしれない。」

ドリトル先生《せんせい》は、コウモリたちをふりかえりました。

「それで、その男《おとこ》がどこにかくれているか、わからんかね？」先生《せんせい》は、たずねました。

「もちろん、わかりますよ」と、コウモリ。「地下室《ちかしつ》にかくれています。今《いま》もたぶんいますよ。」

「だが、地下室《ちかしつ》はないはずだが」と、先生《せんせい》はゆかの穴《あな》を見《み》つめながら言《い》いました。「こちらの紳士《しんし》は、何年《なんねん》もここに住《す》んでいたことがあるのだが、地下室《ちかしつ》はなかったと言《い》っている。」

「はい」と、コウモリたち。「だれも、偶然《ぐうぜん》見《み》つけでもしないかぎり、見《み》つけられないんです。

秘密《ひみつ》の通路《つうろ》があるんです。今《いま》ここに住《す》んでいる男《おとこ》は、たまたまその通路《つうろ》を見《み》つけたんです。その穴《あな》があるゆかの下《した》じゃないんですよ。台所《だいどころ》の下《した》にあるんですが、その穴《あな》の下《した》じゃないんです。いいですか、あそこのかべに、人《ひと》の頭《あたま》ぐらいの高《たか》さのところに、大《おお》きな白《しろ》い石《いし》があるのがわかりますか？　あの石《いし》の左下《ひだりした》をおせば、内《うち》がわに回転《かいてん》して、通路《つうろ》が見《み》えます。いすの上《うえ》に立《た》てば、上半《じょうはん》身《しん》を穴《あな》につっこむことができますから、穴《あな》のなかをはって、かべのむこうがわを進《すす》んでいけば、左《ひだり》がわに階段《かいだん》があって、おりていくことができます。」

　ふたたび先生《せんせい》はスティーブに通訳《つうやく》をしました。スティーブはたいへんわくわくして、すぐにいすをもってきて、入《はい》ってみようと言《い》いましたが、先生《せんせい》が手《て》をあげてとめました。

「ゆっくりやらなければならないよ」と、先生《せんせい》はささやきました。「この男《おとこ》というのが、まだ原《げん》稿《こう》を持《も》っているかどうかもわからんのだ。待《ま》ちなさい。よく考《かんが》えなければならん。」

　こうして先生《せんせい》とスティーブは、コウモリたちがロウのたれるロウソクのまわりをぐるぐるまわっているあいだ、ささやきながら行動計画《こうどうけいかく》をねりました。テーブルの下《した》では、ジップが、耳《みみ》をそばだてて、じっとしてすわって、ゆか下《した》から音《おと》が聞《き》こえないかと聞《き》き耳《みみ》を立《た》てていました。

「最《もっと》も重要《じゅうよう》なのは」と、先生《せんせい》。「男《おとこ》がわれわれに気《き》づいて警戒《けいかい》する前《まえ》に、原稿《げんこう》のありかをつきとめなければならんということです。なにしろ、われわれがなにを求《もと》めているか知《し》られたら、むこ

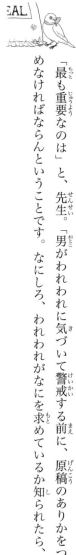

うはちらりとも原稿《げんこう》を見《み》せてくれんでしょうからな。」

「そのとおりです」と、スティーブはささやきました。「たしかに、相手《あいて》は原稿《げんこう》が大切《たいせつ》なものだとわかっているはずです。おそらくは、政府《せいふ》の連中《れんちゅう》をゆすって、うまくいけば売《う》りつけようとでもいうのでしょう。いったいだれなのか見当《けんとう》もつきません。たまたまかかわりあいになったうさんくさい人物《じんぶつ》で、金《かね》もうけをしようと考《かんが》えているのじゃないかな。どういう計画《けいかく》でいきますか？」

「われわれがこの風車小屋《ふうしゃごや》をすっかり立《た》ちさったと思《おも》わせることにしましょう」と、先生《せんせい》。「相《あい》手《て》はまだ、われわれがなにをしに来《き》たのかわかっていないと思《おも》います。そうしていったん立《た》ちさってから、もどってきて見張《みは》るんです。うまくいけば、原稿《げんこう》をかくしておいた場所《ばしょ》へ行《い》って、それをとりだして見《み》るかもしれない。そしたら、一気《いっき》におしかけて、原稿《げんこう》をだめにされる前《まえ》に、とりおさえましょう。」

「いい考《かんが》えです」と、スティーブは重々《おもおも》しく言《い》いました。「窓《まど》の外《そと》から台所《だいどころ》を見張《みは》ることができると思《おも》いますか？」

「それは問題《もんだい》ないでしょう」と、先生《せんせい》。「だが、見《み》つからないように、うたがわれないように、細心《さいしん》の注意《ちゅうい》をはらわなければならん。さわがしく出発《しゅっぱつ》の準備《じゅんび》をすることにしましょう。ほかの細《こま》かなことは、外《そと》に出《で》てから決《き》めるのです。」

第8章 どろぼう！

それから、先生《せんせい》はいきなり大声《おおごえ》で話《はな》しながら、パチンとかばんを閉《と》じました。そして、ドシンドシンと足《あし》をふみならしながら、ふたりで出《で》ていき、そのあとからジップも風車小屋《ふうしゃごや》をあとにしました。

丘《おか》から町《まち》へくだっていく道《みち》を百メートルほど進《すす》んだところで、先生《せんせい》がジップに言《い》いました。

「さあ、もう少《すこ》し先《さき》へ走《はし》っていって、少《すこ》しほえてきておくれ——ちょうどさんぽに連《つ》れだされた犬《いぬ》みたいにね。私《わたし》たちのことは気《き》にせんでよい。しばらくここにいたら、風車小屋《ふうしゃごや》にひきかえすから。だが、おまえには、ゆっくりと遠《とお》ざかりながら、ずっとほえつづけてもらいたい。小屋《こや》にいる男《おとこ》が、私《わたし》たちが町《まち》へ行《い》ってしまったと思《おも》うようにね。」

「わかりました」と、ジップ。「やりましょう。でも、つかみあいにでもなったら、口《くち》ぶえをふいておれを呼《よ》びもどすのを忘《わす》れないようにしてくださいよ。」

先生《せんせい》は、ジップにそうすると約束《やくそく》しました。それから、ピピネッラの小《ちい》さな鳥《とり》かごをポケットからとりだし、ピピネッラを鳥《とり》かごに入《い》れると、またポケットにもどしました。

「もし、めんどうなことになったら」と、先生《せんせい》はピピネッラに言《い》いました。「ここにいたほうが安全《あんぜん》だからね。鳥《とり》というのは——コウモリやフクロウは別《べつ》として——暗《くら》やみで目《め》はきかないものだ。」

「ええ」と、ピピネッラ。「だから太陽《たいよう》がしずむと、私《わたし》たちは木《き》のなかにかくれるんです。夜《よる》うろつきまわるネコもいますから、そうしないと危険《きけん》なんです。」

「そのとおりだ」と、先生《せんせい》。「どうか静《しず》かにしていてくれたまえ、ピピネッラ。」

そのころには、ジップは丘《おか》をずいぶんおりていて、スティーブと先生《せんせい》には、ときどきジップのほえ声《ごえ》が聞《き》こえてきましたが、聞《き》こえるたびにどんどん遠《とお》くなっていました。数分待《すうふんま》ってから、ふたりはひきかえし、ゆっくり気《き》をつけながら風車小屋《ふうしゃごや》に近《ちか》づきました。

風車小屋《ふうしゃごや》から五十メートルほどまで来《き》たとき、先生《せんせい》はスティーブに合図《あいず》をして、ふたりはしげみの背後《はいご》にかくれました。

「あのコウモリたちに、その後《ご》の情報《じょうほう》をくれるように言《い》っておけばよかった」と、先生《せんせい》はささやきました。「思《おも》いつかなかったとは、おろかだった。聞《き》きたまえ！　だれかが台所《だいどころ》のドアをあけているよ。」

そのとき、スティーブと先生《せんせい》は風車小屋《ふうしゃごや》のドアがゆっくりと開《ひら》くのを目《め》にしました。男《おとこ》が出《で》てきて、じっとたたずみ、耳《みみ》をすませています。遠《とお》くの丘《おか》の下《した》のほうでジップが、まだ元気《げんき》よく、いもしないだれかを相手《あいて》に「石《いし》を投《な》げてください」とさけんで遊《あそ》ぶふりをしている声《こえ》がはっきりと聞《き》こえました。

しばらくして、男《おとこ》はさっきまでいた連中《れんちゅう》がほんとうに立《た》ちさってしまったと満足《まんぞく》したらしく、用心深《ようじんぶか》く部屋《へや》にもどると、うしろ手《で》にドアを閉《し》めました。

「ほら！」と、先生《せんせい》は言《い》いました。「ロウソクをつけているよ。窓《まど》のところになにかつるしている。しかし、ドアのすきまから、チラチラ光《ひかり》が見《み》えるだけだね。」

先生《せんせい》とスティーブがかくれていた場所《ばしょ》から前《まえ》へ動《うご》こうとしたとき、つばさがかすかに羽《は》ばたく音《おと》が頭上《ずじょう》から聞《き》こえました。空《そら》を見《み》あげてみると、小《ちい》さなきみょうな形《かたち》のものがおどっています。コウモリたちでした。

「追《お》い出《だ》されてしまいました」と、コウモリたちは先生《せんせい》に言《い》いました。「なかにいて、なにか先《せん》生《せい》にお伝《つた》えできないかなと思《おも》っていたのですが、タオルをふりまわされて、台所《だいどころ》から追《お》い出《だ》されました。コウモリは不幸《ふこう》をもたらすと思《おも》っている人《ひと》がいるんです。」

「原稿《げんこう》のことは、なにかわかったかね？」先生《せんせい》はたずねました。

「ええ」と、コウモリたち。「男《おとこ》はドアを閉《し》めてロウソクをともしたあと、地下室《ちかしつ》から原稿《げんこう》をとってきました。今《いま》、テーブルで調《しら》べています。あまり読《よ》むのが得意《とくい》ではないらしく、一行《ぎょう》にずいぶん長《なが》い時間《じかん》をかけています。読《よ》みはじめてすぐ、私《わたし》たちは見《み》つけられて追《お》い出《だ》されたので、そのあとのことはわかりません。」

「ありがとう」と、先生《せんせい》。「教《おし》えてくれたことは、とても大切《たいせつ》なことだ。」そして先生《せんせい》はコウモリの情報《じょうほう》をスティーブのために通訳《つうやく》しました。

「ひと仕事《しごと》、しなければならんね」と、先生《せんせい》はつけくわえました。「あのドアはたぶん内《うち》がわからかぎがかかっているだろうからね。窓《まど》は急《いそ》いで入《はい》るには小《ちい》さすぎるし。」

「たぶん」と、スティーブ。「あいつが外《そと》に出《で》るまでしばらく見張《みは》っていたほうがいいんじゃないでしょうか。おそらくそのとき、テーブルに原稿《げんこう》を残《のこ》していくでしょうから。」

「うむ」と、先生《せんせい》。「こっそり近《ちか》よって、できればドアのすきまから、男《おとこ》をのぞいてみようじゃないか。そうしたら、次《つぎ》の計画《けいかく》の立《た》てようもあるだろう。」

そこでふたりは、物音《ものおと》をたてないように最大限《さいだいげん》の注意《ちゅうい》をはらいながら、はうようにして丘《おか》に近《ちか》づき、風車小屋《ふうしゃごや》の大《おお》きなかげのなかに入《はい》りました。ドアの左《ひだり》がわが曲《ま》がっていて、わくとのあいだに細《ほそ》いすきまがありました。そこから先生《せんせい》は、なかをのぞきました。

なかには、ぼろをまとって、短《みじか》いあごひげを生《は》やした、乱暴《らんぼう》そうな男《おとこ》が、テーブルについていました。テーブルには紙《かみ》がいっぱいちらばっていました。テーブルの下《した》には麻布《あさぬの》のふくろがぺしゃんこになっていましたが、どうやら原稿《げんこう》を持《も》ち運《はこ》ぶのにそれにつつんできたようでした。

「チュンチュン！」先生《せんせい》のポケットからカナリアが合図《あいず》をしました。

「どうした、ピピネッラ？」ドリトル先生《せんせい》は、小《ちい》さな鳥《とり》かごを外《そと》に出《だ》しながら言《い》いました。

「私《わたし》もそいつをのぞいてみてもいいですか？」と、カナリア。「あとで、顔《かお》がわかっていたほうがいいかもしれないので。」

「もちろんだ」と、先生《せんせい》は言《い》って、のぞいていたすきまのところに鳥《とり》かごをおきました。ピピネッラが男《おとこ》の特徴《とくちょう》をすっかりおぼえると、先生《せんせい》はピピネッラをポケットにもどして、スティーブに話《はな》しかけました。

「このドアの内《うち》がわに、どんなかぎがあるのかわかりさえすれば」と、先生《せんせい》。「体当《たいあ》たりしたらどうなるかわかるんだがな。一度《いちど》思《おも》いきりぶつかっただけであくなら、相手《あいて》をつかまえて、なにかされる前《まえ》に君《きみ》の原稿《げんこう》を確保《かくほ》できるんだがね。」

「いや、待《ま》ってください」と、スティーブはささやきました。「ドアがかんたんにやぶれなかったら、むこうは警戒《けいかい》して、だんろで原稿《げんこう》を燃《も》やしてしまうとか、なにかする時間《じかん》がたくさんできてしまう。むこうが出《で》てくるまで待《ま》っていたほうがいいでしょう。なんとかおびきだす方法《ほうほう》はありませんかね？」

「ふうむ！」と、先生《せんせい》。「あったとしても、うたがわれて、事態《じたい》を悪化《あっか》させる危険《きけん》が大《おお》きい。うむ、しばらく待《ま》って、相手《あいて》がなにをするのか、たしかめよう。」

そこで、東《ひがし》から寒《さむ》い夜風《よかぜ》が新《あら》たにふきはじめたにもかかわらず、先生《せんせい》とスティーブはドアのところで見張《みは》りをつづけ、相手《あいて》が立《た》ちあがって出《で》てこないかと思《おも》いながら、すきまからのぞいていました。ドリトル先生《せんせい》は、両《りょう》がわからふたりいっぺんに飛《と》びかかって、抵抗《ていこう》される前《まえ》に取《と》りおさ

えてしまう計画《けいかく》をくわしく考《かんが》えていました。

ところが、何時間《なんじかん》たっても、丘《おか》の下《した》のほうではまだジップが元気《げんき》にほえつづけており、男《おとこ》が動《うご》くようすはありませんでした。

とうとう先生《せんせい》は、丘《おか》をおりていって、かわいそうなジップを解放《かいほう》してあげるべきだと考《かんが》えました。ジップはまだ言《い》われたとおりに、一定《いってい》のあいだをおいて元気《げんき》にほえているのです。そこで、スティーブに見張《みは》りをまかせて、先生《せんせい》は丘《おか》をおりていき、ついに、町《まち》の通《とお》りにまで出《で》ていたジップを見《み》つけて、事態《じたい》を説明《せつめい》しました。

「そりゃ、こまりましたね！」と、ジップはつぶやきました。「で、どうなさるんですか、先生《せんせい》？」

「わからんのだよ、ジップ」と、先生《せんせい》。「だが、原稿《げんこう》はとりもどすつもりだよ、たとえひと晩《ばん》じゅう待《ま》たねばならんとしてもね。」

「こうしたらどうでしょう、先生《せんせい》？」と、犬《いぬ》はたずねました。「おれが風車小屋《ふうしゃごや》のまわりで、クーンクーンと苦《くる》しそうな鳴《な》き声《ごえ》をたてるんです。それで相手《あいて》が外《そと》におびきだされたら、先生《せんせい》たちがドアのところで飛《と》びかかることができるでしょう。」

「いや」と、先生《せんせい》。「それはやめておこう。相手《あいて》がおびえるようなことはしたくないのだよ。」

「塔《とう》のてっぺんまでのぼって、なかに入《はい》って飛《と》びかかるというのは？」と、ジップ。

「死人《しにん》もびっくりしてとび起《お》きるようなすごい音《おと》がしてしまうだろう」と、先生《せんせい》。「もうほえるのは、やめなさい。町《まち》の人《ひと》を起《お》こしてしまう。いいことはない。いっしょに丘《おか》をあがって、風車《ふうしゃ》小屋《ごや》にもどろう。だが、どうか音《おと》をたてんでくれたまえ！」

こうして、もう一度《いちど》、ふたりは注意《ちゅうい》しながら丘《おか》をのぼり、先生《せんせい》はジップを生《い》けがきの下《した》にかくして、静《しず》かにしているようにという指示《しじ》をくりかえしてから、ドアのところにいるスティーブといっしょになりました。

「あいつは、動《うご》いたかね？」先生《せんせい》は、たずねました。

「まったく動《うご》きません」と、スティーブはささやきました。「私《わたし》の原稿《げんこう》を最初《さいしょ》から最後《さいご》まで読《よ》んでいるんだと思《おも》います。」

先生《せんせい》が舌打《したう》ちをしてつぶやきました。「今晩《こんばん》はついていないようだね。あれは、なんだ？　あ、コウモリか。」

またもや小《ちい》さなかげが、ドリトル先生《せんせい》の頭《あたま》のまわりをパタパタとまわりました。

「聞《き》いてくれ！」先生《せんせい》がささやきました。「君《きみ》たちは、てっぺんからなかへ入《はい》って、このドアのかぎがどんな種類《しゅるい》か私《わたし》に教《おし》えるということができると思《おも》うかね？」

「ああ、かぎなら、わかりますよ」と、コウモリ。「ほとんどなにもしてないんです――小《ちい》さな、こわれそうなかんぬきだけですから、かんたんにおしやぶれますよ。」

「よろしい」と、先生《せんせい》。

それから先生《せんせい》はスティーブに、ふたりでうしろにさがって、ドアをいっしょにおしやぶる方法《ほうほう》を説明《せつめい》しました。

「私《わたし》たちふたりの体重《たいじゅう》をかければ、こわれるはずだ」と、先生《せんせい》はささやきました。「だが、同時《どうじ》にぶつからなければならん。さあ、用意《ようい》はいいかね？　いくぞ！」

ふたりでつっこみました。そして、ふたりでドシンと肩《かた》をぶつけました。木《き》がバリバリと音《おと》を

たてて、ドアがこわれ、内《うち》がわにたおれました。しかし、まずいことに、先生《せんせい》はドアの上《うえ》にたおれ、スティーブも先生《せんせい》につまずいてたおれました。テーブルにいた男《おとこ》はさっと手《て》をはらって、ロウソクを消《け》しました。先生《せんせい》はあわてて立《た》ちあがり、テーブルがあると思《おぼ》しきほうへ飛《と》びかかりました。テーブルはありましたが、男《おとこ》も原稿《げんこう》も消《き》えていました。どろぼうは、布《ぬの》ぶくろをひっつかんで、原稿《げんこう》をつつんだのでした。

「ドアを守《まも》れ、スティーブ！」先生《せんせい》がさけびました。「外《そと》に出《だ》すな！」

しかし、手《て》おくれでした。原稿《げんこう》をとりかえしたいと必死《ひっし》になったスティーブは、暗《くら》い部屋《へや》にもう飛《と》びこんでいて、わけもわからず手《て》さぐりをして、つまずいていました。ドアわくから見《み》える夜空《よぞら》を背景《はいけい》にして、先生《せんせい》は男《おとこ》のすがたを見《み》ました。包《つつ》みを小《こ》わきにかかえ、夜《よる》のやみへ出《で》ていくところでした。

「ジップ！」先生《せんせい》はさけびました――「ジップ！　気《き》をつけろ、ジップ！　やつがにげるぞ。**原《げん》稿《こう》を持《も》っている！**」

まだジップに呼《よ》びかけながら、先生《せんせい》はたおれたドアをとびこえて、外《そと》へ飛《と》び出《だ》しました。風《かぜ》は強《つよ》くなっていて、東《ひがし》からはげしくふきつけていました。男《おとこ》が追《お》っ手《て》をまくために右《みぎ》へ走《はし》っていったとわかったドリトル先生《せんせい》は、すぐに風《かざ》むきが不利《ふり》にはたらいていることに気《き》づきました。丘《おか》の

頂上《ちょうじょう》の少《すこ》し下《した》においてきたジップは風上《かざかみ》になり、先生《せんせい》の声《こえ》も男《おとこ》のにおいも反対《はんたい》がわの風下《かざしも》へ運《はこ》ばれてしまったのです。

こうして、ドリトル先生《せんせい》がジップの注意《ちゅうい》をひくのに、少《すく》なくとも二分《ふん》かかってしまいました。そのすきに、男《おとこ》は風下《かざしも》へ、ずいぶん遠《とお》くまでにげていったのです。しかし、ジップはただちに追《つい》跡《せき》を開始《かいし》し、先生《せんせい》とスティーブもできるかぎり、強風《きょうふう》の夜《よる》のなか、ジップを追《お》ってどたばたと走《はし》りました。

「かりに風《かぜ》が不利《ふり》にはたらいたとしても」と、先生《せんせい》はごつごつした地面《じめん》に足《あし》をとられて、あえぎながら言《い》いました。「ジップは悪党《あくとう》に追《お》いつけるかもしれない。あれは、追跡《ついせき》にかけちゃ、おどろくべき犬《いぬ》だからね。」

「あの男《おとこ》が原稿《げんこう》をだいなしにしなければいいのですが」と、スティーブはつぶやきました。

「それはなかろう」と、先生《せんせい》。「なにしろ、そんなことをしてもしかたがないだろう？　そんなことをしても、なんの得《とく》にもならん。」

「あれを盗《ぬす》んだ証拠《しょうこ》をなくしたいと思《おも》うかもしれません」と、スティーブ。

先生《せんせい》とスティーブは、完全《かんぜん》にジップを見失《みうしな》いましたが、二十分《にじっぷん》ほど走《はし》りつづけると、ジップが追《お》いかけるのをやめて帰《かえ》ってくるのにぶつかりました。ジップの情《なさ》けなさそうな、がっかりしたようすから、すぐに、追跡《ついせき》は失敗《しっぱい》だったのだとわかりました。

「だめです、先生《せんせい》」と、ジップ。「にげられました。ちくしょうめ！　先生《せんせい》の声《こえ》が聞《き》こえたとたん、ダッシュして、においがおれのほうへ流《なが》れるように風下《かざしも》へまわりこもうとしたんです。でも、気《き》づいたときにはもう遠《とお》くまでにげられていたうえ、あのいまいましいアナグマがあちこちに残《のこ》したにおいがまざって、うまくいきませんでした。男《おとこ》は下《した》の森《もり》のどこかへにげたにちがいありません――もちろんここに住《す》んでいたから、このあたりを自分《じぶん》の手《て》のひらのように知《し》っているんだ。おれのほうが足《あし》が速《はや》いけど、このあたりの土地勘《とちかん》がありませんからね。森《もり》のなかへまっすぐ追《お》いかけていって、やつがかくれていそうなみぞとかぜんぶさがしたけど、森《もり》はでかすぎます。森《もり》のむこうに道《みち》があって、暗《くら》やみのなか、なんにもぶつからずに走《はし》れるから、この道《みち》を行《い》ったかもしれないと思《おも》って、しばらくそこを走《はし》ってみたんですが、この道《みち》は、あちこち曲《ま》がりくねったあげく、また町《まち》へつづいていたんです」と、ジップはつづけました。「町《まち》じゃ、またおれが風上《かざかみ》になっちまいました。それに、おれひとりじゃ、家々《いえいえ》をめぐってやつを見《み》つけるのはまずむりです。たぶん町《まち》のなかへまぎれこんだとは思《おも》いますが、そうじゃなかったらなおさら見《み》つかりません。ごめんなさい、先生《せんせい》、お役《やく》にたてなくて。でも、事情《じじょう》はおわかりいただけたと思《おも》います。」

「ああ、よくわかったよ、ジップ」と、先生《せんせい》。「ざんねんだ。じつにざんねんだ！　これからど

うしたらよいか、なにかいい案《あん》はあるかね？」

「町《まち》へ行《い》く手《て》があります」と、ジップは暗《くら》く言《い》いました。「おれと先生《せんせい》とスティーブで、徹底的《てっていてき》にさがしていけば、やつを追《お》いつめられる**かも**しれません。でも、不安《ふあん》もあります。やっこさんは前《まえ》にも捜索《そうさく》を受《う》けたことがあって、身《み》をかくすことにかけちゃ、いろいろ知《し》ってるって気《き》がするんです。」

先生《せんせい》はスティーブにジップが言《い》ったことを説明《せつめい》し、ドアをもとにもどして雨《あめ》がふきこまないようにしたあとで、町《まち》へおりていきました。町《まち》に着《つ》いたときは、朝《あさ》の三時《じ》になっていました。市場《いちば》の広場《ひろば》にねむそうな見《み》まわりのおじさんがいるほか、まだだれも起《お》きてきていませんでした。

先生《せんせい》は、なにかなしとげられるとはほとんど思《おも》っていなかったのですが、仲間《なかま》の助《たす》けを得《え》て、通《とお》りという通《とお》りを徹底的《てっていてき》に調《しら》べました。それぞれ受《う》け持《も》ちを決《き》めて、一時間後《じかんご》に広場《ひろば》で落《お》ちあうことにしたのです。

しかし、捜索《そうさく》をはじめてかなりすぐに、町《まち》じゅうの人《ひと》がまだ寝《ね》ているこんな時間《じかん》なら、庭《にわ》のしげみでも、馬小屋《うまごや》でも、好《す》きなところへしのびこんで、ゆくえをくらますことはかんたんだと先《せん》生《せい》は気《き》がつきました。そんなところから相手《あいて》を狩《か》り出《だ》すには、町《まち》じゅうの人《ひと》を起《お》こさなくてはなりませんが、スティーブとしては捜索《そうさく》を大《おお》っぴらにしたくないわけですから、ふつうのやりかたでどろぼうをつかまえるのはむりでしょう。

先生《せんせい》が広場《ひろば》に帰《かえ》ってくると、市場《いちば》でお店《みせ》を開《ひら》く一番乗《いちばんの》りの人《ひと》が野菜《やさい》の荷車《にぐるま》をひいてやってきはじめていました。スティーブとジップの帰《かえ》りを待《ま》ちながら、先生《せんせい》は今晩《こんばん》あったことを思《おも》い返《かえ》してみました。もし自分《じぶん》が追《お》われる身《み》だったらどうするだろうかと考《かんが》えてみることにしました。思《おも》いついたのは、きっとロンドンへ出《で》ようとするだろうということだけでした。ロンドンに出《で》れば、人《ひと》ごみにまぎれてゆくえをくらますことができるからです。そう思《おも》って、ロンドンのほうからやってきた農場《のうじょう》の人《ひと》たちに、麻布《あさぬの》の包《つつ》みをかかえた男《おとこ》を見《み》た者《もの》はいないかとたずねたのですが、返《へん》事《じ》はみな同《おな》じで、だれもそんな人《ひと》を見《み》かけていないのでした。

やがて、スティーブとジップがやってきましたが、先生《せんせい》と同《おな》じような報告《ほうこく》しかできませんでした。そこで、これからどうするか話《はな》すために、ともかく朝食《ちょうしょく》をとることにしました。

第9章 その馬車《ばしゃ》をとめろ！

朝食《ちょうしょく》では、みんなしずんでいました。原稿《げんこう》をなくしてしまったことでスティーブががっかりしているので、ほかのみんなも同《おな》じようにうつむいていました。先生《せんせい》はだまってすわり、ゆで卵《たまご》を食《た》べましたが、おいしいとは思《おも》いませんでした。スティーブはお皿《さら》の上《うえ》のベーコンをあっちこっちへフォークでつついていました。

「ねえ、先生《せんせい》」と、スティーブは口《くち》をききました。「ぼくは、自分《じぶん》の本《ほん》を書《か》きあげられない運命《うんめい》だったんだと思《おも》います。もう、なにもかもあきらめたほうがいいんじゃないかな。」

「私《わたし》だったら、あきらめたりはしないよ」と、先生《せんせい》は答《こた》えました。「君《きみ》のような人《ひと》が、このみだれた世《よ》の中《なか》では必要《ひつよう》とされているんだ。外国《がいこく》の不幸《ふこう》な人《ひと》たちに対《たい》して、だれかがなにかをしなければ、また戦争《せんそう》になってしまうかもしれない——そしたら、おそかれはやかれ、われわれもまきぞえをくらう。元気《げんき》を出《だ》したまえ、スティーブ。われわれは、まだあきらめたわけじゃない。やつは、まだそこいらにひそんでいるかもしれない。ロンドンへ行《い》く馬車《ばしゃ》に乗《の》ろうとチャンスをう

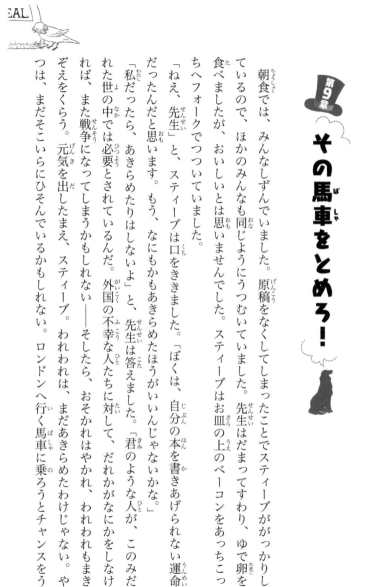

かがっているのかもしれん。」

「ロンドンまで行《い》ってしまったら」と、スティーブ。「どうやって見《み》つけられるというんです？」

「われわれは、君《きみ》を見《み》つけなかったかね？」と、先生《せんせい》。「しかも、チープサイドとそのスズメ軍《ぐん》団《だん》が、一日《にち》もかけずに、見《み》つけたんだよ。」先生《せんせい》は、ほほえみました。「チープサイドがここにいてくれたらよかったんだがね。そしたら、あのどろぼうも君《きみ》の原稿《げんこう》を持《も》ってそう遠《とお》くへは行《い》けないだろうがね。」そして、ジップのほうをむいて、先生《せんせい》はつづけました。

「おまえのせいじゃないよ、ジップ。えものを追《お》いかけるのがうまいブラッドハウンド犬《けん》がたばになったところで、あの風《かぜ》のなかでにおいを追《お》うことはできなかったよ。でも、鳥《とり》なら――木《き》から飛《と》び出《だ》したり、飛《と》びこんだりしてすばやく動《うご》けるから――やつが森《もり》に入《はい》ったとき、追《お》いかけられただろうね。」

ジップは少《すこ》し気落《きお》ちしているように見《み》えました。

「でも、先生《せんせい》」と、ジップ。「お忘《わす》れですよ。あの森《もり》は真《ま》っ暗《くら》だったし――」

「そうだった」と、先生《せんせい》は考《かん》え深《ぶか》く言《い》いました。「そうだったね、ジップ――忘《わす》れていたよ。まあ、心配《しんぱい》しなさんな。やっぱりおまえが、追《お》いかけることにかけちゃ、一番《いちばん》だよ。」

そう言《い》われると、ジップは明《あか》るくなりました。「市場《いちば》が人《ひと》でにぎわってきました」と、ジップ。

「ちょっとぶらついて、やつのにおいがしないか、たしかめてみませんか？」

「すばらしい考《かんが》えだ、ジップ」と、ドリトル先生《せんせい》。「朝《あさ》ごはんと泊《と》まりの代金《だいきん》を宿屋《やどや》のご主人《しゅじん》にはらって、それから出発《しゅっぱつ》することとしよう。」

新《あたら》しい計画《けいかく》をスティーブに説明《せつめい》しながら、先生《せんせい》は、お茶《ちゃ》を飲《の》みほして、お勘定《かんじょう》をたのみました。ピピネッラはトーストのパンくずと、スティーブの残《のこ》したベーコンを少《すこ》し食《た》べて、また捜索《そうさく》に出《で》る準備《じゅんび》ができていました。スティーブの肩《かた》にとまると、先生《せんせい》に言《い》いました。

「スティーブに、私《わたし》のことは気《き》にしなくていいとおっしゃってください。原稿《げんこう》をとった悪党《あくとう》をつかまえることに集中《しゅうちゅう》しているべきときに、私《わたし》を守《まも》ろうとして時間《じかん》をむだにするかもしれないので。」

「わかった、ピピネッラ」と、先生《せんせい》。「君《きみ》の言《い》ったことを説明《せつめい》しておくよ。」

それからみんなは、くだものや野菜《やさい》の出店《でみせ》のあいだを歩《ある》きながら、買《か》い物客《ものきゃく》の顔《かお》をのぞきこみました。ジップはすれちがう人《ひと》の足《あし》もとでいちいちにおいをかいでいたので、とうとう重《おも》たいブーツがたまたま鼻《はな》にガツンとぶつかってしまいました。ジップはキャイーンと鳴《な》いて、痛《いた》んだ鼻《はな》を前足《まえあし》でこすりました。

「ざまあないです」と、ジップはぶつぶつ言《い》いました。「しろうとみたいなことをして。やつがこのあたりにいるなら、市場《いちば》じゅうの人《ひと》の足《あし》もとに鼻《はな》をつっこまなくたって、においはわかるはずなんです。」

先生《せんせい》とピピネッツラは、ジップのことばに笑《わら》いましたが、スティーブは犬《いぬ》のことばがわからないので、先生《せんせい》から説明《せつめい》してもらうまで、犬《いぬ》が痛《いた》がっているのに笑《わら》うなんてと気《き》を悪《わる》くしたような顔《かお》をしていました。

「ジップの言《い》うとおりだ。」先生《せんせい》は、ジップのことばをくりかえしてから、言《い》いました。「われわれは、みんなピリピリしすぎている。しばらくすわってみたほうがいいだろう。あそこのベンチから人《ひと》の行《い》き来《き》をながめよう。」

太陽《たいよう》はあたたかく、先生《せんせい》とスティーブは、前《まえ》の晩《ばん》に少《すこ》しも寝《ね》ていないので、つかれきっていました。どろぼうを見《み》つけるべくするどい注意《ちゅうい》をするつもりでいたのに、いつのまにか、深《ふか》い眠《ねむ》りに落《お》ちていました。ジップは、前足《まえあし》に頭《あたま》をのせて、先生《せんせい》の足《あし》もとでまるくなり、片目《かため》をあけて、もう片方《かたほう》の目《め》でときおりうとうとしながら、広場《ひろば》を歩《ある》く人々《ひとびと》を見《み》つめていました。そのジップもあきらめて、ねむってしまうまで、長《なが》いことかかりませんでした。

しかし、ピピネッツラは、ぱっちり目《め》をさましていました。ゆうべのぼうけんのなにかが、ピピネッツラの想像力《そうぞうりょく》に火《ひ》をつけたのです。まるで自分《じぶん》の生涯《しょうがい》をもう一度《いちど》生《い》きているかのように感《かん》じら

れました——生涯《しょうがい》のどの部分《ぶぶん》かはわかりませんでしたが。でも、ワクワク感《かん》がまわりじゅうにただよっていました——ねむるスティーブの肩《かた》にとまって、あたりのさわがしさを見《み》つめていたピピネッラには、なにか起《お》こりそうな気配《けはい》が感《かん》じられたのです。

ふいに、目《め》の前《まえ》の人《ひと》ごみがぱっと割《わ》れて、買《か》い物《もの》のバスケットを腕《うで》にかけてカシミアのショールをまとったなつかしいすがたが、野菜《やさい》の出店《でみせ》がならぶ前《まえ》の小道《こみち》をせかせか歩《ある》いているのが見《み》えました。

「ロージーおばさまだわ！」ピピネッラは、小《ちい》さな声《こえ》で言《い》いました。「このあたりにおばさまが住《す》んでいるのを忘《わす》れてた。」

先生《せんせい》たちを起《お》こさないで、ピピネッラは人々《ひとびと》の頭上《ずじょう》を飛《と》んで、ロージーおばさまの肩《かた》にとまりました。

「きゃあああ！」小《ちい》さなおばさまは、バスケットを取《と》り落《お》とし、両手《りょうて》を宙《ちゅう》につき出《だ》して悲鳴《ひめい》をあげました。

「なあに？　——なあに？」

首《くび》をまわしてなにがとまったのかわかると、おばさまは、

おどろいてあえぎました。

「ピピネッラ！」おばさまは、さけびました。「まったくもって！　びっくりさせるじゃないの。どこから来《き》たの？　あなた、ロンドンにいるんだと思《おも》ってたわ。オペラに出《で》てたの見《み》たわよ。あのころはたいしたスターだったわね。考《かんが》えてもみて——私《わたし》の客間《きゃくま》に住《す》んでたあなたがねえ！」

ロージーおばさまがおしゃべりしているあいだに、おばさまのきみょうなふるまいを見《み》て立《た》ちどまった紳士《しんし》が、おばさまのバスケットをひろいあげて、おじぎをして、おばさまに手《て》わたしました。

「ご気分《きぶん》がわるいのですか、おくさま？」紳士《しんし》は、たずねました。

「とんでもない！」おばさまは、ぴしゃりと言《い》いました。「この鳥《とり》におどろいたんですよ。数《すう》か月前《げつまえ》にロンドンでドリトルという名前《なまえ》のお医者《いしゃ》さんがなさった有名《ゆうめい》なオペラでプリマドンナを演《えん》じた鳥《とり》なんですよ。新聞《しんぶん》でお読《よ》みになったことがあるでしょう。大評判《だいひょうばん》でしたから。」

「なるほど」と、紳士《しんし》は、こまったようにまゆをあげて言《い》いました。「しかし、これがその鳥《とり》なら、なぜこんなところにいるんですか？　それに、どうして、よりによってあなたにとまったのでしょう？」

「とんまね！」ロージーおばさまは、声《こえ》をひそめてつぶやきました。それから、とてもすまして、

ほほえみながら答《こた》えました。

「しばらく前《まえ》に、この鳥《とり》はうちで飼《か》っていましたの。うちの窓《まど》を洗《あら》ってくれた人《ひと》にさしあげましてね。その人《ひと》が、お金《かね》にこまって、オペラの人《ひと》に売《う》ったんだと思《おも》いますわ。ここでこの鳥《とり》がなにをしているのか存《ぞん》じませんが、私《わたし》をおぼえていてくれたんですわ。迷子《まいご》にでもなったのかしら。」

「おっしゃっていたお医者《いしゃ》さんが、このあたりにいるんじゃないんでしょうか」と、紳士《しんし》は肩《かた》ごしにちらりと見《み》ながら言《い》いました。「だとすれば、ここにこの鳥《とり》がいるのも理解《りかい》できるでしょう。」

その考《かんが》えにロージーおばさまはあまりにびっくりしたので、えしゃくもせずに急《きゅう》に紳士《しんし》から歩《ある》きさってしまいました。まわりにいる人《ひと》の顔《かお》をのぞきこみながら、オペラの有名《ゆうめい》な興行主《こうぎょうぬし》であるドリトル先生《せんせい》をさがしました。ふいに、おばさまは、たちどまりました。

「あらいやだ、ピピネッラ！」と、おばさまは言《い》いました。「そのお医者《いしゃ》の先生《せんせい》がどんなお顔《かお》なのかも、私《わたし》、知《し》らないんだったわ。ロンドンじゅうの人《ひと》が先生《せんせい》の話《はなし》をして、新聞《しんぶん》には先生《せんせい》の似顔《にがお》絵《え》がいっぱいのったけど、どれもちがっていて、どれが先生《せんせい》のお顔《かお》だかわかりゃしない。シルクハットをかぶっていらっしゃるのは知《し》っているけど、それから――ええっと――。」

ロージーおばさまは、顔《かお》をつき出《だ》すようにして、広場《ひろば》のむこうをじっと見《み》つめていました。おばさまが先生《せんせい》を見《み》つけたことに気《き》づいたピピネッラは、つばさを広《ひろ》げて、先生《せんせい》のいるベンチへ飛《と》んでいきました。

「ドリトル先生《せんせい》！　起《お》きてください！」ピピネッラはさけびました。「ロージーおばさまが、こっちへ来《き》ますよ！」

ドリトル先生《せんせい》はびくっとして目《め》をあけて、シルクハットを頭《あたま》のうしろのほうへおしやりました。「ああ――うむ」と、先生《せんせい》はねむそうに言《い》いました。「なんだって、ピピネッラ？」

「ロージーおばさまがここにいるんです」と、ピピネッラ。「おぼえていらっしゃるでしょう、先生《せんせい》、私《わたし》を炭鉱《たんこう》から出《だ》してくださった小《ちい》さなご婦人《ふじん》です。」

先生《せんせい》がすっかり目《め》をさまして、蝶《ちょう》ネクタイをまっすぐにしていると、ロージーおばさまがまん前《まえ》に立《た》ちました。ドリトル先生《せんせい》は、急《いそ》いで立《た》ちあがり、おばさまにおじぎをしました。

「ジョン・ドリトル先生《せんせい》！」おばさまは、さけびました。「まああ――おどろいた！　あのときお茶《ちゃ》にいらした方《かた》じゃございませんの――馬車《ばしゃ》に乗《の》りおくれると大急《おおいそ》ぎで出《で》ていらっしゃって。先生《せんせい》の妹《いもうと》さんが、先生《せんせい》がお医者《いしゃ》さんになったこととかいろいろ教《おし》えてくださったんですが、先《せん》生《せい》が急《きゅう》にお発《た》ちになったことにがっかりしてしまって、ろくろく聞《き》いておりませんでした。おえらいジョン・ドリトル先生《せんせい》をうちにおむかえしていたのに、そうとわかっていなかったなんて！ほんとにねえ！　このことは私《わたし》のあみもののサークルの女友《おんなとも》だちにお話《はな》ししなくちゃなりません

わ。」

ドリトル先生《せんせい》は、ただそこに、シルクハットを手《て》にして立《た》っていました。有名人《ゆうめいじん》のようにあつかわれると、先生《せんせい》はいつもどぎまぎしてしまうのです。ほかの人《ひと》がおじぎをして、ほめられているのを見《み》ているほうが先生《せんせい》には楽《らく》なのです。

「おはようございます、マダム。」先生《せんせい》は、はずかしさをごまかすためにおじぎをして言《い》いました。「また、お目《め》にかかれてなによりです。」

それを受《う》けて、ロージーおばさまは、どっと質問《しつもん》のあらしをあびせました。どうして先生《せんせい》はピピネッラを手《て》に入《い》れられたんですの？ 妹《いもうと》さんのサラさんがリバプールへ引《ひ》っこしなさったのはご存《ぞん》じでしたか？ またロンドンでオペラを上演《じょうえん》なさる予定《よてい》はおありですの？ あの窓《まど》ふきのおにいさんは見《み》つかりましたか？ いつかきっとお茶《ちゃ》に来《き》て、あみもののサークルのお友《とも》だちにお会《あ》いになってくださいませんか？

先生《せんせい》は、質問《しつもん》が飛《と》び出《だ》すたびにそれに答《こた》えようとして口《くち》をあけたり閉《と》じたりしていました。ところが、ロージーおばさまは、先生《せんせい》に答《こた》えるすきをあたえませんでした。おばさまは答《こた》えなんてどうでもよかったのです——先生《せんせい》の注意《ちゅうい》を長《なが》くひきつけておいて、市場《いちば》に来《き》ているおばさまのお友《とも》だちに、おばさまが有名《ゆうめい》なジョン・ドリトル先生《せんせい》と話《はなし》をしているところを目撃《もくげき》してもらいたかったのです。

おばさまは、ほかの質問《しつもん》をしている最中《さいちゅう》に、急《きゅう》にスティーブに気《き》づきました。スティーブは、ちょうど目《め》がさめて、まぶしい太陽《たいよう》の日《ひ》よけにしていたぼうしを顔《かお》からおしのけたところでした。おばさまはスティーブを指《ゆび》さして、さけびました。

「まあ、そこにいるじゃないの——窓《まど》ふき屋《や》さんが！　**あなた、**あれからどうしたの？　またうちに窓《まど》をふきに来《き》てくださると思《おも》ってたんですよ。うちのメイドのエミリーは、窓《まど》ふきがからきしだめでしてね。まだ窓《まど》ふきをなさっていらっしゃるの？」

ロージーおばさまがしゃべっているあいだに、スティーブはベンチから立《た》ちあがり、ぼうしをとって、質問《しつもん》の洪水《こうずい》がやむのを待《ま》って、ひとつぐらいに返事《へんじ》をしようとしていました。

「いいえ、マダム。」とうとう答《こた》えることができました。「今《いま》は先生《せんせい》といっしょにくらしているんです。窓《まど》ふきは、ただ手段《しゅだん》でしかなくて——ロンドンへ帰《かえ》るためのお金《かね》をかせぐためにしていたんです。」

「まあ、なるほどそうだったのね」と、おばさま。「あなたにはどこか人《ひと》とちがうところがあるとわかっていたわ。先生《せんせい》と同《おな》じように、芸術《げいじゅつ》のお仕事《しごと》をなさっているのかしら？」

「まあ、そんなところです」と、スティーブは答《こた》えました。

先生《せんせい》は、ロージーおばさまがあみもののサークルのお友《とも》だちに持《も》って帰《かえ》れるような発見《はっけん》がないかぎりいつまでも質問《しつもん》しつづけると気《き》づいて、このやりとりを終《お》わらせようと考《かんが》えました。先生《せんせい》はポケットから金時計《きんどけい》をとりだして、見《み》ました。

「もう行《い》かなければ、ロージーおばさま」と、先生《せんせい》。「八時《じ》十分前《じっぷんまえ》だ。われわれは――」

「あらまあ！」と、おばさま。「ロンドン行《い》きの馬車《ばしゃ》がもう今《いま》にもやってくるわ。私《わたし》、妹《いもうと》のために卵《たまご》を買《か》おうと市場《いちば》に来《き》たんですけど――妹《いもうと》はナイツブリッジに住《す》んでるんですよ。六人《にん》も子《こ》どもがいて、食《た》べる量《りょう》がすごいの。町《まち》じゃひどい卵《たまご》しか売《う》ってなくて――ブタに食《た》べさせるのすら、はばかられるくらいなのよ！　二週間《しゅうかん》に一度《ど》、妹《いもうと》のうちに行《い》くいい口実《こうじつ》になっているの。今日《きょう》はチーズももっていってあげようと思《おも》って。地元《じもと》のチーズをおめしあがりになりましたか、先生《せんせい》？　このウェンドルメアで作《つく》ってるんですのよ。どこよりもおいしいんです――輸入品《ゆにゅうひん》よりおいしいの。」

「なるほど！」と、先生《せんせい》。「いつか、ためしてみなければなりませんな。」

先生《せんせい》は、いつになったらロージーおばさまはしゃべるのをやめるのだろうと気《き》をもんでいるスティーブをちらりと見《み》ました。スティーブはおばさまのとなりへ近《ちか》よって、おばさまに腕《うで》をさし出《だ》しました。

「馬車《ばしゃ》までごいっしょしましょうか、マダム？」スティーブは、ドリトル先生《せんせい》がロージーおばさまにつかまってしまってこまっているとわかって、ていねいにたずねました。

「まず、卵《たまご》とチーズを買《か》わなくちゃ」と、おばさまは、スティーブのうでに手《て》をかけながら言《い》いました。「歩《ある》きながらおしゃべりをしましょう。さようなら、先生《せんせい》。そのうちお茶《ちゃ》に来《き》てくださるというお約束《やくそく》を忘《わす》れないでくださいね。」

ドリトル先生《せんせい》がうなずくと、ふたりは足早《あしばや》に立《た》ちさりました。このやりとりのあいだずっとスティーブの肩《かた》にとまっていたピピネッラは、ふたりが先生《せんせい》とジップからはなれると、こう言《い》いました。

「もしよろしければ、スティーブといっしょに行《い》こうと思《おも》います、先生《せんせい》。人《ひと》ごみのなかにあいつが見《み》つかるかもしれないし。もし見《み》つけたら、急《いそ》いでもどってきます。」

先生《せんせい》とジップは、スティーブがロージーおばさまを出店《でみせ》のあいだを引《ひ》っぱっていき、おばさまが買《か》い物《もの》をするのを見守《みまも》りました。とうとう、ふたりが広場《ひろば》の北《きた》のはしの馬車乗《ばしゃの》り場《ば》にむかうの

が見《み》えました。遠《とお》くから、ロンドン行《い》きの馬車《ばしゃ》が町《まち》にやってくるときの、馬《うま》のひづめのパッカパッカという音《おと》や馬具《ばぐ》がジャンジャラいう音《おと》が聞《き》こえてきました。広場《ひろば》の人《ひと》ごみのさまざまな騒音《そうおん》よりもひときわ高《たか》く、カナリアのすきとおるようなすてきな声《こえ》が『ジャンジャラ馬具《ばぐ》』の歌《うた》を陽《よう》気《き》に歌《うた》うのを先生《せんせい》は耳《みみ》にしました。

「ピピネッラは、飼《か》い主《ぬし》といっしょになってごきげんだね」と、先生《せんせい》はジップに言《い》いました。

「馬具《ばぐ》がジャンジャラいうと、ピピネッラは〝七つの海《うみ》の宿屋《やどや》〟に住《す》んでいたときに作曲《さっきょく》した曲《きょく》を思《おも》い出《だ》すんだろうな。」

「ええ」と、ジップ。「ピピネッラがまた歌《うた》うのを聞《き》くのはいいですね。スティーブが見《み》つかった今《いま》となっては、もうはなればなれになってもらいたくないですね。」

先生《せんせい》とジップが耳《みみ》をかたむけていると、近《ちか》づいてくる馬車《ばしゃ》の音《おと》が大《おお》きくなってきました。遠《とお》くでロージーおばさまが腕《うで》をあげて、馬車《ばしゃ》にとまるように合図《あいず》をしているのが、先生《せんせい》には見《み》えました。お店《みせ》の人《ひと》も町《まち》の人《ひと》も、北《きた》からの馬車《ばしゃ》がやってくるのを見《み》ようとふりかえり、市場《いちば》での商売《しょうばい》が一瞬《いっしゅん》とまりました。

ところが、馬車《ばしゃ》は、かみなりのようにとどろくひづめの音《おと》と、ギシギシときしむ車輪《しゃりん》の音《おと》を急《きゅう》にたてて、停車場《ていしゃじょう》を通《とお》りすぎ、そのまま広場《ひろば》のなかを走《はし》りぬけました。人々《ひとびと》はおびえてにげまどい、ニワトリやアヒルは命《いのち》からがら走《はし》りました——羽根《はね》が散《ち》り、土《つち》ぼこりがたって、町《まち》じゅうにたちこめました。

「どういうことでしょう？」ジップは、いぶかしそうに、たずねました。「ロージーおばさまが乗《の》りたがっているのが見《み》えていたはずなのに。」

「とてもきみょうだ」と、先生《せんせい》。「ウェンドルメアでは、かならず馬車《ばしゃ》がとまるはずだ。それに、馬《うま》がなにかにおびえてにげまどっているわけでもなさそうだった。おや、ごらん、ジップ！　ピピネッラが来《き》た。」

緑《みどり》のカナリアは、つばさをパタパタさせて先生《せんせい》がのばした手《て》の上《うえ》にとまりました。ほこりの雲《くも》のなかをつっきってきたため、目《め》からなみだを流《なが》し、息《いき》をつこうとあえいでいました。

「おやおや！」先生《せんせい》はさけびました。「そんなふうにむちゃな飛《と》びかたをしていたら、木《き》にぶつかってしまうよ。さあ、ひと息《いき》ついて、それから話《はな》してくれ。」

先生《せんせい》は、ピピネッラが口《くち》がきけるようになるまで、やさしくささえていてあげました。

「今《いま》のをごらんになりましたか、先生《せんせい》？」

とうとうピピネッラは、息《いき》を切《き》らしながらも、なんとか言《い》いました。

「ああ」と、先生《せんせい》。「まったくわけがわからない。御者《ぎょしゃ》は、ロージーおばさまが見《み》えなかったの

だろうかね。」

「いえ、ちゃんと見《み》えてたはずです！」と、カナリアは答《こた》えました。「でも、とまらずに行《い》ってしまったんです。これは、とてもおかしなことです。私《わたし》、御者《ぎょしゃ》を知《し》っているんです。この街道《かいどう》では、最《もっと》もたよりになる御者《ぎょしゃ》です。」

「どういうことかね、ピピネッラ」と、先生《せんせい》。「わからんな。御者《ぎょしゃ》がだれかわかったのかね？」

「はい、先生《せんせい》」と、カナリアは答《こた》えました。「お顔《かお》がはっきり見《み》えましたから。むかしのお友《とも》だちのジャックです――〝七つの海《うみ》の宿屋《やどや》〟に来《く》ると、私《わたし》に角砂糖《かくざとう》をくれた人《ひと》です。」

「そいつは、たしかにおかしいな！」と、先生《せんせい》。「ピピネッラ、あの馬車《ばしゃ》に追《お》いつけると思《おも》うかね？」

「もちろんです！」ピピネッラは言《い》いました。「あの五十倍《ばい》の速《はや》さでも、追《お》いぬいてみせますよ。」

「では、急《いそ》いで追《お》ってくれ！」先生《せんせい》は、ピピネッラが飛《と》びたてるように手《て》を上《うえ》へあげながら言《い》いました。「そして、どうしてとまらなかったのか調《しら》べてきてくれ。私《わたし》はここで、助《たす》けが必要《ひつよう》な場《ば》合《あい》にそなえて、助《たす》けてくれる動物《どうぶつ》を集《あつ》めることにする。できるだけ早《はや》く結果《けっか》を知《し》らせに来《き》てくれ。」

第10章

原《げん》稿《こう》をとりかえして、ふたたびパドルビーへ

緑《みどり》のカナリアは、先生《せんせい》の手《て》から飛《と》びたつと、市場《いちば》をとりかこむナラの木々《きぎ》の葉《は》のあいだをぬけてダッシュをしました。町《まち》はずれまで来《く》ると、遠《とお》くに、すがたを消《け》そうとしている土《つち》ぼこりが見《み》えました。道《みち》が右《みぎ》へ曲《ま》がっているところを野原《のはら》をまっすぐ飛《と》んで、ピピネッラは足《あし》の速《はや》い馬《うま》に追《お》いついて、御者《ぎょしゃ》の肩《かた》にとまりました。

「ジャンジャラ！　ビシバシ。御者《ぎょしゃ》さん、馬《うま》をとめて！」

ピピネッラは、ガタコト言《い》っている車輪《しゃりん》の音《おと》にかき消《け》されないように、声《こえ》をかぎりに大《おお》きな声《こえ》で歌《うた》いました。この歌《うた》は、ジャックの馬車《ばしゃ》が〝七つの海《うみ》の宿屋《やどや》〟の中庭《なかにわ》に入《はい》ってくるたびにジャックに歌《うた》ってあげたのですから、きっとおぼえているはずです。

「ピピネッラ！」と、ジャックはさけびました。「ピピネッラじゃないか。」

ところが、ピピネッラにほほえむかわりに、ジャックはまゆをしかめて、両手《りょうて》で手《た》づなをさらにぎゅっとにぎりしめ、あえぐ馬《うま》をけしかけたのでした。

「にげろ、ピップ！」と、ジャックはさけびました。「にげろ！　ここはあぶねえ！」

しかし、ピピネッラは、いっそうぎゅっと、ジャックの上着《うわぎ》の布地《ぬのじ》にしがみつきました。なにかがひどくまずいことになっていると感《かん》じて、ピピネッラはさらにぎゅっと布地《ぬのじ》につめを深《ふか》くくいこませ、馬車《ばしゃ》にだれが乗《の》っているのかと、身《み》を乗《の》り出《だ》しました。無精《ぶしょう》ひげをはやして、するどい目《め》つきをした黒《くろ》い目《め》の男《おとこ》がこちらをにらんでいました。手《て》には大《おお》きな黒《くろ》いピストルを持《も》っていて、ジャックの頭《あたま》につきつけていたのです。

スティーブの原稿《げんこう》をぬすんだどろぼうでした！

「にげろったら！」ジャックは、またさけびました。「あの悪党《あくとう》が引《ひ》き金《がね》を引《ひ》いたら、けがをするぜ。」

どろぼうの目《め》が、わるそうに光《ひか》りました。ピストルをふりまわして男《おとこ》はさけびました。

「だれが悪党《あくとう》だと？　生意気《なまいき》言《い》うと、あの世《よ》へ送《おく》っちまうぞ！」

ピピネッラはジャックの反対《はんたい》がわの肩《かた》へ飛《と》び乗《の》って、危険《きけん》な乗客《じょうきゃく》から身《み》をかくしました。しばらくのあいだ、どうしようかとなやんでいたのですが、できるだけ早《はや》く先生《せんせい》に報告《ほうこく》することと言《い》いつけられていたことを思《おも》い出《だ》して、パッと飛《と》びたち、町《まち》へ急《いそ》ぎました。

一方《いっぽう》、先生《せんせい》もゆっくりしていませんでした。ジップの手《て》を借《か》りて、勇《ゆう》かんで、けんかに強《つよ》い雑種犬《ざっしゅけん》を六頭《とう》集《あつ》めていました。

「いいかね。」犬《いぬ》たちが有名《ゆうめい》な動物《どうぶつ》のお医者《いしゃ》さんに会《あ》って大《おお》よろこびしてほえるのが一段落《いちだんらく》したところで、先生《せんせい》は言《い》いました。「助《たす》けが必要《ひつよう》になったら、君《きみ》たちをたよりにしてよいだろうか？」

「あったりまえでさ、あたりまえ！」スコティッシュ・テリアの雑種犬《ざっしゅけん》であるマックが言《い》いました。「センセのお役《やく》にたちゃあ、すげえうれしいっすよ。なにをすりゃあいいんですか？」

「まだわからん」と、先生《せんせい》は答《こた》えました。「だが、とても危険《きけん》な仕事《しごと》になるかもしれない。」そしてやる気《き》に満《み》ちた犬《いぬ》たちの顔《かお》をはしからはしまでながめながら、先生《せんせい》はつづけました。

「みんなマックと同《おな》じ気持《きも》ちだな？」

犬《いぬ》たちは、しっぽをふったり、耳《みみ》をかいたり、鼻《はな》をひくひくしたりして、いっせいに先生《せんせい》に答《こた》

えました。

「では、ついてきたまえ！」先生《せんせい》は命《めい》じました。それから、スティーブとならんでロンドンへの道《みち》を走《はし》りだし、ジップと雑種犬《ざっしゅけん》の仲間《なかま》はそのすぐうしろからついていきました。

ピピネッラが見《み》えないかと空《そら》を見《み》あげていると、先生《せんせい》は、シルクハットに小《ちい》さなものがどすんとぶつかる音《おと》を聞《き》きました。なんだろうと手《て》をのばすと、小《ちい》さな爪《つめ》が先生《せんせい》の指《ゆび》をつかまえるのが感《かん》じられました。

「君《きみ》かね、ピピネッラ。」先生《せんせい》は走《はし》りつづけながら、手《て》をおろしました。

「ピピネッラじゃねえっすよ」と、鳥《とり》は言《い》いました。「おれです。チープサイドです！　そんなに大《おお》あわてで、**センセは**どこへ行《い》くんですか。心臓《しんぞう》によくないっすよ、センセ。」

「そんなことは今《いま》、どうでもよいのだ」と、先生《せんせい》。「また会《あ》えてうれしいよ、チープサイド。どんな偶然《ぐうぜん》で、君《きみ》はこんなところにいるのかね？」

「偶然《ぐうぜん》なんかじゃねえんですよ、センセ」と、ロンドン・スズメは言《い》いました。「センセをさがしてたんです。ベッキーがハイド公園《パーク》に新《あたら》しい巣《す》を作《つく》ってるおふくろのとこへ遊《あそ》びに行《い》きましてね。先週《せんしゅう》パレードの最中《さいちゅう》に女王陛下《じょおうへいか》のぼうしの上《うえ》にとまってからというもの、すっかりお上品気《じょうひんき》どりになりやがって。ピカデリーなんかじゃ、女王陛下《じょおうへいか》の新《あたら》しいぼうしにとまった鳥《とり》にはふさわしくねえと言《い》いやがる。でもって、さっきも言《い》ったように、ベッキーは一日実家《にちじっか》にもどったんで、おれはパドルビーでも行《い》って、センセのごきげんでもうかがおうかって思《おも》ったんでさ。パドルビーで、センセがいないもんで、そのあたりを見《み》てまわったけど――おっどろいたね、センセ、ひでえことになってるよ――それからグリーンヒースにもどってきて、センセがなくなった原稿《げんこう》をさがしてて、だれかを追《お》っかけてるって話《はなし》を聞《き》きましてね。ねえ、センセ、ちょいと、ゆっくりやってくれませんかね？　センセに聞《き》こえるように話《はな》すのに大声《おおごえ》を出《だ》さなきゃならねえ。それに、その犬《いぬ》どもはなんだってついてくるんです？　追《お》いはらえっておっしゃってくださりゃ、こいつらの目《め》をつっついてやりますよ！」

「いやいや、チープサイド！」と、先生《せんせい》はさけびました。「私《わたし》たちはピピネッラの友《とも》だちの御者《ぎょしゃ》のジャックを助《たす》けに行《い》こうとしているのだ。」

先生《せんせい》がさらになにか言《い》いかけたとき、空《そら》に小《ちい》さな点《てん》があって、それがどんどん近《ちか》づいてくるのが見《み》えました。

「今度《こんど》はピピネッラがやってきた！」先生《せんせい》は、歩調《ほちょう》を歩《ある》く速度《そくど》まで落《お》として言《い》いました。「あとは、ピピネッラが教《おし》えてくれるだろう。」

一行《いっこう》は立《た》ちどまり、カナリアの到着《とうちゃく》を待《ま》ちました。

「プリマドンナにしては、いい飛《と》びっぷりじゃねえですか？」スズメが言《い》いました。

小《ちい》さなカナリアが先生《せんせい》の手《て》にとまると、しばらくぜいぜいと息《いき》をつかなければ、口《くち》をきくことができませんでした。それから、ジャックがどういうこまったことに巻《ま》きこまれているか説明《せつめい》しました。

「そして、そのピストルを持《も》った男《おとこ》が、」と、ピピネッラはあえぎました。「**スティーブの原稿《げんこう》をぬすんだやつなんです！**」

「まちがいないかね？」と、先生《せんせい》。

「はい！」と、カナリアは答《こた》えました。「あんな、にくらしい顔《かお》は、忘《わす》れませんから。」

「スティーブの原稿《げんこう》はどうかね？」ドリトル先生《せんせい》は、心配《しんぱい》そうにたずねました。「持《も》っていたかね？」

「わかりません」と、ピピネッラ。「でも、とにかく、ジャックを助《たす》けなきゃ。」

「うん、そのとおりだ！」と、先生《せんせい》。「すぐに計画《けいかく》を実行《じっこう》にうつさねばならん」と、先生《せんせい》は言《い》って、できるだけ短《みじか》いことばでカナリアの話《はな》したことをスティーブに伝《つた》えました。それから、ジップのほうをふりかえって、言《い》いました。

「ジップ、マックたちを連《つ》れて、全速力《ぜんそくりょく》でピピネッラのあとについていってくれ。あの馬車《ばしゃ》に追《お》いついて、馬《うま》たちに私《わたし》がとまるように言《い》っていると伝《つた》えるんだ。マック、ジップが馬《うま》に説明《せつめい》しているあいだに、馬車《ばしゃ》に飛《と》び乗《の》って、悪党《あくとう》がピストルを使《つか》わないようにしてくれ！」

「すぐ行《い》きます！」ジップは、さけびました。「今度《こんど》こそ、にがしゃしませんよ！」

「待《ま》ちな」と、チープサイドがさけびました。「おれにも楽《たの》しませせちゃくれねえのかい？」

二羽《わ》の鳥《とり》は弾丸《だんがん》のように空中《くうちゅう》に飛《と》び出《だ》し、ジップがひきいる犬《いぬ》たちは道《みち》をかけだしました。そのころには、例《れい》の馬車《ばしゃ》は地平線《ちへいせん》のかなたで小《ちい》さな点《てん》になっており、このふしぎな追跡隊《ついせきたい》がうしろにせまるには、十分《じっぷん》は全速力《ぜんそくりょく》を出《だ》しつづけなければなりませんでした。高速《こうそく》で走《はし》る馬車《ばしゃ》に近《ちか》づくと、砂《すな》ぼこりがあまりにもすごくて、みんなはおたがいを見《み》ることも、安心《あんしん》して息《いき》をすることもできませんでした。

「この干《ほ》し草畑《くさばたけ》を横切《よこぎ》るのよ！」ピピネッラが上《うえ》から呼《よ》びかけました。「あのニレの林《はやし》のすぐ手前《てまえ》で道《みち》が急《きゅう》に曲《ま》がってる。近道《ちかみち》すれば、馬車《ばしゃ》より先《さき》にあそこにつけるわ。」

ピピネッラとチープサイドが、まだ刈《か》りとられていない背《せ》の高《たか》い草《くさ》の上《うえ》を低《ひく》く飛《と》ぶと、犬《いぬ》たちはその草《くさ》のなかをつっ走《ぱし》ったので、まるで船《ふね》が通《とお》ったあとの海面《かいめん》のように、たおれた草《くさ》でうしろに道《みち》が残《のこ》っていきました。ひらけたところへ出《で》てくると、前《まえ》のほうにいたカナリアは、くちばしで道《みち》を指《さ》し示《しめ》しました。

「あそこよ――あそこ！」ピピネッラは、さけびました。「ついてきて！」

みんなが大《おお》きなニレの林《はやし》のかげに入《はい》ったところで、馬車《ばしゃ》が曲《ま》がり道《みち》をまわってきました。馬車《ばしゃ》は左右《さゆう》に大《おお》きくゆれており、馬《うま》たちは恐怖《きょうふ》のあまりわけがわからなくなりながら、ドカドカと進《すす》んでいました。ジャックは馬《うま》たちに進《すす》めと命《めい》じており、うしろに乗《の》った男《おとこ》は、ピストルをふりまわしながら、窓《まど》から首《くび》を出《だ》して、進《すす》めとどなっていました。

ジップは道《みち》へ飛《と》び出《だ》し、全速力《ぜんそくりょく》で走《はし》る馬《うま》のとなりにならびました。

「とまれ！」ジップはさけびました。「ドリトル先生《せんせい》の命令《めいれい》だ、とまれ！」

「むりです」と、ジップのとなりの馬《うま》が泣《な》きごとを言《い》いました。「とまったりしたら、ジャックが殺《ころ》されちゃいます！」

「言《い》われたとおりにしろ！」ジップは命令《めいれい》して、馬《うま》の前足《まえあし》をかみました。「ピストルを持《も》った男《おとこ》のことは、ほかの犬《いぬ》たちがめんどうを見《み》る！」

馬《うま》の耳《みみ》にとまったチープサイドは、身《み》をかがめて、耳《みみ》にどなりました。

「言《い》われたとおりにしな、ミリーちゃんよ！　さもねえと、てめえの目《め》をつっつき出《だ》すぞ！」

「あら、こんにちは、チープサイド」と、馬《うま》のミリーは言《い》いました。「また、会《あ》えてうれしいわ。」

「すましたあいさつしてんじゃねえよ、この馬車《ばしゃ》ひきのおたんちん！」スズメはさけびました。

「センセがとまれって言《い》ってんだよ！　命令《めいれい》どおりにしねえと、おれさまがゆるさねえぜ！」

ミリーはこまったように首《くび》をまわして、走《はし》りつづけながらも肩《かた》ごしにうしろを見《み》ました。ジップの言《い》ったとおりだとわかりました。スコティッシュ・テリアのマックにひきいられた犬《いぬ》たちが高速《こうそく》で走《はし》る馬車《ばしゃ》のあいた窓《まど》からなかへ飛《と》びこんでいます。窓《まど》にはどろぼうのすがたはなく、もみあうような音《おと》がなかから聞《き》こえています。つかれきったメス馬《うま》は、仲間《なかま》の馬《うま》のほうをむいて、あえぎながら言《い》いました。

「とまって、ジョゼフィーヌ！　だいじょうぶだから。あの男《おとこ》のことは犬《いぬ》たちがやっつけてくれてる。ありがたいわ。ジャックがぶじで、あたしたちもこんなばかげた走《はし》りをやめられて。」

やがて、二頭《とう》のメス馬《うま》は、ガタピシ走《はし》る馬車《ばしゃ》をすっかりとめました。緊張《きんちょう》がとけて、ほっとして、馬《うま》たちは、自分《じぶん》で自分《じぶん》がおさえきれなくなって、泣《な》きだしてしまいました。

「元気出《げんきだ》せよ、相棒《あいぼう》たち！」と、チープサイド。「泣《な》くこたぁねえだろ。おまえらは、やらなきゃならなかったことをやったまでよ！」

ミリーは、目《め》からなみだをふりきって、鼻《はな》でジョゼフィーヌをつつきました。

「チープサイドの言《い》うとおりだわ」と、ミリー。「あたしたちがわるいんじゃない。」

馬車《ばしゃ》がとまると、どろぼうは、ドアの取《と》っ手《て》をまわして、犬《いぬ》といっしょにほこりっぽい道《みち》へも

んどりうって転《ころ》がり出《で》ました。立《た》ちあがってにげようとしているのですが、犬《いぬ》たちがおっかぶさって、また道《みち》へたおしてしまいます。ピピネッラとチープサイドは、男《おとこ》の頭《あたま》めがけて、何度《なんど》も突《とっ》撃《げき》をかけて、耳《みみ》をつついたりして男《おとこ》を痛《いた》めつけて、あわてさせました。

「助《たす》けてくれ！　助《たす》けて！」おびえた男《おとこ》は、さけびました。

「この犬《いぬ》をどけてくれ！　おとなしくするから！」

ジャックは、馬車《ばしゃ》のムチを手《て》にしながら、もみあっている犬《いぬ》たちと男《おとこ》を見《み》おろすようにして立《た》っていました。

「ピストルがないと、たいした弱虫《よわむし》じゃないか」と、ジャックは言《い》いました。

ジップは、マックと仲間《なかま》たちがうまくやってくれているのを見《み》て、なくなった原稿《げんこう》のたばはどこかと必死《ひっし》にさがしました。そして、どろぼうが馬車《ばしゃ》の座席《ざせき》の下《した》にかくしていたのを見《み》つけて、よろこびの雄《お》たけびをあげました。

「ピップ！　ピップ！」と、ジップはさけびました。

「ここに来《こ》いよ！　スティーブの原稿《げんこう》が見《み》つかったぜ！」

そのとき、うねる道《みち》のかなたから、大急《おおいそ》ぎで走《はし》ってくる先生《せんせい》とスティーブのすがたが見《み》えてきました。ふたりの上着《うわぎ》のすそがうしろへヒラヒラなびいています。ピピネッラは、原稿《げんこう》が見《み》つかったというよい知《し》らせをもってふたりのもとへ飛《と》んでいきました。先生《せんせい》はスティーブに、ピピネッラの言《い》ったことを話《はな》しました。

「ありがとう、ピップ！」と、スティーブは言《い》いました。「君《きみ》は、最高《さいこう》の友《とも》だちだよ。」

「あら、私《わたし》はなにもしてませんよ」と、カナリアは答《こた》えました。「ジップのおかげです。あなたがここに来《く》るまで、ジップが原稿《げんこう》を守《まも》っててくれたんです。」

ふたたび先生《せんせい》が通訳《つうやく》しました。

ふたりが馬車《ばしゃ》のところまで来《く》ると、ジャックがジップに原稿《げんこう》のたばをわたすように言《い》い聞《き》かせている最中《さいちゅう》でした。これまでのいきさつを知《し》らないジャックは、当然《とうぜん》ながらその荷物《にもつ》が、犬《いぬ》たちがおさえこんでいる男《おとこ》のものであり、そこから男《おとこ》の身元《みもと》がわかるだろうと思《おも》ったのです。

「ワンちゃん、いい子《こ》だ」と、ジャックは、馬車《ばしゃ》に頭《あたま》をつっこんで、荷物《にもつ》を取《と》ろうとして言《い》っていました。「大事《だいじ》にするからさ。」

しかし、ジップはがんとしてゆずりませんでした。ジップは――ピピネッラから話《はなし》を聞《き》いていたとは言《い》え――ジャックのことを知《し》りませんでしたし、油断《ゆだん》したくなかったのです。ジップはう

なり、ジャックにむかって歯《は》をむいてみせました。ところが、開《ひら》いた馬車《ばしゃ》の戸口《とぐち》に先生《せんせい》のすがたが見《み》えると、歓迎《かんげい》のさけびをあげました。

「ありがたい、先生《せんせい》がいらした！」と、ジップ。「ピップの友《とも》だちにかみつくのはいやだったんです。でも、スティーブの原稿《げんこう》をうばおうとするなら、かみつくしかないと思《おも》ってました。」

先生《せんせい》は、原稿《げんこう》を受《う》けとって、スティーブにわたしました。

「よくやった！」と、先生《せんせい》はジップに言《い》いました。「おまえを誇《ほこ》りに思《おも》うよ。さあ――こんなにわれわれにめんどうをかけてくれた悪党《あくとう》を見《み》てみようじゃないか。」

ドリトル先生《せんせい》は、ちぢこまっている男《おとこ》の上《うえ》にめちゃくちゃに折《お》り重《かさ》なっている犬《いぬ》たちのこっけいなすがたを見《み》てほほえみながら、マックに言《い》いました。

「もう解放《かいほう》してよろしい。そいつと話《はなし》がしたい。」

犬《いぬ》たちは、くしゃくしゃになった毛《け》をブルブルとふりながら、一ぴきずつはがれていき、先生《せんせい》のそばに立《た》ちました。男《おとこ》が立《た》ちあがると、先生《せんせい》はまたマックのほうをむきました。

「君《きみ》たちは、すばらしい狩人《かりうど》だ」と、先生《せんせい》。「えものに傷《きず》ひとつ、つけなかったね。大《おお》いにほめたたえたいと思《おも》うよ。」

「ありがとうございます、ドリトル先生《せんせい》」と、マックは言《い》いました。「ちょいとむずかしかったんですけどね——相手《あいて》が大《おお》あばれするもんで——耳《みみ》をかみちぎってやりたいとこでしたが。でも、先生《せんせい》のご命令《めいれい》を思《おも》い出《だ》しまして——血《ち》は流《なが》すなってね。」

男《おとこ》は、もちろん犬語《いぬご》がわかりませんから、先生《せんせい》とマックのふしぎなやりとりをわけがわからないと思《おも》って、必死《ひっし》になって左右《さゆう》を見《み》まわして、にげ道《みち》をさがしました。

「私《わたし》が君《きみ》だったら、にげようとはしないね」と、先生《せんせい》が言《い》いました。「ここにいる私《わたし》の友《とも》だちがあっという間《ま》に追《お》いついてしまう。そして、今度《こんど》は、君《きみ》をびりびりにひきちぎらないように注意《ちゅうい》をするかどうかわからんよ。」

「悪気《わるぎ》はなかったんです！」男《おとこ》は泣《な》きごとを言《い》いました。「雨《あめ》にぬれないとこをさがしてて、古《ふる》い風車小屋《ふうしゃごや》のあたりをうろついてる連中《れんちゅう》がゆかの下《した》をほってるのを見《み》つけたんです。『こりゃ、すげえ重要《じゅうよう》なもんがこの風車小屋《ふうしゃごや》にあるにちげえねえ。つきとめてやろう』って思《おも》いましてね。」

このころまでには、スティーブもジャックもピピネッラもチープサイドも、みんな先生《せんせい》や犬《いぬ》たちといっしょになって、男《おとこ》の話《はなし》に耳《みみ》をかたむけていました。

「でもって」と、男《おとこ》はつづけました。「おれは、いつもどろぼうしているわけじゃねえんです。この原稿《げんこう》がすげえ大事《だいじ》だと思《おも》うほかの人《ひと》がいるんなら、うまい具合《ぐあい》にそういう人《ひと》を見《み》つけりゃ、こづかいかせぎになるって思《おも》ったんです。こんなもの、おれにはなんの価値《かち》もねえ——政治《せいじ》の話《はなし》

ばっかで、しかも外国《がいこく》の話《はなし》だから、おれが読《よ》んでもなんのことかわかりゃしねえ。どうか、見《み》のがしてください。なんもだめにしちゃいねえ。こっちの人《ひと》がほんとの持《も》ち主《ぬし》なら、ちゃんとお返《かえ》しできてよかったです。」

スティーブと先生《せんせい》は顔《かお》を見《み》あわせ、スティーブは、ほほえんで、うなずきました。

「わかった」と、先生《せんせい》が言《い》ったので、男《おとこ》をかわいそうに思《おも》いはじめたみんなは、ほっとしました。みんな、男《おとこ》がこらしめられるところを見《み》たいとは思《おも》わなかったのです。

「行《い》ってよろしい。しかし、今後《こんご》は、めんどうを起《お》こさないようにするんだな。警察《けいさつ》はわれわれほど大目《おおめ》に見《み》てはくれないだろうよ。」

男《おとこ》がウェンドルメアのほうへ道《みち》をもどっていきはじめると、先生《せんせい》はマックたちが助《たす》けてくれたことにお礼《れい》を言《い》い、いつかきっと会《あ》いに行《い》くと約束《やくそく》をして、みんなをおうちに帰《かえ》しました。

チープサイドは、馬車《ばしゃ》のてっぺんにとまって、先生《せんせい》に話《はな》しかけました。

「今度《こんど》こそ、パドルビーのおうちへ帰《かえ》るってことですかい、センセ？」チープサイドは、たずねました。

「そうだ、チープサイド」と、先生《せんせい》は答《こた》えました。「とうとうパドルビーのおうちへ帰《かえ》るんだ！　だんろのそばでゆっくりするのが待《ま》ち遠《どお》しいよ。」

「ハハハ！」スズメは笑《わら》いました。「ゆっくりしてえってんなら、センセ、帰《かえ》らねえほうがいいですよ。あのおうちは、ごったがえした病院《びょういん》みてえになっちまってます。おしゃべりのアオカケスやろうがセンセがもどってくるってもらしちまってからってもの、前足《まえあし》をけがしたウサギがごろごろ転《ころ》がってるわ、呼吸困難《こきゅうこんなん》の馬《うま》どもが馬小屋《うまごや》の区分《くわ》けに二頭《とう》ずつ泊《と》まっているわ、いまいましいガキをわんさか連《つ》れたイタチどもが頭《あたま》がふっとぶようなせきをしておうちんなかをこそこそうろつきまわってるわ、ひでえさわぎになってますよ。」

「おやおや」と、先生《せんせい》はため息《いき》をつきました。「では、急《いそ》いで帰《かえ》らなければならんね。きちんと手当《てあ》てをしなかったせいで、そのうちの一ぴきでも死《し》なせてしまったら、たいへんだ。」

ジャックは、みんなをパドルビーまで送《おく》りとどけると言《い》って聞《き》きませんでした。

「いや、そんなことをおねがいはできんよ」と、ドリトル先生《せんせい》。「なにしろ、まずグリーンヒースへ行《い》って、家族全員《かぞくぜんいん》を集《あつ》めなければならないからね。」

「かまいません」と、ジャックは言《い》いました。「グリーンヒースは、パドルビーへ行《い》くとちゅうにございますから。」

「しかし、今《いま》このときだって、君《きみ》の馬車《ばしゃ》を待《ま》つお客《きゃく》が道《みち》で待《ま》っているはずだ」と、先生《せんせい》。

「そうかもしれませんが」と、ジャック。「もうすっかりおそくなってしまいましたから、かま

わないです。そのうち十二時《じ》の別《べつ》の馬車《ばしゃ》が来《き》て、ロンドン行《い》きのお客《きゃく》をひろいますから。それに」と、ジャックはつづけました。「命《いのち》を助《たす》けていただいたわけですから、なにかお礼《れい》をさせていただきたいんです。どうかお乗《の》りください。出発《しゅっぱつ》します。」

「うむ」と、先生《せんせい》はためらいながら言《い》いました。「ほかのお客《きゃく》のめいわくにならんというなら、こんなに楽《らく》をしておうちに帰《かえ》れるというのは、うれしいかぎりだが。まったく！　貸《か》し切《き》り馬車《ばしゃ》だよ！　ガブガブはおどろくだろうね。来《き》たまえ、スティーブにピピネッラ。」

「ごめいわくをおかけしたくありません、先生《せんせい》」と、スティーブは言《い》いました。「ピップとぼくはロンドンにでも行《い》きます。そして――」

「なにを言《い》ってるのかね！」先生《せんせい》がきっぱり言《い》いました。「パドルビーにはじゅうぶん住《す》む場所《ばしょ》があるんだ。君《きみ》はそこで本《ほん》を仕上《しあ》げて、同時《どうじ》にダブダブのすばらしい料理《りょうり》を楽《たの》しめばよろしい。ダブダブは、はらぺこの者《もの》が自分《じぶん》のテーブルについてくれるのが一番《いちばん》うれしいのだよ。さあさあ。」

スティーブがさらに言《い》いかえそうとしたとき、先生《せんせい》はつづけました。

「つまらん言《い》いわけは聞《き》かんよ。みんな乗《の》りたまえ。まずグリーンヒースへ行《い》って、それからおうちだ――ついに、パドルビーのおうちに帰《かえ》るんだよ！」

訳者あとがき

このお話《はなし》の作者《さくしゃ》ヒュー・ロフティングさんは、一九一六年《ねん》に第一次世界大戦《だいいちじせかいたいせん》に兵隊《へいたい》さんとして参加《さんか》し、そこで戦争《せんそう》のためにはたらかされて傷《きず》ついた馬《うま》たちが手当《てあ》ても受《う》けずに死《し》んでいくのを見《み》て悲《かな》しみ、動物《どうぶつ》たちと話《はなし》ができて、けがや病気《びょうき》を治《なお》してあげることのできるドリトル先生《せんせい》のお話《はなし》を書《か》きはじめたのだといいます。

『ドリトル先生《せんせい》と緑《みどり》のカナリア』でも、緑《みどり》のカナリアのピピネッラが兵隊《へいたい》さんたちのマスコットになりますが、そうした兵隊《へいたい》さんのなかにロフティングさんもいたのかもしれませんね。

むかしは今《いま》よりもびんぼうな人《ひと》がたくさんいて、多《おお》くの人《ひと》がつらい仕事《しごと》をしなければならなかったり、くらしにこまったりしていました。ピピネッラのお話《はなし》を通《とお》して、むかしの人々《ひとびと》の苦労《くろう》が見《み》えてきます。

危険《きけん》な炭鉱《たんこう》ではたらく人《ひと》たちの暗《くら》い生活《せいかつ》や、機械《きかい》で物《もの》を作《つく》るからと仕事《しごと》をくびにされてしまう人《ひと》たちが起《お》こす暴動《ぼうどう》など、今《いま》のみなさんには想像《そうぞう》もつかないかもしれませんが、こうした人《ひと》たち

を助《たす》けてあげるためには社会《しゃかい》を変《か》えなければいけないと考《かんが》える〝窓《まど》ふきのおにいさん〟のような人《ひと》がいつの時代《じだい》にもいて、そのおかげで私《わたし》たちの社会《しゃかい》はだんだんとよくなってきたのです。

作者《さくしゃ》のロフティングさんも、〝窓《まど》ふきのおにいさん〟のように、みんなが楽《たの》しくくらせる平和《へいわ》な世界《せかい》が実現《じつげん》することを望《のぞ》んで、動物《どうぶつ》とお話《はな》しできるドリトル先生《せんせい》の活躍《かつやく》する物語《ものがたり》を書《か》きつづけたのだと思《おも》います。

だって、こまったことがあっても、スズメのチープサイドがロンドンじゅうのスズメたちに号《ごう》令《れい》をかけて、たちどころに問題《もんだい》を解決《かいけつ》してくれるなんて、すごいことではありませんか？　チープサイドは口《くち》は悪《わる》いですが、ほんとうにたよりになるスズメです。わるいどろぼうをつかまえられたのも、チープサイドのおかげですものね。

つかまえたどろぼうをにがしてあげるのは、やはりこの時代《じだい》、びんぼうな人《ひと》が多《おお》かったので、「悪気《わるぎ》はなかった」という言《い》い訳《わけ》をドリトル先生《せんせい》が信《しん》じてあげたからです。今《いま》の時代《じだい》だったら警《けい》察《さつ》にひきわたしていたでしょうね。

このころのイギリスではまだ自動車《じどうしゃ》が広《ひろ》まっていませんでしたから、人々《ひとびと》はもっぱら馬車《ばしゃ》や馬《うま》で移動《いどう》していました。ジャックがもし自動車《じどうしゃ》を運転《うんてん》していて、そこをどろぼうに銃《じゅう》をつきつけられたとしたら、チープサイドやジップたちには、とめようがなかったでしょう。チープサイドのお友《とも》だちの馬《うま》たちが馬車《ばしゃ》を引《ひ》っぱっていたから、どろぼうをつかまえることができたわけです。

そう考《かんが》えると、自動車《じどうしゃ》の時代《じだい》でなくてよかったということになりそうです。

私《わたし》たちは今《いま》、とても便利《べんり》な時代《じだい》にくらしていますが、便利《べんり》であることでぬけ落《お》ちてしまっていることや、気《き》がつかないことがたくさんあると思《おも》います。

たとえば、むかしの子《こ》どもたちは今《いま》よりももっと自然《しぜん》に親《した》しんで、動物《どうぶつ》とふれあう機会《きかい》があったと思《おも》いますが、みなさんはどうでしょう？

自然《しぜん》や動物《どうぶつ》とふれあう機会《きかい》はありますか？　みなさんのまわりをよく見《み》てみてください。

ドリトル先生《せんせい》のように、急《いそ》がずあわてず、自分《じぶん》のためではなくだれかのためになることをしていこうと考《かんが》える人《ひと》がひとりでもふえれば、世《よ》の中《なか》はもっと住《す》みやすくなると思《おも》いませんか？

さて、次《つぎ》の第《だい》十三巻《かん》は『ドリトル先生《せんせい》の最後《さいご》の冒険《ぼうけん》』です。

犬《いぬ》のジップや、スズメのチープサイドなどのおなじみの仲間《なかま》から、初《はじ》めて登場《とうじょう》する動物《どうぶつ》たちまで、さまざまな動物《どうぶつ》たちのぼうけんが語《かた》られます。

なつかしいバンポ王子《おうじ》や、ツバメの「波飛《なみと》びのスピーディー」もふたたび登場《とうじょう》します。

日本《にほん》ではまだ翻訳《ほんやく》されたことのない「ドリトル先生《せんせい》、パリでロンドンっ子《こ》と出会《であ》う」のお話《はなし》ものっていますよ！
次巻《じかん》『ドリトル先生《せんせい》の最後《さいご》の冒険《ぼうけん》』を、どうぞお楽《たの》しみに！

13巻《かん》の『新訳《しんやく》ドリトル先生《せんせい》の最後《さいご》の冒険《ぼうけん》』は……

ドリトル先生《せんせい》の動物園《どうぶつえん》のなかでも大人気《だいにんき》の雑種犬《ざっしゅけん》ホームには、おもしろい犬《いぬ》がたくさんいます。

船《ふね》から脱出《だっしゅつ》しようとした船乗《ふなの》り犬《けん》ローバー、走《はし》り回《まわ》りたくておうちから逃《に》げだしたダルメシアンのぶち、警察《けいさつ》にまちがえて逮捕《たいほ》された人《ひと》を助《たす》けようとする探偵犬《たんていけん》のクリング……。みんな、とってもゆかいな冒険談《ぼうけんだん》を話《はな》してくれます。

ほかにも、スズメのチープサイドの絶体絶命《ぜったいぜつめい》のお話《はなし》や、木《き》の実《み》に住《す》んでいる虫《むし》が海《うみ》をわたる物語《ものがたり》など、さまざまなお話《はなし》がもりだくさん！

なつかしいボクコチキミアチが登場《とうじょう》するお話《はなし》もありますよ！　そう、おしりのほうにも頭《あたま》がついているふしぎな動物《どうぶつ》です。ツバメの「波飛《なみと》びのスピーディー」も登場《とうじょう》します。

今《いま》まで日本《にほん》では翻訳《ほんやく》されてこなかった「ドリトル先生《せんせい》、パリでロンドンっ子《こ》に出会《であ》う」というお話《はなし》ものっています。これが読《よ》めるのは、角川《かどかわ》つばさ文庫《ぶんこ》だけ！※

さあ、先生《せんせい》と動物《どうぶつ》たちが、最後《さいご》にいったいどんな冒険《ぼうけん》をくりひろげるのでしょうか。次巻《じかん》もどうぞお楽《たの》しみに！

※2015年7月現在の情報です

角川つばさ文庫

ヒュー・ロフティング／作

1886〜1947年。アイルランド人の母を持つ、イギリス生まれのアメリカの児童小説家。代表作は、この「ドリトル先生」シリーズ。２作目『ドリトル先生航海記』で、ニューベリー賞を受賞。

河合祥一郎／訳

1960年生まれ。東京大学教授。訳書に『新訳　ふしぎの国のアリス』『新訳　ピーター・パン』『新訳　赤毛のアン　完全版』『新訳　星を知らないアイリーン　おひめさまとゴブリンの物語』（すべて角川つばさ文庫）ほか。

ｐａｔｔｙ／絵

新進の女性イラストレーター。愛犬は黒いシバ犬。『新訳　飛ぶ教室』『泣いた赤おに　浜田ひろすけ童話集』（ともに角川つばさ文庫）の挿絵も担当。

角川《かどかわ》つばさ文庫《ぶんこ》

新訳《しんやく》

ドリトル先生《せんせい》と緑《みどり》のカナリア

作《さく》　ヒュー・ロフティング
訳《やく》　河合祥一郎《かわいしょういちろう》
絵《え》　ｐａｔｔｙ《パティ》

2015年８月15日　初版発行
2024年10月20日　10版発行

発行者　山下直久
発　行　株式会社KADOKAWA
〒102-8177　東京都千代田区富士見 2-13-3
電話　0570-002-301（ナビダイヤル）
印　刷　株式会社KADOKAWA
製　本　株式会社KADOKAWA
装　丁　ムシカゴグラフィクス

ISBN978-4-04-631532-8　C8297　N.D.C.933　370p　18cm

読者のみなさまからのお便りをお待ちしています。下のあて先まで送ってね。
いただいたお便りは、編集部から著者へおわたしいたします。

〒102-8177　東京都千代田区富士見 2-13-3　角川つばさ文庫編集部

新訳
ドリトル先生のサーカス

作／ヒュー・ロフティング
訳／河合祥一郎　絵／patty

おさいふがすっからかんのドリトル先生。もう動物たちとサーカスに入るしかない！　オットセイをにがそうとして人ごろしにまちがわれたり、アヒルがバレリーナになる動物のげきをひろうしたり…。大こうふんの第４巻！

新訳
ドリトル先生アフリカへ行く

作／ヒュー・ロフティング
訳／河合祥一郎　絵／patty

ドリトル先生は動物のことばが話せる、世界でただひとりのお医者さん。おそろしい伝染病にくるしむサルをすくおうと、友だちのオウム、子ブタ、アヒル、犬、ワニたちと、船でアフリカへむかいますが……。名作を新訳と42点のたのしいイラストで！

新訳
ドリトル先生の動物園

作／ヒュー・ロフティング
訳／河合祥一郎　絵／patty

世界に一つだけの、おりのない動物園ができました！　ウサギ・アパートからリス・ホテルまである動物天国です。楽しいネズミのお話もいっぱい。探偵犬とふしぎな事件のナゾをとく、ミステリーもついた第５巻！

新訳
ドリトル先生航《こう》海《かい》記《き》

作／ヒュー・ロフティング
訳／河合祥一郎　絵／patty

動物と話せるお医者さん、ドリトル先生の今度のぼうけんは、海をぷかぷか流されていくクモザル島をさがす船の旅！　おなじみの動物たちもいっしょです。巨大カタツムリに乗って海底旅行も？　さし絵68点の第２巻！

新訳
ドリトル先生のキャラバン

作／ヒュー・ロフティング
訳／河合祥一郎　絵／patty

ドリトル・サーカスの新しい出し物は、カナリアやフラミンゴたちが歌っておどる世界初の鳥のオペラ！　このとんでもないショーは成功するでしょうか？　先生が女装までする、びっくりぎょうてんの第６巻。絵64点！

新訳
ドリトル先生の郵便局

作／ヒュー・ロフティング
訳／河合祥一郎　絵／patty

先生がはじめたツバメ郵便局へ、世界中の動物から手紙がとどきます。かわいそうな小さな王国をすくったり、先生は大かつやく！　やがて、世界最古のナゾの動物から、ひみつの湖への招待状が！　さし絵63点の第３巻！

つぎはどれ読む?

新訳
ドリトル先生と秘密の湖（上）

作／ヒュー・ロフティング
訳／河合祥一郎　絵／patty

世界最古の生き物どろがおが、なんと地震で生きうめに！　先生たちは急ぎ、「秘密の湖」へ船の旅にでかけます。そこでなつかしのワニのジムと再会し、救出作戦にのりだしますが…。シリーズ最大の大長編。絵52点の第10巻！

新訳
ドリトル先生と月からの使い

作／ヒュー・ロフティング
訳／河合祥一郎　絵／patty

犬の博物館でにぎわうドリトル家のお庭に、なぞの巨大生物がまいおりた！　えっ、先生をむかえにきた月からの使い!?　宇宙への大冒険がはじまる、絵67点の第7巻。教授犬やちょんまげ犬のゆかいなお話もいっぱい！

新訳
ドリトル先生と秘密の湖（下）

作／ヒュー・ロフティング
訳／河合祥一郎　絵／patty

ついに世界最古の生物どろがおが語りはじめたのは、有名な「ノアの箱舟」の新事実！　数千年前、なぜ大洪水が起きて世界は一度ほろんだのか？　箱舟に乗って生きのびた動物とは？　動物が命がけで人間を救う第11巻！

新訳
ドリトル先生の月旅行

作／ヒュー・ロフティング
訳／河合祥一郎　絵／patty

月についた先生とトミーたち。調査旅行の行く先々で出会うのは、巨大カブトムシに巨大コウノトリ、そしてぶきみな巨人の足あと。みんなこちらを見はっているみたい。やがて先生まで巨大化して…。絵53点、大ピンチの第8巻！

新訳 飛ぶ教室

作／エーリヒ・ケストナー
訳／那須田 淳、木本 栄
絵／patty

子どもの涙が大人の涙より小さいなんてことはない。寄宿学校でくらす優等生マーティン、すて子のジョニー、けんかの強いマチアス、弱虫ウリー、皮肉なセバスチャンらの友情を描くクリスマスの名作。

新訳
ドリトル先生月から帰る

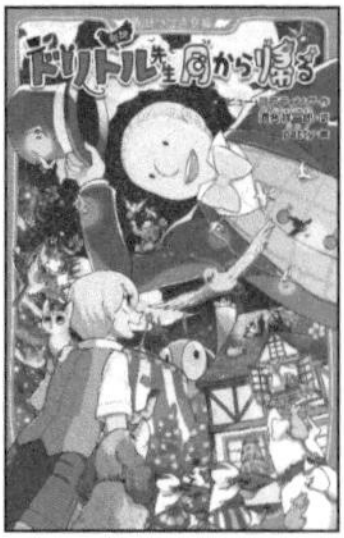

作／ヒュー・ロフティング
訳／河合祥一郎　絵／patty

トミーがひとり月から帰ると、おうちはあれ放題。やっぱり先生がいないとダメなんだ！　そして、ついに先生が月から巨大バッタに乗って帰ってきます！　この6mの巨人が先生？　月のネコも登場する、絵64点の第9巻！

犬と私の10の約束

作／サイトウアカリ
絵／霜田あゆ美

「たくさん話をして下さい」「年を取っても見捨てないで」「私にはあなたしかいません」。犬を飼うなら守って、と亡くなったお母さんに教えられた、犬との10の約束。12年をともにすごした1匹の犬と私の約束をめぐる命の物語。

新訳 アンの青春（下）
完全版 ―赤毛のアン2―

作／L・M・モンゴメリ
訳／河合祥一郎
絵／南マキ　挿絵／榊アヤミ

アンの新しい友人、白髪のミス・ラベンダー。じつはアンの生徒の父と25年前に婚約していましたが、ケンカ別れしてからずっと独身です。その失恋に今も彼女が傷ついていると知ったアンは…。絵47点！

ジュニア版 図書館ねこデューイ
町をしあわせにした、はたらくねこの物語

作／ヴィッキー・マイロン
訳／岡田好恵
絵／霜田あゆ美

冬の朝、図書館の返却ポストの中でふるえていた子ねこ。いたずら好きで人なつこくて、ちょっとふしぎなその捨てねこが、町にきせきをおこします。本当にあった感動の物語。さし絵34点。

新訳 ピーター・パン

作／J・M・バリー
訳／河合祥一郎　絵／mebae

ある夜、3階の窓から子ども部屋にとびこんできた、永遠に大人にならない不思議な少年ピーター・パン。少女ウェンディと弟たちをつれだし、星空をとんで、さぁ、ネバーランドへ。世界一ゆかいで切ない物語を新訳と60点の絵で！

新訳 長くつ下のピッピ

作／アストリッド・リンドグレーン
訳／冨原眞弓　絵／もけお

町はずれのボロ家にひっこしてきたのは、親がいない、学校も行かない女の子。大人たちはしんぱいするけど、大きなおせわ。だってその子、とびきり大金もちで力もちなんだもん！　絵88点、世界一つよい女の子の物語!!

新訳 雪の女王
アンデルセン名作選

作／アンデルセン
訳／木村由利子　絵／POO

少女ゲルダの幼なじみカイに、悪魔の鏡のカケラがつきささった！　優しかった少年は冷たくなり、雪の女王についていき消える。ゲルダははだしでカイを探す旅に出るが…。最高のラブストーリーを絵54点と新訳で！　他2編。

角川つばさ文庫発刊のことば

角川グループでは『セーラー服と機関銃』(81)、『時をかける少女』(83・06)、『ぼくらの七日間戦争』(88)、『リング』(98)、『ブレイブ・ストーリー』(06)、『バッテリー』(07)、『DIVE!!』(08)など、角川文庫と映像とのメディアミックスによって、「読書の楽しみ」を提供してきました。

角川文庫創刊60周年を期に、十代の読書体験を調べてみたところ、角川グループの発行するさまざまなジャンルの文庫が、小・中学校でたくさん読まれていることを知りました。

そこで、文庫を読む前のさらに若いみなさんに、スポーツやマンガやゲームと同じように「本を読むこと」を体験してもらいたいと「角川つばさ文庫」をつくりました。

読書は自転車と同じように、最初は少しの練習が必要です。しかし、読んでいく楽しさを知れば、どんな遠くの世界にも自分の速度で出かけることができます。それは、想像力という「つばさ」を手に入れたことにほかなりません。

「角川つばさ文庫」では、読者のみなさんといっしょに成長していける、新しい物語、新しいノンフィクション、角川グループのベストセラー、ライトノベル、ファンタジー、クラシックスなど、はば広いジャンルの物語に出会える「場」を、みなさんとつくっていきたいと考えています。

読んだ人の数だけ生まれる豊かな物語の世界。そこで体験する喜びや悲しみ、くやしさや恐ろしさは、本の世界の出来事ではありますが、みなさんの心を確実にゆさぶり、やがて知となり実となる「種」を残してくれるでしょう。

かつての角川文庫の読者がそうであったように、「角川つばさ文庫」の読者のみなさんが、その「種」から「21世紀のエンタテインメント」をつくっていってくれたなら、こんなにうれしいことはありません。

物語の世界を自分の「つばさ」で自由自在に飛び、自分で未来をきりひらいていってください。

ひらけば、どこへでも。――角川つばさ文庫の願いです。

角川つばさ文庫編集部